ZELDA FITZGERALD

SCHENK MIR DEN WALZER

ROMAN

Aus dem amerikanischen Englisch
und mit einem Nachwort von
Anita Eichholz

Mit einem Vorwort von
Sheila Heti

K A M P A

Die amerikanische Originalausgabe erschien 1932 unter dem Titel *Save Me the Waltz*[1] im Verlag Charles Scribner's Sons, New York.
Die deutschsprachige Erstausgabe erschien 1972 unter dem Titel *Darf ich um den Walzer bitten?* im Verlag Olten, Freiburg im Breisgau.

Für den Blick hinter die Verlagskulissen:
www.kampaverlag.ch/newsletter

KAMPA POCKET
DIE ERSTE KLIMANEUTRALE TASCHENBUCHREIHE
Gedruckt auf säurefreiem und chlorfrei gebleichtem Papier aus verantwortungsvollen Quellen, zertifiziert durch das Forest Stewardship Council. Der Umschlag enthält kein Plastik. Kampa Pockets werden klimaneutral gedruckt, kampaverlag.ch/nachhaltig informiert über das unterstützte CO2-Kompensationsprojekt.

Der Kampa Verlag wird in der Schweiz vom Bundesamt für Kultur mit einem Strukturbeitrag für die Jahre 2021–2024 unterstützt.

Veröffentlicht im Februar 2022 als Kampa Pocket

Covergestaltung: Lara Flues, Kampa Verlag
Covermotiv: © René Gruau
Satz: Tristan Walkhoefer, Leipzig
Gesetzt aus der Stempel Garamond LT / 220140
Druck und Bindung: GGP Media GmbH, Pößneck
Auch als E-Book erhältlich
ISBN 978 3 311 15044 2

www.kampaverlag.ch

Tumult im Inneren

Vorwort von Sheila Heti

Nachdem ich das Vorwort zu *Schenk mir den Walzer* geschrieben hatte, schlug ich das Buch noch einmal auf, um mir die Sätze zu notieren, die ich unterstrichen hatte, und dabei wurde mir plötzlich klar, dass die Handlung von *Schenk mir den Walzer* nahezu identisch ist mit der Handlung meines soeben abgeschlossenen Romans. Erst an diesem Vormittag hatte ich die letzten Korrekturen abgeschickt.

Nun … die Handlung ist nicht identisch mit der letzten Fassung meines Buchs, sondern mit dem ersten Entwurf, den ich schon mehrere Jahre zuvor geschrieben hatte.

Ich glaube nicht, dass ich an dieser narzisstischen Störung leide, die einen beim Schreiben eines Romans befallen kann: Plötzlich sieht jedes Buch wie das eigene aus, alles Mögliche in der Welt sieht wie das eigene Buch aus. Die zwei Handlungsverläufe waren tatsächlich gleich, und ich begann mich zu fragen, wie viele Menschen – außer Zelda Fitzgerald und mir – diese Geschichte noch niedergeschrieben oder erlebt haben?

Besagte Geschichte dreht sich um eine junge Frau, die auf der Suche nach Abenteuern in die Welt hinauszieht.

Sie weiß noch nicht, worin diese Abenteuer bestehen werden, aber sie ist sicher, dass sie ihr das liefern werden, was sie sich vom Leben erwartet – was auch immer das sein wird. Die Abenteuer entpuppen sich in erster Linie als romantische Verstrickungen. Dann liegt der Vater der Frau im Sterben, und sie kehrt heim, um während seiner letzten Tage bei ihm zu sein. Hier erkennt sie, dass die ersehnten Abenteuer fadenscheinig und unbedeutend sind, vor allem angesichts der erhabenen Erfahrung, ihren Vater beim Sterben zu begleiten.

Diese letzten Tage an seiner Seite bringen ihr die Weisheit, die sie bei ihren Abenteuern nicht gefunden hat. Vielleicht war es ja tatsächlich »Weisheit«, nach der sie gesucht hat, draußen in der Welt. »Draußen in der Welt« fand sie lediglich unzuverlässige Männer, die sie nicht so sehr lieben konnten wie ihr Vater und die auch sie nicht so uneingeschränkt zu lieben vermochte; Männer, bei denen sie doch nie ihr wahres Ich zeigte.

In *Schenk mir den Walzer* sagt die Hauptfigur Alabama zu einem jungen Engländer, mit dem sie flirtet: »Ich bin nur dann wirklich ich selbst, wenn ich eine andere bin, die ich mit den wunderbarsten Eigenschaften meiner Phantasie ausgestattet habe.« Das soll fröhlich und kokett klingen, ist in Wahrheit aber unglaublich deprimierend. »Wirklich sie selbst« ist sie erst, als sie zu ihrem Vater nach Hause zurückkehrt.

Ich weiß nicht, was die Moral dieser Geschichte ist: Natürlich muss man auf Abenteuerreise gehen. Man kann sich nicht auf ewig in der Liebe seines Vaters suhlen. Aber diese Geschichte enthält eine Art emotionale Wahrheit – oder hatte sie zumindest während des

Schreibens. Vielleicht führt bei vielen jungen, abenteuerlustigen Frauen der Tod des Vaters – wenn sie denn einen guten Vater hatten – zu der Erkenntnis, dass das, was man draußen in der Welt sucht, nur ein Trugbild dessen ist, was man unbewusst begehrt: die echte Liebe, die man zurückgelassen hat.

Ich behaupte nicht, dies sei eine edle Geschichte – und sicherlich keine feministische. Ich glaube nicht, dass man aus jeder Geschichte etwas lernen kann. Letzten Endes ist es aber das, was Zelda Fitzgerald geschrieben hat – und auch ich.

Schenk mir den Walzer besteht aus vier Teilen, wodurch es sich nicht nur formal von einem Buch mit drei oder fünf Teilen unterscheidet. Drei Teile legen nahe, dass es einen Anfang, einen Mittelteil und ein Ende gibt. Hat ein Buch mit vier Teilen demnach zwei Mittelteile? Oder zwei Anfänge? Zwei Enden? Ich glaube, *Schenk mir den Walzer* hat zwei Mittelteile.

Wenn ein Buch mit fünf Teilen das Theater und die Form der Tragödie nahelegt, dann ist ein Buch mit vier Teilen eine Tragödie, bei der ein Akt fehlt – vielleicht der Aspekt, dass die Hauptfigur die Tragödie nie wirklich überwindet, denn die Tragödie ist ein Teil ihrer Persönlichkeit, die nicht überwunden werden kann. *Schenk mir den Walzer* jedoch ist hoffnungsvoller. Am Ende des Buches scheint es, als hätte Alabama die beiden tragischen Mittelteile wirklich hinter sich gelassen. Was zu ihrer Tragödie hätte werden können – der fatale Mangel an Persönlichkeit, weil sie sich für Struktur und Bedeutung in jungen Jahren immer auf den Charakter des Vaters verlassen hatte – verwandelt sich in etwas anderes; ein Teil des väterlichen Wesens scheint in seinen letzten Tagen auf seine Tochter übergegangen zu sein.

Vier ist eine Zahl der Stabilität: Ein Tisch hat vier Beine. Und trotz der ungewöhnlichen Stimmung und der oft zersetzenden Grammatik schließt man das Buch seltsamerweise mit dem Gefühl von vier Stützen in der Brust: Als hätte man gerade etwas Solides, Wohlgeordnetes, Logisches miterlebt.

Wenn der Geist der Tochter Alabama – wild, leidenschaftlich und frei – jeden einzelnen kunstvollen Satz prägt, dann ist es der Geist von Alabamas Vater, Richter Beggs, der die Gesamtstruktur und Form des Buches definiert. Anhand der Struktur versucht man das moralische Ziel des Autors zu verstehen, wogegen die einzelnen Sätze die animalische Essenz erfahrbar machen. Fügt man diese Beobachtungen zusammen, bekommt man einen Eindruck von der Seele des Künstlers.

Das ist kein Buch, bei dem das »Jazz Age« oder die »Flapper« idealisiert werden. Es verurteilt diese ganze Welt und jeden ihrer Protagonisten. Zelda Fitzgerald schreibt über diese Jahre: »Die Nachkriegs-Verschwendungssucht, die David und Alabama und weitere sechzigtausend Amerikaner in einer Art Hasenjagd ohne Hunde quer durch Europas Lande hetzte, erreichte ihren Höhepunkt« und fiel zusammen mit der »demoralisierenden Ungewissheit, für sein Geld bald nichts mehr zu bekommen«.

In Teil I erleben wir Alabama zu Hause während ihrer Kindheit. In Teil II führt sie ein dekadentes Leben im Ausland, und am Ende ist sie dieses verschwenderischen

Lebens und all der Menschen darin müde. Noch während der Überfahrt auf dem Atlantik sagt sie zu ihrem Mann David: »Ich habe auf dem ganzen Schiff keinen Menschen getroffen, von dem ich hätte sagen können, um den wär's schade gewesen.«

In Teil III wendet sich Alabama dem Ballett zu, in dem Versuch, sich der Oberflächlichkeit und Nutzlosigkeit des Lebens, das sie und David gewählt haben, zu entziehen.

Was bringt einen Menschen zur Kunst? Oft ist es das Bedürfnis, die eigene überwältigende, chaotische und kaleidoskopische Energie zu bündeln; den Tumult im Inneren nach außen zu tragen und zu ordnen; daraus objektive Schönheit zu erschaffen. Alabama versucht dies durch den Tanz – obwohl sie zu »alt« ist, um noch eine richtige Balletttänzerin zu werden. Dennoch muss sie etwas tun. In der Welt, zu der sie durch Davids Talent als Maler Zugang hat, »fühlte [sie] sich durch ihren Mangel an gesellschaftlicher Gewandtheit ausgeschlossen«. Doch obwohl das körperliche Training zur Obsession wird, kann sie keine tiefere Überzeugung aufbauen. Als David sie fragt, ob er ihr beim Üben zusehen darf, sagt sie Nein. »Du würdest nur feststellen, dass ich immer Sachen machen muss, die ich nicht kann, und du würdest mich entmutigen.« Sie glaubt nicht stark genug an ihr Ziel, um Davids kritischem Blick standzuhalten, und tatsächlich warnt er sie: »Du weißt doch hoffentlich, dass es in der Kunst einen himmelweiten Unterschied gibt zwischen einem Dilettanten und einem Profi?«

Vielleicht liegt der Grund für ihr Scheitern als Künstlerin in dem, was sie ursprünglich angetrieben hat. Als

Alabama David zum ersten Mal davon erzählt, tanzen zu wollen, tut sie es folgendermaßen (und führt dabei den Namen seiner Geliebten an, auf die sie zu Recht eifersüchtig ist): »Ich werde eine so berühmte Tänzerin, wie es blaue Adern auf dem weißen Marmorbusen von Miss Gibbs gibt.«

Auf einem Sockel aus Tücke und dem Wunsch, im Rampenlicht zu stehen, kann man keine Kunst erschaffen. Künstlerin will sie unter anderem auch werden, weil sie das Gefühl hat, »dass sie der Welt nichts zu geben habe«. Aber für gewöhnlich wendet man sich der Kunst unter der ehrgeizigen Prämisse zu, dass das Gegenteil der Fall ist!

Würde sie sich allerdings nicht mit dem Tanz ablenken, müsste sie sich den Pflichten eines Daseins als Mutter und Ehefrau stellen – was sie langweilt. Vielleicht findet sich die eindrücklichste Beschreibung dessen, was sie in den beiden Mittelteilen vorhat, in diesem Absatz:

»Die makabren Leute, die den Krieg mitgemacht hatten, erzählten mit Vorliebe eine Anekdote über die Soldaten der Fremdenlegion, die in der Umgebung von Verdun einen Ball veranstalteten, auf dem sie mit Leichen tanzten. Nicht minder makaber war Alabamas ständiges Zusammenbrauen eines Gifttrunks für ihr Unbewusstes und ihr Beharren auf Magie und Glimmer des Lebens, dessen Puls sie nur mehr als Pochen eines amputierten Beines spürte.«

Weil ihre Motivation für das Tanzen von Anfang an die falsche war, verliert die ganze Welt des Balletts unweigerlich schon bald ihren Glanz. Sie sieht darin ihr eigenes Leben gespiegelt: »Stella mit ihren Fehlern und

Arienne mit ihren Finten, das Buhlen um Gunst, das Gezänk um die vorderste Reihe, all das erschien ihr im trüben, durch das Glasdach fallende Sonnenlicht wie das Kriechen und Drängeln wimmelnder Insekten, die man durch eine Glasglocke betrachtet. ›Larvae!‹, sagte die unglückliche Alabama verächtlich.«

Alabama versucht zwei Mal vergebens, sich ein sinnvolles Leben fernab ihres Vaters aufzubauen. Das Telegramm mit der Nachricht, dass ihr Vater im Sterben liegt, »bedeutete einen so wichtigen Einschnitt in ihr gemeinsames Leben wie die herabsausende Klinge einer Guillotine«.

Ich finde, keine Figur in diesem Roman ist wunderbarer oder klarer gezeichnet als Richter Beggs. Er ist der Einzige in der Geschichte, der zwischen Gut und Böse unterscheiden kann. Er spricht stets mit Überzeugung – und der Klang seiner Stimme hallt im Kopf des Lesers nach. Er kennt die Welt: »Der Kerl taugt nichts. Er ist ein Erzfaulpelz und noch nicht einmal geschieden.«, »Ich halte dieses emotionale Gewäsch nicht länger aus.«, »Meiner Meinung nach kann sich ein anständiges Mädchen nicht mit einem Mann verloben und gleichzeitig an jemand anderem interessiert sein.«

Ist Alabama dazu imstande, sich selbst eine ähnlich verlässliche Moral zu erschaffen? Kann jemand, dem das Leben einst so »sinnlos ausschweifend« erschien, es in eine ergiebige und gesunde Form umwandeln?

In beiden ihrer Lebensentwürfen – Salonlöwin und Tänzerin – empfand sie Neid und Eifersucht, echtes Bestreben und Heuchelei, Langeweile und Frustration.

Erst als sie wieder nach Hause zurückkehrt, gewinnen ihre edleren Gefühle wieder die Oberhand: Traurigkeit und Bedauern, Wertschätzung und Hingabe, die Fähigkeit, von ganzem Herzen zu lieben. Auf gewisse Weise ist es ein Buch darüber, sein eigenes Vermächtnis zu akzeptieren. Ihr Name – Alabama – hätte ihr Hinweis genug sein sollen, wer sie wirklich ist: kein leichtsinniges Flapper-Mädchen, keine verwegene Künstlerin, sondern eine normale Frau, die in den traditionellen Werten eines Richters aus den Südstaaten verwurzelt ist.

Alabamas Sprache ist im vierten und letzten Teil einfach und schlicht, sie versucht nicht mehr geistreich zu sein. Auch Zelda Fitzgeralds Erzählstimme findet im letzten Teil zu einer perfekten Schlichtheit, und sie benutzt diese neue, ruhige Sprache, um damit ihre qualvolle Trauer auszudrücken. Erst im letzten Abschnitt ist die Stimme des Buches frei von Chaos, Wildheit und Verwirrung. Alabama hat eine Reise zurückgelegt, genau wie die Sprache der Erzählerin; am Ende ist sie von ihrem inneren Tumult erlöst, ebenso auch die Sätze. Die Bizarrheit von Alabamas Leben – und die Bizarrheit der Sätze, die dieses Leben beschreiben – dienten womöglich dem tieferen Zweck, vor ihr und vor uns eine harte Wahrheit zu verbergen: Dass Alabama nichts Besonderes ist; außergewöhnlich war an ihr vielleicht nur, dass sie versuchte, ihren Traum zu leben, denn sie war auf der Suche »nach einem neuen Ausgangspunkt … einer neuen Chance im Leben«.

Doch es gibt im Leben keine neue Chance, keinen neuen Ausgangspunkt, und ich bin der Meinung, dass das auch gut so ist. Das ursprüngliche Ich – das ursprüngliche Zuhause – genügt, um darauf ein Leben zu bauen. Die größte Schönheit liegt in der universellen Einfachheit unserer tiefsten Gefühle, die berührender sind als jede Darbietung. Wer wir sind, ist besser als das, was wir lieber wären; ein Anspruch, der in Alabamas Fall auf den »unbegrenzten Möglichkeiten der amerikanischen Werbung« beruhte. Sehnsüchte beruhen immer auf falschen Versprechungen. Aber das Scheitern an falschen Versprechungen kann nur etwas Gutes sein; im Prinzip ist es eine Art Rettung.

Auf den letzten Seiten des Buches erhaschen wir noch einen Blick auf die kaputte Welt, von der sich Alabama verabschiedet. Alabama ist von der Erfahrung des Todes geprägt und verändert – sowohl des Todes ihres Vaters als auch des Todes ihrer eigenen Lebensentwürfe – und kommt, als sie mit David nach einer Einladung ihre Freunde verabschiedet, nicht umhin, zu bemerken, wie schwach und unwichtig diese Menschen sind, mit denen sie einst ihre neue, bessere Welt bevölkern wollte. Sie sagen:

»Wir haben Sie richtig totgequatscht.«
»Sie müssen vom Packen ganz tot sein.«
»Für eine Party ist es tödlich, wenn man bleibt,
bis die Verdauung einsetzt.«
»Ich bin tot, meine Liebe! Es war wundervoll!«

Sie sind nicht die Essenz irgendeines neuen Lebens. Sie schließt die Tür hinter ihnen allen.

Schenk mir den Walzer ist ein zutiefst autobiographisches Buch. Zelda Fitzgerald schrieb es Anfang 1932 in sechs Wochen, in denen sie täglich mehrere Stunden daran arbeitete, nachdem sie sich mit 31 selbst wieder in eine psychiatrische Anstalt eingewiesen hatte. Die Reaktionen fielen mehrheitlich negativ aus, sie verdiente 120 Dollar damit und wandte sich niedergeschmettert dem Schauspiel und der Malerei zu. Einer meiner liebsten Sätze in dem Roman ist dieser: »Im Gegensatz zu Frauen, dachte sie, werden Männer nie zu dem, was sie tun – ihre Taten bestehen stets nur aus der eigenen philosophischen Interpretation ihres Tuns.«

Aus dem kanadischen Englisch
von Marion Hertle

Schenk mir den Walzer

Für Mildred Squires

Einst sahn wir Himmel in lieblicher Bläue
und Sommermeere
Als Theben schwankte in Sturm und Regen,
Wie zu sterben.
Ach, wäre er wieder
Unser Himmel, lieblich und blau.

Ödipus, König von Theben[2]

Teil 1

I

Diese Mädchen«, sagten die Leute, »glauben, sie können sich alles erlauben und kommen damit durch.«

Das lag an der Sicherheit, die ihr Vater auf sie ausstrahlte. Er war eine lebende Festung. Während sich die meisten Menschen ihr schützendes Bollwerk im Leben aus Kompromissen zurechtzimmern – aus wohlkalkulierter Unterwerfung einen uneinnehmbaren Bergfried bauen, aus Rückzügen ins Gefühl philosophische Zugbrücken fabrizieren und Marodeure mit dem siedenden Öl saurer Trauben verbrühen –, verschanzte sich Richter Beggs bereits als junger Mann hinter seiner Integrität: Seine Türme und Bollwerke bestanden aus intellektuellen Begriffen. Soweit seine engsten Angehörigen wussten, ließ er zu seiner Burg keine Schleichwege offen – für den liebenswürdigen Ziegenhirten nicht und auch nicht für die drohende Obrigkeit.

Diese Unzugänglichkeit war ein Makel an seiner sonstigen Brillanz, und vielleicht verhinderte sie seinen Aufstieg in die Politik. Die Nachsicht, mit der der Staat seiner höchstrichterlichen Überheblichkeit begegnete, befreite die Kinder von den frühen Anstrengungen des Lebens, die notwendig sind, um sich selbst mit einem Schutzwall umgeben zu können. In der Folge der Generationen genügt ein richtiger Vater, der einen über die Erfahrung von Krankheit und Katastrophen hinweghebt, um das Überleben der Nachkommenschaft zu sichern.

Ein starker Mann kann für eine große Kinderschar geradestehen. Er braucht nur zweckdienliche Anleihen bei der Naturphilosophie zu machen, und schon bekommt die Familie den Anschein eines Sinns. Bis die Beggs-Kinder gelernt hatten, den wachsenden Ansprüchen ihrer Zeit gerecht zu werden, hatten sie den Teufel schon im Nacken. Verkrüppelt klebten sie an den feudalen Festungstürmen ihrer Väter und horteten deren geistiges Erbe – das größer hätte sein können, wenn sie nur für ein passendes Gefäß gesorgt hätten.

Eine Schulfreundin von Millie Beggs meinte, sie habe noch nie so mühsame Bälger gesehen wie diese Kinder, als sie klein waren. Wenn sie schrien oder etwas haben wollten, verschaffte Millie es ihnen – sofern es in ihrer Macht stand. Wenn nicht, wurde der Doktor gerufen, um die Widrigkeiten einer Welt zu bezwingen, die, zugegebenermaßen, für so außergewöhnliche Kinder nur schlecht eingerichtet war. Austin Beggs, seinerseits vom Vater nicht ausreichend ausgestattet, arbeitete Tag und Nacht in seinem Gehirnlabor, um noch besser für die Seinen sorgen zu können. Bereitwillig nahm seine Frau die Kinder morgens um drei aus dem Bettchen, klapperte mit der Rassel oder sang ihnen leise vor, damit sie ihrem Gatten nicht die Grundlagen des Code Napoléon[3] aus dem Kopf heulten. Er sagte öfters, und das war kein Scherz: »Ich lass mir eine Festung ganz oben auf einer Klippe bauen, mit wilden Tieren drum herum und einem Stacheldraht oben drauf, damit ich dieser Gangsterbrut entkomme.«

Austin liebte Millies Kinder mit jenem nach innen gekehrten, distanzierten Wohlwollen, das bedeutenden Männern anhaftet, wenn sie durch die Kinder hie und da an die eigene Jugend erinnert werden, an die Zeit, als sie noch Instrumente der Erfahrung sein wollten und nicht deren Ergebnis. Wer je die Frühlingssonate von Beethoven intensiv gehört hat, weiß, welche Empfindung damit gemeint ist. Austin hätte vielleicht eine engere Beziehung zu seiner Familie gefunden, wäre nicht sein einziger Sohn als Kind gestorben. Damals stürzte sich der Richter wie wild in die Arbeit, um seiner Enttäuschung zu entgehen. Und da Geldsorgen die einzigen Sorgen sind, die Mann und Frau miteinander teilen können, ging er damit zu Millie. Er warf ihr die Rechnung für das Begräbnis des Jungen vor die Füße und weinte herzzerreißend: »Wovon, in Gottes Namen, soll ich das bezahlen?«

Millie, deren Verhältnis zur Wirklichkeit noch nie sehr stark gewesen war, konnte die plötzliche Grausamkeit ihres Mannes mit seinem sonstigen Gerechtigkeitssinn und noblen Charakter nicht in Einklang bringen. Sie versuchte nie mehr, sich ein Urteil über Menschen zu erlauben, sondern veränderte lieber ihre eigene Realität, bis sie mit den Widersprüchen der anderen übereinstimmte, um schließlich, auf Loyalität fixiert, die Harmonie einer Heiligen zu erreichen.

»Sollten meine Kinder je böse gewesen sein«, antwortete sie ihrer Freundin, »habe ich das jedenfalls nicht bemerkt.«

Von all ihren Ausflügen in die Widersprüche der menschlichen Natur lernte Millie außerdem den Trick der Übertragung: Die Geburt weiterer Kinder half ihr über den Verlust des Sohnes hinweg. Während Austin, wütend über die kulturelle Stagnation der Menschheit, all seine Enttäuschungen und schwindenden Hoffnungen gleichzeitig mit seinen Geldsorgen über Millies geduldigem Haupt niederbrechen ließ, übertrug Millie ihren Ärger instinktiv auf Joans Fieber oder auf Dixies verstauchten Fuß. So bewegte sich Millie mit der verklärten Trauer eines griechischen Chores durch die Alltagssorgen. Mit dem Realismus der Armut konfrontiert, versenkte sie ihre Persönlichkeit in einen stoischen, unerschütterlichen Optimismus und machte sich undurchdringlich für die besonderen Sorgen, die sie bis zuletzt verfolgten.

Im mystischen Dunst schwarzer Ammen heckte die Familie lauter Mädchen. Der Richter verkörperte für die Kinder zunächst den Extra-Penny, die Straßenbahnfahrt zu weiß getünchten Picknickorten und die Tasche voller Pfefferminz. Mit wachsender Wahrnehmung wurde er auch zur strafenden Instanz, zum unerbittlichen Schicksal, zur Verkörperung von Recht, Ordnung und eingefahrener Disziplin. Jugend und Alter: eine hydraulische Berg- und Talfahrt, bei der das Alter eine an Überzeugungskraft abnehmende Wasserladung trägt, aber hartnäckig darauf besteht, das auszugleichen, was die Jugend auf die Waagschale legt. Die Mädchen wuchsen in die Attribute ihrer Weiblichkeit hinein, suchten aber bei der Mutter Zuflucht vor allen Zurschaustellungen als »junge Damen« – als wollten sie sich in einem schattigen, schützenden Hain vor allzu grellem Sonnenlicht verstecken.

Auf Austins Veranda quietscht die Schaukel; ein Glühwürmchen tanzt wild über der Klematis; Insekten schwärmen ihrem goldenen Untergang an der Hallenbeleuchtung entgegen. Schatten wischen wie schwere, nasse Putzlumpen durch die südliche Nacht und trocknen das Vergessen der schwarzen Hitze auf, aus der sie gekommen sind. Melancholische Mondreben spannen dunkle, dämpfende Polster über die Spalierdrähte.

»Erzähl mir was über mich, als ich klein war«, bittet die jüngste Tochter beharrlich. Sie kuschelt sich an die Mutter, um körperliche Nähe herzustellen.

»Du warst ein braves Kind.«

Das Mädchen hatte keine Vorstellung von sich, da sie so spät im Leben ihrer Eltern geboren wurde, dass deren instinktive Anteilnahme aufgebraucht war. Die Eltern konnten sich unter dem abstrakten Begriff »Kindheit« mehr vorstellen als unter einem Kind. Das kleine Mädchen will aber wissen, wer es ist, da es zu jung ist, um zu verstehen, dass man niemandem gleicht, dass man sein Skelett selbst mit Fleisch füllen muss, ähnlich dem General, der den Verlauf einer Schlacht auf der Karte rekonstruiert und dabei Vormarsch und Rückzug seiner Truppen mit bunten Nadeln absteckt. Das Mädchen weiß noch nicht, dass es die eigenen Anstrengungen sind, die seine Person ausmachen. Erst sehr viel später sollte Alabama – so hieß das Kind – merken, dass der vom Vater geerbte Knochenbau nur ihre Grenzen markierte.

»Und habe ich nachts gebrüllt und Rabatz gemacht, bis du und Daddy gewünscht habt, ich wär tot?«

»Aber nein! Alle meine Kinder waren liebe Kinder.«

»Die von Großmutter auch?«

»Ich denke schon.«

»Aber warum hat Großmutter dann Onkel Cal weggejagt, als er aus dem Bürgerkrieg heimkam?«

»Deine Großmutter war eine komische alte Frau.«

»War Onkel Cal auch komisch?«

»Ja. Als Cal heimkam, ließ Großmutter an Florence Feather ausrichten, wenn Florence etwa auf ihren Tod warten sollte, um Cal heiraten zu können, dann sollten die Feathers wissen, dass die Beggs sehr langlebig sind.«

»War sie so reich?«

»Nein. Am Geld lag es nicht. Aber Florence fand, dass es nur der Teufel mit Cals Großmutter aushalten könnte.«

»Und deshalb hat Onkel Cal nie geheiratet?«

»Ja, weil Großmütter immer ihren Willen bekommen.«

Die Mutter lacht – das Gewinnerlachen eines Menschen, der von Geschäftsheldentaten berichtet und sich gleichzeitig für seine Habgier und Vertrauensseligkeit entschuldigen will; das Lachen des Siegers, der in einem der ewigen Familienmachtkämpfe ein anderes Familienmitglied übertrumpft hat.

»Wenn ich Onkel Cal gewesen wäre, hätte ich mir das nicht gefallen lassen«, verkündete das Kind rebellisch. »Ich hätte mit Miss Feather gemacht, was ich mir vorgenommen hatte.«

Die tiefe Ausgeglichenheit der väterlichen Stimme bezwingt die Dunkelheit bis zum Diminuendo des Schlafengehens.

»Musst du immer alles wieder aufwärmen?«, fragt er streng.

Immer wenn er die Fensterläden zuzieht, schließt

Richter Beggs die Besonderheiten seines Hauses mit ein: Lichtfreundlichkeit in sonnendurchfluteten Vorhangvolants, die sich wie ein ausgefranster Rasenrand über geblümtem Chintz bauschen. Die Dämmerung hinterlässt keine Schatten oder Verzerrungen in seinen Räumen, sondern hebt sie, unversehrt, in unbestimmte graue Welten.

Im Winter und im Frühling umgibt das Haus ein Glanz, als sei es auf einen Spiegel gemalt. Dass die Sessel auseinanderfallen und die Teppiche Löcher haben, besagt angesichts von so viel Glanz überhaupt nichts. Das Haus ist ein Vakuum, in dem Austin Beggs seine Unantastbarkeit kultiviert. Wie ein glänzendes Schwert schläft es in der Nacht in der Scheide seiner müden Vornehmheit.

Jetzt knallt das Blechdach von der Hitze; innen riecht es nach lange nicht geöffnetem Koffer. Aus dem Oberlicht der Tür am Hallenende im ersten Stock fällt kein Licht.

»Wo ist Dixie?«, fragt der Vater.

»Sie ist mit ein paar Freunden ausgegangen.«

Das kleine Mädchen spürt, wie die Mutter ausweicht, kommt interessiert näher und fühlt sich wichtig, weil es an Familienangelegenheiten teilhat.

Bei uns passiert ja allerhand, denkt sie. Es ist doch aufregend, eine Familie zu sein.

»Millie«, sagt ihr Vater, »wenn Dixie sich wieder mit Randolph McIntosh in der Stadt rumtreibt, kann sie mein Haus für immer verlassen.«

Der Kopf des Vaters zittert vor Wut; beleidigtes Anstandsgefühl lässt ihm die Brille von der Nase rutschen.

Die Mutter geht leise über die warmen Strohmatten in ihrem Zimmer, und das kleine Mädchen liegt im Dunkeln: Sie ist stolz auf ihre tugendhafte Unterwerfung unter die Regeln des Familienclans. Ihr Vater geht im Batistnachthemd hinunter und wartet.

Aus dem Obstgarten auf der anderen Seite der Straße dringt der Duft reifer Birnen zum Bett des Kindes. In der Ferne probt eine Kapelle Walzermelodien. Weißes schimmert in der Dunkelheit – weiße Blumen und Pflastersteine. Der Mond, der sich in den Fensterscheiben spiegelt, segelt schräg hinunter in den Garten und kräuselt die würzigen Ausdünstungen der Erde wie ein silbernes Paddel. Die Welt scheint jünger, als sie ist. Das Kind kommt sich alt und weise vor, wie es so seine Probleme begreift und mit ihnen ringt, als seien sie seine ureigenste Angelegenheit und nicht Erbe des Geschlechts. Alle Dinge leuchten und blühen. Das Mädchen geht prüfend durchs Leben, wie durch einen Garten, wo es gezwungen ist, auf kargem Boden zu gedeihen. Von Menschenhand Gepflanztes ist ihr schon seit Langem verdächtig, da sie insgeheim an einen großen Zauberpflanzer glaubt, der dem härtesten Felsboden süß duftende Blüten entlockt, den ödesten Wüsten nachtblühende Ranken – der den Atem der Dämmerung sät und Ringelblumen erntet. Sie möchte, dass das Leben unbeschwert ist und voll angenehmer Erinnerungen.

An den Verehrer ihrer Schwester denkt sie mit romantischer Verklärung. Randolphs Haare sind für sie perlmutterne Füllhörner, aus denen die Lichtkegel purzeln, die sein Gesicht ausmachen. Sie glaubt, dass sie innen genauso aussieht: In dieser nächtlichen Gefühlsverwirrung kann sie nur noch in Relationen von Schönheit denken. Sie denkt an Dixie, mit der sie sich heftig identifiziert. Es ist, als spalte sich ein erwachsener Teil von ihr ab, den sie nun, da er sich im Lauf der Jahre verändert hat, nicht mehr erkennt, wie einen sonnenverbrannten Arm, der einem fremd vorkommt, wenn man seine Veränderung nicht bewusst beobachtet hat. In Gedanken ergreift sie Besitz von der Liebesgeschichte ihrer Schwester. Das Angespanntsein macht sie schläfrig. Im Bann der sich auflösenden Träume hat sie einen Schwebezustand erreicht. Sie schläft ein. Der Mond wiegt wohlwollend ihr braunes Gesichtchen. Sie wird älter, während sie schläft. Eines Tages wird sie aufwachen und feststellen, dass die Pflanzen in den Steingärten meistens schwammartige Gewächse sind, die wenig Nahrung brauchen; sie wird feststellen, dass die weißen Scheiben, die um Mitternacht duften, mehr embryonale Gewächse sind als Blüten. Wenn sie älter ist, wird sie voll Bitterkeit auf den geometrischen Wegen philosophischer Le Nôtres[4] wandeln und weniger auf den verwunschenen, mit Birnen und Ringelblumen gesäumten Seitenpfaden ihrer Kindheit.

Alabama konnte nie sagen, was sie morgens aufweckte, wenn sie sich mit offenen Augen daliegen fand, sich ihrer Ausdruckslosigkeit bewusst, die ihr Gesicht wie eine nasse Badematte bedeckte. Sie machte sich munter. Die lebhaften Augen eines sanften Tiers in der Falle spähten skeptisch aus dem straffen Netz der Gesichtszüge; limonengelbes Haar schmolz ihren Rücken hinab. Alabama zog sich mit ungezwungenen Bewegungen für die Schule an, beugte sich vor, um die Bewegungen ihres Körpers zu beobachten. Die Schulglocke klang matt in der lautlosen, feuchten Luft des Südens, wie das Geräusch einer Boje, an die die Wellen schlagen. Auf Zehenspitzen ging sie in Dixies Zimmer und beschmierte sich das Gesicht mit Rouge.

Wenn die Leute sagten: »Alabama, du hast Rouge auf deinem Gesicht«, antwortete sie einfach: »Ich habe mein Gesicht mit der Nagelbürste geschrubbt.«

Dixie war für ihre jüngere Schwester eine äußerst ergiebige Person; ihr Zimmer war voller Besitztümer, überall lagen Seidensachen herum. Auf dem Kaminsims stand eine Plastik der »Drei Affen«, in der Streichhölzer für Raucher steckten. Zwischen zwei gipsernen »Denkern« waren einige Bücher eingeklemmt: *Die dunkle Blume, Das Granatapfelhaus, Das Licht erlosch, Cyrano de Bergerac*[5] und eine illustrierte Ausgabe des *Rubaiyat.* Alabama wusste, dass in der obersten Schublade der Frisierkommode das *Decamerone* versteckt war – sie hatte die unanständigen Stellen gelesen. Oberhalb der Bücher pikste ein Gibson Girl[6] mit einer Hutnadel einen Mann – gesehen durch ein Vergrößerungsglas; ein Teddybärpärchen hockte bequem in einem kleinen, weißen Schaukelstuhl. Dixie besaß einen rosa Gainsborough-Hut[7], eine Amethystbrosche und eine elektrische Brennschere. Dixie war fünfundzwanzig. Alabama würde am vierzehnten Juli, morgens um zwei Uhr, vierzehn sein. Joan, die andere Schwester, war dreiundzwanzig. Joan war außer Haus; sie war so ordentlich, dass es gar keinen Unterschied machte, ob sie da war oder nicht.

Alabama rutschte erwartungsvoll das Treppengeländer

hinunter. Manchmal träumte sie, sie fiele in den Treppenschacht und würde gerettet, weil sie unten rittlings auf dem breiten Querbalken landete. Während sie das Geländer herunterrutschte, lauschte sie in sich hinein, ob sich die Gefühle des Traums wieder einstellten.

Dixie saß bereits bei Tisch, in kaum verhohlenem Trotz und von der Welt abgewandt. Sie hatte ein rotes Kinn, und auf ihrer Stirn waren rote Flecken vom Weinen. Ihr Gesicht hob und senkte sich unter der Haut, zuerst an einer Stelle, dann an einer anderen: wie brodelndes Wasser in einem Topf.

»Ich wünschte, ich wäre nie geboren«, sagte sie.

»Austin, sie ist eine erwachsene Frau.«

»Der Kerl taugt nichts. Er ist ein Erzfaulpelz und noch nicht einmal geschieden.«

»Ich ernähre mich selbst und kann tun und lassen, was ich will.«

»Millie, dieser Mann setzt keinen Fuß mehr in mein Haus.«

Alabama saß ganz still da und erwartete irgendeinen spektakulären Protest gegen die väterliche Unterbrechung von Dixies Romanze. Aber nichts tat sich, bis auf das Schweigen des Kindes. Sonne auf silbernen Farnblättern, Sonne auf dem silbernen Wasserkrug: Richter Beggs schreitet auf blau-weißen Platten in Richtung Büro – immer die gleichen Schritte, in immer der gleichen Zeit –, weiter nichts. Sie hörte die Straßenbahn an der Ecke unter den Trompetenbäumen anhalten, und weg war der Richter. Ohne seine Gegenwart zuckte das Licht nicht so rhythmisch zerteilt auf dem Farn; sein Heim hing völlig von seinem Willen ab, wie ein Pendel.

Alabama beobachtete, wie sich die Geißblattranken um den rückwärtigen Zaun wanden wie Korallenketten, die einen Spazierstock bekränzen. Der morgendliche Schatten unter dem Seifennussbaum war von der gleichen Beschaffenheit wie das Licht – spröde und arrogant.

»Mama, ich möchte nicht mehr in die Schule gehen«, sagte sie nachdenklich.

»Warum nicht?«

»Mir kommt es so vor, als ob ich schon alles wüsste.«

Die Mutter starrte sie mit leicht feindseliger Verwunderung an; das Kind, das nichts mehr von seinen Gedanken preisgeben wollte, wechselte schnell zum Thema Schwester über:

»Was glaubst du, wird Daddy mit Dixie machen?«

»Ach, sei still und zerbrich dir nicht vorzeitig den Kopf über solche Sachen, oder was ist?«

»Wenn ich Dixie wäre, ließe ich mich nicht stören. Ich mag Dolph.«

»Man kann nicht immer alles bekommen auf dieser Welt, was man will. Beeil dich jetzt – du kommst sonst zu spät zur Schule.«

Ihre pochenden Schläfen glühten vor Hitze. Das Schulzimmer schwankte, angefangen von den großen, viereckigen Fenstern bis hin zu einem verunglückten Farbdruck der Unterzeichnung der Unabhängigkeitserklärung: Dort ging es vor Anker. Langsame Junitage summierten sich zu einem Klumpen Sonnenlicht auf der entfernten Wandtafel. Weiße Partikelchen abgeschabter Radiergummis durchzogen die Luft. Der Geruch von Haaren, Winterwollstoff und eingetrockneter Tinte in den Tintenfässern erstickte den weichen Frühsommer, der sich weiße Tunnel unter den Alleebäumen grub und die Fenster mit süßlicher, kränklicher Hitze beschlug. Der Singsang schwarzer Stimmen drang klagend durch die Mittagsstille.

»Tomaten, schöne reife Tomaten. Gemüse, Kohlgemüse.«

Die Jungen trugen lange schwarze Winterstrümpfe, die in der Sonne grün aussahen.

Alabama schrieb *Randolph McIntosh* unter die *Debatte in der Athener Ratsversammlung*. Sie zog einen Kringel um »Alle Männer wurden sofort hingerichtet, und die Frauen und Kinder in die Sklaverei verkauft«. Sie malte die Lippen von Alkibiades aus und verpasste ihm einen schicken Kurzhaarschnitt. Nach dieser Verschönerung klappte sie Myers' *Ancient History* zu. Ihre Gedanken wanderten ziellos umher. Wie schaffte es Dixie, immer so proper auszusehen, immer so bereit für alles? Alabama glaubte, dass bei ihr niemals alle Dinge zur richtigen Zeit am richtigen Fleck sein würden – sie würde nie diesen Zustand abstrakten »Bereitseins« erreichen. Dixie war für ihre Schwester ein perfektes Instrument des Lebens.

Dixie war Redakteurin der Klatschspalte beim Lokalblatt. Vom Augenblick ihrer Heimkehr aus dem Büro bis zum Abendessen telefonierte sie unaufhörlich. Dixie säuselte und säuselte, girrend und affektiert, dem Tonfall der eigenen Stimme lauschend.

»Das kann ich dir jetzt nicht sagen …« Dann ein langes, langsames Gegurgel, wie Wasser, das durchs Abflussrohr der Badewanne läuft.

»Oh, ich sag's dir, wenn wir uns sehen. Nein, ich kann's dir jetzt nicht sagen.«

Richter Beggs lag auf seinem schlichten Eisenbett und sortierte die Bündel gilbender Nachmittage. In Kalbsleder gebundene Bände der *Annals of British Law* und *Annotated Cases* lagen wie Laub auf seinem Körper verstreut. Das Telefon ging ihm auf die Nerven und störte seine Konzentration.

Der Richter wusste, wenn es Randolph war. Nach einer halben Stunde stürmte er in die Halle, seine Stimme bebte vor unterdrücktem Zorn.

»Wenn du es ihm nicht sagen kannst, warum hörst du dann nicht auf mit dem Gespräch!«

Richter Beggs ergriff brüsk den Hörer. Mit der grausamen Präzision eines Tierpräparators sprach er in die Muschel: »Ich wäre Ihnen dankbar, wenn Sie es aufgäben, meine Tochter wiedersehen zu wollen oder mit ihr zu telefonieren.«

Danach schloss sich Dixie in ihr Zimmer ein und kam zwei Tage lang nicht mehr heraus, auch nicht zum Essen. Alabama genoss ihre eigene Rolle bei all diesem Aufruhr.

»Ich möchte auf dem Schönheitsball auch mit Alabama tanzen«, hatte Randolph fernmündlich erklärt.

Die Kindertränen verfehlten die Wirkung auf die Mutter nicht.

»Warum belästigt ihr euren Vater damit? Ihr könnt doch eure Verabredungen woanders treffen«, sagte sie beschwichtigend. Die uneingeschränkte, gesetzlose Großzügigkeit ihrer Mutter war das Ergebnis vieler Jahre des Zusammenlebens mit dem Richter und seiner unwiderlegbaren, scharfen Verstandeslogik. Eine Umgebung, die weibliche Gefühle nicht tolerierte, musste ihrer mütterlichen Natur unerträglich sein, und so war die inzwischen fünfundvierzigjährige Millie Beggs zu einer Gefühlsanarchistin geworden. Das war ihre Art, sich von der Notwendigkeit der eigenen Existenz zu überzeugen. Mit ihrer Inkonsequenz wollte sie beweisen, dass sie das System beherrschen konnte, wenn sie nur wollte. Der gesetzestreue Austin wurde gebraucht: Mit drei Kindern, ohne Geld, bevorstehenden Wahlen im Herbst und Versicherungspflichten konnte er es sich nicht leisten, zu sterben oder krank zu werden. Millie jedoch, die weniger eng in dieses Muster verwoben war, hatte das Gefühl, es sei egal, ob sie existiere oder nicht.

Alabama warf den Brief ein, den Dixie auf den Rat der Mutter hin geschrieben hatte, und sie trafen Randolph im Café Tip-Top.

Alabama, die in einem Strudel heftig schwankender Entschlüsse durch ihre Mädchenjahre schwamm, war von angeborener Skepsis gegenüber der »Bedeutung« dessen, was zwischen ihrer Schwester und Randolph vorging.

Randolph war Reporter bei Dixies Zeitung. Er hatte eine kleine Tochter, die von seiner Mutter weiter unten im Süden bei den Zuckerrohrfeldern in einem ungestrichenen Holzhaus versorgt wurde. Randolph lernte es nie, seinen Augen und seinem runden Gesicht einen angemessenen Ausdruck zu verleihen, so als ob sein leibliches Vorhandensein das Erstaunlichste sei, was ihm je vorgekommen war. Er leitete Abendtanzkurse, für die ihm Dixie die Schüler und Schülerinnen besorgte – wie auch seine Krawatten und was sonst noch sorgfältig ausgewählt werden musste.

»Liebling, du musst dein Messer auf den Teller legen, wenn du es nicht benutzt«, sagte Dixie, seine Persönlichkeit nach ihrem Gesellschaftsbild zurechtstutzend.

Man wusste nie, ob er zugehört hatte, obwohl er immer auf etwas zu horchen schien – vielleicht wartete er auf eine Elfenserenade oder einen phantastischen, übernatürlichen Fingerzeig, der auf seine soziale Stellung im Sonnensystem hinwies.

»Und ich möchte eine gefüllte Tomate und Kartoffeln *au gratin* und einen Maiskolben und Plätzchen und Schokoladeneis«, unterbrach Alabama ungeduldig.

»Allmächtiger! Wir sollen das *Ballett der Stunden* aufführen, Alabama. Ich werde Harlekinhosen tragen und du einen Tüllrock und einen Dreispitz. Kannst du dir in drei Wochen einen Tanz ausdenken?«

»Klar. Ich weiß noch ein paar Schritte vom letzten Karneval. Das geht so … siehst du?« Alabama ließ ihre Finger übereinander spazieren, bis sie völlig ineinander verschlungen waren. Dann presste sie einen Finger auf den Tisch, um die Stelle zu kennzeichnen, an der sie stehen geblieben war, entwirrte ihre Finger und begann von Neuem. »… und der zweite Teil geht so … und es endet mit einem Br-rr-rr-hups!«, erklärte sie.

Randolph und Dixie sahen das Kind fragend an.

»Sehr hübsch«, bemerkte Dixie zögernd, gerührt von der Begeisterung ihrer Schwester.

»Du kannst die Kostüme machen«, sagte Alabama zum Schluss und glühte vor Künstlerstolz. Begierig heimste sie jedes flüchtige Zeichen der Bewunderung ein und häufte ihre Beute auf alles, was zur Hand war: auf Schwestern und deren Verehrer, Vorstellungen und Verkleidungen. Bei ihren ständigen Gefühlsumschwüngen nahm alles den Charakter einer Improvisation an.

Jeden Nachmittag probten Alabama und Randolph in dem alten Theatersaal, bis es innen trüb und dämmrig wurde und draußen die Bäume glänzend feucht und veronesisch aussahen, als ob es geregnet hätte. Von hier aus war das erste Regiment des Staates Alabama in den Bürgerkrieg gezogen. Die schmale Empore sackte auf den eisernen Spindelsäulen durch, und im Boden waren Löcher. Die abfallenden Stufen führten zum Markt: gesperberte Hühnchen »Plymouth Rock« im Käfig, Fische, Sägespäne mit Eisklümpchen aus dem Metzgerladen, Girlanden und eine ganze Toreinfahrt voller Armeemäntel. Erhitzt vor Aufregung, lebte das Kind einen Augenblick lang in einer Welt fiktiver beruflicher Möglichkeiten.

»Alabama hat den wunderbaren Teint ihrer Mutter geerbt«, sagten die Veranstalter, während sie der kreiselnden Figur zusahen.

»Ich habe meine Wangen mit einer Nagelbürste geschrubbt«, schrie sie von der Bühne herunter. Das war Alabamas Antwort auf Bemerkungen über ihren Teint; nicht dass es gestimmt oder gepasst hätte, aber sie sagte es so.

»Das Kind hat Talent«, hieß es. »Es sollte gefördert werden.«

»Ich habe mir alles selbst ausgedacht«, antwortete sie nicht ganz wahrheitsgemäß.

Als der Vorhang schließlich über dem letzten Bild des

Balletts fiel, kam ihr der Beifall wie mächtiges Verkehrsrauschen vor. Dann spielten zwei Kapellen für den Ball; der Gouverneur führte die Polonaise an. Nach ihrem Auftritt stand Alabama in dem dunklen Gang, der zur Künstlergarderobe führte.

»Einmal habe ich was vergessen«, flüsterte sie erwartungsvoll gespannt. Draußen herrschte noch das gedämpfte Fieber der Aufführung.

»Du warst prima«, lachte Randolph.

Das Mädchen hing an seinen Worten wie ein Kleidungsstück, das darauf wartet, angezogen zu werden.

Behutsam ergriff Randolph ihre langen Arme und streifte ihre Lippen mit seinem Mund, wie ein Seemann, der das Meer nach anderen Schiffen absucht. Sie trug dieses äußerliche Zeichen ihres Erwachsenseins wie einen Verdienstorden – es blieb tagelang auf ihrem Gesicht und kam immer wieder zum Vorschein, wenn sie aufgeregt war.

»Du bist fast erwachsen, nicht wahr?«, fragte er.

Alabama gestand sich nicht das Recht zu, auf so unklare Vermutungen näher einzugehen oder Gemeinplätze über ihre weiblichen Aspekte zu erörtern, die sich aufgrund des Kusses hinter seinem Rücken zusammengebraut hatten. Wenn sie darin Schutz gefunden hätte, hätte sie ihr Selbstbild zerstört. Sie hatte Angst; sie dachte, ihr Herz sei eine sichtbare, wandelnde Person. Und das war es. Alle waren plötzlich sichtbar. Die Vorstellung war zu Ende.

»Alabama, warum gehst du nicht in den Tanzsaal?«

»Ich habe noch nie auf einem Ball getanzt. Ich habe Angst.«

»Ich gebe dir einen Dollar, wenn du mit einem der Männer tanzt, die da warten.«

»Meinetwegen. Aber was ist, wenn ich umfalle oder jemanden zum Stolpern bringe?«

Randolph stellte sie vor. Sie kam mit ihrem Tanzpartner ganz gut zurecht, bis er plötzlich anfing, seitwärts zu tanzen.

»Sie sind so hübsch«, sagte er. »Ich dachte, sie wären von woanders her.«

Sie sagte ihm und noch einem Dutzend anderen, er dürfe sie mal besuchen. Einem rothaarigen Mann, der über die Tanzfläche glitt, als würde er Milch entrahmen, versprach sie, mit ihm in den Country Club zu gehen. Alabama hätte sich nie vorstellen können, wie es ist, eine Verabredung zu haben.

Als ihr Make-up am nächsten Tag beim Waschen abging, tat es ihr leid. Nur Dixies Rouge konnte ihr jetzt helfen, die getroffenen Verabredungen ordentlich geschminkt zu überstehen.

Der Richter schlürfte seinen Kaffee neben dem zusammengefalteten *Journal.* Dann las er in der Morgenzeitung den Bericht vom Schönheitsball.

»Die begabte Miss Dixie Beggs, älteste Tochter von Mr. und Mrs. Austin Beggs, Richter in dieser Stadt«, hieß es da, »trug viel zum Erfolg der Veranstaltung bei. Sie wirkte als Impresario für ihre talentierte Schwester, Miss Alabama Beggs, unterstützt von Mr. Randolph McIntosh. Der Tanz war von erregender Schönheit, und die Darbietung war exzellent.«

»Wenn Dixie meint, sie könne die Sitten einer Prostituierten in meiner Familie einführen, dann ist sie nicht mehr meine Tochter. Schwarz auf weiß in Zusammenhang gebracht zu werden mit einem moralischen Versager! Meine Kinder müssen meinen Namen respektieren. Dieser Name ist alles, was sie auf dieser Welt haben«, explodierte der Richter.

Alabama hatte ihren Vater noch nie so genau sagen hören, was er von ihnen erwartete. Durch seinen einzigartigen Verstand von jeglicher Kommunikation mit Gleichgestellten ausgeschlossen, lebte der Richter sehr zurückgezogen. Er erwartete von seiner Umgebung eigentlich nur freundlichen Zuspruch und etwas Respekt für seine Zurückhaltung.

So kam Randolph am Nachmittag, um sich zu verabschieden.

Die Schaukel quietschte, die rosa Kletterrose »Dorothy Perkins« wurde braun in Staub und Sonne. Alabama saß auf der Treppe und sprengte den Rasen mit einem von der Sonne heißen Gartenschlauch. Aus der Düse rann es trübselig auf ihr Kleid. Sie war traurig wegen Randolph; sie hatte gehofft, dass sich noch einmal eine Gelegenheit ergäbe, ihn zu küssen. Auf jeden Fall nahm sie sich vor, dieses eine Mal für die nächsten paar Jahre nicht zu vergessen.

Die Augen ihrer Schwester verfolgten die Handbewegungen des Mannes, als erwarte sie, dass seine Hände sie ans Ende der Welt führen würden.

Alabama hörte, wie Dixie mit gebrochener Stimme sagte: »Vielleicht kommst du wieder, wenn deine Scheidung durch ist.« Randolphs Augen hoben sich schwer und endgültig von den Rosen ab. Seine feste Stimme drang klar und distanziert an Alabamas Ohr.

»Dixie«, sagte er, »du hast mir beigebracht, wie man Messer und Gabel richtig benutzt, wie man tanzt und welche Anzüge man trägt. Aber wenn ich einmal gegangen bin, betrete ich das Haus deines Vaters nie wieder. Herrgott noch mal! Für deinen Vater ist nichts gut genug.«

Er kam wirklich nie mehr wieder. Alabama hatte aus der Vergangenheit gelernt, dass immer irgendetwas Unangenehmes passiert, wenn im Gespräch unser Heiland erwähnt wurde. Der Geschmack ihres ersten Kusses verschwand gleichzeitig mit der Hoffnung auf eine Wiederholung.

Der glänzende Lack auf Dixies Fingernägeln wurde gelblich, und Zeichen der Vernachlässigung wurden durch das Rot hindurch sichtbar. Sie gab ihren Job bei der Zeitung auf und arbeitete bei einer Bank. Alabama erbte den rosa Hut, und jemand trat auf die Brosche. Als Joan wieder nach Hause kam, war das Zimmer so unordentlich, dass sie mit ihren Kleidern zu Alabama zog. Dixie hortete ihr Geld; das Einzige, was sie in diesem Jahr kaufte, war das Mittelstück aus dem Bild »Primavera«[8] und eine deutsche Lithographie »Septembermorgen«.

Dixie verdeckte das Oberlicht an ihrer Tür mit Pappendeckel, damit ihr Vater nicht merkte, wenn sie bis nach Mitternacht aufblieb. Mädchen kamen und gingen. Nachdem Laura einmal bei ihnen übernachtet hatte, bekam die Familie Angst, mit Tuberkulose angesteckt worden zu sein; Paula, goldblond glänzend, hatte einen Vater, der unter Mordanklage gestanden hatte; Marsha war hübsch und boshaft, mit vielen Freunden und einem schlechten Ruf; Jessie, die extra aus New York gekommen war, ließ ihre Strümpfe in die Reinigung geben. Das hatte für Austin Beggs etwas ausgesprochen Unmoralisches an sich.

»Ich weiß nicht«, sagte er, »warum sich meine Tochter ihre Freunde und Freundinnen aus dem Abschaum der Menschheit aussucht.«

»Das kommt ganz darauf an, von welcher Seite aus du es betrachtest«, protestierte Millie. »Der Abschaum könnte auch eine wertvolle Ablagerung sein.«

Dixies Freundinnen lasen sich gegenseitig laut vor. Alabama saß in dem kleinen weißen Schaukelstuhl und hörte zu. Sie äffte das elegante Getue nach und registrierte jeden höflichen, affektierten Lacher, den sie sich gegenseitig abluchsten.

»Das versteht sie noch nicht«, sagten sie wiederholte Male und starrten das Mädchen aus wässrigen angelsächsischen Augen an.

»Was verstehe ich noch nicht?«, fragte Alabama.

Der Winter erstickte in Mädchenrüschen. Dixie weinte immer, wenn ein Mann sie zu einer Verabredung überreden wollte. Im Frühjahr kam die Nachricht von Randolphs Tod.

»Ich hasse das Leben!«, schrie sie hysterisch.

»Ich hasse es, ich hasse es, ich hasse es! Wenn ich ihn geheiratet hätte, wäre das nicht passiert.«

»Millie, könntest du bitte den Arzt rufen?«

»Nichts Ernsthaftes, Richter Beggs, nur nervliche Überanstrengung. Sie brauchen sich keine Sorgen zu machen«, sagte der Arzt.

»Ich halte dieses emotionale Gewäsch nicht länger aus«, sagte Austin.

Als Dixie sich besser fühlte, ging sie nach New York, um zu arbeiten. Sie weinte, als sie alle zum Abschied küsste, und in der Hand trug sie einen Bund wilder Stiefmütterchen. Sie bewohnte mit Jessie ein Zimmer an der Madison Avenue und besuchte alle Leute, die es von ihrer Heimatstadt nach New York verschlagen hatte. Jessie besorgte ihr einen Job bei derselben Versicherungsgesellschaft, bei der sie auch arbeitete.

»Ich möchte nach New York gehen, Mama«, sagte Alabama, als sie Dixies Brief las.

»Warum um alles in der Welt?«

»Damit ich mein eigener Boss bin.«

Millie lachte. »Denk dir nichts«, sagte sie. »Dein eigener Boss kannst du überall sein. Warum kannst du nicht hier zu Hause Boss sein?«

Nach drei Monaten war Dixie im Norden verheiratet – mit einem Mann aus dem Süden, aus Alabama. Beide machten einen kurzen Besuch zu Hause, und Dixie weinte sehr viel, als täte ihr die übrige Familie leid, weil sie immer noch zu Hause wohnen müsste. Sie stellte in dem alten Haus die Möbel um und kaufte eine Anrichte für das Esszimmer. Alabama bekam eine Kodak, und sie fotografierten sich auf den Stufen des Capitols, unter den Hickorynussbäumen und händchenhaltend auf der Verandatreppe. Von Millie wünschte sich Dixie eine Patchwork-Bettdecke; um das Haus, so meinte sie, solle man einen Rosengarten anlegen, und Alabama solle sich nicht so stark schminken, weil sie zu jung dafür sei, und die Mädchen in New York täten es auch nicht.

»Aber ich bin nicht in New York«, sagte Alabama. »Und wenn ich mal hinkomme, tue ich es trotzdem.«

Dann reisten Dixie und ihr Mann wieder ab aus der Südstaatenlangeweile. Am Tag von Dixies Abreise saß Alabama auf der hinteren Veranda und sah ihrer Mutter beim Tomatenschneiden für das Mittagessen zu.

»Ich schneide die Zwiebeln eine Stunde vorher hinein«, sagte sie, »und dann nehme ich sie heraus. Das gibt dem Salat gerade das richtige Aroma.«

»Ja, Mama. Kann ich die Enden haben?«

»Möchtest du keine ganze?«

»Nein, ich mag das Grüne dran.«

Die Mutter versah ihre Arbeit wie eine Kastellanin, die bedürftigen Bauern mildtätige Gaben austeilt. Sie hatte eine persönliche Beziehung zu den Tomaten, die abhängig davon waren, von Miss Millie zu einem Salat verarbeitet zu werden. Die Lider über ihren blauen Augen hoben sich in müder Wölbung, und ihre Hände bewegten sich voll Nächstenliebe durch die Notwendigkeiten des Lebens. Ihre Tochter war fort. Aber auch in Alabama steckte etwas von Dixie: das Ungestüm. Sie forschte im Gesicht des Kindes nach Ähnlichkeiten. Außerdem würde Joan wieder nach Hause kommen.

»Mama, hast du Dixie gern gehabt?«

»Natürlich. Ich habe sie immer noch gern.«

»Aber sie hat oft Ärger gemacht.«

»Nein. Sie war bloß immer verliebt.«

»Hast du sie lieber gemocht als zum Beispiel mich?«

»Ich liebe euch alle gleich.«

»Ich mache aber auch Ärger, wenn ich nicht tun darf, was ich will.«

»Ach, Alabama. *Alle* Leute machen das aus dem einen oder anderen Grund. Wir dürfen uns davon nicht beeindrucken lassen.«

»Ja. Mama.«

Draußen am Gitter reiften Granatäpfel zu exotischem Schmuck heran, eingerahmt von ledrigen Blättern. Die Bronzekügelchen eines indischen Flieders zerbarsten zu einem blasslila Tüllgesprudel am Ende des Gartens. Dattelpflaumen ließen die schwere Ladung eines Sommers auf das Dach des Hühnerstalls klatschen.

Gack, *gack*, gack, *gack*!

»Die alte Henne legt wieder.«

»Vielleicht hat sie einen Maikäfer gefangen.«

»Die Feigen sind noch nicht reif.«

Aus einem Haus auf der anderen Straßenseite rief eine Mutter nach ihren Kindern. Im Garten nebenan gurrten Tauben in einer Eiche. Aus einer Nachbarsküche hörte man, wie Beefsteaks rhythmisch geklopft wurden.

»Mama, ich verstehe nicht, warum Dixie bis nach New York gegangen ist, wenn sie dann einen Mann von hier heiratet.«

»Er ist ein sehr netter Mann.«

»Aber ich hätte ihn nicht geheiratet, wenn ich Dixie gewesen wäre. Ich hätte einen New Yorker geheiratet.«

»Warum?«, fragte Millie neugierig.

»Ach, ich weiß nicht.«

»Größere Eroberung, wie?«, spottete Millie.

»Ja, genau.«

In der Ferne kam ein Wagen quietschend zum Stehen.

»War das nicht die Straßenbahn? Da kommt bestimmt dein Vater.«

2

Und ich sage dir, ich trage ihn *nicht,* wenn du ihn so machst«, kreischte Alabama und schlug mit der Faust auf die Nähmaschine.

»Aber Liebling, das ist der letzte Schrei.«

»Und wenn es schon blauer Serge sein muss, dann nicht auch noch *lang*!«

»Wenn du mit Jungen ausgehst, kannst du keine kurzen Kleider mehr tragen.«

»Aber tagsüber gehe ich doch gar nicht mit Jungen aus«, sagte sie. »Tagsüber spiele ich und abends gehe ich aus.«

Alabama stellte den Spiegel schräg und betrachtete prüfend den langen Bahnenrock. In ohnmächtiger Wut begann sie zu weinen. »Den ziehe ich nicht an! Nie – wie soll ich damit rennen oder so was?«

»Ist er nicht reizend, Joan?«

»Wenn Alabama mein Kind wäre, bekäme sie eine geschmiert«, erklärte Joan lakonisch.

»Ja, das kannst du! Und ich würde dir eine zurückschmieren.«

»Als ich so alt war wie du, war ich froh, wenn ich überhaupt was bekommen habe. Meine Kleider waren immer aus Dixies alten Sachen gemacht. Du bist ein ganz verwöhntes Luder«, fuhr ihre Schwester fort.

»Joan! Alabama möchte doch bloß ihren Rock anders haben.«

»Mamis kleiner Engel! Der Rock ist genauso, wie sie ihn vorher haben wollte.«

»Ich konnte doch nicht ahnen, dass er so aussieht.«

»Wenn du mein Kind wärst, wüsste ich was ich täte«, drohte Joan weiter.

Alabama stand im typischen Samstagssonnenschein und strich den Matrosenkragen glatt. Sie fuhr mit den Fingern probeweise in die Brusttasche und starrte pessimistisch auf ihr Spiegelbild.

»Meine Füße sehen aus, als ob sie jemand anderem gehörten«, sagte sie. »Aber vielleicht ist das richtig so.«

»Ich habe noch nie so viel Tamtam um ein Kleid erlebt«, sagte Joan. »Wenn ich Mama wäre, müsstest du dir alles von der Stange kaufen.«

»Was es in den Geschäften gibt, gefällt mir nicht. Und du hast schließlich überall Spitze auf deinen Sachen.«

»Die bezahle ich selbst.«

Austins Tür flog auf.

»Alabama, kannst du bitte aufhören zu streiten! Ich möchte meinen Nachmittagsschlaf halten.«

»Kinder, euer Vater!«, rief Millie bestürzt.

»Ja, Papa, aber Joan fängt immer an«, schrie Alabama.

»Mein Gott! Immer muss sie die Schuld auf jemand anderen schieben. Wenn ich es nicht bin, ist es Mama oder wer gerade in der Nähe ist – nie sie selbst.«

Alabama dachte missmutig über die Ungerechtigkeit des Lebens nach, die Joan hatte vor ihr auf die Welt kommen lassen. Und nicht nur das. Ihre Schwester hatte auch eine unnachahmliche Schönheit mitbekommen, dunkel wie ein schwarzer Opal. Alabama hätte sich noch so sehr anstrengen können, nie würde sie so goldbraune Augen haben oder so geheimnisvoll tief liegende Augenhöhlen. Wenn das Lampenlicht voll auf Joan fiel, sah sie aus wie ihr eigener Geist, der darauf wartet, belebt zu werden. Durchsichtiger, bläulicher Lichtschein schimmerte um ihre Zahnränder; ihr Haar war glatt und glänzte stumpf.

Die Leute sagten, Joey sei ein liebes Mädchen – verglichen mit den anderen. Da Joan jetzt über zwanzig war, stand sie zu Recht im vollen Scheinwerferlicht der Familie. Als Alabama hörte, wie für Joan Pläne geschmiedet wurden, versuchte sie angestrengt, diesen seltenen elterlichen Überlegungen zu folgen, weil sie das Gefühl hatte, auch ihr eigenes Ich sei davon betroffen. Wenn sie bruchstückhaft von Familieneigenschaften erfuhr, die auch sie in sich haben musste, dann war das, als ob sie plötzlich entdeckte, dass sie fünf Zehen hatte, obwohl sie bis dahin immer nur vier hatte zählen können. Es war schön, Hinweise zur eigenen Person zu bekommen.

»Millie«, fragte Austin eines Abends besorgt, »will Joey den jungen Acton heiraten?«

»Ich weiß es nicht, mein Herz.«

»Also ich finde, sie hätte nicht so viel mit ihm in der Gegend rumziehen und schon seine Eltern besuchen sollen, wenn sie es nicht ernst meint. Und wenn sie es ernst meint, dann sieht sie diesen Harlan zu oft.«

»Ich kenne Actons Verwandtschaft noch von meinem Elternhaus her. Warum hast du sie denn hinfahren lassen?«

»Weil ich von Harlan nichts wusste. Aber es gibt gewisse Verpflichtungen …«

»Mama, kannst du dich noch an deinen Vater erinnern?«, unterbrach Alabama.

»Sicher. Mit dreiundachtzig machte er in Kentucky bei einem Pferderennen mit und flog aus dem Wagen.«

Dass der Vater ihrer Mutter ein eigenes Leben hatte, das man schildern und dramatisieren konnte, kam Alabama vielversprechend vor. Offenbar konnte man sich hier einer Vorstellung anschließen. Die Zeit würde unweigerlich dafür sorgen, dass auch sie einen Platz darin fände – einen Ort, an dem sie die Geschichte ihres Lebens aufführen konnte.

»Was ist mit diesem Harlan?«, hakte Austin nach.

»Ach, nichts!«, meinte Millie unverbindlich.

»Ich weiß nichts. Joey scheint ihn sehr zu mögen. Er verdient aber nichts. Acton ist wenigstens gut situiert. Ich möchte nicht, dass meine Tochter eines Tages von der Fürsorge leben muss.«

Harlan kam jeden Abend und sang mit Joan Lieder, die sie aus Kentucky mitgebracht hatte: »The Time«, »The Place and The Girl«, »The Girl from Saskatchewan«, »The Chocolate Soldier«. Die Deckel der Notenhefte waren zweifarbig bedruckt mit pfeifenrauchenden Männern, Prinzen auf einer Balustrade und Wolkenwelten um den Mond. Harlans Stimme klang feierlich wie eine Orgel. Er blieb zu oft zum Abendessen. Seine Beine waren so lang, dass sein übriger Körper nur wie schmückendes Beiwerk aussah.

Um vor Harlan anzugeben, erfand Alabama Tänze, die sie ihm vorführte, indem sie außen um den Teppich herum steppte.

»Geht er eigentlich nie nach Hause?«, fragte Austin

Millie verdrießlich bei jedem neuerlichen Besuch. »Ich weiß nicht, was Acton davon halten würde. Joan darf nicht verantwortungslos sein.«

Harlan wusste, wie man sich beliebt macht; es war sein Status, der unbefriedigend war. Eine Ehe zwischen Joan und Harlan hätte bedeutet, dass die beiden dort anfangen müssten, wo der Richter und Millie damals angefangen hatten. Und Austin besaß keinen Rennstall wie Millies Vater, um den beiden finanziellen Rückhalt bieten zu können.

»Hallo, Alabama, hast du aber ein hübsches Lätzchen um.«

Alabama wurde rot. Sie bemühte sich, diese angenehme Gefühlsaufwallung aufrechtzuerhalten. Soweit sie sich erinnern konnte, war es das erste Mal, dass sie rot wurde. Das war für sie wieder einmal ein Beweis; zum Beispiel dafür, dass sie rechtmäßige Erbin all der alten Reaktionen war: der Verlegenheit, des Stolzes und der Verantwortung für eigene Gefühle.

»Es ist eine Schürze. Ich habe ein neues Kleid an und habe geholfen, das Abendessen zu machen.«

Sie enthüllte ihr neues, blaues Sergekleid, damit Harlan es bewundern konnte.

Er zog das schlaksige Mädchen zu sich auf die Knie.

Alabama wollte die Erörterung ihrer Person nicht so schnell aufgeben und fuhr hastig fort: »Aber für den Tanzabend habe ich ein ganz schönes Kleid, ein noch schöneres als Joans.«

»Du bist zu jung, um zum Tanzen zu gehen. Du siehst aus wie ein Baby, und mir wäre es peinlich, dich zu küssen.«

Alabama war enttäuscht, väterliche Züge an Harlan wahrzunehmen.

Harlan strich ihr das fahle Haar aus dem Gesicht. Es gab viele geometrische Formen und leuchtende Kuppen und etwas odaliskenhaft Verschlossenes in ihrem stillen Gesicht. Ihr Knochenbau war ebenso fest wie bei ihrem Vater, aber die glatten Muskeln zeigten, dass sie noch sehr jung war.

Austin kam herein, um seine Zeitung zu holen.

»Alabama, du bist zu alt, um dich bei jungen Männern auf dem Schoß herumzufläzen.«

»Aber Harlan ist nicht *mein* Verehrer, Daddy!«

»Guten Abend, Herr Richter.«

Der Richter spuckte bedächtig in den Kamin und unterdrückte seine Missbilligung.

»Das ist egal. Du bist zu alt.«

»Werde ich immer zu alt sein?«

Harlan erhob sich, und Alabama rutschte von den Knien. In der Tür stand Joan.

»Miss Joey Beggs«, rief er aus, »das hübscheste Mädchen in der ganzen Stadt.«

Joan kicherte, wie Leute kichern, wenn sie in einer beneidenswerten Position sind und ihre Überlegenheit verbergen müssen, um jemand anderen nicht zu kränken – und auch, als habe sie immer schon gewusst, dass sie die Hübscheste sei.

Alabama beobachtete neidvoll, wie Harlan Joey in den Mantel half und sie besitzergreifend mit sich fortführte. Nachdenklich beobachtete Alabama, wie ihre Schwester sich in eine anlehnungsbedürftige, einschmeichelnde Person verwandelte, als sie sich dem

Mann anvertraute. Sie wünschte, sie wäre an ihrer Stelle. Beim Abendbrottisch würde ihr Vater da sein. Auch hier das Gleiche: die Notwendigkeit, jemand zu sein, der man nicht war. Ihr Vater wusste nicht, wie sie wirklich war, dachte sie.

Das Abendessen machte meistens Spaß. Es gab Toast mit etwas Holzkohlengeschmack und manchmal Hühnchen, miefig warm wie Luft unter einer Bettdecke. Millie und der Richter sprachen im Konversationston über den Haushalt und die Kinder. Das Familienleben wurde zum Ritual, das durch das Sieb von Austins Überzeugungen gepresst wurde.

»Ich möchte mehr von der Erdbeermarmelade.«

»Dir wird noch schlecht werden.«

»Millie, meiner Meinung nach kann sich ein anständiges Mädchen nicht mit einem Mann verloben und gleichzeitig an jemand anderem interessiert sein.«

»Das ist nicht böse gemeint. Joan ist ein gutes Mädchen. Außerdem ist sie nicht mit Acton verlobt.«

Ihre Mutter wusste, dass Joan mit Acton verlobt war. Eines Abends im Sommer nämlich, als es in Strömen goss und die triefend nassen Geißblattranken rauschten wie Damen, die ihre seidenen Röcke raffen, und als die Abflussrohre zischten und gurgelten wie klagende Tauben und schaumiger Dreck durch den Rinnstein gespült wurde, da hatte Millie Alabama mit einem Schirm losgeschickt, und Alabama entdeckte die beiden – aneinandergeklebt wie zwei feuchte Briefmarken in einer Brieftasche. Später sagte Acton zu Millie, dass sie heiraten wollten. Aber Harlan schickte sonntags Rosen. Weiß der Himmel, wo er das Geld für so viele Blumen hernahm. Er konnte Joan nur deshalb nicht bitten, seine Frau zu werden, weil er so arm war.

Als in den Gärten der Stadt allmählich alles zu blühen anfing, wurde Alabama von Harlan und Joan zu Spaziergängen mitgenommen. Alabamas Gegenwart, die Japanische Quitte mit Blättern wie rostiges Blech, die Schneeball- und Zitronensträucher, die Blütenblätter der japanischen Magnolien, die wie Fetzen von Ballkleidern auf dem Rasen verstreut lagen: All dies absorbierte die stille Zweisamkeit der beiden. Die Gegenwart des Kindes ließ sie nur über Belangloses sprechen. Alabamas Person hielt sie von Gesprächen über ihre eigentlichen Probleme ab.

»Solche Büsche möchte ich, wenn ich ein Haus habe«, erklärte Joan.

»Joey, das kann ich mir nicht leisten. Ich lasse mir dafür einen Bart wachsen«, meinte Harlan entgegenkommend.

»Ich liebe diese kleinen Bäumchen, die Lebensbäume und Zypressen. Und dazwischen soll ein langer Weg sein, der sich wie Federstickerei durchschlängelt, und am Ende eine Terrasse mit Clothilde Superbe.«

Alabama fand, dass es keine große Rolle spiele, ob ihre Schwester etwas mit Acton oder mit Harlan im Sinn habe – der Garten würde jedenfalls sehr hübsch werden; für einen oder keinen oder beide, verbesserte sie sich verwirrt.

»Mein Gott! Warum kann ich kein Geld verdienen!«, seufzte Harlan.

Dieser Frühling bestand für Alabama aus gelben Schwertlilien, wie Zeichnungen aus dem Biologiebuch, aus Teichen mit Lotosblüten, aus dem braun-weißen Batikmuster der Schneeballbüsche, dem plötzlichen Gefühlsausbruch des Brennenden Dornbusches und der toten Cremefarbe von Joeys Eierschalengesicht unter dem Strohhut. Alabama erfasste intuitiv, warum Harlan nervös mit den Schlüsseln in der Hosentasche klimperte, in der kein Geld war, und warum er die Straße entlangtaumelte wie ein Schwindliger, der über einen Baumstamm balanciert. Andere hatten Geld; bei ihm reichte es nur für Rosen. Wenn er keine Rosen mehr kaufte und stattdessen sparte, könnte er ewig lang kein Geschenk mehr machen, und bis dahin wäre Joan gegangen oder wäre anders geworden oder für immer verloren.

Wenn es heiß war, mieteten sie einen kleinen Wagen und fuhren durch den Staub zu den Margeritenfeldern, wo – wie in einem Kinderlied – verträumte, schattengefleckte Kühe den Sommer von weißen Abhängen weideten. Alabama blieb immer etwas zurück und pflückte Blumen für zu Hause. Wenn sie in dieser ihr fremden Welt unterdrückter Gefühle etwas äußerte, schien es ihr immer eine ganz besondere Bedeutung zu haben, so wie sich jemand in einer fremden Sprache oft witziger vorkommt als in der Muttersprache. Joan beklagte sich bei Millie, dass Alabama zu viel rede für ihr Alter.

Schwankend und knatternd wie ein Segel im aufziehenden Sturm brandete die Liebesgeschichte in den Juli hinein. Schließlich kam der Brief von Acton. Alabama sah ihn auf dem Kaminsims im Zimmer des Richters.

»Und da ich in der Lage bin, Ihrer Tochter ein angenehmes Leben zu bieten und, wie ich meine, sie glücklich zu machen, bitte ich Sie um Ihre Zustimmung zu unserer Heirat.«

Alabama wollte den Brief aufheben, »als Familiendokument«, sagte sie.

»Nein«, erwiderte der Richter. Er und Millie bewahrten niemals Dinge auf.

Alabama erwartete für die Zukunft ihrer Schwester alles Mögliche, nur nicht, dass die Liebe weiterginge: dass die Leichname der daran Gestorbenen dazu verwendet würden, die Krater aufzufüllen, die auf dem Weg dorthin entstanden. Alabama brauchte sehr lange, bis sie das Leben ganz unromantisch als lange, kontinuierliche Abfolge vereinzelter Ereignisse zu begreifen lernte, und jede Gefühlserfahrung nur als Vorbereitung für die nächste.

Als Joey Ja sagte, fühlte sich Alabama um ein Drama betrogen, für das sie aufgrund ihrer Gefühlsinvestitionen die Eintrittskarte bereits erworben hatte.

Heute keine Vorstellung. Die Hauptdarstellerin hat kalte Füße bekommen, dachte sie.

Sie wusste nicht, ob Joan weinte oder nicht. Alabama saß in der oberen Halle und putzte weiße, flache Schuhe. Sie sah, dass ihre Schwester auf dem Bett lag, als habe ihr Körper sich hingelegt und sie selbst sei weggegangen und habe vergessen zurückzukommen. Aber es waren keine Geräusche zu vernehmen.

»Warum willst du Acton nicht heiraten?«, hörte sie den Richter ganz freundlich fragen.

»Ach, ich habe keinen Koffer, und ich müsste von hier fort, und meine Sachen sind alle so abgetragen«, antwortete Joan ausweichend.

»Ich kaufe dir einen Koffer, Joey, und Acton kauft dir deine Kleider und ein schönes Zuhause und alles, was du im Leben brauchst.«

Der Richter ging rücksichtsvoll mit Joan um. Sie war ihm weniger ähnlich als die anderen. Ihre Schüchternheit ließ sie gelassener erscheinen, weniger dazu geneigt, sich gegen ihr Schicksal aufzulehnen, als Alabama oder Dixie.

Die Hitze lastete drückend auf der Erde, vergrößerte die Schatten, dehnte Holztüren und Fenstersimse aus, bis sich der Sommer mit einem schrecklichen Donnerschlag entlud. Die Bäume zuckten manisch im Schein der Blitze und schwenkten furiengleich ihre Arme. Alabama wusste, dass Joan vor Gewittern Angst hatte. Sie kroch zu ihrer Schwester ins Bett und legte ihren gebräunten Arm über sie wie einen starken Riegel über eine herabsackende Tür. Alabama nahm an, dass Joan das Richtige tun und das Richtige haben müsse; sie sah ein, dass das notwendig sein könnte, wenn man so war wie Joan. Bei Joan hatte alles seine bestimmte Ordnung. Manchmal war Alabama genauso, zum Beispiel sonntagnachmittags, wenn niemand im Haus war außer ihr und der vollendeten Stille.

Sie wollte ihre Schwester beruhigen. Sie wollte sagen: »Joey, wenn du je wissen willst, wie es den Kamelien und den Margeritenfeldern geht, dann macht es nichts, wenn du es vergessen hast, weil ich es dir sagen kann. Ich kenne das Gefühl, das du gefühlt hast, und an das du dich nicht mehr erinnern kannst – ich meine, wenn irgendwann in vielen Jahren etwas passieren sollte, was dich an heute erinnert.«

»Verschwinde aus meinem Bett«, sagte Joan abrupt.

Alabama wanderte traurig umher, herein und heraus durch die bleichen Acetylenblitze.

»Mama, Joey hat Angst.«

»Willst du hier bei mir liegen, Liebling?«

»*Ich* habe keine Angst; ich kann nur nicht schlafen. Aber ich lege mich zu dir, wenn ich darf.«

Der Richter saß oft da und las Fielding. Er schloss das Buch über seinem Daumen, um das Ende des Abends anzuzeigen.

»Was macht man eigentlich in der katholischen Kirche?«, fragte der Richter. »Ist Harlan katholisch?«

»Nein, ich glaube nicht.«

»Ich bin froh, dass sie Acton heiratet«, sagte der Richter aus unerforschlichen Gründen.

Alabamas Vater war ein kluger Mann. Nur wegen seiner Liebe zu Frauen gab es Millie und die Mädchen. Er wusste alles, sagte sie sich. Vielleicht stimmte es – wenn Wissen heißt, seine Wahrnehmungen den sichtbaren Teilen des Lebensmosaiks anzupassen. Wenn Wissen bedeutet, eine bestimmte Einstellung zu nicht gemachten Erfahrungen zu haben und Agnostizismus gegenüber den gemachten Erfahrungen, dann war er wissend zu nennen.

»Ich bin nicht froh«, erklärte Alabama entschieden. »Harlans Haare stehen so in die Höhe wie bei einem spanischen König. Mir wäre lieber, Joan würde *ihn* heiraten.«

»Von den Haaren spanischer Könige kann man nicht leben«, antwortete ihr Vater.

Acton schickte ein Telegramm, dass er Ende der Woche ankommen würde und wie glücklich er sei.

Harlan und Joey wippten in der Schaukel, dass die Ketten sich spannten und quietschten, und ihre Füße schleiften über den abgenutzten grauen Anstrich und schnippten die Ausläufer der Trichterwinden ab.

»Auf der Veranda ist es immer am kühlsten, und hier duftet es so süß.«

»Was du riechst, ist Geißblatt und Jasmin«, meinte Joan.

»Nein«, sagte Millie, »das ist das frisch gemähte Gras von gegenüber und meine würzigen Geranien.«

»Ach, Millie, ich möchte nicht von hier weg.«

»Du kommst ja mal wieder.«

»Nein, nie mehr.«

»Es tut mir sehr leid, Harlan …«, Millie küsste ihn auf die Wange. »Du bist noch viel zu jung, um dich zu grämen«, sagte sie, »du wirst noch andere kennenlernen.«

»Mama, der Duft kommt vom Birnbaum«, murmelte Joan.

»Nein, er kommt von meinem Parfum«, erklärte Alabama ungeduldig. »Und es hat sechs Dollar die Unze gekostet.«

Harlan schickte Joan aus Mobile einen Korb voll Krebse für das Abendessen mit Acton. Die Krebse krochen in der Küche herum und krabbelten eilig unter den Herd. Millie warf einen nach dem anderen lebendig in den Topf mit kochendem Wasser.

Alle aßen davon, nur Joan nicht.

»Sie sind so plump«, sagte sie.

»Sie müssen im Tierreich genau dort angelangt sein, wo wir jetzt mit unserer technischen Entwicklung sind: Sie funktionieren wie Panzer«, erläuterte der Richter.

»Sie sind Aasfresser«, warf Joan ein.

»Joey, ist das nötig bei Tisch?«

»Sie sind es aber«, pflichtete Millie leicht angeekelt bei.

»Ich glaube, ich könnte einen nachbauen«, meinte Alabama, »wenn ich das Material dazu hätte.«

»Nun, Mr. Acton, hatten Sie eine angenehme Reise?«

Joans Aussteuer füllte das Haus: blaue Taftkleider, ein schwarz-weiß kariertes Kostüm, ein muschelrosa Satinkleid, ein türkisblaues Mieder und schwarze Wildlederschuhe. Gelbbraune Seide mit Spitze und schwarze und weiße Seide, ein Ausgehkostüm und ein nach Rosen duftendes Riechkissen kamen in den neuen Koffer.

»Das passt mir nicht«, schluchzte Joan. »Mein Busen ist zu dick.«

»Es sieht sehr hübsch aus und ist sehr praktisch für die Stadt.«

»Ihr müsst mich mal besuchen«, sagte Joan zu ihren Freundinnen. »Ich möchte, dass ihr mich alle besucht, wenn ihr nach Kentucky kommt. Und irgendwann ziehen wir nach New York.«

Joan hielt verzweifelt an einem unterschwelligen Protest gegen ihren vorherbestimmten Lebenszweck fest, wie ein kleiner Hund, der unermüdlich an einem Schnürsenkel zerrt. Acton gegenüber war sie gereizt und anspruchsvoll, so als erwarte sie von ihm, dass er ihren gesamten Glücksbedarf mit dem Ehering erfülle.

Um Mitternacht wurden die beiden an den Zug gebracht. Joan weinte nicht, aber sie schien sich zu schämen, dass sie den Tränen nahe war. Als die Familie über die Bahngeleise nach Hause ging, fühlte Alabama mehr denn je Austins Stärke und Entschlossenheit. Joan war produziert, aufgezogen und untergebracht worden; indem sich der Vater von seiner Tochter trennte, schien er um Joans Lebensspanne älter geworden zu sein. Nun stand nur noch Alabamas Zukunft zwischen ihm und der vollständigen Wiedererlangung seiner Vergangenheit. Sie war das einzige ungelöste Problem aus seiner Jugend.

Alabama dachte an Joan. Verliebt zu sein, so schloss sie, ist lediglich ein Wiederaufrollen der eigenen Vergangenheit vor einer anderen Person, wobei die Vergangenheit meist ein so verzwickt geschnürtes Paket ist, dass wir mit den aufgeknüpften Schnurenden gar nicht allein fertig werden. Wer Liebe sucht, wünscht sich einen neuen Ausgangspunkt, dachte sie, eine neue Chance im Leben. Frühreif setzte sie in Gedanken hinzu: Selten möchte jemand seine Zukunft völlig mit einem anderen teilen, so besitzgierig sind die Menschen in ihren Hoffnungen. Alabama entwickelte ein paar sehr gute und viele skeptische Gedanken, aber ihr Verhalten wurde dadurch nicht wesentlich beeinflusst. Mit siebzehn suchte sie nach philosophischen Erkenntnissen, nachdem sie, ohne Sättigung, an den Knochen der Frustration genagt hatte, die bei den Familienmahlzeiten für sie abgefallen waren. Was ihr Urteilsvermögen betraf, hatte sie viel von ihrem Vater.

Von ihm hatte sie es, sich zu fragen, warum dieses heftige Gefühl der eigenen Bedeutung, das man empfindet, wenn man eine statische Situation durch seine Gegenwart verändert, nicht länger vorhielt. Alles andere schien dauerhafter. Mit ihrem Vater freute sie sich darüber, dass die Verpflanzung ihrer Schwester von einer Familie in die andere so bündig abgeschlossen war.

Zu Hause war es einsam ohne Joan. Man hätte sie aus den Resten, die sie zurückließ, fast rekonstruieren können.

»Ich arbeite immer, wenn ich traurig bin«, sagte ihre Mutter.

»Wie kommt es eigentlich, dass du so gut nähen gelernt hast?«

»Weil ich für euch Kinder genäht habe.«

»Kann ich bitte das Kleid ohne Ärmel haben, und die Rosen hier oben auf der Schulter?«

»Wenn du möchtest. Meine Hände sind so rau geworden; die Seide bleibt richtig daran hängen, und ich nähe auch nicht mehr so gut wie früher.«

»Aber das Kleid sieht unheimlich schön aus. Mir steht es viel besser als Joan.«

Alabama zog den füllig fließenden Seidenstoff auseinander, um zu sehen, wie er sich bei einem Windstoß blähen oder an der Venus von Milo in einem Museum aussehen würde.

Wenn ich diesen Ausdruck nur so lange halten könnte, bis ich beim Tanzen bin, dachte sie, das wäre zu schön. Aber bis dahin bin ich längst zerfallen.

»Alabama, woran denkst du?«

»An Vergnügungen.«

»Das ist ein gutes Thema.«

»Und daran, wie toll sie ist«, neckte Austin. Vertraut mit den kleinen Eitelkeiten seiner Familie, amüsierte sich der Richter immer, wenn er diese Eigenschaft, die ihm selbst völlig fehlte, an seinen Kindern entdeckte. »Sie schaut sich immer im Spiegel an.«

»Das ist nicht wahr, Daddy.« Aber sie wusste, dass sie öfter hineinschaute, als ihre Befriedigung über ihr Aussehen es rechtfertigte – und zwar in der Hoffnung, in ihrem Spiegelbild mehr zu entdecken, als zu erwarten war.

Ihre Augen streiften verlegen über das freie Grundstück nebenan: Durchs Fenster sah es aus wie eine Blumenhalde. Der zinnoberrote Hibiskus bog seine fünf Schilde kühn der Sonne entgegen; vor dem Stall ließen die Malven ihre verblichenen, purpurnen Baldachine hängen. Der Süden empfahl sich mit einer gravierten Einladung – zu einem Fest ohne Anlass.

»Millie, du solltest Alabama nicht so braun werden lassen, wenn sie allmählich solche Kleider trägt.«

»Sie ist doch noch ein Kind, Austin.«

Für den Ball wurde Joans altes rosa Kleid geändert. Miss Millie hakte es am Rücken zu. Es war zu heiß, um im Haus zu bleiben. Alabamas Frisur klebte auf der einen Seite platt vor Schweiß im Nacken, noch bevor sie mit der anderen fertig war. Millie brachte ihr kalte Limonade. Der Puder trocknete rings um ihre Nase. Sie gingen zur Veranda. Alabama setzte sich in die Schaukel. Sie war für sie fast zu einem Musikinstrument geworden: Mit den Ketten klimpernd, konnte sie ihr eine fröhliche Melodie entlocken oder schlaftrunken gegen den langweiligen Verlauf einer Verabredung protestieren. Sie wartete schon so lange, und noch ausgehfertiger konnte sie nicht mehr werden. Warum holten sie sie nicht endlich ab oder riefen an? Warum geschah nichts? Auf der Uhr eines Nachbarn schlug es zehn.

»Wenn sie nicht bald kommen, ist es zu spät«, sagte sie obenhin und tat so, als sei es ihr gleichgültig, ob sie den Tanz verpasste.

Abgehakte Rufe brachen die Stille der Sommernacht. Weit unten von der Straße her drang der Ruf eines Zeitungsjungen durch die Hitze zu ihnen herauf.

»Kriexna! Kriexna! Extrabla-bla-blatt.«

Die Rufe schwollen von einer Richtung in die andere an, hoben und senkten sich wie der Wechselgesang in einer Kathedrale.

»Was ist passiert, Junge?«

»Weiß nich', Ma'am.«

»Komm her, Junge, gib mir eine Zeitung!«

»Ist das nicht furchtbar, Daddy! Was bedeutet das?«

»Es könnte Krieg für uns bedeuten.«

»Aber man hat sie doch davor gewarnt, auf der Lusitania[9] zu fahren«, rief Millie.

Austin warf ungeduldig den Kopf in den Nacken.

»Das geht nicht«, meinte er. »Neutrale Staaten kann man nicht warnen.«

Das mit jungen Männern beladene Auto hielt am Randstein. Ein langer, schriller Pfiff tönte durch die Dunkelheit; keiner der jungen Männer stieg aus.

»Du verlässt das Haus nicht, bis sie hier hereinkommen, um dich abzuholen«, befahl der Richter streng.

Er sah sehr vornehm und ernst aus unter der Hallenbeleuchtung – so ernst wie der Krieg, den sie vielleicht bekämen. Alabama schämte sich für ihre Freunde, als sie sie mit ihrem Vater verglich. Einer der Jungen stieg aus und öffnete die Tür. Das konnte man als Kompromiss ansehen.

Krieg! Es wird Krieg geben!, dachte sie.

Aufregung machte ihr das Herz weit und hob ihr die Füße, sodass sie die Treppe hinunter, zum wartenden Auto, zu schweben schien.

»Es wird einen Krieg geben«, sagte sie.

»Dann muss der Ball heute Abend ja was werden!«, antwortete ihr Begleiter.

Den ganzen Abend dachte Alabama an den Krieg. Alles würde sich auflösen, neuen Aufregungen entgegen. In jugendlichem Nietzsche-Wahn wollte sie den Weltumsturz dazu benutzen, dem beklemmenden Gefühl zu entgehen, das wie ein Schatten auf ihrer Familie, den Schwestern und der Mutter lag. Sie aber, so sagte sie sich, würde als strahlende Schönheit erhabene Orte besuchen, in sie eindringen und sie bewundern, und wenn die Strafe dafür hoch war – nun, dann war es besser, man hatte nichts, um dafür zu bezahlen. Erfüllt von diesen vermessenen Vorsätzen, gelobte Alabama, dass, selbst wenn ihre Seele in Zukunft hungern müsste und nach Brot schrie, diese Seele unbarmherzig und ohne zu klagen die Steine essen werde, die es dann gäbe. Erbarmungslos redete sie sich ein, das einzig Wahre im Leben sei, sich zu nehmen was man wollte, wenn man konnte. Sie tat es nach Kräften.

3

»Sie ist die Wildeste von den Beggs, aber sie hat Stil«, sagten die Leute.

Alabama wusste alles, was man über sie redete – sie hatte so viele Verehrer, die sie »beschützen« wollten, dass sie es unvermeidlich erfuhr. Sie lehnte sich in der Schaukel zurück und sah sich selbst in ihrer jetzigen Situation.

Hat Stil!, dachte sie geringschätzig. Das soll heißen, dass ich sie nie im Stich lasse, wenn es darum geht, eine Szene zu dramatisieren – ich liefere eben eine verdammt gute Vorstellung.

Er ist genauso wie ein sehr majestätischer Hund, beurteilte sie den großen Offizier an ihrer Seite. Ein Hund! Ein edler Jagdhund! Ich möchte nur wissen, ob sich seine Ohren über der Nasenspitze zusammenklappen lassen.

Der Mann löste sich in eine Metapher auf.

Sein Gesicht war lang gestreckt und gipfelte an seiner verlegenen Nasenspitze in einem Punkt düsterer Sentimentalität. Ab und zu fiel ihm das Gesicht völlig auseinander, und er verstreute Fragmente seiner selbst über ihrem Haupt. Offensichtlich befand er sich in einem emotionalen Spannungszustand.

»Kleine Dame, glauben Sie, Sie könnten von fünftausend im Jahr leben?«, fragte er herablassend. »Für den Anfang«, fügte er nach kurzer Überlegung hinzu.

»Könnte ich schon, will ich aber nicht.«

»Warum haben Sie mich dann geküsst?«

»Weil ich noch nie einen Mann mit Schnurrbart geküsst habe.«

»Das ist wohl kaum ein Grund …«

»Nein. Aber es ist ein ebenso guter Grund wie der, den manche Leute für ihren Eintritt ins Kloster haben.«

»Dann hat es keinen Sinn, wenn ich noch länger bleibe«, meinte er traurig.

»Nein, sicher nicht. Es ist halb zwölf.«

»Alabama, Sie sind wirklich schamlos. Sie wissen, dass Sie einen schrecklichen Ruf haben, und des ungeachtet mache ich Ihnen einen Heiratsantrag und Sie …«

»Und Sie sind mir böse, weil ich keinen anständigen Mann aus Ihnen mache.«

Der Mann verbarg sich unsicher hinter seiner Uniform.

»Das wird Ihnen noch leidtun«, zischte er unfreundlich.

»Hoffentlich«, erwiderte Alabama. »Ich zahle gern für die Fehler, die ich mache – dann habe ich wenigstens das Gefühl, ich bin quitt mit der Welt.«

»Sie sind eine wilde Komantschin. Warum geben Sie sich so lasterhaft und hartherzig?«

»Wer weiß – ich kann ja den Tag, an dem es mir leidtut, auf meiner Hochzeitseinladung vermerken.«

»Ich schicke Ihnen ein Foto von mir, damit Sie mich nicht vergessen.«

»Meinetwegen – wenn Sie wollen.«

Alabama schob den Türriegel vor und knipste das Licht aus. Sie wartete in der völligen Dunkelheit, bis ihre Augen die Umrisse der Treppe erkennen konnten.

Vielleicht hätte ich ihn heiraten sollen, ich werde bald achtzehn, kalkulierte sie. Und er hätte gut für mich sorgen können. Man muss schließlich ein Ambiente haben.

Sie war oben an der Treppe angelangt.

»Alabama«, rief ihre Mutter leise, fast unhörbar in den dunklen Lauten der Nacht, »dein Vater möchte dich morgen früh sehen. Du musst zum Frühstück aufstehen.«

Richter Austin Beggs thronte über dem Tafelsilber, vornehm beherrscht und gefasst, in seinem Geist ruhend wie ein schöner Athlet in dem reglosen Augenblick, bevor er all seine Kraft einsetzt.

Übermächtig wandte er sich an sein Kind.

»Ich dulde nicht, dass der Name meiner Tochter auf der Straße in den Schmutz gezerrt wird.«

»Austin! Sie ist gerade erst mit der Schule fertig«, wandte Millie ein.

»Gerade deswegen. Was weißt du von diesen Offizieren?«

»B-i-t-t-e ...«

»Joe Ingham hat mir erzählt, seine Tochter sei entsetzlich betrunken nach Hause gebracht worden, und sie hat gesagt, dass du ihr den Fusel zu trinken gegeben hast.«

»Sie hätte ihn ja nicht zu trinken brauchen – es war ein Einweihungsfest für Erstsemester, und ich hatte eine Säuglingsflasche mit Gin gefüllt.«

»Und du hast Inghams Mädchen gezwungen, davon zu trinken?«

»Nein, das habe ich nicht! Sie hat gesehen, wie die Leute über den Spaß lachten, und wollte unbedingt mitmachen, weil ihr selbst natürlich nichts einfiel, womit sie irgendwen hätte zum Lachen bringen können«, erwiderte Alabama arrogant.

»Du wirst dich in Zukunft überlegter benehmen müssen!«

»Jawohl, Sir. Ach, Daddy! Ich habe es so satt, immer nur auf der Veranda zu sitzen, Verabredungen einzuhalten und zuzusehen, wie alles verrottet.«

»Du hättest genügend zu tun und brauchst nicht noch andere mit hineinziehen.«

Was gibt es für mich schon zu tun, außer Trinken und Lieben, fügte sie insgeheim hinzu.

Ein heftiges Gefühl der Bedeutungslosigkeit überfiel sie: dass das Leben ihr entglitt, während Maikäfer die klebrigen Früchte des Feigenbaums mit der gleichen stillen Betriebsamkeit umlagerten, mit der sich Fliegen an einer offenen Wunde tummeln. Im ausgedörrten Bermudagras rund um die Hickorybäume krochen kaum wahrnehmbar gelbbraune Raupen. Die verfilzten Geißblattreben schrumpelten in der Herbsthitze und hingen wie leere Heuschreckenhülsen im verbrannten Dickicht ums Haus herum. Die Sonne senkte sich gelb über das Gras und stieß an die mit Klümpchen bedeckten Baumwollfelder. Das fruchtbare Land, das zu anderen Jahreszeiten reiche Ernte trug, breitete sich flach zwischen den Landstraßen aus und lag in fächrigen Rippen aufgebrochen und entmutigt da. Die Vögel sangen schrill. Kein Maulesel auf den Feldern und kein Mensch auf den sandigen Straßen konnte die Hitze zwischen den ausgehöhlten Lehmböschungen und den grauen Zypressensümpfen aushalten, die das Truppenlager von der Stadt trennten – einige Soldaten starben sogar am Hitzschlag.

Die Abendsonne schloss die rosa Himmelstür hinter sich zu und folgte einer Busladung von Offizieren in die Stadt: junge Leutnants, alte Leutnants, die sich an ihrem freien Abend einmal darüber informieren durften, wie sich diese kleine Stadt in Alabama den Weltkrieg erklärte. Das Mädchen Alabama kannte alle Offiziere – allerdings mit unterschiedlicher Intensität.

»Ist Ihre Frau in der Stadt, Captain Farreleigh?«, fragte jemand in dem rüttelnden Gefährt. »Sie scheinen heute Abend besonders gut aufgelegt zu sein.«

»Sie ist da – aber ich besuche jetzt meine Freundin. Deshalb bin ich gut gelaunt«, erwiderte der Captain kurz angebunden und pfiff vor sich hin.

»Oh.« Der blutjunge Offizier wusste nicht, was er dem Captain antworten sollte. Sagte er: »Das ist ja toll« oder »Wie schön«, dann klänge das vermutlich wie ein Glückwunsch zu einer Totgeburt. Sagte er aber: »Also Captain, das ist ja ungeheuer skandalös!«, kam er bestimmt vor ein Kriegsgericht.

»Dann viel Glück«, sagte er schließlich. »Ich treffe meine erst morgen.« Und um zu zeigen, dass er keine moralischen Vorurteile hegte, sagte er noch mal: »Viel Glück!«

»Gehen Sie immer noch in die Beggs Street und bitten um milde Gaben?«, fragte Farreleigh abrupt.

»Ja.« Der Leutnant lachte unsicher.

Der Bus setzte sie auf dem windstillen Platz mitten in der Stadt ab. Auf dem riesigen Platz, der von niedrigen Gebäuden umschlossen war, sah das Fahrzeug so winzig aus wie eine Kutsche im Palasthof auf einem alten Stich. Die Ankunft des Busses riss die Stadt nicht aus ihrem

Tiefschlaf. In den Schoß dieser rückgratlosen Welt spie die alte Klapperkiste ihre Ladung hackenknallender Männlichkeit und pulsierender Offiziersselbstbeherrschung.

Captain Farreleigh ging über die Straße zum Taxistand.

»Beggs Street Nummer fünf«, sagte er mit lautem Nachdruck und vergewisserte sich, dass seine Worte den Leutnant erreichten, »so schnell Sie können.«

Als das Taxi in großem Bogen loszischte, hörte Farreleigh befriedigt, wie hinter ihm das gezwungene Lachen des Offiziers die Nacht durchbohrte.

»Hallo, Alabama!«

»Oh, hallo, Felix!«

»Ich heiße nicht Felix.«

»Es passt aber zu Ihnen. Wie heißen Sie denn?«

»Captain Franklin McPherson Farreleigh.«

»Hatte ich ganz vergessen. Der Krieg … Sie wissen ja.«

»Ich habe ein Gedicht über Sie verfasst.«

Alabama nahm das Blatt Papier, das er ihr gab, und hielt es in den Lichtschein, der wie Notenlinien durch die Ritzen der Fensterläden fiel.

»Es ist ja über West Point«, sagte sie enttäuscht.

»Das ist das Gleiche«, sagte Farreleigh. »Ich empfinde für Sie genau das Gleiche.«

»Dann soll sich also die Militärakademie der Vereinigten Staaten darüber freuen, dass Sie ihre grauen Augen mögen? Haben Sie die letzte Strophe im Taxi vergessen oder lassen Sie den Wagen warten, für den Fall, dass ich schieße?«

»Er wartet, weil ich dachte, wir könnten eine Spazierfahrt machen. In den Country Club sollten wir besser nicht gehen«, sagte er ernsthaft.

»Felix!«, tadelte ihn Alabama, die offenbar entschlossen war, diesen Vornamen für Farreleigh beizubehalten. »Sie wissen, dass es mir nichts ausmacht, wenn die Leute über uns tratschen. Keiner wird merken, dass wir zusammen da sind – für einen anständigen Krieg brauchen sie doch so viele Soldaten.«

Felix tat ihr leid; sie war gerührt, dass er sie nicht kompromittieren wollte. In einer Aufwallung freundschaftlicher Gefühle sagte sie: »Machen Sie sich nichts daraus.«

»Dieses Mal ist es wegen meiner Frau – sie ist hier«, sagte Farreleigh gepresst, »und sie könnte im Club sein.« Er brachte keine Entschuldigung vor.

Alabama zögerte. »Also los, fahren wir«, sagte sie schließlich. »Wir können auch an einem anderen Samstag tanzen gehen.«

Farreleigh war ein in Uniform gepackter Kneipentyp. Er hatte die stolzgeschwellte Brust eines königlich englischen Leibgardisten und besaß eine unnachahmlich gefühllose und großspurige Ritterlichkeit. Während sie durch den mondhellen Krieg die Horizonte der Jugend entlangfuhren, sang er unentwegt »The Ladies«. Der Südstaatenmond ist immer ein aufgedunsener, ein schwüler Mond. Wenn er die Felder und knirschenden Sandwege überflutet und auch die klebrigen Geißblatthecken in ihrer süßen Trägheit, dann ist jeder Versuch, bei der Realität zu bleiben, zwecklos, so als habe man an einem Betäubungsmittel geschnuppert. Farreleigh schloss die Arme um Alabamas mageren, schlanken Körper. Sie roch nach weißen Cherokee-Rosen und nach Hafenluft in der Dämmerung.

»Ich lasse mich versetzen«, erklärte Felix ungeduldig.

»Warum?«

»Damit ich nicht aus dem Flugzeug falle und die Straßen verstopfe wie deine anderen Verehrer.«

»*Wer* ist aus dem Flugzeug gefallen?«

»Dein Freund mit dem Dackelgesicht und dem Schnurrbart – auf dem Flug nach Atlanta. Der Bordmechaniker wurde getötet, und den Leutnant haben sie vor ein Kriegsgericht gestellt.«

»Angst«, erklärte Alabama und fühlte, wie sich ihre Muskeln vor dem drohenden Unheil spannten, »ist bloß Nervensache – vielleicht alle Gefühle. Wir müssen uns einfach zusammenreißen und dürfen uns nicht drum kümmern.« Und beiläufig fragte sie noch: »Wie ist es eigentlich passiert?«

Felix schüttelte den Kopf.

»Tja, Alabama, ich *hoffe*, es war ein Unfall.«

»Es hat keinen Sinn, sich über das Dackelgesicht Gedanken zu machen«, wand sich Alabama aus der Situation. »Diese Leute, Felix, die den Lauf der Dinge mit sentimentalen Gefühlen verbrämen, sind wie Prostituierte mit Gefühl: Sie büßen mit der mangelnden Verantwortung der anderen. Also bitte schiebe mir nicht in bester Walter-Raleigh-Manier die Schuld am Unvermeidlichen zu.«

»Du hattest nicht das Recht, ihn an der Nase herumzuführen, weißt du.«

»Das ist ja jetzt vorbei.«

»Ja, vorbei für den armen Mechaniker im Leichenschauhaus«, ergänzte Felix.

Alabamas hohe Wangenknochen zeichneten sich im Mondlicht ab wie eine Sichel, die in ein reifes Kornfeld schneidet. Für einen Mann vom Militär war es schwer, Alabama zu kritisieren.

»Und der blonde Leutnant, der mit mir in die Stadt gefahren ist?«, fragte Farreleigh weiter.

»Den kann ich nun leider nicht wegerklären«, erwiderte sie.

Captain Farreleigh zappelte wie ein Ertrinkender. Er kniff sich die Nase zu und ließ sich auf den Boden des Wagens sinken.

»Herzlose«, sagte er, »na, ich werde es wohl überleben.«

»Pflicht, Ehre, Vaterland und West Point«, antwortete Alabama sinnig. Sie lachte. Beide lachten. Es war furchtbar traurig.

»Beggs Street Nummer fünf!«, befahl Captain Farreleigh dem Taxifahrer. »Schnell! Das Haus brennt!«

Durch den Krieg wurden in die Stadt Männer getrieben, die wie wohltätige Heuschreckenschwärme den Flor unverheirateter Frauen wegfraßen, der den Süden seit seinem wirtschaftlichen Niedergang überwucherte. Da gab es den kleinen Major, der immer wie ein japanischer Krieger hereinstürmte und seine Goldzähne fletschte; dann einen irischen Hauptmann mit Augen so grau wie der Stein von Blarney[10] und Haaren wie glühende Torfkohle; und es gab Offiziere der Luftwaffe mit von der Schutzbrille weiß umränderten Augen und einer von Wind und Sonne aufgeschwollenen Nase. Es gab

Männer, die in ihrer Uniform besser angezogen waren als je zuvor in ihrem Leben und folglich den Eindruck einer Festlichkeit vermittelten; Männer, die nach Fitchs Haarwasser vom Truppenfriseur rochen, und Männer aus Princeton und Yale, die nach russischem Leder und Savoir-vivre rochen; und es gab Markenartikel-Snobs, die ständig berühmte Namen im Munde führten, und Männer, die *mit* Sporenstiefeln Walzer tanzten und das Abklatschen beim Tanz übelnahmen. Bei den vielen Männern flogen die Mädchen, erhitzt vom Rausch des *Contredanse*, von einem zum anderen.

Den ganzen Sommer lang sammelte Alabama die Orden der Soldaten. Bis zum Herbst hatte sie ein ganzes Handschuhkästchen voll. Kein Mädchen hatte mehr als sie, und dabei hatte sie noch welche verloren. All die silbernen und goldenen Nadeln in ihrem gepolsterten Kästchen, all die Bomben, Schlösser und Flaggen und sogar eine Schlange, standen für ebenso viele Tänze und Spazierfahrten. Jeden Abend trug sie einen neuen Orden.

Richter Beggs machte abfällige Bemerkungen über ihr Sammelsurium, aber Millie lachte und meinte, sie solle all die Nadeln ruhig aufheben; sie seien sehr hübsch.

Es wurde so kalt, wie es in diesem Landstrich nur kalt werden konnte. Das heißt, die heilige Schöpfung überzog die einsamen grünen Dinge draußen mit feinem Nebel. Der Mond glühte und sprühte durch den Nebel wie eine heranwachsende Perle. Die Nacht pflückte sich eine weiße Rose. Trotz der Nebelschleier und der Wolken am Himmel wartete Alabama draußen auf ihre Verabredung. Sie kippte und wippte auf der alten Schaukel von der Vergangenheit in die Zukunft und von Träumen zu Wunschvorstellungen und wieder zurück.

Ein blonder Leutnant, an dessen Uniform ein Abzeichen fehlte, stieg die Treppe zu den Beggs hinauf. Er hatte sich kein neues Abzeichen gekauft, weil er sich gerne einredete, dass das eine, das er in der »Schlacht um Alabama« verloren hatte, nicht zu ersetzen sei. Unter seinen Schulterblättern verspürte er so etwas wie himmlische Unterstützung, die seine Füße mit ekstatischem Schwung vom Boden hob und ihm scheinbar die Fähigkeit zu fliegen verlieh, auch wenn er noch ging – als Kompromiss an das Herkömmliche. Im Mondlicht grüngolden glänzend, lag sein Haar wie auf einem Fresko von Cellini, doch modisch gescheitelt über seiner etwas welligen Stirn. Seine Augenhöhlen bargen – wie von geheimnisvollen Phantasiepfeilspitzen – jene elektrische Bläue, die die Inspiration seines Gesichts ausmachte. Die Bürde seiner maskulinen Schönheit, die sich im Lauf von zweiundzwanzig Jahren gefestigt hatte, verlieh seinen Bewegungen etwas Bewusstes und Gemessenes, einem Eingeborenen gleich, der eine schwere Steinlast auf dem Kopf transportiert. Insgeheim dachte er, dass er nie wieder zu einem Taxifahrer sagen könnte: »Beggs Street Nummer fünf«, ohne dass der Geist von Captain Farreleigh mitfuhr.

»Du bist schon fertig? Warum wartest du draußen?«, rief er.

Es war zu kühl, um draußen im feuchten Nebel auf der Schaukel zu sitzen.

»Daddy ist sauer, und ich habe mich vom Tatort entfernt.«

»Welchen Frevel hast du begangen?«

»Ach, Daddy meinte zum Beispiel, das Militär habe ein Anrecht auf seine Epauletten.«

»Ist das nicht herrlich, dass gleichzeitig mit allem anderen auch die elterliche Gewalt flöten geht?«

»Ja, prima – aber ich liebe konventionelle Situationen.«

Sie standen in einem Meer von Nebelschwaden auf der raureifbedeckten Veranda, relativ weit weg voneinander, und doch hätte Alabama schwören können, dass sie ihn berührte, so viel Magnetismus ging von ihren beiden Augenpaaren aus.

»Und, was liebst du noch …?«

»Sommerliebeslieder. Ich mag dieses kalte Wetter nicht.«

»Und …?«

»Blonde Männer auf dem Weg in den Country Club.«

Das Clubhaus reckte sich wissbegierig unter den Eichen empor wie ein entschlossenes Häufchen Blumenzwiebeln, das im Frühjahr die Grasdecke durchbohrt. Der Wagen bog in die Kiesauffahrt ein und steckte seine Nase in ein rundes Canna-Beet. Das Grundstück rings um das Clubhaus sah genauso zertrampelt und heruntergekommen aus wie der Platz vor einem Kindergarten. Das schlaff herunterhängende Netz über dem Tennisplatz, die abblätternde trist grüne Farbe des Sommerhauses an der ersten Abschlagstelle auf dem Golfplatz, der tröpfelnde Wasserhydrant, die dick mit Staub bedeckte Veranda – alles war umgeben von einem angenehmen Duft natürlichen Wachstums. Zu schade, dass gleich nach dem Krieg in einem Garderobenschließfach eine Whiskyflasche explodierte, wobei alles verbrannte.

So viel Jugend – theoretisch gesprochen, denn dazu zählen in diesem Fall nicht nur die flüchtigen Jahre der Jugend, sondern auch jene unzulänglichen Menschen, die in dramatischen Zeiten ihren Wunschvorstellungen und eskapistischen Gedanken nachhängen –, so viel Jugend also hatte sich unter der niedrigen Balkendecke ineinander verkeilt, dass das Feuer, das diesen Schrein der Kriegsnostalgie zerstörte, ebenso gut eine Brandstiftung aus emotionaler Übersättigung hätte sein können. Kein Offizier konnte diese Stätte öfter als dreimal aufsuchen, ohne sich zu verlieben, zu verloben oder zu heiraten und das Land mit vielen kleinen, originalgetreuen Country Clubs zu bevölkern.

Alabama und der Leutnant standen noch eine Weile draußen vor der Tür.

»Ich werde uns am Schauplatz unserer ersten Begegnung mit einer Gedenktafel verewigen.«

Er holte sein Taschenmesser heraus und schnitzte in den Türpfosten. *David*, lautete die Inschrift, *David, David Knight, Knight und Miss Alabama Nobody.*

»Egoist«, protestierte sie.

»Mir gefällt es hier«, sagte er. »Setzen wir uns doch noch etwas draußen hin.«

»Warum? Der Tanz geht nur bis zwölf.«

»Kannst du mir nicht mal drei Minuten vertrauen?«

»Ich vertraue dir. Deshalb möchte ich reingehen.« Sie war etwas verärgert wegen der Namen. David hatte ihr schon zu oft erzählt, wie berühmt er eines Tages sein würde.

Wenn sie mit David tanzte, roch es nach neu gekauftem Tuch. Mit ihrem Gesicht in der Spanne zwischen seinem Ohr und seinem steifen Offizierskragen kam sie sich vor, als würde sie in das unterirdische Vorratslager eines feinen Tuchgeschäfts eingeführt, dem der vornehme Geruch von Batist, Leinen und Luxus ballenweise entströmte. Sie war eifersüchtig auf seine blasse Reserviertheit. Wenn sie ihn die Tanzfläche mit anderen Mädchen verlassen sah, nahm sie ihm nicht übel, dass sich seine Person mit anderen Frauen verband, sondern dass er andere als sie in jene kühlen, unzugänglichen Regionen führte, die er allein bewohnte.

Er brachte sie nach Hause, und sie saßen vor dem Kaminfeuer, alles Nebensächliche still von sich streifend. Die Flammen blinkten auf seinen Zähnen und verliehen seinem Gesicht etwas Transzendentes. Seine Gesichtszüge tanzten vor ihren Augen mit der Unberechenbarkeit eines Zelluloidziels in einer Schießbude. Sie rekapitulierte ihre Gespräche mit ihrem Vater, um sich vielleicht an einen Rat für kluges Verhalten zu erinnern; aber von menschlichem Charme war darin nie die Rede gewesen. Sie war richtig verliebt, und keine ihrer persönlichen Weisheiten oder Aphorismen konnte ihr jetzt im Geringsten weiterhelfen.

Alabama war in den letzten Jahren groß und mager geworden, und ihr Kopf war mit wachsender Distanz vom Erdboden noch blonder. Ihre Beine streckten sich lang und dünn wie auf prähistorischen Zeichnungen vor ihr aus; ihre Hände fühlten sich quälend schwer an, als ob Davids Blicke ihr ein Gewicht auf die Handgelenke legten. Sie wusste, dass ihr Gesicht im Feuerschein wie Brauselimonade glühte, wie das Juni-Werbeplakat eines hübschen Mädchens, das an einem Erdbeereis leckt. Sie fragte sich, ob David wusste, wie eingebildet sie war.

»Und du liebst blonde Männer?«

»Ja.« Wenn sich Alabama unter Druck gesetzt fühlte, sprach sie, als ob ihre Worte ein unerwartetes Hindernis in ihrem Mund seien, von dem sie sich erst befreien musste, bevor sie sich mitteilen konnte.

David blickte prüfend in den Spiegel – fahles Haar wie Mondschein im achtzehnten Jahrhundert und Augen wie Grotten: die blaue Grotte, die grüne Grotte; Steatite und Malachite hingen um die dunkle Pupille –, so als habe er vor dem Ausgehen Inventar gemacht und sei nun zufrieden, dass noch alles vorhanden war. Sein Hinterkopf war fest und moosig und die Wölbung seiner Wangen eine sonnenbedeckte Wiese. Seine Hände passten sich schmeichelnd ihren Schultern an wie warme Mulden eines Kissens.

»Sag ›Liebling‹«, sagte er.

»Nein.«

»Du liebst mich doch. Warum sagst du es nicht?«

»Ich sage nie etwas zu irgendwem. Sei bitte still.«

»Warum willst du nicht mit mir reden?«

»Das verdirbt alles. Sag mir, dass du mich liebst.«

»Oh, ich liebe dich. Liebst du mich?«

Je mehr sie diesen Mann liebte, desto näher fühlte sie sich ihm. Das verzerrte sein Bild, so als ob sie ihre Nase gegen einen Spiegel presste und in ihre eigenen Augen starrte. Sie fühlte, wie die Umrisse seines Nackens, sein gemeißeltes Profil ihr Bewusstsein wie eine Windbö durchfuhren. Sie fühlte, wie sich ihr Wesen kleiner und feiner zusammenzog wie jene Fäden gesponnenen Glases, die gezogen und gedehnt werden, bis nach dem Erkalten nur noch eine schimmernde Illusion übrig bleibt. Der Faden fällt nicht und bricht nicht, er wird nur immer feiner. Sie fühlte sich winzig klein und ekstatisch. Alabama war verliebt.

Sie kroch in die freundliche Höhlung seines Ohres. Als sie sich in den tiefen Gräben seines Kleinhirns umblickte, sah alles grau und gespenstisch zeitlos aus. Da gab es nichts Grünes oder Blumiges, was die glatten Windungen durchbrochen hätte, es gab nur das An- und Abschwellen glatter, grauer Materie.

Ich muss in die vordersten Linien, sagte sich Alabama.

Die massigen Wälle erhoben sich feucht über ihrem Kopf, und sie machte sich daran, den Schluchten zu folgen. Binnen Kurzem hatte sie sich verirrt. Wie in einem mystischen Irrgarten richteten sich trostlose Schluchten und Kämme auf; ein Weg sah genauso aus wie der andere. Sie stolperte weiter und erreichte schließlich das verlängerte Rückenmark. Ungeheuer gewundene Taleinschnitte führten sie im Kreis herum. Sie fing hysterisch an zu rennen. David spürte ein Prickeln oben in seiner Wirbelsäule, und er löste seine Lippen von den ihren.

»Ich werde zu deinem Vater gehen«, sagte er, »und ihn fragen, wann wir heiraten können.«

Richter Beggs ließ die Füße von den Zehenspitzen bis zu den Fersen abrollen und wieder zurückrollen: Er prüfte Vor- und Nachteiliges.

»Hm… m… m, also, ich denke schon, wenn Sie meinen, dass Sie für sie sorgen können.«

»Da bin ich ganz sicher, Sir. Meine Familie hat etwas

Vermögen – und ich selbst habe gute Verdienstaussichten. Es wird reichen.«

Insgeheim dachte David, dass das Vermögen nicht besonders groß war – vielleicht hundertfünfzigtausend bei seiner Mutter und Großmutter zusammen, und außerdem wollte er in New York ein Künstlerleben führen. Vielleicht würde ihm seine Familie auch gar nicht helfen. Jedenfalls waren sie verlobt. Er musste Alabama haben, auf jeden Fall, und Geld … na ja. Einmal hatte er von einer Truppe konföderierter Soldaten geträumt, die ihre blutenden Füße zum Schutz gegen den Schnee mit Rebellengeldscheinen umwickelt hatten. Im Traum erlebte David, wie die Soldaten hinterher zu ihrer Genugtuung feststellten, dass das Geld sowieso wertlos geworden war, weil sie den Krieg verloren hatten.

Der Frühling kam und verstreute opalisierende Glориolen in Form von Narzissenkränzen. Wilde Stiefmütterchen klebten an viereckigen Stielen, und die wilden Gärten waren mit Blumen aus Kinderträumen bedeckt: Schneeglöckchen und Schlüsselblumen, Weidenkätzchen und Ringelblumen. David und Alabama stießen im Wald Eichenlaub von knorrigen Wurzeln und pflückten weiße Veilchen. Sonntags gingen sie zum Varieté und saßen in den letzten Reihen der Zuschauertribüne, damit sie ungestört Händchen halten konnten. Sie lernten die Lieder »My Sweetie« und »Baby« und saßen beim Baseball in einer Box, um dem *hitchy-koo*[11] zuzusehen, und beim Refrain von »How Can You Tell?« blickten sie sich ernst in die Augen. Frühlingsregen durchtränkte den Himmel, bis die Wolken auseinanderglitten und der Sommer den Süden mit

Schweiß und Hitzewellen überflutete. Alabama kleidete sich in rosa und naturfarbenes Leinen, und sie und David saßen zusammen unter den Flügeln der Deckenventilatoren, die den Sommer hinaustrieben. Draußen vor den Toren des Country Club lehnten sie ihre Körper gegen den Kosmos, das Jazzgedudel und die schwarze Hitze aus dem grünen Tal, wie ein Paar, das die Gussform für einen neuen Menschenschlag prägen will. Sie schwammen im Mondschein, der das Land mit Honigguss überzog, und David verfluchte den steifen Kragen seiner Uniform. Im Übrigen fuhr er lieber die ganze Nacht zum Übungsplatz zurück, als die Stunden mit Alabama nach dem Abendessen aufzugeben. Sie durchbrachen den Rhythmus des Universums, passten ihn dem eigenen Tempo an und ließen sich von dessen kostbarem Pochen in Trance versetzen.

Die Luft über den versengten Grashängen wurde diesig, und der Sand auf den Golfplätzen wirbelte trocken wie Schießpulver unter den Golfschlägern hervor. Ein Goldrutengestrüpp zerstückelte das Sonnenlicht; der herrliche Sommer lag zu Pulver zermahlen auf den harten Lehmstraßen. Der Tag des Aufbruchs kam, und der erste Schultag würzte den Morgen – wieder ging ein Sommer in einen Herbst über.

Während sich David auf den Weg zum Abfahrtshafen machte, schrieb er Briefe, in denen er von New York erzählte. Vielleicht könnte sie doch nach New York kommen, und sie könnten dort heiraten.

Stadt der Glitzerhypothesen, schrieb David ekstatisch, *Spreu von einer Zaubermühle, verstreut im durchdringenden Himmelsblau. Während die Menschheit auf den*

Straßen klebt wie Fliegen auf einer Siruplache, glänzen die Hochhäuser oben wie Kronen von Blattgoldkönigen bei einer Konferenz – ach, mein Engel, Du bist meine Prinzessin, und ich möchte Dich für immer und ewig in einen Elfenbeinturm sperren, nur zu meinem Wohlgefallen.

Als David zum dritten Mal schrieb, er wolle sie als seine Prinzessin in einen Elfenbeinturm sperren, bat sie ihn, das in Zukunft zu unterlassen.

Abends ging sie mit dem hundegesichtigen Fliegeroffizier ins Varieté und dachte dabei an David. Dann war eines Abends der Krieg vorbei. Er endete mit einer Leuchtschriftmitteilung über dem Varieté-Vorhang. Der Krieg war zu Ende, die Vorstellung ging weiter – noch zwei Akte.

Zur Entlassung aus dem Militärdienst wurde David wieder nach Alabama beordert. Er erzählte ihr von dem Mädchen im Hotel Astor, in der Nacht, wo er so betrunken gewesen war.

Mein Gott!, seufzte sie in sich hinein. Ich kann es auch nicht ändern.

Sie dachte an den toten Mechaniker und an Felix und an den Leutnant mit dem treuen Dackelgesicht. Sie war selbst nicht besser gewesen.

Zu David sagte sie, dass es ihr nichts ausmache; dass sie glaube, man solle einander nur dann treu sein, wenn man wirklich das Bedürfnis habe. Sie sagte, wahrscheinlich sei es sogar ihre Schuld, wenn er nicht stärker für sie empfinde.

Sobald David es einrichten konnte, ließ er sie nachkommen. Der Richter schenkte ihr die Reise in den

Norden zur Hochzeit. Mit ihrer Mutter zankte sie sich noch wegen des Hochzeitskleides.

»So will ich es nicht. Es soll an den Schultern herabfallen.«

»Alabama, besser geht es nicht. Wie soll denn der Ärmel da oben bleiben, wenn er von nichts gehalten wird?«

»Ach Mama, du machst das schon.«

Millie lachte ein geschmeicheltes, trauriges und nachsichtiges Lachen.

»Meine Kinder glauben, ich könnte Unmögliches vollbringen«, sagte sie resignierend.

Am Tag ihrer Abreise legte Alabama ihrer Mutter ein Briefchen in die Kommodenschublade:

Liebste Mama,
ich war nicht so, wie Du mich gern gehabt hättest, aber ich liebe Dich von ganzem Herzen, und ich werde jeden Tag an Dich denken. Ich lasse Dich sehr ungern allein, jetzt wo alle Deine Kinder aus dem Haus sind. Vergiss mich nicht.
Alabama

Der Richter setzte sie in den Zug.

»Auf Wiedersehen, meine Tochter.«

Alabama erschien er sehr gut aussehend und unwirklich. Sie kämpfte mit den Tränen; ihr Vater war so stolz. Auch Joan hatte mit den Tränen kämpfen müssen.

»Auf Wiedersehen, Vater.«

»Auf Wiedersehen, Kind.«

Der Zug entführte Alabama aus dem schattendurchtränkten Land ihrer Jugend.

Der Richter und Millie saßen allein auf der vertrauten Veranda. Millie zupfte nervös an einem Palmblattfächer, der Richter spuckte gelegentlich durch die Ranken.

»Meinst du nicht, wir sollten uns lieber ein kleineres Haus suchen?«

»Millie, ich habe achtzehn Jahre hier gelebt, und ich werde meine Gewohnheiten in meinem Alter nicht mehr ändern.«

»Das Haus hat keine Fliegenfenster, und jeden Winter frieren die Rohre ein. Außerdem ist es so weit weg von deinem Büro, Austin.«

»Mir gefällt es hier. Ich bleibe.«

Die alte Schaukel quietschte leise in der Brise, die jeden Abend vom Golf her wehte. Von der Straßenecke wurden die Stimmen von Kindern herübergetragen, die beim Spiel im Licht der Bogenlampe der Tageszeit ein Schnippchen schlugen. Der Richter und Millie schaukelten still in ihren farblos gewordenen Verandastühlen. Austin nahm die übereinandergeschlagenen Füße vom Geländer und erhob sich, um die Fensterläden für die Nacht zu schließen. Endlich war es sein Haus.

»Na«, sagte er, »heute in einem Jahr bist du vielleicht schon Witwe.«

»Ach was!«, antwortete Millie wegwerfend. »Das sagst du schon seit dreißig Jahren.«

Die lieblichen Pastelltöne schwanden aus Millies bekümmertem Gesicht. Die Falten zwischen Nase und Mund hingen herab wie Seile einer Flagge auf halbmast.

»Deine Mutter war genauso«, erwiderte sie vorwurfsvoll. »Immer sagte sie, sie würde sterben, und dann wurde sie zweiundneunzig.«

»Aber schließlich ist sie doch gestorben, nicht wahr?«, lachte der Richter verschmitzt.

Er löschte das Licht in seinem geliebten Haus, und die beiden gingen nach oben: zwei alte einsame Leute. Der Mond wackelte über das Blechdach und hüpfte ungeschickt auf Millies Fenstersims. Der Richter las noch eine halbe Stunde im Bett seinen Hegel und schlief dann ein. Sein tiefes, gleichmäßiges Schnarchen während der Nacht beruhigte Millie. Noch war das Leben nicht zu Ende, auch wenn Alabamas Zimmer dunkel war und Joan fort, der Pappdeckel für das Oberlicht von Dixies Zimmer längst in den Müll geworfen war, und auch wenn ihr einziger Junge auf dem Friedhof in einem kleinen Grab lag, neben dem Familiengrab von Ethelinda und Mason Cuthbert Beggs. Millie dachte nicht allzu viel über persönliche Dinge nach. Sie lebte einfach von einem Tag auf den anderen; und Austin dachte über so etwas überhaupt nicht nach, denn er lebte und dachte in Jahrhunderten.

Trotzdem war es für die Familie schrecklich, Alabama zu verlieren. Sie war die Letzte, die ging, und wenn sie weg war, würde das Leben von Millie und dem Richter anders sein …

Alabama lag in Zimmer einundzwanzignullneun des Biltmore Hotels und überlegte, dass ihr Leben ganz anders sein würde ohne ihre Eltern in der Nähe. David Knight konnte sie zum Beispiel nicht dazu zwingen, das Licht auszuknipsen, bevor sie es nicht wirklich wollte. Nichts und niemand auf der Welt konnte sie dazu zwingen, irgendetwas zu tun, dachte sie erschrocken, nur sie selbst.

David dachte, dass ihm das Licht nichts ausmache, dass Alabama seine Braut sei und dass er ihr gerade von seinen letzten Pfennigen einen Krimi gekauft hatte – aber das wusste sie nicht. Es war ein guter Krimi: über Liebe, Geld und Monte Carlo. Alabama sieht sehr hübsch aus, wie sie da so liegt und liest, dachte er.

Teil II

I

Es war das größte Bett, das beide je gesehen hatten. Es war breiter als lang und besaß in übertriebenem Maße all jene Eigenschaften, die sie schon an traditionellen Betten nicht leiden konnten. Es hatte glänzend schwarze Kugelknöpfe, weiße Emaillebeschläge wie die Kufen einer Kinderwiege und eine extra angefertigte Bettdecke, die an einer Seite immer auf den Boden hing. David rollte sich auf seine Seite; Alabama rutschte über die Sonntagszeitung in die warme Kuhle nach.

»Kannst du nicht ein bisschen mehr Platz machen?«

»Mein Gott – oh, mein Gott«, stöhnte David.

»Was hast du?«

»In der Zeitung steht, dass wir berühmt sind«, sagte er und blinzelte wie eine Eule.

Alabama richtete sich auf.

»Wie nett, lass mal sehen …«

David raschelte ungeduldig mit dem Brooklyn-Immobilienteil und den Wall-Street-Börsennotierungen.

»Nett!«, rief er und weinte fast. »Nett! Hier heißt es, wir seien in einer Anstalt für Gemeingefährliche. Ich möchte nur wissen, was unsere Eltern denken, wenn sie das lesen!«

Alabama fuhr mit den Fingern durch ihre Dauerwelle. »Nun ja«, begann sie zögernd, »die denken doch schon seit Monaten, dass wir dort hingehören.«

»… wir waren aber nicht dort.«

»Wir sind es auch jetzt nicht.« In plötzlicher Angst schlang sie ihre Arme um David. »Oder doch?«

»Ich weiß nicht – sind wir es?«

Sie lachten.

»Schau doch in der Zeitung nach!«

»Sind wir nicht blöd?«, fragte sie.

»Schrecklich blöd. Ist das nicht lustig – jedenfalls bin ich froh, dass wir berühmt sind.«

Alabama sprang in drei Sätzen über das Bett und auf den Boden. Draußen vor dem Fenster zogen graue Straßen den Horizont von Connecticut von allen Seiten zu einer riesigen Kreuzung zusammen. Ein steinerner Soldat wachte über den Frieden der träge daliegenden Felder. Eine Auffahrt kroch aus den gefiederten Kastanienbäumen. Eisenkraut welkte in der Hitze; purpurne Astern hingen zu einem mattenartigen Gewebe verfilzt an ihren Stängeln. Auf den gewellten Straßen schmolz der Teer in der Sonne. Das Haus stand schon ewig so da und kicherte in sich hinein im Goldrutendickicht.

Der Sommer in Neuengland ist wie ein episkopaler Gottesdienst: Das Land sonnt sich tugendhaft in seinem grünen, handgewobenen Kleid, und dann schleudert der Sommer seine These hervor, bunt explodierend wie der Rücken eines japanischen Kimonos, und rüttelt an unserer Würde.

Fröhlich umhertanzend kleidete sich Alabama an und kam sich dabei sehr graziös vor. Sie überlegte, wie sie Geld ausgeben könnte.

»Was steht sonst noch drin?«

»Dass wir großartig sind.«

»Jetzt verstehst du …«, begann sie.

»Nein, ich verstehe gar nichts, aber es wird wohl alles seine Richtigkeit haben.«

»Ich weiß nicht, David … es muss an deinen Bildern liegen.«

»An dir liegt es bestimmt nicht, du Größenwahnsinnige.«

Wie zwei struppige Sealyham Terrier spielten sie in der lalique-glasigen[12] Vormittagssonne im Zimmer herum.

»Oje«, jammerte Alabama aus den Tiefen des Schranks, »David, sieh dir mal diesen Koffer an, den du mir zu Ostern geschenkt hast.«

Sie zog den Schweinslederkoffer hervor und deutete auf den großen wässrig gelben Ring, der das Satinfutter verunzierte. Alabama starrte ihren Mann düster an.

»Eine Dame in meiner Stellung kann sich mit so etwas nicht in der Stadt blicken lassen«, meinte sie.

»Du musst aber zum Arzt – was ist mit dem Koffer passiert?«

»Als Joan hier war und mich so angebrüllt hat, habe ich ihn ihr geliehen, damit sie ihre Babywindeln darin wegbringen konnte.«

David lachte diskret.

»War sie sehr unfreundlich?«

»Sie hat gesagt, wir sollten sparen.«

»Warum hast du ihr nicht gesagt, dass wir unser ganzes Geld schon ausgegeben haben?«

»Habe ich ja. Sie fand das nicht richtig, und dann habe ich ihr erzählt, dass wir ja bald wieder neues bekommen.«

»Und was hat sie dazu gesagt?«, fragte David überheblich.

»Sie traut uns nicht; sie sagte, wir würden gegen alle Regeln verstoßen.«

»Die Familie meint immer, die Hauptsache ist, es passiert einem nichts.«

»Wir rufen sie nicht mehr an … David, wir treffen uns um fünf in der Halle vom Plaza … ich verpasse noch den Zug.«

»In Ordnung. Wiedersehen, Liebling.«

David nahm sie ernst in die Arme. »Wenn jemand im Zug versucht, dich zu stehlen, sag ihm, du gehörst mir.«

»Wenn du mir versprichst, dass du dich nicht überfahren lässt …«

»Wiedersehen!«

»Lieben wir uns nicht abgöttisch?«

Vincent Youmans[13] schrieb kurz nach dem Krieg die Melodien für solche Dämmerstunden. Wunderbare Melodien. Sie hingen über der Stadt wie ein indigoblaues Gebräu aus Asphaltstaub, aus rußigen Schatten unter den Gesimsen und lauen, abgestandenen Dunstwolken, die beim Schließen der Fenster ausgeatmet wurden. Die Melodien lagen über den Straßen wie weiße Nebelschwaden aus einem Sumpf. Durch dieses Schummerlicht ging alle Welt zum Tee. Mädchen in kurzen, fassonlosen Capes und langen Schlabberröcken und Hüten wie Badewannen aus Stroh warteten vor dem Plaza Grill auf Taxis. Mädchen in langen Satinkleidern und eingefärbten Schuhen und Hüten wie Kanaldeckel aus Stroh steppten eine Platzregenmelodie auf die Tanzböden des Lorraine und des St. Regis. Unter den düsteren, ironischen Papageien des Biltmore verschlossen die bleichen

Stunden zwischen Tee und Dinner die prächtigen Fenster – ein Glorienschein goldener Bubiköpfe löste sich auf in schwarzer Spitze und Schultersträußen. Im Ritz ging das Geklirr der Teetassen im Geplapper schlanker, zeitgemäßer Silhouetten unter.

Leute, die auf andere Leute warteten, zwirbelten die Spitzen der Palmblätter zu braunen Schnurrbartenden und ritzten kleine Schlitze in die unteren Blätter. Es war einfach eine Menge Jugend: Um Mitternacht würde Lillian Lorraine im Dachgarten des New Amsterdam sternhagelvoll sein, und im Herbst würden ganze Fußballmannschaften in einer Trainingspause die Ober mit ihrer Trunkenheit schockieren. Die Welt war voller fürsorglicher Eltern. Debütantinnen tuschelten einander zu: »Sind das nicht die Knights?« und: »Er war bei uns auf einem Collegeball. Kannst du mich bitte vorstellen?«

»Was nützt dir das? Sie lieben sich w-a-h-n-s-i-n-n-i-g«, raunte es durch die elegant monotone Welt von New York.

»Natürlich sind das die Knights«, sagten die jungen Mädchen.

»Hast du seine Bilder gesehen?«

»Ich würde lieber ihn jeden Tag ansehen«, antworteten andere Mädchen.

Ernst zu nehmende Leute nahmen sie ernst. David hielt Vorträge über visuellen Rhythmus und den Einfluss der Nebularphysik auf das Verhältnis der Grundfarben zueinander. Draußen vor den Fenstern drängte sich die Stadt zu einer goldgekrönten Konferenz zusammen – zutiefst gleichgültig gegenüber der eigenen Bedeutung. New Yorks Gipfel flimmerten wie ein goldener Baldachin über einem Thron. David und Alabama standen sich hilflos gegenüber: Ein Baby konnte man nicht wegargumentieren.

»Was hat also der Arzt gesagt?«, fuhr David hartnäckig fort.

»Ich habe es dir doch erzählt – er hat ›Hallo‹ gesagt.«

»Sei nicht albern – was hat er noch gesagt?«

»Wir bekommen das Baby jetzt doch«, verkündete Alabama.

David fummelte in seinen Taschen herum. »Tut mir leid … ich muss sie zu Hause gelassen haben.« Er dachte daran, dass sie dann zu dritt wären.

»Was?«

»Die Bromtabletten.«

»Ich sagte ›Baby‹.«

»Oh.«

»Wir sollten jemanden um Rat fragen.«

»Wen?«

Fast jeder hatte seine Theorie: dass es in den Apotheken von Longacre den besten Gin der Stadt gab; dass Anchovis nüchtern machen; dass man Methylalkohol am Geruch erkennen könne. Jeder wusste, wo bei Cabell[14] die Blankverse zu finden waren, wie man Plätze für das Spiel von Yale bekam, dass Mr. Fish im Aquarium wohnte, und dass es außer dem Wachtmeister noch andere gab, die sich in der Polizeistation am Central Park versteckt hielten – aber niemand wusste, wie man ein Baby bekommt.

»Am besten fragst du deine Mutter«, sagte David.

»Ach David, hör mir damit auf! Sie denkt doch dann, ich wüsste nicht, wie es geht.«

»Ich könnte meinen Kunsthändler fragen – er weiß, wohin die U-Bahnen fahren.«

So wie zum Schauspieler auf der Bühne eines großen Theaters der Applaus nur undeutlich emporrauscht, so wogte gedämpftes Rauschen in dieser Stadt. Aus dem New Amsterdam drangen die Ohrwürmer »Two Little Girls in Blue« und »Sally«. Eigenwillig beschleunigte Rhythmen luden die beiden ein, sich als schwarze Saxophonspieler zu fühlen, nach Maryland oder Louisiana zurückzukehren oder sich als Mammies oder Millionäre zu fühlen. Die Verkäuferinnen sahen aus wie Marilyn Miller[15]. Collegestudenten sprachen von Marilyn Miller, wie sie früher von Rosie Quinn gesprochen hatten. Filmschauspielerinnen waren Berühmtheiten. Paul Whiteman[16] spielte auf seiner Geige von der Wichtigkeit, vergnügt zu sein. Um ins Ritz zu kommen, musste man stundenlang Schlange stehen. Alle waren da. Man traf sich in Hotelhallen, die nach Orchideen, Plüsch und Kriminalromanen rochen, und fragte einander, wo man überall gewesen war seit dem letzten Mal. Charlie Chaplin trug eine gelbe Polojacke. Man hatte die Proletarier satt – hier war jeder berühmt. Wer nicht so berühmt war, musste wohl im Krieg gefallen sein: Es gab wenig Interesse am privaten Schicksal der kleinen Leute.

»Da sind die Knights, sie tanzen miteinander«, hieß es.

»Sind sie nicht reizend? Da sind sie wieder.«

»Hör mal, Alabama, du bist aus dem Takt«, sagte David.

»Mein Gott, David, musst du mir immer auf die Zehen treten?«

»Walzer konnte ich noch nie tanzen.«

Alle Refrains enthüllten, dass es hunderttausend Dinge gab, über die man melancholisch werden konnte.

»Ich werde eine Menge arbeiten müssen«, erklärte David. »Ist es nicht ulkig, für andere der Nabel der Welt zu sein?«

»Ungeheuer ulkig. Ich bin froh, dass meine Eltern kommen, bevor mir immer schlecht wird.«

»Warum sollte dir schlecht werden?«

»Das soll dazugehören.«

»Das ist kein Grund.«

»Nein.«

»Lass uns woanders hingehen.«

Paul Whiteman spielte im Palais Royal »Two Little Girls in Blue«: Es war eine große, aufwendige Nummer. Mädchen mit pikantem Profil wurden für Gloria Swanson gehalten. In New York wurde mehr reflektiert, als in Wahrheit passierte: Das Abstrakte war das einzig Konkrete an dieser Stadt. Jeder wollte die Rechnungen im Cabaret bezahlen.

»Wir haben ein paar Leute eingeladen«, sagte jeder zu jedem. »Möchten Sie nicht auch kommen?« Und dann sagten sie: »Wir telefonieren noch.«

In New York wurde ständig telefoniert. Man telefonierte von einem Hotel ins andere, rief sich auf anderen Partys an und sagte, man könne nicht kommen, man sei schon verabredet. Immer war es Teezeit oder spät in der Nacht.

David und Alabama forderten ihre Freunde auf, im »Plantation« Orangen in die Trommel zu werfen und sich selbst in den Springbrunnen am Union Square. Es ging aufwärts. Sie summten »The New Testament« und

»Our Country's Constitution« und sie ritten triumphierend auf der Flutwelle nach oben wie Insulaner auf ihrem Surfbrett. Keiner konnte den Text von »The Star-Spangled Banner«[17].

In der Stadt boten alte Frauen, mit Gesichtern so weich und schwach beleuchtet wie Seitengassen in Mitteleuropa, ihre Stiefmütterchen an; Hüte segelten vom Bus der Fifth Avenue; Wolken zogen werbewirksam über den Central Park. Die Straßen von New York rochen herb und süß wie ölige Tropfen aus der Maschinerie eines metallisch nachtblühenden Gartens. Die wechselnden Gerüche und die Menschen in ihrer Hast, die in unregelmäßigen Intervallen von den großen Straßen in die Nebenstraßen gesogen wurden, schwollen im Takt ihres persönlichen Rhythmus an und wieder ab.

Der besondere Genius der beiden und ihr habgieriges, alles verschlingendes Ego zog die Welt behände in ihre Unterströmung; die Kadaver wurden später ins Meer hinausgespült. New York ist ideal für Aufsteiger.

Der Empfangschef im Manhattan dachte, sie seien nicht verheiratet, aber er gab ihnen trotzdem ein Zimmer.

»Was ist los?«, fragte David auf dem Doppelbett unter dem Kathedralendruck. »Schaffst du es nicht?«

»Doch, sicher. Wann kommt der Zug an?«

»Jetzt. Ich habe gerade noch zwei Dollar, um deine Familie zu empfangen«, sagte David, seine Anzugtaschen durchsuchend.

»Ich wollte ihnen Blumen kaufen.«

»Alabama«, sagte David schulmeisterhaft. »Blumen sind unnütz. Du bist schon zur Theorie der reinen Ästhetik geworden – zur chemischen Formel des Dekorativen.«

»Mit zwei Dollar können wir sowieso nichts anfangen«, widersprach sie logisch.

»Hm, wahrscheinlich nicht ...«

Flüchtiger Wohlgeruch vom Hotelblumenladen pochte wie mit Silberhämmerchen gegen die Schale ihres Plüschvakuums.

»Aber wenn wir das Taxi zahlen müssen ...«

»Daddy hat bestimmt genug Geld dabei.«

Weiße Dampfwölkchen stiegen zu den hohen Bahnhofsfenstern auf. Im grauen Tageslicht baumelten die Lampen von den Stahlträgern wie unreife Zitrusfrüchte. Menschenmassen kamen die Treppe herauf und schoben sich aneinander vorbei. Der Zug fuhr mit einem klickenden Geräusch ein, so als drehe man tausend Schlüssel in tausend rostigen Schlössern.

»Wenn ich gewusst hätte, wie es in Atlantic City aussieht«, sagten die Rückkehrer, oder »Stell dir vor, eine halbe Stunde Verspätung!« oder »Die Stadt hat sich in unserer Abwesenheit kaum verändert«, wobei sie ihre Päckchen umklammerten und feststellten, dass sie den falschen Hut trugen für die Stadt.

»Da ist Mama!«, rief Alabama.

»Na, wie geht es ...«

»Ist es nicht eine großartige Stadt, Richter?«

»Ich war seit achtzehnzweiundachtzig nicht mehr hier. Seitdem hat sich allerhand verändert«, antwortete der Richter.

»Hattet ihr eine gute Reise?«

»Alabama, wo ist deine Schwester?«

»Sie konnte nicht kommen.«

»Sie konnte nicht kommen«, pflichtete David lahm bei.

»Weißt du«, fuhr Alabama fort, als sie den überraschten Blick ihrer Mutter sah, »das letzte Mal, als Joan kam, hat sie sich meinen besten Koffer ausgeliehen, weil sie nasse Windeln wegbringen wollte, und seitdem haben wir … seitdem sehen wir sie nicht mehr so oft.«

»Was war daran so schlimm?«, fragte der Richter streng.

»Es war mein allerbester Koffer«, erklärte Alabama geduldig.

»Ach, das arme, kleine Baby«, seufzte Miss Millie. »Wir können sie doch sicher anrufen.«

»Wenn du mal eigene Kinder hast, wirst du anders darüber denken«, meinte der Richter.

Alabama fragte sich verunsichert, ob man ihrer Figur etwas ansah.

»Ich kann mir gut vorstellen, wie Alabama wegen des Koffers zumute war«, setzte Millie großherzig fort. »Alabama war schon als Kind eigen mit ihren Sachen … sie wollte nie teilen, schon damals nicht.«

Das Taxi preschte aus der dampfenden Bahnhofsunterführung. Alabama wusste nicht, wie sie es anstellen sollte, dass der Richter das Taxi bezahlte. Seitdem durch ihre Heirat die unbeliebte Einflussnahme des Richters entfallen war, wusste sie nie mehr so recht, wie sie sich in einer Situation verhalten sollte. Sie wusste nicht, was sie sagen sollte, wenn sich junge Mädchen vor David aufpostierten und hofften, er würde sie auf seiner Hemdbrust skizzieren, oder was sie tun sollte, wenn David tobte und wetterte, sein künstlerisches Talent würde ruiniert, wenn in der Reinigung seine Hemdknöpfe abrissen.

»Wenn ihr Kinder die Koffer in den Zug schafft, dann zahle ich inzwischen das Taxi«, sprach der Richter.

Die grünen Hügel von Connecticut predigten Ruhe nach dem Gerüttel in der staubigen Bahn. Die sparsamen, disziplinierten Gerüche des Rasens von Neuengland, der Duft unsichtbarer Gemüsegärten hielten die Luft in festen Sträußen zusammen. Ehrerbietige Bäume fegten die Veranda; Insekten zirpten in den glutheißen, ihrer Ernte beraubten Wiesen. In der gepflegten Landschaft schien kein Platz zu sein für das Unerwartete. Wenn man jemanden hängen wollte, überlegte Alabama, müsste man es im eigenen Garten hinter dem Haus tun. Entlang der Straße klappten Schmetterlinge ihre Flügel auf und zu wie weiße Blitzlichter aus einer Kamera.

»Du kannst kein Schmetterling sein«, sagten sie. Es waren einfältige Schmetterlinge, die einfach in der Gegend herumflatterten und den Leuten Begabung vorgaukelten.

»Wir wollten eigentlich das Gras mähen lassen«, begann Alabama, »aber …«

»So ist es viel schöner«, beendete David den Satz. »Viel malerischer.«

»Ach, ich mag Unkraut gern«, meinte der Richter leutselig.

»Deshalb riecht es auf dem Land immer so gut«, fügte Miss Millie hinzu. »Aber ist es abends nicht ziemlich einsam hier draußen?«

»Ach, ab und zu besuchen uns Davids Freunde vom College, und manchmal fahren wir in die Stadt.«

Alabama erwähnte nicht, wie oft sie nach New York fuhren und die freien Nachmittage in Junggesellenbuden vertrödelten: Orangensaft schlürfend und hinter dicht verschlossenen Türen den Sommer mit Worten preisend. Darin waren sie allen anderen voraus. Sie warteten nur darauf, dass jene progressive Lobhudelei einsetzte, die mit ein paar Jahren Verspätung der New-York-Begeisterung folgte wie die Heilsarmee auf Weihnachten. Dann konnten sie sich in den Wassern der gegenseitigen Unruhe reinwaschen.

»Mister«, wurden sie von Tanka auf der Treppe empfangen, »und Missy«.

Tanka war der japanische Butler. Ohne Anleihen bei Davids Kunsthändler hätten sie ihn sich nicht leisten können. Tanka war teuer, und zwar deshalb, weil er mit den Gurkenpflanzen botanische Gärten anlegte, mit der Butter Blumenornamente formte und seine Flötenstunden aus dem Geld für den Gemischtwarenhändler abzweigte. Sie hatten versucht, ohne ihn auszukommen, bis sich Alabama an einer Bohnendose die Hand aufschnitt und David sich beim Rasenmähen die Malhand verstauchte.

Der Orientale verneigte sich und fegte mit einer Rundumdrehung seines Oberkörpers tief über den Boden, sich damit als Erdachse ausweisend. Plötzlich brach er in beunruhigendes Gelächter aus und wandte sich an Alabama.

»Missy, kleine Minite – kleine Minite, hier lang, bitte!«

»Er will bestimmt Geld«, dachte Alabama und folgte ihm beklommen auf die seitliche Veranda.

»Schauen Sie!«, sagte Tanka. Mit verneinender Geste deutete er auf die zwischen den Säulen des Hauses aufgespannte Hängematte, in der zwei junge Männer laut schnarchend schliefen – die Ginflasche daneben.

»Tja, Tanka«, sagte sie zögernd, »das sagen Sie am besten dem Mister, aber nicht vor versammelter Familie.«

»Ganz vorsichtig«, nickte der Japaner, machte »pst« und legte den Zeigefinger über die Lippen.

»Weißt du, Mama, es ist vielleicht besser, ihr geht gleich nach oben und ruht euch vor dem Abendessen etwas aus«, schlug Alabama vor. »Ihr müsst müde sein nach der langen Reise.«

Der unbeteiligte Ausdruck, den Alabama aufsetzte, als sie vom Zimmer der Eltern die Treppe herunterkam, signalisierte David, dass etwas nicht stimmte.

»Was ist los?«

»Was *los* ist? Zwei Betrunkene liegen in der Hängematte. Wenn Daddy das sieht, dann ist die Hölle los.«

»Schick sie weg.«

»Sie können sich nicht rühren.«

»Mein Gott! Dann soll Tanka aufpassen, dass sie bis nach dem Abendessen draußen bleiben.«

»Glaubst du, der Richter würde mitbekommen, wie es um sie steht?«

»Ich fürchte, ja …«

Alabama starrte verzweifelt in die Gegend.

»Also, ich glaube, es kommt der Augenblick, in dem man sich für seine Freunde oder seine Familie entscheiden muss.«

»Sind sie in so schlechter Verfassung?«

»Ziemlich hoffnungslos. Aber wenn wir einen Krankenwagen kommen lassen, gibt es bloß eine Szene«, sagte sie verzagt.

Der Moiréeglanz des Nachmittags verklärte die sterilen, malerischen Kolonialstilzimmer und scheuerte sich an den gelben Blumen, die wie eine Stickerei am Kaminsims emporrankten. Es war ein seelsorgerisches Licht, das die Kurven, das Auf und Ab eines melancholischen Walzers, nachzeichnete.

»Ich weiß nicht, was wir machen sollen«, sagten beide unisono. Alabama und David standen ängstlich in der Stille, bis sie vom Klingklang eines Löffels auf einem Messingtablett zum Abendessen gerufen wurden.

»Ich freue mich«, sagte Austin vor den zu Rosetten geformten Roten Beeten, »dass es Ihnen gelungen ist, Alabama etwas zu zähmen. Sie scheint in der Ehe eine gute Hausfrau geworden zu sein.« Der Richter war von den Roten Beeten beeindruckt.

David dachte an seine Hemdenknöpfe. Sie waren alle ab.

»Ja«, meinte er vage.

»David hat hier draußen sehr schön arbeiten können«, fiel ihm Alabama nervös ins Wort.

Sie wollte gerade ein Bild ihrer häuslichen Vollendung präsentieren, als sie durch lautes Stöhnen aus der Hängematte gewarnt wurde. Durch die Esszimmertür kam umflorten Blickes ein junger Mann gewankt und beäugte die Versammlung. Er war beinahe richtig da – nur etwas verdreht; seine Hemdszipfel hingen heraus.

»Guten Abend«, sagte er förmlich.

»Euer Freund sollte etwas zu Abend essen«, schlug der konsternierte Richter vor.

Der Freund brach in einfältiges Gelächter aus.

Miss Millie musterte verlegen Tankas Blumenkonstruktionen. Natürlich *wollte* sie, dass Alabama Freunde hatte. Sie hatte ihre Kinder immer in diesem Sinne erzogen, aber die Umstände waren manchmal doch sehr merkwürdig.

Ein zweites zerzaustes Phantom tastete sich durch die Tür; die Stille wurde nur von mühsam unterdrückten, hysterischen Kieksern unterbrochen.

»Er macht das, weil er operiert wurde«, sagte David hastig. Dem Richter sträubte sich alles.

»Man hat ihn am Kehlkopf operiert«, fügte David aufgeregt hinzu. Mit wildem Blick suchte er in dem Molluskengesicht nach einer Reaktion. Zum Glück schien ihm der Bursche zuzuhören.

»Der eine ist stumm«, erklärte Alabama in einer Eingebung.

»Freut mich zu hören«, antwortete der Richter mit rätselhafter Miene. Sein Tonfall war nicht ohne Feindseligkeit. Er schien vor allem erleichtert zu sein, dass jede weitere Konversation ausgeschlossen war.

»Ich kann kein Wort reden«, brach es unerwartet aus dem Gespenst hervor. »Ich bin stumm.«

Das, dachte Alabama, das ist das Ende.

Miss Millie erklärte, salzige Luft sei schädlich für das Tafelsilber. Der Richter blickte seine Tochter an: unversöhnlich und tadelnd. Der weiteren Notwendigkeit zu reden wurden sie durch eine sonderbare Carmagnole[18] rund um den Tisch enthoben. Es war kein richtiger Tanz; vielmehr ein ausdrucksvoller Protest gegen das aufrechte Zweibeinerdasein, unterbrochen durch ekstatische Siegeshymnen, rhythmisches Schulterklopfen und laute Aufforderungen an die Knights, doch mitzumachen. Der Richter und Miss Millie waren großzügig in die Aufforderung mit eingeschlossen.

»Es ist wie ein Fries, wie ein griechischer Fries«, äußerte Miss Millie verwirrt.

»Nicht sehr erbaulich«, ergänzte der Richter.

Erschöpft torkelten die beiden Männer zu Boden.

»Wenn David uns zwanzig Dollar leihen könnte«, keuchte der Fleischkloß, »wir wollten sowieso gerade ins Wirtshaus. Natürlich, wenn es nicht geht, können wir ja noch etwas hierbleiben.«

»Oh.« David erstarrte.

»Mama«, sagte Alabama, »könntest du uns nicht zwanzig Dollar leihen, bis wir morgen auf die Bank kommen?«

»Sicher, mein Herz – oben in der Kommodenschublade. Wie schade, dass eure Freunde schon gehen müssen. Sie finden es doch gerade so lustig«, meinte sie unbestimmt.

Das Haus kam zur Ruhe. Das kühle Grillenzirpen knirschte leise wie jemand, der frischen Salat isst, und reinigte das Wohnzimmer von Dissonanzen. Frösche plärrten auf der Wiese, wo tags die Goldruten blühten. Die Familie versank im nächtlichen Schlummerlied, das durch das Eichengeäst zu ihnen drang.

»Gerettet«, seufzte Alabama, als sie sich im exotischen Bett aneinander kuschelten.

»Ja«, sagte David. »Jetzt ist alles in Ordnung.«

Auf der ganzen Boston Post Road saßen Menschen in ihren Autos und dachten, es sei schon alles in Ordnung, während sie sich betranken und gegen Wasserhydranten, Lastwagen und alte Steinmauern rasten. Die Polizei war zu beschäftigt mit der Vorstellung, alles käme in Ordnung, um sie festzunehmen.

Um drei Uhr morgens wurden die Knights durch stentorisches Geflüster draußen auf dem Rasen geweckt. Nachdem David sich angezogen hatte und hinuntergegangen war, war eine Stunde verstrichen: Der Lärm schwoll an zu unterdrücktem Gebrüll.

»Also gut, ich trinke einen mit euch, wenn ihr etwas leiser seid«, hörte Alabama David sagen, während sie sich sorgfältig ankleidete. Bestimmt passierte irgendetwas; und wenn Beamte kamen, war es besser, so gut wie möglich angezogen zu sein. Die Meute musste in der Küche sein. Kampflustig steckte sie den Kopf durch die Küchenschwingtür.

»Na, Alabama«, wurde sie von David begrüßt, »ich rate dir dringend, dich hier rauszuhalten.« Mit heiserer, melodramatischer Stimme flüsterte er vertraulich:

»Das war die schlauste Lösung, die mir eingefallen ist …«

Alabama starrte wütend auf das Schlachtfeld in der Küche.

»Ach, sei still!«, schrie sie.

»Hör mal, Alabama«, begann David.

»Du hast doch immer gesagt, wir müssen uns gut benehmen, und jetzt schau dich an!«, beschuldigte sie ihn.

»Er ist in Ordnung. David ist prima in Ordnung«, säuselten die beiden dahingestreckten Gestalten.

»Und wenn mein Vater jetzt herunterkommt? Ob der

auch meint, alles ist in Ordnung?« Alabama zeigte auf den Trümmerhaufen.

»Woher kommen die ganzen alten Dosen?«, fragte sie verächtlich.

»Tomatensaft. Der macht nüchtern. Ich habe unseren Gästen gerade etwas Tomatensaft gegeben«, erklärte David. »Erst Tomatensaft, dann Gin.«

Alabama wollte David die Flasche aus der Hand reißen. »Gib mir die Flasche.« Als er eine abwehrende Bewegung machte, schlidderte sie gegen die Tür. Um nicht krachend in der Halle zu landen, warf sie sich gegen den Türpfosten. Die Schwingtür erwischte sie voll im Gesicht. Wie aus einer frisch angezapften Ölquelle sprudelte das Blut fröhlich aus ihrer Nase und übers Kleid.

»Ich schau mal, ob ein Beefsteak im Kühlschrank ist«, meinte David äußerst hilfreich. »Halt den Kopf über den Ausguss, Alabama. Wie lange kannst du die Luft anhalten?«

Bis die Küche halbwegs aufgeräumt war, tränkte die Morgendämmerung von Connecticut das Land mit Nässe wie aus einem Feuerwehrschlauch. Die beiden Männer stolperten davon, um sich im Wirtshaus schlafen zu legen. Alabama und David besahen sich unglücklich das blaue Auge.

»Sie werden denken, ich war es«, meinte er.

»Bestimmt … da kann ich sagen, was ich will.«

»Dabei sollte man meinen, dass sie uns glauben, wenn sie uns so nett zusammen sehen.«

»Die Leute glauben immer die aufregendste Geschichte.«

Der Richter und Millie kamen früh zum Frühstück

herunter. Sie warteten inmitten von Bergen glitschiger, aufgeweichter Zigarettenstummel, während Tanka im Vorgefühl kommenden Unheils den Speck anbrennen ließ. Man konnte sich kaum irgendwo hinsetzen, ohne an angetrockneten Ringen von Gin und Tomatensaft kleben zu bleiben.

Alabamas Kopf fühlte sich an, als habe jemand in ihrer Hirnschale Popcorn zerstoßen. Sie versuchte, das lädierte Auge unter einer dicken Puderschicht zu verbergen. Unter der Maske fühlte sich ihr Gesicht nackt an.

»Guten Morgen!«, rief sie strahlend.

Der Richter kniff grimmig die Augen zu. »Alabama«, sagte er, »wegen des Anrufs bei Joan … deine Mutter und ich sind der Meinung, dass wir sie schon heute anrufen sollten. Joan braucht bestimmt Hilfe mit dem Baby.«

»Ja, natürlich.«

Alabama wusste, dass sie so reagieren würden, konnte aber nicht verhindern, dass es in ihrem Inneren sintflutartig aufwallte. Sie wusste, niemand kann auf die Dauer den Vorstellungen eines anderen entsprechen, früher oder später stolpern sie doch über das wirkliche Ich oder das, was man sein möchte.

Ach was, sagte sie sich trotzig, die Familie hat kein Recht, einen auf das festzunageln, was sie einem aufoktroyiert hat, als man noch zu klein war, um zu protestieren.

»Und da du mit deiner Schwester nicht auf allzu gutem Fuße zu stehen scheinst«, fuhr der Richter fort, »finden wir, dass wir sie morgen früh lieber allein besuchen.«

Alabama saß stumm da und besah sich die Trümmer dieser Nacht.

Wahrscheinlich belabert Joan sie mit Moralepisteln und erzählt ihren, wie schwer sie es hat im Leben, dachte sie bitter. Sie wird sich als leuchtendes Vorbild darstellen, und wir – wir sind in jedem Fall die bösen Teufel.

»Verstehe bitte«, sagte der Richter, »dass ich kein moralisches Urteil über dein persönliches Verhalten fälle. Du bist eine erwachsene Frau, und dies ist deine Angelegenheit.«

»Ich verstehe«, sagte sie. »Du missbilligst es nur und willst es nicht ertragen. Wenn ich deine Art zu denken nicht akzeptiere, überlässt du mich eben meinem Schicksal. Vermutlich habe ich kein Recht, euch zu bitten zu bleiben.«

»Wer sich außerhalb stellt«, erwiderte der Richter, »hat keine Rechte.«

Der Zug, der den Richter und Miss Millie in die Stadt brachte, war beladen mit Milchkannen und dem angenehmen Drum und Dran eines zu Ende gehenden Sommers. Ihre Haltung war kühl und abweisend beim Abschied. In ein paar Tagen würden sie in den Süden zurückreisen und bestimmt nicht wieder hier heraufkommen. David würde unterwegs sein und sich um seine Bilder kümmern, und sie fanden, Alabama sei während seiner Abwesenheit zu Hause am besten aufgehoben. Sie freuten sich über Davids Erfolg und seine Berühmtheit.

»Sei nicht so traurig«, sagte David. »Wir sehen sie doch wieder.«

»Aber es wird nie mehr dasselbe sein«, jammerte Alabama. »Unser Auftritt wird ihr Bild von uns für immer trüben.«

»War es nicht immer schon getrübt?«

»Ja, David, aber nur weil es so schwer ist, zwei Menschen gleichzeitig sein zu wollen, einer, der nach seinen eigenen Gesetzen lebt, und ein anderer, der all die schönen alten Dinge beibehalten möchte und sicher und geliebt und beschützt sein will.«

»Das haben, glaube ich, schon viele Leute vor dir herausgefunden«, sagte er. »Ich glaube, alles was wir mit jemand anderem teilen können, ist eine Vorliebe für ein bestimmtes Wetter.«

Vincent Youmans hatte einen neuen Song geschrieben. Die alten Melodien strömten von den Drehorgeln durch die Krankenhausfenster herein, als das Baby geboren wurde, und die neuen Melodien machten in Hotelhallen, Grill-Räumen, Palmengärten und Dachetagen die luxuriöse Runde.

Miss Millie schickte Alabama ein Paket mit Babysachen und eine Liste mit Ratschlägen, wie man ein Baby baden soll, die sie an die Badezimmertür heftete. Als ihre Mutter das Telegramm bekam, das Bonnies Geburt anzeigte, telegraphierte sie zurück:

»Mein blauäugiges Baby ist erwachsen geworden. Wir sind sehr stolz.« Die Western Union Telegrammpost machte daraus »klauäugig«.

Die Mutter bat sie in ihren Briefen rundheraus, sich anständig zu benehmen; die Briefe ließen durchblicken, dass sie Alabamas und Davids Lebensstil mehr oder weniger anstößig fand. Wenn Alabama die Briefe las, konnte sie hören, wie daheim die Schaukel leise quietschte und die Frösche im Zypressensumpf rau vor sich hin krächzten.

Entlang den Flussufern von New York baumelten die Lichter wie Laternen an einem Draht; das flache Marschland von Long Island erstreckte sich im Zwielicht wie die blaue Campagna. Flimmernde Gebäude hüllten den Himmel in eine leuchtende Patchworkdecke. Bruchstücke einer Philosophie, scharfsinnige Wortfetzen, die zerfransten Enden einer Utopie stürzten sich in der Dämmerung selbstmörderisch zu Tode. Das Marschland lag da, schwarz und flach und rot und eingekreist vom Verbrechen. Ja, Vincent Youmans schrieb die Musik. Ergriffen von der irrlichternden Jazzsentimentalität warfen sie den Kopf von einer Seite zur anderen und nickten einander quer durch die Stadt zu, stromlinienförmige Körper, die oben am Bug ihres Landes segelten wie Metallfiguren auf einer dahinflitzenden Kühlerhaube.

Alabama und David waren stolz auf sich und das Baby; bewusst stellten sie eine gespielt nonchalante Gleichgültigkeit zur Schau, was die fünfzigtausend Dollar betraf, mit der sie die zwei Jahre Hochglanzpolitur ihrer barocken Lebensfassade bezahlten. Aber in Wirklichkeit ist der Künstler der größte Materialist: Er verlangt vom Leben das Doppelte und Dreifache zurück für das, was er zu emotionalen Wucherzinsen liefert – und eine Aufwandsentschädigung noch dazu.

In jenen Jahren setzten die Leute auf Göttinnen.

»Guten Morgen«, sagten die Bankangestellten in den Marmorfoyers, »wollten Sie etwas von Ihrer Pallas Athene abheben?« Oder: »Soll ich die Diana dem Konto Ihrer Frau gutschreiben?«

Es kostet mehr, oben auf dem Taxi zu fahren, als innen

zu sitzen. Joseph Urbans[19] Himmel sind teuer, wenn sie echt sind. Die Sonne steht hoch über den breiten Verkehrsadern, die mit silbernen Nadeln zugewebt werden: ein Fädchen Glitter, ein Fädchen Rolls-Royce, ein Fädchen O. Henry[20]. Dazwischen verlangen müde Monde höhere Löhne. Währenddessen verschafften die fünfzigtausend Dollar den beiden einen wohligen Traum vom dunklen Teich der Befriedigung: eine etwas steife Säuglingsschwester für Bonnie, einen Marmon-Coupé aus zweiter Hand, eine Radierung von Picasso, eine weiße Satinhülle für einen Papagei mit Knopfaugen, ein gelbes Chiffonkleid, das eine Wiese mit Kuckucksnelken betörte, ein Kleid so grün wie frische, feuchte Farbe, zwei identische weiße Knickerbockeranzüge, einen Anzug für die Börse, einen englischen Tweedanzug wie versengte Felder im August, und zwei Fahrkarten erster Klasse nach Europa.

In der Packkiste ruhten eine Sammlung Plüschteddybären, Davids Militärmantel, ihr Hochzeitssilber und vier sich beulende Alben mit Zeitungsausschnitten über all die Ereignisse, um die die Leute sie beneideten. All dies wurde zurückgelassen.

»Auf Wiedersehen«, hatten sie auf der eisernen Bahnhofstreppe gesagt. »Irgendwann müsst ihr mal unser Selbstgebrautes probieren.« Oder: »Die gleiche Band spielt im Sommer in Baden-Baden, vielleicht sehen wir uns dort.« Oder: »Vergesst nicht, was ich euch gesagt habe, und der Schlüssel liegt immer an der gleichen Stelle.«

»Oje«, ächzte David aus den Tiefen des wissenden Emaillebetts, »bin ich froh, dass wir abfahren.«

Alabama inspizierte ihr Gesicht im Handspiegel.

»Noch eine Party«, antwortete sie, »und ich muss zu Viollet-Le-Duc wegen meines Gesichts.«

David sah sie prüfend an.

»Was ist mit deinem Gesicht?«

»Nichts, ich habe nur so lange darin herumgezupft, dass ich nicht zum Tee gehen kann.«

»Wir müssen aber zum Tee gehen«, antwortete David ungerührt. »Schließlich findet er wegen deines Gesichts statt.«

»Wenn ich was anderes zu tun gehabt hätte, wäre es nicht passiert.«

»Du kommst trotzdem mit, Alabama. Wie sähe denn das aus, wenn mich die Leute fragen: ›Und wie geht es Ihrer charmanten Frau, Mr. Knight?‹, und ich muss antworten: ›Meine Frau, oh, die ist zu Hause und zupft in ihrem Gesicht.‹ Was meinst du, wie ich mir dann vorkäme?«

»Ich könnte sagen, der Gin ist schuld oder das Klima oder irgendetwas anderes.«

Alabama betrachtete bekümmert ihr Spiegelbild. Die Knights hatten sich äußerlich nicht viel verändert: Die junge Frau sah noch immer den ganzen Tag aus, als ob sie gerade aufgestanden wäre, und über das Gesicht des jungen Mannes lief noch immer ein unerwartetes Zucken und Aufleuchten, als genieße er die Vergnügungen am »Millionen-Dollar-Pier«.

»Ich möchte hingehen«, sagte David. »Schau dir das Wetter an! Da kann ich unmöglich malen.«

Der Regen spann und webte das Licht ihres dritten Hochzeitstages zu dünnen regenbogenbunten Flechten:

Es regnete in Alt, es regnete in Sopran, Regen für Engländer und Regen für Farmer; Gummiregen, Metallregen, Kristallregen. Die entfernte Standpauke des Frühlingsgewitters prasselte in dicken Kringeln wie schwerer Rauch auf die Felder.

»Da werden Leute sein«, gab Alabama zu bedenken.

»Leute sind meistens da«, räumte David ein. »Möchtest du dich denn nicht von deinen Verehrern verabschieden?«, neckte er.

»David! Ich stehe viel zu sehr auf ihrer Seite, als dass ich den Männern romantische Gefühle entgegenbringe. Männer sind immer nur in Taxis durch mein Leben gerauscht, die voller Rauch und abstrakter Gespräche waren.«

»Wir wollen das nicht weiter erörtern«, erwiderte David gebieterisch.

»Was erörtern?«, fragte Alabama nachlässig.

»Die manchmal etwas heftigen Verstöße gewisser Amerikanerinnen gegen die Konventionen.«

»Oh Graus! Bloß das nicht. Soll das heißen, dass du eifersüchtig auf mich bist?«, fragte sie ungläubig.

»Natürlich. Du nicht?«

»Doch, schrecklich. Aber ich dachte, das kommt für uns nicht infrage.«

»Dann sind wir ja quitt.«

Sie blickten sich mitfühlend an. Es war lustig, in ihren konfusen Köpfen so etwas wie Mitgefühl zu entdecken.

Der schmutziggraue Nachmittagshimmel spuckte zur Teezeit einen weißen Mond aus. Er lag eingekeilt in einer Wolkenspalte wie das Rad einer Kanonenlafette auf einem aufgewühlten, verlassenen Schlachtfeld – nach dem Sturm schlank und zart und neu. Das rotbraune Sandsteinhaus wimmelte von Leuten; im Vestibül roch es betörend nach Zimttoast.

»Der Master«, verkündete der Diener, der auf ihr Klingeln erschien, »hat allen Gästen hinterlassen, Sir, dass er geflüchtet ist, und dass Sie sich ganz wie zu Hause fühlen sollen.«

»Also wirklich«, brummte David, »die Leute rennen immer durch die Gegend, um sich gegenseitig zu entkommen, und dann verabreden sie sich zu den unmöglichsten Zeiten in der erstbesten Bar.«

»Warum ist er so plötzlich verschwunden?«, fragte Alabama enttäuscht.

Der Diener dachte ernsthaft nach, denn Alabama und David waren häufige Gäste.

»Der Master«, sagte er, entschlossen ihnen zu vertrauen, »hat hundertunddreißig handbestickte Taschentücher, die *Encyclopaedia Britannica* und zwei Dutzend Tuben Frances-Fox-Salbe eingepackt und ist abgezogen. Finden Sie das Gepäck nicht etwas extravagant, Sir?«

»Er hätte sich wenigstens verabschieden können«, setzte Alabama verdrießlich hinzu. »Er wusste doch, dass wir abreisen und er uns ewig nicht mehr sieht.«

»Oh, Madam, er hat doch eine Nachricht für Sie hinterlassen. Er sagte ›Auf Wiedersehen‹.«

Alle erklärten, sie wünschten, sie könnten auch wegfahren. Alle sagten, sie wären so glücklich, wenn sie nicht so leben müssten, wie sie lebten. Philosophen und vom College geschasste Studenten, Filmregisseure und Weltuntergangspropheten meinten, die Leute seien so rastlos, weil der Krieg zu Ende war.

Auf der Teeparty erzählte man ihnen, dass niemand im Sommer an die Riviera führe, und dass das Baby die Cholera bekäme, wenn sie es in die Hitze mitnähmen. Ihre Freunde waren fest davon überzeugt, dass sie von französischen Moskitos zu Tode gestochen würden und es nichts anderes zu essen gäbe als Ziegenfleisch. Sie erzählten ihnen, dass im Sommer am Mittelmeer keine Wasserspülung funktioniere, und dass Eiswürfel für den Whisky-Soda ein Ding der Unmöglichkeit seien; jemand schlug vor, einen Koffer mit Konservendosen mitzunehmen.

Der Mond glitt quecksilbrig über die mathematisch klaren Linien der ultramodernen Möbel. Alabama saß in einer schwach erleuchteten Ecke und überdachte die Dinge, die ihr Leben ausmachten. Sie hatte vergessen, die Castoria bei der Nachbarin abzugeben. Und Tanka hätte ruhig die halbe Flasche Gin haben können. Wenn die Kinderschwester Bonnie jetzt noch im Hotel schlafen ließ, würde die Kleine auf dem Schiff nicht mehr schlafen: Sie reisten erster Klasse, Abfahrt um Mitternacht, Deck C, Kabinen 35 und 37. Sie hätte ihre Mutter anrufen sollen, um sich zu verabschieden; aber ein Gespräch aus solcher Entfernung hätte sie sicher nur erschreckt. Das mit ihrer Mutter war zu dumm.

Ihr Blick streifte über das beigerosa Wohnzimmer voller Menschen. Alabama sagte sich, dass sie glücklich sei – das hatte sie von ihrer Mutter geerbt. »Wir sind sehr glücklich«, sagte sie sich, ganz wie ihre Mutter, »aber das scheint uns ziemlich kalt zu lassen. Sicher haben wir etwas Aufregenderes erwartet.«

Das Frühlingsmondlicht zerhackte das Pflaster wie

mit einem Eispickel, und mit seinem scheuen Glanz vereiste es die Ecken der Gebäude mit glitzernden Halbmonden.

Die Schiffsreise würde lustig werden: Es sollte einen Ball geben, und die Kapelle würde diesen Song spielen – du weißt schon – den von Vincent Youmans, wo der Chor am Schluss erklärt, warum wir so melancholisch sind.

Die Luft an der Schiffsbar war feucht und stickig. Alabama und David saßen in Abendkleidung auf den hohen Barhockern – gestriegelt wie zwei Barsoi-Windhunde. Der Steward verlas die Schiffsnachrichten.

»Da kommt Lady Sylvia Priestly-Parsnips. Soll ich sie zu einem Drink einladen?«

Alabama sah sich unschlüssig um. Außer ihnen war niemand in der Bar. »Meinetwegen – aber es heißt, sie schläft nur mit ihrem Mann!«

»Bestimmt nicht in der Bar. Wie geht es Ihnen, Madame?«

Lady Sylvia ruderte durch den Raum wie eine undurchsichtige Qualle, die sich über eine Sandbank propellert.

»Euch beide habe ich auf dem ganzen Schiff gesucht«, sagte sie. »Angeblich soll das Schiff bald untergehen, und deshalb findet der Ball schon heute Abend statt. Ich wollte Sie zu meiner Dinnerparty einladen.«

»Sie schulden uns keine Einladung, Lady Parsnips, und wir gehören nicht zu den Leuten, die fürs Zwischendeck zahlen und dann in der Flitterwochen-Luxussuite reisen. Also was gibt's?«

»Ich meine das ganz altruistisch«, protestierte sie. »Irgendjemanden *muss* ich zu meiner Party einladen, auch wenn ich gehört habe, dass ihr beiden so verrückt nacheinander seid. Da kommt mein Mann!«

Ihr Mann hielt sich für einen Intellektuellen; seine wahre Begabung war das Klavierspiel.

»Ich wollte Sie immer schon kennenlernen. Meine Frau hat mir erzählt, Sie wären ein ganz altmodisches Ehepaar.«

»Und ich die Typhoid Mary[21] aus der guten alten Zeit«, ergänzte Alabama, »aber ich halte es für fair, Ihnen zu sagen, dass wir keine Rechnungen für Alkoholika übernehmen.«

»Oh, das haben wir nicht erwartet. Keiner von unseren Freunden zahlt noch für uns. Seit dem Krieg kann man sich auf keinen mehr verlassen.«

»Wir kriegen bestimmt einen Sturm«, meinte David.

Lady Sylvia rülpste. »Das mit dem Notalarm ist auch ein Reinfall«, sagte sie. »Immer ziehe ich meine schönste Unterwäsche an, und dann passiert nichts.«

»Ich finde, unvorhergesehene Zwischenfälle provoziert man am besten, wenn man sich mit porentiefer Nachtcreme einschmiert und schlafen legt.« Alabama kreuzte die Beine auf der Tischplatte, sodass sie ein Warndreieck bildeten.

»Mein Platz an der Sonne ist jedenfalls schon für fünf Oktagon-Seifenpapierchen zu haben«, sagte David mit Nachdruck.

»Da sind meine Freunde«, unterbrach Lady Sylvia. »Es sind Engländer, die nach New York geschickt wurden, damit sie vor der Dekadenz bewahrt blieben, und der amerikanische Gentleman dort möchte sich was von der feinen englischen Art abgucken.«

»Deshalb haben wir unsere Interessen zusammengeschlossen und hoffen, die Reise zu überstehen.«

Sie waren ein hübsches Quartett, darauf erpicht, ihre romantischen Traumvorstellungen wahr werden zu lassen.

»Und Mrs. Gayle schließt sich uns an, nicht wahr, meine Liebe?«

Mrs. Gayle klimperte überzeugend mit den Wimpern. »Liebend gerne, Lady Sylvia. Aber Partys bereiten meinem Mann Übelkeit. Er kann sie nicht ausstehen.«

»Macht nichts, meine Liebe, mir geht es genauso«, sagte Lady Sylvia.

»Uns allen geht es so.«

»Mir aber in ganz aktivem Maße«, beharrte die Lady. »Ich habe überall in meinem Haus Partys gegeben, in einem Zimmer nach dem anderen, bis ich schließlich ausziehen musste, weil alle Stecker kaputt waren und man nirgends mehr lesen konnte.«

»Warum haben Sie sie nicht reparieren lassen?«

»Weil ich das Geld für die nächsten Partys gebraucht habe. Natürlich wollte ich selbst gar nicht lesen – mein Mann wollte das. So verwöhne ich ihn!«

»Sylvias Lampen gingen beim Boxkampf mit den Gästen kaputt«, fügte Mylord hinzu. »Sie war deswegen sehr ungehalten und hat mich bis nach Amerika und wieder zurück geschleift.«

»Du hast die ungehobelte Art dort sehr genossen, nachdem du dich einmal daran gewöhnt hattest«, beschied ihm seine Frau.

Das Diner war eine typische Schiffsmahlzeit, bei der alles nach salzigem Scheuerlappen schmeckte.

»Wir müssen alle so tun, als ob wir Wert auf unsere Etikette legen«, befahl Lady Sylvia. »Dann freuen sich die Stewards.«

»Aber ich lege Wert darauf«, zwitscherte Mrs. Gayle. »Das ist meine Pflicht. Wir sind so ins Gerede gekommen, dass ich mich nicht getraut habe, Kinder in die Welt zu setzen; wer weiß, hinterher haben sie Mandelaugen oder blaue Fingernägel!«

»Solche Geschichten hat man immer seinen Freunden zu verdanken«, sagte Lady Sylvias Mann. »Erst schleppen sie einen auf langweilige Partys, dann schneiden sie einen an der Riviera, in Biarritz himmeln sie einen an, und später verbreiten sie in ganz Europa verheerende Gerüchte über deine oberen Weisheitszähne.«

»Wenn ich eine Frau heirate, muss sie sich aller üblichen Funktionen enthalten, um nicht die Kritik der Gesellschaft zu erregen«, sagte der Amerikaner.

»Dann nehmen Sie am besten eine, die Sie nicht leiden können, dann macht es Ihnen nichts aus, wenn sie Sie beschimpft«, meinte David.

»Die gegenseitige Bestätigung muss endlich aufhören«, erklärte Alabama leidenschaftlich.

»Ja«, kommentierte Lady Sylvia, »die Toleranz ist schon so weit fortgeschritten, dass es in den Beziehungen keine Intimität mehr gibt.«

»Mit Intimität«, sagte ihr Mann, »meint Sylvia etwas Unanständiges.«

»Ach, das läuft aufs selbe raus, mein Lieber.«

»So wird's wohl sein.«

»Heutzutage ist jeder so sicher, dass er über den Gesetzen steht.«

»Von dieser Sorte lauern haufenweise hinter jeder Ecke«, seufzte Lady Sylvia. »Man hat kaum Zeit, seine Abwehrmechanismen einzusetzen.«

»Ich glaube, die Ehe ist die einzige Institution, die wir nie völlig abschaffen können«, erklärte David.

»Aber Sie führen doch eine erfolgreiche Ehe, wie man hört!«

»Wir werden sie dem Louvre als Geschenk anbieten«, sekundierte Alabama. »Die französische Regierung hat schon zugestimmt.«

»Ich habe lange gedacht, dass Lady Sylvia und ich die Einzigen sind, die loyal zueinander halten – wenn man nicht künstlerisch tätig ist, ist das nämlich nicht so einfach.«

»Die meisten Menschen haben heutzutage das Gefühl, dass Ehe und Leben nicht zusammenpassen«, sagte der amerikanische Gentleman.

»Was passt denn schon zum Leben – nichts!«, tönte der Engländer zurück.

»Wenn sich alle einig sind«, unterbrach Lady Parsnips, »dass wir uns nun vor den Augen der Öffentlichkeit hinreichend eingeführt haben, könnten wir noch etwas Champagner bestellen.«

»Oh ja, es ist besser, wir befinden uns schon im Zustand der Auflösung, wenn der Sturm ausbricht.«

»Ich habe noch nie einen Sturm auf See erlebt. Ich fürchte, es wird ein Fiasko, nach den großartigen Erwartungen, die man in uns geweckt hat.«

»Theoretisch geht es wohl darum, nicht zu ertrinken.«

»Aber meine Liebe, mein Mann sagt, bei einem Sturm auf See ist man nirgends so sicher wie auf einem Schiff.«

»Oh ja, sehr sicher.«

»Bestimmt.«

Es fing ganz plötzlich an. Ein Billardtisch krachte im Salon gegen einen Pfeiler. Das splitternde Geräusch erfüllte das Schiff mit einer Vorahnung des Todes. Eine stille, verzweifelte Mannschaft machte sich überall zu schaffen. Stewards rasten durch die Korridore, um in größter Hast Koffer an Waschbecken zu vertäuen. Um Mitternacht waren die Seile gerissen, und die Armaturen lösten sich von den Wänden. Wasser flutete in die Ventilatoren, und alle Gänge waren durchnässt. Dann hieß es, die Funkanlage des Schiffes sei ausgefallen.

Die Stewards und Stewardessen formierten sich am Fuß der Treppe. Alabama war überrascht von den gespannten Gesichtern und verzweifelten, ängstlichen Blicken der Menschen, deren ehedem lautes Selbstbewusstsein einen zu der Annahme hätte verleiten können, sie würden die Kräfte verachten, die unter ihrer oberflächlichen Disziplin den blanken Egoismus zutage treten ließen. Alabama hatte nie darüber nachgedacht, dass man das Naturell eines Menschen auch unter der Erziehung verbergen kann; für sie war es gerade das Naturell des Menschen, das ihn dazu befähigte, selbstlose Taten zu vollbringen.

»Noch in der übelsten Situation findet man Freunde, mit denen man sein Schicksal teilen kann«, dachte Alabama, als sie durch den nassen Korridor zu ihrer Kabine hastete, »aber kaum einer wagt sich an die Spitze. Deshalb war wahrscheinlich mein Vater immer so allein.« Heftige Brecher warfen sie von einer Koje zur anderen. Sie meinte, ihr Rückgrat sei gebrochen. »Mein Gott, warum hört das Schiff nicht wenigstens eine Minute auf zu schaukeln, bevor es untergeht!«

Bonnie guckte ihre Mutter zweifelnd an. »Hab keine Angst«, sagte das Kind.

Alabama fürchtete sich zu Tode.

»Ich habe keine Angst, Liebling«, sagte sie. »Aber wenn du dich aus der Koje wegrührst, bist du tot. Bleib liegen und halt dich an den Seiten fest. Ich muss Daddy suchen!«

Der Sturm peitschte über das schaukelnde Schiff, und Alabama schaukelte mit, sich an der Reling festklammernd. Das Personal starrte sie entgeistert an, als sie an ihnen vorbeikam. Sie hielten sie sicher für übergeschnappt.

»Warum geben Sie kein Signal für die Rettungsboote?«, schrie Alabama hysterisch in das unbewegte Gesicht des Funkoffiziers.

»Gehen Sie zurück in Ihre Kabine«, rief er. »Bei solchem Seegang kann man kein Rettungsboot herunterlassen!«

Sie fand David mit Lord Priestly-Parsnips in der Bar. Die Tische waren übereinandergestellt, die schweren Sessel am Boden festgeschraubt und mit Tauen aneinandergebunden. Die beiden tranken Champagner, den sie kübelweise verschütteten.

»Das ist der schlimmste Sturm seit meiner Rückkehr aus Algier. Damals konnte ich buchstäblich auf den Kabinenwänden spazieren gehen«, sagte Mylord gelassen.

»Und schlimm war auch die Überfahrt während des Krieges. Ich dachte, jetzt ist das Schiff für immer verloren.«

Alabama durchquerte die Bar, sich von einem Pfeiler zum anderen hangelnd. »David, du musst in die Kabine kommen.«

»Aber Schatz«, widersprach er – er war relativ nüchtern, jedenfalls nüchterner als der Engländer –, »was soll ich denn da, um Himmels willen?«

»Ich dachte, es ist besser, wenn wir drei gemeinsam untergehen …«

»Quatsch!«

Während sich Alabama wieder hinausquälte, hörte sie den Briten hinter ihrem Rücken sagen: »Ist es nicht seltsam, wie die Gefahr die Leute leidenschaftlich macht? Also, im Krieg …«

Alabama hatte Angst und fühlte sich sehr minderwertig. Die Kabine schien immer kleiner und kleiner zu werden, so als schöben sich die Seitenwände durch die ständigen Stöße zusammen. Nach einer Weile gewöhnte sie sich an das erstickende Gefühl und das Ziehen in den Gedärmen. Bonnie schlief ruhig an ihrer Seite. Vor dem Bullauge sah man nur Wasser, überhaupt keinen Himmel. Die ständige Bewegung verursachte ihr überall am Körper Juckreiz. Die ganze Nacht dachte sie, dass sie am Morgen alle tot wären.

Am Morgen fühlte sich Alabama so seekrank und war mit den Nerven am Ende, dass sie es in der Kabine nicht mehr aushielt. David half ihr, durch die Gänge in die Bar zu gelangen. In einer Ecke schlief Lord Parsnips. Hinter den Rückenlehnen von zwei tiefen Ledersesseln wurde eine leise Unterhaltung geführt. Alabama bestellte gebackene Kartoffeln und musste widerwillig dem Gespräch zuhören. Sie wünschte, die beiden Männer würden aufhören zu reden.

»Ich bin sehr unsozial«, bekannte sie. »Wie alle Frauen«, meinte David.

Wahrscheinlich hat er recht, dachte sie resigniert.

Eine der beiden Stimmen klang überzeugend nach höherer Gelehrsamkeit. Es war der Ton, in dem Ärzte mittelmäßiger Intelligenz ihren Patienten die medizinischen Theorien ihrer brillanteren Kollegen auseinandersetzen. Der andere sprach mit einer Stimme von bedächtigem Tiefsinn, dessen Überlegenheit eigentlich im Unbewussten liegt.

»Es war das erste Mal, dass ich über diese Dinge nachzudenken begann – über die Menschen in Afrika und in der übrigen Welt. Es brachte mich darauf, dass die Menschen doch nicht so viel wissen, wie sie zu wissen glauben.«

»Wie meinen Sie das?«

»Nun, vor Hunderten von Jahren hatten diese Menschen fast genauso viel Ahnung vom Überleben wie wir heute. Die Natur hilft sich selbst. Das Leben kann man nicht umbringen.«

»Ja, man kann nicht alles umbringen, was den Willen zum Leben hat. Man darf das nicht!«

Die Stimme nahm einen bedrohlich anklagenden Tonfall an.

Die andere Stimme wurde abweisend und wechselte das Thema.

»Haben Sie sich in New York viele Stücke angesehen?«

»Drei oder vier, lauter banales, unanständiges Zeug! Nichts, was einem wirklich etwas gibt. Es ist einfach nichts dran«, jammerte die andere Stimme.

»Man muss den Leuten geben, was sie wollen.«

»Neulich habe ich mich mit einem Zeitungsmenschen unterhalten, und er sagte genau das Gleiche. Ich habe ihm geantwortet, er solle sich mal den *Cincinnati Enquirer* ansehen. Der bringt keine Silbe von all den Skandalen und diesen Sachen, und er gehört zu den größten Zeitungen im Land.«

»Es liegt nicht am Publikum – das muss nehmen, was ihm vorgesetzt wird.«

»Man geht ja auch nur hin, um auf dem Laufenden zu sein.«

»Ich gehe nicht oft – nicht öfter als drei- oder viermal im Monat.«

Alabama stand schwankend auf. »Ich halte das nicht mehr aus!«, rief sie. Die Bar roch nach eingelegten Oliven und alter Asche. »Sag dem Mann hinter der Bar, ich möchte die Kartoffeln draußen essen.«

Sich an die Reling klammernd, erreichte sie das Sonnendeck. Ein gigantischer Brecher klatschte zischend über das Deck. Sie hörte, wie Liegestühle über Bord gingen. Die Wellen schlossen sich wie marmorne Grabplatten vor ihr zusammen und nahmen ihr die Sicht. Dann öffneten sie sich wieder, und das Wasser war verschwunden. Das Schiff trieb bedenklich hoch in den Himmel hinein.

»In Amerika ist alles wie seine Stürme«, näselte der

Engländer. »Oder würden Sie sagen, wir befinden uns schon in Europa?«

»Engländer haben anscheinend nie Angst«, bemerkte sie.

»Mach dir keine Sorgen um Bonnie, Alabama«, sagte David. »Sie ist noch ein Kind. Sie kriegt das alles noch nicht so mit.«

»Um so schrecklicher, wenn ihr etwas passierte!«

»Also, wenn ich mich, rein theoretisch, entscheiden müsste, wen von euch beiden ich retten sollte, ich würde das Bewährte nehmen.«

»Ich nicht. Ich würde die Kleine zuerst retten. Sie könnte einmal wunderbar werden.«

»Nun ja. Wir sind's nicht, aber wir sind auch nicht durch und durch schlecht.«

»Im Ernst, David, meinst du, wir kommen hier je wieder heil heraus?«

»Der Zahlmeister sagt, wir sind in einer Flutwelle, die von Florida kommt und neunzig Meilen Windstärke drauf hat – siebzig sind ein Orkan. Das Schiff hat siebenunddreißig Grad Schlagseite. Umkippen tut es erst bei vierzig. Er glaubt, dass der Wind vielleicht nachlässt. Auf jeden Fall können wir überhaupt nichts machen.«

»Ja. Was meinst du dazu?«

»Nichts. Ich muss leider gestehen, dass ich zu viele *fines* getrunken habe. Mir ist irgendwie schlecht.«

»Ich habe dazu auch keine Meinung. Ich finde die Elemente großartig – mir macht es wirklich nichts aus, wenn wir untergehen. Ich bin schon fast im Urzustand.«

»Ja, wenn man schon so viel von sich selbst aufgeben

musste, dann wird man so – um den kläglichen Rest zu retten.«

»Ich habe auf dem ganzen Schiff keinen Menschen getroffen, von dem ich hätte sagen können, um den wär's schade gewesen.«

»Und Genies?«

»Auch Genies sind nur Glieder in einer kaum spürbaren Kette der Evolution. Was zunächst als Wissenschaft gilt, geht später in allgemeines Kulturgut über. Auch Genies sind nur Instrumente eines Zwecks.«

»Als Indikatoren der Vergangenheit?«

»Nein. Mehr als Wegweiser für die Zukunft.«

»Wie dein Vater?«

»In gewisser Weise, ja. Er hat seine Aufgabe erfüllt.«

»Das haben andere auch.«

»Aber sie wissen es nicht. Bewusst-Sein ist das Ziel, finde ich.«

»Dann sollte unsere Erziehung darauf ausgerichtet sein, dass wir lernen, uns dramatisch zu entfalten und unsere menschlichen Fähigkeiten so weit wie irgend möglich zu verwirklichen?«

»Davon bin ich überzeugt.«

»So ein Blödsinn!«

Nach drei Tagen öffnete der Salon wieder seine Pforten. Bonnie verlangte Einlass ins Schiffskino.

»Meinen Sie, ich sollte sie den Film ansehen lassen? Ich glaube, es kommt zu viel Sex drin vor«, fragte Alabama.

»Aber sicher sollte Bonnie ihn sehen«, antwortete Lady Sylvia. »Wenn ich eine Tochter hätte, würde ich sie in jede Vorstellung schicken, damit sie was Nützliches für später lernt. Schließlich sind es immer die Eltern, die die Rechnung zahlen!«

»Ich weiß nicht, wie ich das finden soll.«

»Ich auch nicht – aber Sex ist ein Thema für sich, meine Liebe.«

»Was möchtest du lieber, Bonnie, einen Film mit Sex oder einen Spaziergang in der Sonne auf dem Deck?«

Mit ihren zwei Jahren war Bonnie eine Priesterin dunkler Weisheiten, und sie wurde von ihren Eltern verehrt, als sei sie zweihundert. Da während der langen Monate der Entwöhnung das Interesse an Babys im Knight'schen Haushalt stark abgenommen hatte, nahm Bonnie nunmehr den Rang eines stimmberechtigten Mitglieds ein.

»Bonnie geht *nachher* spazieren«, antwortete das Kind prompt.

Die Luft roch bereits sehr unamerikanisch. Der Himmel war weniger energisch. Die Fülle Europas war mit dem Sturm herbeigeweht.

Klack – klack – klack – klack machten ihre Füße auf den hohlklingenden Schiffsplanken. Alabama und Bonnie lehnten sich gegen die Reling.

»Es muss hübsch aussehen, wenn ein Schiff nachts an einem vorbeifährt«, sagte Alabama.

»Siehst du den Großen Bären?«, fragte Bonnie mit ausgestrecktem Zeigefinger.

»Ich sehe Zeit und Raum, festgehalten im Augenblick ewiger Vermählung. Ich habe es mir einmal in einer kleinen Glasvitrine im Planetarium angeschaut, wie es früher aussah.«

»Hat es sich verändert?«

»Nein. Die Leute sahen es nur mit anderen Augen. Es war anders, als sie immer gedacht hatten.«

Die Luft an der Reling war frisch und salzig.

Die Vielzahl macht sie so schön, dachte Alabama. Am allerschönsten ist das Unermessliche.

Eine Sternschnuppe – Pfeil aus Ursubstanz – sauste durch die Nebelhypothese wie ein übermütiger Kolibri. Im Gefolge schwirrte der Geist der Erkenntnis von Venus zu Mars und von Mars zu Neptun und erleuchtete den weiten Horizont über den bleichen Schlachtfeldern der Wirklichkeit.

»Schön!«, seufzte Bonnie.

»Die hebst du für die Enkelkinder von deinen Ururenkelkindern in einem Schächtelchen auf.«

»Urenkelkinder im Schächtelchen«, bemerkte Bonnie tiefsinnig.

»Nein, Liebling, die Sterne! Aber vielleicht stecken uns die Sternenbewohner genauso in eine Schachtel – die Außerirdischen scheinen sowieso die Einzigen zu sein, die überleben.«

Klack-klack! Klack-klack!, machten sie die Runde ums Deck. Die Nachtluft tat gut.

»Du musst ins Bett, Liebling.«

»Aber wenn ich aufwache, sind keine Sterne mehr da.«

»Sie kommen wieder.«

David und Alabama kletterten zum Schiffsbug. Phosphoreszierend glommen ihre Gesichter im Mondschein. Sie saßen auf einer Seilrolle und blickten zum Heck, auf die von Netzen verhüllte Silhouette.

»Deine Vorstellung von einem Schiff ist falsch. Diese

Schornsteine sind Damen, die ein sehr höfisches Menuett tanzen«, bemerkte sie.

»Vielleicht. Der Mond verändert die Dinge. Mir gefällt das nicht.«

»Warum nicht?«

»Er zerstört die Finsternis.«

»Ach, die ist doch nicht heilig!« Alabama erhob sich. Sie zog die Schultern hoch und stellte sich auf die Zehenspitzen.

»David, ich fliege für dich in die Lüfte, wenn du mich liebst!«

»Flieg doch!«

»Ich kann nicht fliegen, aber lieben sollst du mich trotzdem.«

»Armes, flügelloses Kind!«

»Ist es so schwer, mich zu lieben?«

»Glaubst du, es ist einfach mit dir, du mein illusorischer Besitz?«

»Ich möchte, dass man mir etwas für meine schöne Seele gibt!«

»Hol es dir doch vom Mond – die Adresse kannst du unter Brooklyn und Queens finden.«

»David! Ich liebe dich sogar, wenn du attraktiv bist.«

»Was nicht oft vorkommt.«

»Doch oft und ganz unpersönlich.«

Alabama lag in seinen Armen und fand ihn älter als sich selbst. Sie bewegte sich nicht. Der Schiffsmotor ratterte ein tiefes Schlummerlied.

»Es ist schon so lange her, dass wir eine so schöne Fahrt zusammen gemacht haben.«

»Ewigkeiten. Wir machen jetzt jeden Abend eine.«

»Ich habe ein Gedicht für dich gemacht.«

»Ich höre.«

»Warum bin ich so und warum anders nicht?
Warum liegt mein Selbst mit dem Ich ständig im Streit?
Welches ist das vernünftige, logische Ich?
Welches das Ich, das mich endlich befreit?«

David lachte. »Erwartest du, dass ich darauf antworte?«

»Nein.«

»Wir haben jetzt das Alter der Vorsicht erreicht, in dem alles, selbst die persönlichsten Reaktionen, erst die Vernunftprobe bestehen müssen.«

»Das ist sehr ermüdend.«

»Bernard Shaw sagt, alle Menschen über vierzig sind skrupellose Schurken.«

»Und wenn wir diesen erstrebenswerten Zustand bis dahin nicht erreicht haben?«

»Dann ist die Entwicklung gestört.«

»Wir verderben uns den Abend.«

»Komm, wir gehen hinein.«

»Lass uns noch etwas bleiben – vielleicht kommt der romantische Augenblick noch einmal wieder.«

»Tut er. Ein anderes Mal.«

Als sie nach unten gingen, kamen sie an Lady Sylvia vorbei, die gerade hinter einem Rettungsboot einen Schatten stürmisch küsste.

»War das ihr Mann? Es stimmt also, dass sie sich so lieben.«

»Es war ein Matrose. Manchmal möchte ich am liebsten in einer Kaschemme in Marseille tanzen«, sagte Alabama träumerisch.

»Warum?«

»Ach, ich weiß nicht, es ist wie Steak essen vermutlich.«

»Ich wäre rasend vor Eifersucht.«

»Du würdest inzwischen Lady Sylvia hinter dem Rettungsboot küssen.«

»Niemals.«

Im Schiffssalon schmetterte das Orchester das Blütenduett aus *Madame Butterfly.*

»David will die Veilchen nehmen, jemand anders die Verbenen«, summte Alabama.

»Sind Sie künstlerisch veranlagt?«, fragte der Engländer.

»Nein.«

»Weil Sie gesungen haben.«

»Ich habe gesungen, weil ich darüber glücklich bin, dass ich eine sehr eigenständige Person bin.«

»Sind Sie das? Wie narzisstisch!«

»Sehr! Ich bin verliebt in meine Art, zu gehen und zu reden, und in fast alles, was ich tue. Soll ich Ihnen zeigen, wie gut ich's kann?«

»Bitte!«

»Dann müssen Sie mich zu einem Drink einladen.«

»Kommen Sie mit in die Bar.«

Alabama ging mit wiegenden Hüften voraus, in einer Gangart, die sie früher einmal bei anderen bewundert hatte.

»Aber ich warne Sie«, sagte sie, »ich bin nur dann wirklich ich selbst, wenn ich eine andere bin, die ich mit den wunderbarsten Eigenschaften meiner Phantasie ausgestattet habe.«

»Oh, das macht mir nichts aus«, sagte der Engländer in dem dumpfen Gefühl, dass er erwartungsvoll dreinblicken sollte.

Für viele Menschen unter fünfunddreißig nimmt alles, was sie nicht verstehen, sofort eine sexuelle Bedeutung an.

»Und ich mache Sie darauf aufmerksam, dass ich im Grunde meines Herzens monogam bin, wenn auch nicht in der Theorie«, sagte Alabama, die seine Schwierigkeiten spürte.

»Warum?«

»Meine Theorie ist, dass der Reiz der Abwechslung das einzige nicht reproduzierbare Gefühl ist.«

»Soll das ein Bonmot sein?«

»Natürlich. Keine meiner Theorien funktioniert.«

»Sie sind fast so gut wie ein Buch.«

»Ich bin ein Buch. Alles reine Fiktion.«

»Wer hat Sie erfunden?«

»Ein Schalterbeamte von der First National Bank. Er musste etwas erfinden, um ein paar Fehler in seinen Büchern auszugleichen. Wissen Sie, er wäre entlassen worden, wenn er das Geld nicht *irgendwie* wiederbeschafft hätte«, dichtete sie weiter.

»Armer Kerl.«

»Wenn er nicht gewesen wäre, hätte ich mein Leben lang ich selbst bleiben müssen. Und dann hätte ich nicht diese Fähigkeiten entwickelt, Ihnen zu gefallen.«

»Sie hätten mir auch so gefallen.«

»Was veranlasst Sie zu dieser Meinung?«

»Sie sind im Grunde Ihres Herzens eine anständige Person«, sagte er ernsthaft. Aus Angst, sich kompromittiert zu haben, fügte er hastig hinzu: »Ich dachte, Ihr Mann wollte sich uns anschließen?«

»Mein Mann genießt die Sterne hinter dem dritten Rettungsboot backbord.«

»Sie scherzen! Woher wollen Sie das wissen?«

»Okkultistische Begabung.«

»Sie sind eine unverschämte Schwindlerin.«

»Offenbar. Und ich habe genug von mir selbst. Sprechen wir von Ihnen.«

»Ich wollte in Amerika das große Geld machen.«

»Das wollen sie alle.«

»Ich hatte Empfehlungsschreiben.«

»Die können Sie in Ihrem Buch verwenden, wenn Sie es schreiben.«

»Ich bin kein Schriftsteller.«

»Alle Leute, denen es in Amerika gefallen hat, schreiben Bücher darüber. Auch Sie bekommen sicher eine Neurose, wenn Sie sich von der Reise erst erholt haben. Dann haben Sie plötzlich viel zu sagen, was besser ungesagt bliebe, und dann werden Sie versuchen, es zu veröffentlichen.«

»Stimmt. Ich würde gerne über meine Reise schreiben. New York hat mir sehr gefallen.«

»Ja, New York ist eine Bibel in Bildern, finden Sie nicht?«

»Lesen Sie die Bibel?«

»Nur die Schöpfungsgeschichte. Ich liebe die Stelle, wo es heißt, Gott war zufrieden mit allem, was er gemacht hatte. Ich stelle mir gern vor, dass Gott glücklich ist.«

»Ich weiß nicht, welchen Grund er dazu hätte.«

»Ich weiß es auch nicht. Aber ich nehme an, dass sich *irgendwer* über alles, was passiert, Gedanken machen muss. Und da niemand diese Omnipotenz für sich in Anspruch nehmen will, haben wir sie Gott zugeschrieben – zumindest in der Schöpfungsgeschichte.«

Europas Küste trotzte den Ausdehnungsgelüsten des Atlantik. Das Beiboot glitt ins freundliche Cherbourg inmitten des Grüns und der fernen Glocken und des Geklappers von Holzpantinen auf Kopfsteinpflaster. New York lag hinter ihnen. Dass Alabama und David das Pochen eines fremden Pulsschlags nie so genau nachempfinden würden – weil man in einer fremden Umgebung meistens nur das Vertraute wahrnimmt –, tat ihren Erwartungen keinen Abbruch.

»Ich könnte weinen!«, sagte David. »Ich wünschte, die Kapelle würde einen Tusch spielen. Es ist das verdammt erhebendste Gefühl auf der Welt … und all die Erfahrungen der Menschheit liegen hier ausgebreitet … man braucht nur zu wählen.«

»Wer die Wahl hat«, erwiderte Alabama, »hat das Privileg der Qual in diesem Leben.«

»Es ist so herrlich! So großartig! Wir können Wein zum Mittagessen trinken!«

»Oh Kontinent«, wandte sich Alabama an Europa, »schick mir einen Traum!«

»Den hast du doch gerade«, sagte David.

»Wo denn? Hinterher wird es für uns nur der Ort sein, an dem wir jünger waren.«

»So ist das eben.«

»Spielverderber!«

»Volksrednerin! Ich könnte eine Bombe durch den Bois de Boulogne kullern lassen.«

Als sie am Zoll vorbeikamen, stand Lady Sylvia hinter einem Berg feiner Unterwäsche, einer blauen Wärmflasche, einem komplizierten Elektrogerät und vierundzwanzig Paar amerikanischen Schuhen und rief ihnen nach:

»Gehen Sie heute Abend mit mir aus? Ich zeige Ihnen die schöne Stadt Paris, damit Sie etwas für Ihre Bilder zu malen haben!«

»Nein«, sagte David.

»Bonnie«, mahnte Alabama, »wenn du in einen Lastwagen rennst, zerquetscht er dir bestimmt die Füße, und das fände ich weder *chic* noch *élégante.* In Frankreich achtet man, wie ich höre, auf solche feinen Unterschiede.«

Der Zug brachte sie durch den rosa Karneval der Normandie ins Landesinnere, vorbei am feinen Maßwerk von Paris, den Glockentürmen von Dijon, den steilen Bergterrassen von Lyon und der weißen Romantik von Avignon, hinein in den Duft der Zitronen, in das Rascheln des schwarzen Blattwerks, in die Wolken von Nachtfaltern, die durch die heliotrope Dämmerung schwärmten – und in die Provence, wo die Menschen auch blind sein könnten, es sei denn, sie wollten die Nachtigall sehen.

2

Das griechisch blaue Mittelmeer leckte sich die Lippen am Rand unserer fieberhaften Zivilisation. Wachtürme verfielen auf den grauen Hügeln und verstreuten den Staub ihrer Zinnen zwischen Olivenbäumen und Kakteen. Uralte Burggräben schliefen, von Geißblattgestrüpp überwuchert; zarte Mohnblumen bluteten an den Fußwegen; Weingärten klebten an den zerklüfteten Felsen wie abgewetzte Teppichfetzen. Der Bariton müder, mittelalterlicher Glocken verkündete gleichgültig einen Feiertag. Lavendel blühte still über dem Felsgestein. Im flimmernden Sonnenlicht war er kaum zu sehen.

»Ist es nicht herrlich?«, fragte David. »So abgrundtief blau, außer wenn man genau hinsieht. Dann ist es grau und violett, und wenn man noch näher hinsieht, ist es hart und beinah schwarz. Und bei noch näherer Betrachtung ist es buchstäblich ein opalisierender Amethyst. Was hast du, Alabama?«

»Mir ist die Aussicht versperrt. Warte einen Augenblick.« Alabama steckte die Nase durch die bemoosten Ritzen in der Burgmauer. »Echt Chanel Nr. 5«, erklärte sie kategorisch. »Und es fühlt sich an wie dein Nacken.«

»Nicht Chanel«, widersprach David. »Ich glaube eher, es ist *robe de style.* Geh mal da rüber. Ich möchte dich fotografieren.«

»Bonnie auch?«

»Ja. Ich fürchte, sie gehört dazu.«

»Sieh Daddy an, du privilegierter Sprössling.«

Das Kind sah die Mutter aus großen, ungläubigen Augen weinerlich an.

»Alabama, kannst du sie nicht etwas seitlicher drehen? Ihre Wangen sind breiter als die Stirn; und wenn du sie jetzt noch etwas nach vorne beugen könntest, würde sie nicht gar so aussehen wie der Eingang zur Akropolis.«

»Huhu, Bonnie!« Alabama versuchte es.

Sie stürzten beide kopfüber in ein Heliotropgebüsch.

»Mein Gott! Ihr Gesicht ist ganz verkratzt. Du hast nicht zufällig etwas Mercurochrom dabei?«

Sie inspizierte die staubverschmierten Grübchen, unter denen sich die Fingerknöchel des Babys verbargen.

»Scheint nichts Ernstes zu sein. Aber wir sollten heimgehen und es desinfizieren.«

»Baby heim«, erklärte Bonnie bedächtig und schob die Worte zwischen den Zähnen hin und her wie ein Koch, der Püree durchs Sieb streicht.

»Heim, heim, heim«, lallte sie frohgemut und schaukelte mit wippenden Haaren auf Davids Arm den Berg hinunter.

»Sieh doch, Schatz, da drüben ist es: das Grandhotel von Petronius und den Goldenen Inseln.«

»David, vielleicht wäre es doch besser gewesen, wir wären im Palace oder im Universum abgestiegen. Da hätten wir mehr Palmen im Garten.«

»Und auf einen Namen wie den von unserem Hotel verzichten? Also, Alabama, dein Mangel an historischem Bewusstsein ist der größte Makel an deiner Intelligenz.«

»Ich brauche doch keinen chronologischen Verstand, um mich an diesen weiß gepuderten Landstraßen zu erfreuen. Außerdem sehen wir aus wie eine Truppe von Troubadouren – so wie du das Baby hältst.«

»Genau. Bitte zieh Daddy nicht am Ohr. Hast du schon einmal so eine Hitze erlebt?«

»Und erst die Fliegen! Ich weiß nicht, wie die Leute das aushalten.«

»Vielleicht fahren wir lieber weiter die Küste rauf?«

»Bei dem Kopfsteinpflaster kommt man sich vor, als liefe man auf Stelzen. Ich muss mir ein Paar Sandalen kaufen.«

Sie folgten den gepflasterten Spuren der Französischen Republik, vorbei an den Bambusvorhängen von Hyères, vorbei an aufgereihten Filzpantoffeln und Buden mit Damenunterwäsche, vorbei an den bis zum Rande mit dem üppigen Abfall des Südens gefüllten Rinnsteinen, an Fratzen exotischer Figuren, die in braunen, provenzalischen Gesichtern Träume von Freiheit in der Fremdenlegion wachriefen, vorbei an skorbutzerfressenen Bettlern und überquellenden Bougainvilleen, an staubigen Palmen, einer Reihe von Pferdedroschken, der Zahnpastareklame des Dorffriseurs, dessen Laden Chypre-Düfte entströmten, und vorbei an der Kaserne, die die Stadt beherrschte wie ein Familienporträt ein großes, unordentliches Wohnzimmer beherrschen kann.

»Da sind wir.«

David setzte Bonnie in der feuchten Kühle der Hotelhalle auf einen Stapel *Illustrated London News* vom letzten Jahr.

»Wo ist Nanny?«

Alabama steckte ihren Kopf in den grämlichen Spitzendeckchen-Salon.

»Madame Tussaud ist ausgeflogen. Wahrscheinlich sucht sie nach Material für ihre britischen Vergleichsstudien. Wenn sie nach Paris zurückkommt, kann sie erzählen: ›Ja, als ich mit den Knights in Hyères weilte, waren die Wolken noch etwas schlachtschiffgrauer.‹«

»Sie kann Bonnie einen Sinn für Tradition beibringen. Ich mag sie.«

»Ich auch.«

»Wo ist Nanny?« Bonnie rollte aufgeregt mit den Augen.

»Liebling! Sie kommt gleich zurück. Sie ist ausgegangen, um ein paar nette Meinungen für dich zu sammeln.«

Bonnie machte ein ungläubiges Gesicht.

»Knöpfe«, sagte sie und zeigte auf ihr Kleidchen. »Ich will Orangensaft haben.«

»Ja, gleich – aber wenn du älter bist, wirst du merken, dass Meinungen viel nützlicher sind.«

David läutete.

»Können wir bitte ein Glas Orangensaft haben?«

»Ach, Monsieur, wir sind völlig untröstlich, aber im Sommer gibt es keine Orangen. Es ist wegen der Hitze. Wir wollten schon das Hotel schließen, weil wir wegen des Wetters hier keine Orangen bekommen können. Aber warten Sie einen Augenblick. Ich sehe mal nach.«

Der Hotelbesitzer sah aus wie ein Rembrandtscher Arzt. Er betätigte die Klingel. Daraufhin erschien ein *valet de chambre,* der ebenfalls wie ein Arzt von Rembrandt aussah.

»Haben wir Orangen?«, fragte der Besitzer.

»Keine einzige«, antwortete der Mann mit düsterem Nachdruck.

»Sehen Sie, Monsieur«, verkündete der Besitzer sichtlich erleichtert, »wir haben nicht mal eine einzige Orange im Haus.«

Zufrieden rieb er sich die Hände: Das Vorhandensein von Orangen in seinem Hotel hätte ihm sicher sehr viel Ungelegenheiten bereitet.

»Orangensaft, Orangensaft«, heulte das Kind.

»Wo zum Teufel steckt die Nurse?«, schrie David gellend.

»Mademoiselle?«, fragte der Hotelbesitzer. »Aber sie sitzt im Garten unter einem Olivenbaum, der über hundert Jahre alt ist. So ein wunderbarer Baum! Den muss ich Ihnen zeigen.«

Er geleitete sie zur Tür hinaus.

»So ein hübscher, kleiner Junge«, sagte er. »Er wird bald französisch sprechen. Ich habe früher sehr gut englisch gesprochen.«

Bonnies Weiblichkeit war ihr augenfälligstes Merkmal.

»Das glaube ich Ihnen gern«, bemerkte David.

Nanny hatte sich aus eisernen Klappstühlen ein Boudoir errichtet. Um sie verstreut lagen ihr Nähzeug, ein Buch, verschiedene Brillen und Bonnies Spielzeug. Ein Spirituskocher brannte auf dem Tisch. Der Garten machte einen vollständig bewohnten Eindruck. Er hätte ebenso gut ein englisches Kinderzimmer sein können.

»Ich habe mir die Speisekarte angesehen, Madame,

und es gibt schon wieder Ziege; deshalb war ich eben beim Metzger. Ich koche Bonnie ein kleines Ragout. Mit Verlaub, Madame, das hier ist der dreckigste Ort, den ich je gesehen habe. Ich glaube nicht, dass wir es hier lange aushalten.«

»Wir finden, es ist zu *heiß*«, entschuldigte sich Alabama. »Wenn wir heute Nachmittag kein anderes Haus finden, will sich Mr. Knight weiter oben an der Küste nach einer Villa für uns umsehen.«

»Ich bin sicher, es gibt etwas, was mehr zusagt. Ich habe einige Zeit mit den Horterer-Collins in Cannes verbracht, und wir fanden es dort sehr angenehm. Im Sommer gehen sie natürlich nach Deauville.«

Alabama hatte das dumpfe Gefühl, dass sie auch nach Deauville hätten gehen sollen – schon aus Verpflichtung Nanny gegenüber.

»Ich könnte es in Cannes versuchen«, meinte David beeindruckt.

Der verlassene Speisesaal flirrte in der grellen, tropischen Mittagssonne. Ein altersschwaches englisches Ehepaar befingerte tattrig den gummiartigen Käse und das matschige Obst. Die alte Frau beugte sich herüber und strich mit einem Finger scheu über Bonnies erhitzte Wange.

»Wie meine kleine Enkelin«, meinte sie wohlwollend.

Nanny plusterte sich auf. »Madame, bitte unterlassen Sie es, das Baby zu streicheln.«

»Ich habe es nicht gestreichelt. Ich habe es nur leicht berührt.«

»Die Hitze ist ihr auf den Magen geschlagen«, beendete Nanny energisch das Gespräch.

»Kein Abendbrot. Ich will kein Abendbrot«, brach Bonnie das lange Schweigen nach dem englischen Zwischenfall.

»Ich will meins auch nicht. Es riecht nach Leim. David wir wollen gleich zum Häusermakler gehen.«

Alabama und David stolperten durch die sengende Sonne zum Marktplatz. Eine schläfrige Verzauberung hatte sich des Platzes bemächtigt. Die Droschkenkutscher waren eingenickt, wo immer sie etwas Schatten finden konnten, die Geschäfte waren geschlossen, kein Schatten durchbrach die zähe, gnadenlose Gluthitze. Sie entdeckten einen Wagen mit geöffneten Schlägen, und es gelang ihnen, den Fahrer durch einen Sprung aufs Trittbrett zu wecken.

»Zwei Uhr«, sagte der Mann gereizt, »ich habe bis zwei geschlossen!«

»Fahren Sie uns trotzdem zu der Adresse hier«, sagte David mit Nachdruck. »Wir warten.«

Der Droschkenkutscher zuckte widerwillig die Achseln.

»Warten kostet zehn Franc die Stunde«, wandte er übellaunig ein.

»Schon gut. Wir sind amerikanische Millionäre.«

»Setzen wir uns lieber auf die Decke«, sagte Alabama. »Der Wagen ist bestimmt voller Flöhe.«

Sie falteten die braune Decke aus Armeebeständen auseinander und ließen sich schweißtriefend darauf nieder.

»*Tiens!* Da ist Monsieur!« Der Fahrer deutete lässig auf einen gut aussehenden Südländer mit schwarzer Augenklappe, der gerade in die Aufgabe vertieft war, den

Riegel seines Ladens auf der gegenüberliegenden Seite zurückzuschieben.

»Wir möchten uns eine Villa ansehen, die Blauer Lotus heißt und zu vermieten sein soll«, hub David höflich an.

»Unmöglich. Um keinen Preis der Welt ist das möglich. Ich habe noch nicht zu Mittag gegessen.«

»Wenn Monsieur erlauben, zahlen wir natürlich für die verlorene freie Zeit ...«

»Wenn das so ist ...« Der Makler verzog sein Gesicht zu einem breiten Lächeln. »Verstehen Sie, Monsieur, seit dem Krieg ist alles anders, und man muss leben.«

Die klapprige Droschke rollte an Artischockenfeldern entlang, die blau getupft in der intensiven Mittagsstunde ruhten, durch endlose grüne Weiten, die in der Hitze wie Unterwassergewächse schimmerten. Ab und zu ragte eine Pinie aus der flachen Landschaft. Die Straße wand sich weiß und blendend dem Meer entgegen. Das Wasser, in dem sich die Sonnenstrahlen brachen, dehnte sich wie ein mit Leuchtschnitzeln besäter Fußboden einer Lichterwerkstatt vor ihnen aus.

»Da ist sie!« Dem Mann schnappte vor Stolz die Stimme über. Der Blaue Lotus verdorrte auf einer baumlosen Parzelle mit rotem Lehmboden. Sie öffneten die Tür und traten in die Kühle der mit Jalousien verdunkelten Halle.

»Das ist das Schlafzimmer für Madame und Monsieur.«

Auf dem riesigen Bett lagen ein gebatikter Schlafanzug und ein hellgrünes plissiertes Nachthemd.

»Das zwanglose Leben in diesem Land erstaunt mich wirklich«, sagte Alabama. »Offenbar haben sie hier nur eine Nacht verbracht und sind dann wieder gegangen.«

»Ich wollte, wir könnten so leben – ohne lange im Voraus zu planen.«

»Kann ich die sanitären Anlagen sehen?«

»Oh, Madame, die sanitären Anlagen sind ein Meisterwerk. Sehen Sie nur!«

Eine schwere, geschnitzte Tür gab den Blick frei auf eine Toilettenschüssel »Kopenhagen«, an deren Seiten blaue Chrysanthemen in wildem, chinesischem Delirium emporrankten. Die gekachelten Wände zeigten bunte Fischerszenen aus der Normandie. Alabama zog versuchsweise an der Messingstange, mit deren Hilfe dieser malerische Traum in Bewegung gesetzt werden sollte. »Es funktioniert nicht«, stellte sie fest.

Der Mann hob in buddhistischer Erleuchtung die Augenbrauen.

»Oh, das kommt daher, weil wir keinen Regen hatten! Manchmal, wenn es nicht regnet, gibt es kein Wasser.«

»Und was machen Sie, wenn es den ganzen Sommer über nicht regnet?«, fragte David gespannt.

»Irgendwann, Monsieur, wird es sicher regnen«, lächelte der Makler liebenswürdig.

»Und inzwischen?«

»Monsieur denkt völlig unnatürlich.«

»Also, wir brauchen etwas Zivilisierteres als das hier.«

»Wir sollten nach Cannes gehen«, sagte Alabama.

»Ich nehme den ersten Zug, sobald wir zurück sind.«

David rief sie aus St. Raphaël an.

»Ich habe es gefunden«, sagte er. »Für sechzig Dollar im Monat, mit Garten, fließendem Wasser, Küchenherd, wunderbarem Blick von der Pergola – auf die Metalldächer eines Flugplatzes, wenn ich richtig vermute. Ich hole euch morgen früh ab. Wir können gleich einziehen.«

Der Tag umschloss sie mit einem Panzer aus Sonnenlicht. Sie mieteten eine Limousine, in der es nach Erinnerungen an feierliche Anlässe muffelte. Kapuzinerkresse aus Papier verblasste im Kubismus einer dreieckigen Kristallvase und verdunkelte während der Fahrt die Aussicht auf die Küste.

»Fah'n, Fah'n, warum darf ich nicht fah'n?«, plärrte Alabama.

»Weil da die Golfschläger liegen müssen, und du, David, kannst deine Staffelei hier hinten hinlegen.«

»Mhm – hm – hm«, summte das Kind und freute sich an der Bewegung. »Schön, schön, schön.«

Der Sommer zog in ihre Herzen ein und dudelte die verwilderte Straße entlang. Alabama dachte über die Vergangenheit nach. Sie konnte sich an keine schwerwiegende Erschütterung in ihrem Leben erinnern, obwohl ihr rasanter Lebensstil gelegentlich suggerierte, sie lebe in ungehemmter, wilder Freiheit. Sie fühlte sich so wohl, dass sie sich fragte, warum sie je von zu Hause fortgegangen waren.

An diesem Julinachmittag um drei, während sie im gemieteten Auto unter ungewohnten Umständen auf weißen, piniengesäumten Straßen an den Hügelketten vorbeiglitten, träumte Nanny selig von England – das Leben summte dazu eine leise, einschläfernde Melodie. Das Leben war schön.

Les Rossignols lag etwas weiter vom Meer entfernt. Tabakpflanzengeruch hing in der verblichenen, blauen

Seide des Louis-Quinze-Salons; ein Holzkuckuck widersprach der Düsterkeit des eichengetäfelten Esszimmers; auf den blau-weißen Fliesen der Terrasse lag ein Teppich aus Kiefernnadeln; Petunien kringelten sich über der Balustrade. Ein Kiesweg machte einen Bogen um den Stamm einer riesigen Palme, aus deren schuppiger Rinde Geranien sprossen, dann verlor er sich in einem perspektivisch zulaufenden, von roten Rosen umrankten Laubengang. Die hell gekalkten Mauern der Villa mit ihren dunkel gestrichenen Fensterrahmen streckten sich und gähnten im goldenen Licht der Abendsonne.

»Da hinten gibt es auch einen Pavillon aus Bambus«, sagte David voll Besitzerstolz. »Man könnte meinen, Gauguin hätte sich als Landschaftsgärtner versucht.«

»Es ist himmlisch. Glaubst du, hier gibt es wirklich Nachtigallen?«

»Zweifellos, meine Liebe – jeden Abend gebraten auf Toast.«

»Comme ça, Monsieur, comme ça«, sang Bonnie überschwänglich.

»Schau, sie kann schon Französisch!«

»Dieses Frankreich ist ein herrliches Land, einfach herrlich. Nicht wahr, Nanny?«

»Ich lebe hier seit zwanzig Jahren, Mr. Knight, aber ich kann diese Leute immer noch nicht verstehen. Natürlich hatte ich auch nicht viel Gelegenheit, Französisch zu lernen, weil ich immer bei besser situierten Familien war.«

»Tatsächlich?«, sagte David betont aufmerksam.

Was immer Nanny äußerte, es klang wie ein kunstvolles Rezept für Käse.

»Die drei in der Küche«, sagte Alabama, »sind wohl ein Geschenk vom Häusermakler?«

»Sind sie – drei großartige Schwestern. Vielleicht die drei Parzen, wer weiß?«

Hinter dem dichten Gebüsch ging Bonnies Gebrabbel in begeistertes Johlen über.

»Schwimm! Schwimm doch!«, schrie sie.

»Sie hat ihre Puppe in den Goldfischteich geworfen«, berichtete Nanny erregt. »Böse Bonnie!«, schalt sie. »So darfst du dein Goldköpfchen nicht behandeln!«

»Sie heißt *Comme Ça*!«, widersprach Bonnie. »Hast du gesehen, wie sie schwimmt?«

Die Puppe lag, gerade noch erkennbar, am Grunde des glatten, grünen Wassers.

»Ach, wir werden so glücklich hier sein! Weit weg von all den Dingen, die uns beinah aufgefressen hätten. Aber sie haben es nicht geschafft, weil wir zu schlau sind!« David packte seine Frau um die Taille und schob sie auf dem gekachelten Fußboden durch die weit geöffneten gläsernen Flügeltüren in ihr neues Heim.

Alabama betrachtete die bemalte Decke. Da trieben pastellfarbene Amorfiguren ihre Possen zwischen Purpurwinden, und aus Girlanden quollen Rosen wie Kröpfe oder bösartige Tumoren.

»Glaubst du, es wird immer so schön sein, wie es jetzt ist?«, fragte sie skeptisch.

»Jetzt sind wir im Paradies – näher werden wir nicht mehr kommen –, und hier haben wir den illustrierten Beweis«, sagte er, ihrem Blick zur Decke folgend.

»Weißt du, ich kann nie an Nachtigallen denken, ohne dass mir gleichzeitig das *Decamerone* einfällt. Dixie hatte es zu Hause in der obersten Kommodenschublade versteckt. Es ist seltsam, wie man im Leben von Assoziationen begleitet wird.«

»Ja, nicht wahr? Die Menschen können einfach nicht übergangslos von einer Sache zur anderen springen. Glaube ich jedenfalls – immer schleppen wir alten Ballast mit.«

»Ich hoffe, dieses Mal ist es nicht unsere Unrast.«

»Wir müssen uns einen Wagen zulegen, damit wir an den Strand kommen.«

»Auf jeden Fall. Aber morgen nehmen wir noch ein Taxi.«

Der Morgen zeigte sich heiß und strahlend. Ein provenzalischer Gärtner, der sich geräuschvoll bemühte, statt passivem Widerstand nunmehr Arbeitseifer zu demonstrieren, weckte sie auf. Sein Rechen glitt träge über den Kies; das Mädchen stellte ihnen das Frühstück auf die Terrasse.

»Besorgen Sie uns bitte ein Taxi, oh Tochter dieser blumenreichen Republik?«

David jubilierte. Es war völlig überflüssig, schon vor dem Frühstück so dynamisch zu sein, dachte eine mit morgendlichem Zynismus erfüllte Alabama.

»Wer, liebe Alabama, hätte je in unserer Zeit die Kraft eines so überwältigenden Genies geschaut, wie die eines David Knight, dessen jüngstes Gemälde wir hier vor uns haben! Jeden Morgen nach dem Schwimmen beginnt er zu arbeiten, und er fährt damit fort, bis um vier Uhr ein weiterer Sprung ins Wasser seine Selbstzufriedenheit erfrischt.«

»Und ich schwelge im Luxus dieser wollüstigen Luft und werde bei Bananen und Chablis immer dicker, während David Knight immer klüger wird.«

»So ist es. Der angestammte Platz der Frau ist beim Wein«, stimmte David eifrig zu.

»Du willst doch nicht die ganze Zeit arbeiten?«

»Möchte ich hoffen.«

»Wir leben in einer Männerwelt«, seufzte Alabama und streckte sich in der Sonne aus. »Diese Luft ist so lasziv …«

Das Getriebe des Knight'schen Alltags, in Gang gehalten von den drei Frauen in der Küche, lief reibungslos in der linden Luft, während sich der Sommer langsam zu einer pompösen Schau aufblies. Vor dem Salon blühten Blumen süß und schwül; nachts verfingen sich die Sterne im Gewirr der Pinienwipfel. Im Garten ächzten die Bäume, und warme schwarze Schatten antworteten »Uh-hu«. Vor den Fenstern der Villa Les Rossignols schwamm die romanische Arena von Fréjus im Licht eines Mondes, der wie ein praller Weinschlauch tief über dem Land hing.

David arbeitete an seinen Bildern; Alabama war viel allein.

»David, was soll ich nur mit mir anfangen?«

David antwortete, sie könne nicht ewig ein Kind bleiben, dem man sagen müsse, was es tun solle.

Ein baufälliger Transporter brachte sie jeden Tag an den Strand. Das Mädchen bezeichnete das Ding als *la voiture* und verkündete stets feierlich sein Erscheinen, während sie bei Brioches und Honig saßen. Immer kam es zum Familienstreit über die Frage, wie bald man nach einer Mahlzeit schwimmen gehen dürfe, ohne sich zu gefährden.

Die Sonne spielte träge hinter der byzantinischen Silhouette der Stadt. Badekabinen und Tanzpavillons bleichten in der weißen Brise. Der Strand erstreckte sich meilenweit entlang der Meeresbläue. Nanny hatte die Angewohnheit, größere Strandabschnitte zum britischen Protektorat zu erklären.

»Der Bauxit ist es, der die Hügel so rot macht«, sagte Nanny. »Und, Madame, Bonnie braucht noch einen Badeanzug.«

»Wir können ihn in den Galeries des Objectives Perdues besorgen«, schlug Alabama vor.

»Oder bei den Occasions des Perspectives Oubliés«, alberte David.

»Sicher. Oder bei einem sich tummelnden Tümmler oder beim Bart des Mannes dort!«

Alabama deutete auf eine magere, sonnenverbrannte, mit einer Segeltuchhose bekleidete Gestalt, bei der sich die Rippen wie bei einem Elfenbeinchristus abzeichneten. Seine Satyraugen zwinkerten ihnen voll obszöner Phantasie zu.

»Guten Morgen«, sagte die Gestalt pompös. »Ich habe Sie schon oft hier gesehen.«

Seine Stimme klang tief und metallisch und täuschte überheblich die Zuversicht eines Gentleman vor.

»Ich bin der Besitzer eines kleinen Etablissements. Man kann dort essen, und abends wird getanzt. Ich freue mich, Sie in St. Raphaël begrüßen zu dürfen. Im Sommer sind hier nicht viele Leute, wie Sie sehen, aber wir amüsieren uns auch so. Mein Etablissement würde sich geehrt fühlen, wenn Sie nach Ihrem Bad einen amerikanischen Cocktail bei uns einnähmen.«

David war überrascht. Ein Begrüßungskomitee hatte er nicht erwartet. Es war, als ob sie plötzlich in einen Club aufgenommen worden wären.

»Mit Vergnügen«, sagte er hastig. »Sollen wir einfach reinkommen?«

»Ja, kommen Sie einfach. Für meine Freunde bin ich Monsieur Jean! Sie müssen auch unbedingt die anderen Leute kennenlernen, so reizende Leute.« Er grinste pfiffig und verschwand im Geflimmer des funkelnden Morgenlichts.

»Hier sind gar keine Leute«, sagte Alabama, sich umsehend.

»Vielleicht hebt er sie in Flaschen eingelegt bei sich auf. Er sieht aus wie ein Genie, das zu allem fähig ist. Na, bald wissen wir es.«

Nanny, die Gin und Genies gleichermaßen heftig verabscheute, rief Bonnie zu sich.

»Ich will nicht! Ich will nicht! Ich will nicht!« Das Kind rannte zum Wasser.

»Ich hole sie, Nanny!«

Mr. und Mrs. Knight stürzten dem Kind nach in die blauen Fluten.

»Warum tauchst du nicht als Matrose wieder auf?«, meinte Alabama.

»Aber ich bin doch Agamemnon«, protestierte David.

»Ich bin ein klitzekleiner Fisch«, machte sich Bonnie bemerkbar. »Ein süßer Fisch bin ich!«

»Also, spiel nur, wenn du willst. Ach, ist es nicht herrlich, das Gefühl zu haben, dass uns jetzt nichts stören kann, und dass das Leben einfach so weitergehen könnte, weil es so schön ist?«

»Wunderbar, grandios, bombastisch, phantastisch! Aber jetzt will ich Agamemnon sein«, sagte Alabama.

»Bitte, spiel Fisch mit mir«, bettelte Bonnie. »Fische sind viel lieber.«

»Meinetwegen. Dann bin ich Agamemnon. Ich kann nur mit meinen Beinen schwimmen. Siehst du?«

»Wieso kannst du zwei Sachen auf einmal sein?«

»Weil ich so außerordentlich klug bin, meine Tochter; ich könnte mir selbst eine ganze Welt sein, wenn ich nicht zufällig lieber in Daddys Welt leben würde.«

»Das Salzwasser hat dein Gehirn mariniert, Alabama.«

»Ha! Dann bin ich ein marinierter Agamemnonfisch, und das ist noch schwerer. Da muss man auch ohne Beine schwimmen können«, frohlockte Alabama hämisch.

»Nach einem Cocktail tust du dir damit leichter. Gehen wir rein.«

Der Raum war kühl und dunkel nach dem gleißenden Licht am Strand. Ein angenehm maskuliner Geruch nach getrocknetem Salzwasser hing in den Vorhangfalten. Die von draußen aufsteigenden Hitzewellen versetzten das Innere der Bar in Bewegung, so als hätten sich besonders heftige Brisen die Stille im Inneren zum Ausruhen ausgesucht.

»Kämme, nein, wir haben heute keine Kämme«, sang Alabama und betrachtete sich in dem stockfleckigen Spiegel hinter der Bar. Sie fühlte sich so frisch und straff und salzig! Sie fand, dass ihr der Scheitel auf der anderen Seite besser stand. In der trüben Verwischtheit des alten Spiegels nahm sie die Umrisse eines breiten Rückens in der steifen weißen Uniform der französischen Luftwaffe wahr. Gestikulierend wandte er sich an sie, mit der Galanterie des Romanen, wobei er zuerst auf sie, dann auf David deutete – der Spiegel verzerrte die Pantomime. Der weihnachtliche Goldmünzenkopf nickte heftig, breite Bronzehände griffen in der vagen Hoffnung in die Luft, dass deren tropische Üppigkeit die passenden englischen Worte für so romanische Inhalte bereithalte. Die runden Schultern waren stark und muskulös und leicht vornübergebeugt, während der Mann versuchte, sich verständlich zu machen. Er zog einen kleinen roten Kamm aus der Tasche und nickte Alabama aufmunternd zu. Als sich ihre Augen trafen, kam sich Alabama wie eine Einbrecherin vor, die überraschend vom Hausherrn die Zahlenkombination des Safes verraten bekommt. Sie kam sich vor, als sei sie mit blutigen Händen auf frischer Tat ertappt worden.

»*Permettez?*«, fragte der Mann.

Sie starrte ihn verständnislos an.

»*Permettez*«, wiederholte er beharrlich, »das heißt auf Englisch *permettez,* verstehen Sie?«

Der Offizier verfiel in unverständlich rasches Französisch.

»Nix verstehen«, sagte Alabama.

»*Oui,* verstehen«, wiederholte er überlegen. »*Permettez*?« Er verbeugte sich und küsste ihr die Hand. Ein ernstes, tragisches Lächeln erhellte das goldene Gesicht – ein um Verzeihung heischendes Lächeln. Sein Ausdruck hatte den Charme eines Jugendlichen, der sich unerwartet gezwungen sieht, eine Rolle zu übernehmen, die er schon lange zu Hause im stillen Kämmerchen geübt hat. Die Gesten der beiden waren übertrieben, als ob sie, fahle Schatten ihrer selbst, für andere Theater spielten.

»Ich bin kein *germe*«, sagte er aus unerfindlichen Gründen.

»*Oui*, das sehe ich. Ich meine, das ist klar«, antwortete sie.

»*Regardez!*« Der Mann fuhr sich mit dem Kamm energisch durch die Haare, um die Funktionsfähigkeit des Kammes zu beweisen.

»Ich will ihn gern benutzen«, sagte Alabama und sah unsicher zu David.

»Madame«, dröhnte Monsieur Jean, »darf ich Ihnen Leutnant Jacques Chevre-Feuille von der französischen Luftwaffe vorstellen. Er ist völlig harmlos, und dies sind seine Freunde: der Leutnant Paulette und Madame Paulette, Leutnant Bellandeau, Leutnant Montague, ein Korse, wie Sie bald merken werden – und die beiden da drüben sind René und Bobbie aus St. Raphaël, zwei sehr nette Jungen.«

Die roten Gitterlampen, die algerischen Teppiche, die das Eindringen des Tageslichts verhinderten, und der Geruch von Meer und Weihrauch ließen Jeans Bar als geheimen, verbotenen Ort erscheinen – als Opiumhöhle oder Piratenversteck. Krummsäbel schmückten die Wände; glänzende Messingtabletts auf afrikanischen Trommeln glommen in dunklen Ecken; kleine Tische mit eingelegtem Perlmuttmuster trugen, einer Staubschicht gleich, zusätzlich zum künstlichen Zwielicht bei.

Jacques' magerer Körper bewegte sich mit der ungeduldigen Heftigkeit eines Führers. Hinter seiner strahlenden Erscheinung sammelte sich seine Kohorte: der fette, schmierige Bellandeau, der sich mit Jacques ein Apartment teilte und sich bei den Kämpfen von Montenegro bewährt hatte; der Korse, ein finsterer Romantiker, der die Verzweiflung suchte und in selbstmörderischer Absicht mit seinem Flugzeug so niedrig über den Strand hinwegflog, dass die Badegäste die Flügel hätten berühren können; der große, laute Paulette, dem ständig die Blicke seiner Frau folgten, die einem Bild von Marie Laurencin[22] entstiegen zu sein schien. René und Bobbie reckten ihre Körper aus weißer Strandkleidung und unterhielten sich halblaut über Arthur Rimbaud. Bobbie zupfte seine Augenbrauen und bewegte sich wie ein Domestik auf platten, leisen Sohlen. Er war bereits älter und hatte den Krieg mitgemacht; seine Augen waren so grau und trist wie die aufgewühlten Schlachtfelder von Verdun – René malte den verwaschenen Glanz dieses Sommers in allen Schattierungen des Meeres. René war der künstlerisch veranlagte Sohn eines Rechtsanwalts aus der Provence. Er hatte braune Augen, die sich im kalten Feuer eines Tintoretto-Knaben verzehrten. Die Frau eines elsässischen Schokoladefabrikanten kauerte verstohlen vor dem Plattenspieler und schwärmte ihrer schwarzbraun gebrannten Tochter Raphaele lauthals von ihrer unvergesslichen, südländischen Herkunft vor. Die weißblonden Lockenköpfe von zwei etwa zwanzigjährigen Halbamerikanern schwebten wie Cherubine aus einer dunklen Ecke eines Renaissance-Fries durch das Halbdunkel – hin- und hergerissen zwischen romanischer Neugier und angelsächsischer Vorsicht.

Davids Sinn fürs Malerische wurde von dem barbarischen Nebeneinander des Mittelmeermorgens aufs Heftigste angeregt.

»Jetzt zahle ich für die Drinks, aber es muss Portwein sein, weil ich nicht so viel Geld habe, verstehen Sie?« Trotz seiner großsprecherischen Bemühungen um die englische Sprache unterstrich Jacques seine Sehnsüchte mit allen dramatischen Gebärden, die ihm zur Verfügung standen.

»Glaubst du, er ist ein wirklicher Gott?«, flüsterte Alabama in Davids Ohr. »Er sieht aus wie du – nur dass er ein Kind der Sonne ist und du vom Mond geboren.«

Der Leutnant stand neben ihr und nahm scheu die Dinge in die Hand, die sie berührt hatte; wie ein Elektriker, der eine komplizierte Sicherung einsetzt, versuchte er einen emotionalen Kontakt zwischen ihnen beiden herzustellen. Er wandte sich heftig gestikulierend an David und tat so, als sei ihm Alabamas Gegenwart völlig gleichgültig; er meinte, er könne dadurch über sein rasch entflammtes Interesse hinwegtäuschen.

»Ich komme also mit meinem Flugzeug zu Ihrem Haus«, sagte er großspurig, »und nachmittags bin ich hier zum Schwimmen.«

»Dann müssen Sie heute Nachmittag mit uns trinken«, sagte David amüsiert. »Jetzt müssen wir zum Mittagessen nach Hause und haben keine Zeit mehr für einen Drink.«

Das klapprige Taxi zuckelte mit ihnen durch die herrlichen, schattigen Hohlwege der Provence und holperte über die ausgedörrten Pfade in den Weinbergen. Es war, als ob die Sonne alle Farbe aus dem Land gesogen hätte, um eine Sonnenuntergangsmixtur zu brauen: Die Farbtöne wurden brodelnd und zischend am blendenden Himmel vermischt, während das Land weiß und leblos dalag und auf die reichlich fließende Mixtur wartete, die sich am späten Nachmittag auf Weinstöcke und Steine zur Kühlung ergießen würde.

»Madame, sehen Sie sich Bonnies Arme an. Wir brauchen unbedingt einen Sonnenschirm.«

»Ach, Nanny, lassen Sie sie ruhig braun werden. Ich liebe diese schönen, braunen Menschen. Sie scheinen so frei von Geheimnissen zu sein.«

»Aber nicht zu sehr, Madame. Auf die Dauer soll das schädlich sein für die Haut, wissen Sie. Man muss immer an die Zukunft denken, Madame.«

»Also, ich persönlich möchte mich braun braten lassen«, sagte David.

»Alabama, meinst du, es sieht weibisch aus, wenn ich mir die Beine rasiere? Dann würden sie nämlich schneller braun.«

»Kann ich ein Schiff haben?« Bonnies Augen schweiften über den Horizont.

»Die Aquitania, wenn du willst, aber erst, wenn ich mein nächstes Bild fertig habe.«

»Die ist zu altmodisch«, warf Alabama ein. »Ich möchte einen schönen, italienischen Passagierdampfer mit der ganzen Bucht von Neapel im Laderaum.«

»Typfixierung«, erwiderte David, »das ist wieder dein Hang zum Südländischen, aber wenn ich dich erwische, wie du dem jungen Dionysos schöne Augen machst, dann drehe ich ihm den Hals um, ich warne dich.«

»Keine Angst. Ich kann mich ihm kaum verständlich machen.«

Eine vereinzelte Fliege brummte mit dem Kopf gegen die Lampe über dem wackligen Frühstückstisch; es war ein zusammenklappbarer Billardtisch. Die Löcher im Filzbelag warfen Beulen im Tischtuch. Der *Graves Monopole Sec* war grün und lauwarm und unappetitlich anzusehen in den blauen Gläsern. Das Mittagessen bestand aus Tauben, die in Oliven gekocht waren. In der Hitze roch das Essen nach Stall.

»Vielleicht wäre es besser, wenn wir im Garten essen«, schlug David vor.

»Da würden wir von Mücken aufgefressen«, sagte Nanny.

»Mir kommt es albern vor, sich in diesem herrlichen Land nicht wohlzufühlen«, meinte Alabama. »Alles war doch so schön, als wir ankamen.«

»Ich finde, unsere Haushaltsführung wird immer schlimmer und teurer. Hast du schon rausgefunden, was ein Kilo ist?«

»Ich glaube, zwei Pfund.«

»Wir können doch nicht vierzehn Kilo Butter in einer Woche aufgegessen haben«, brach David entrüstet los.

»Vielleicht ist es auch nur ein halbes Pfund«, sagte Alabama entschuldigend. »Ich hoffe, du schlägst keinen Krach wegen einem Kilo …«

»Ja, Madame, mit den Franzosen muss man sehr vorsichtig umgehen.«

»Du beschwerst dich, dass du nichts zu tun hast, und kannst noch nicht einmal den Haushalt ordentlich führen«, wies David Alabama zurecht.

»Was erwartest du denn von mir? Jedes Mal, wenn ich mit der Köchin sprechen will, macht sie auf der Stelle kehrt, hastet die Kellertreppe hinunter und schreibt noch hundert Franc mehr auf die Rechnung.«

»Na schön – wenn es morgen wieder Tauben gibt, komme ich nicht zum Essen«, drohte David. »Irgendetwas muss geschehen.«

»Madame«, sagte Nanny, »haben Sie die neuen Fahrräder gesehen, die sich die Mädchen gekauft haben, seitdem sie bei uns sind?«

»Miss Meadow«, unterbrach David abrupt, »würde es Ihnen etwas ausmachen, Mrs. Knight bei der Abrechnung zu helfen?«

Alabama wünschte, David würde Nanny nicht mit in die Sache hineinziehen. Am liebsten würde sie sowieso nur darüber nachdenken, ob ihre Beine noch brauner würden und wie der Wein geschmeckt hätte, wenn er kalt gewesen wäre.

»Daran sind die Sozialisten schuld, Mr. Knight. Sie ruinieren das Land. Wenn die Regierung nicht aufpasst, haben wir bald den nächsten Krieg. Mr. Horterer-Collins sagte immer …«

Nanny redete und redete. Es war unmöglich, ein Wort ihrer eindringlichen Ansprache zu überhören.

»Das ist sentimentaler Quatsch«, erwiderte David gereizt. »Die Sozialisten sind nur so mächtig, weil das Land in einem desolaten Zustand ist. Ursache und Wirkung!«

»Entschuldigen Sie, Sir, die Sozialisten waren es, die den Krieg heraufbeschworen haben, und jetzt …« Die scharfen Worte taten unmissverständlich Nannys feste politische Überzeugung kund.

Im kühlen Schlafzimmer, wo sie etwas ruhen wollten, begann Alabama Einwände zu erheben.

»Das können wir uns nicht jeden Tag anhören«, sagte sie. »Glaubst du, sie wird nun jedes Mal beim Essen solche Reden schwingen?«

»Wir können sie abends oben essen lassen. Wahrscheinlich fühlt sie sich einsam. Den ganzen Morgen sitzt sie allein am Strand.«

»Das ist ja schrecklich, David!«

»Eben, aber du brauchst dich am wenigsten zu beklagen. Stell dir vor, du hättest die ganze Zeit, während sie redete, über Bildkomposition nachdenken müssen. Sie wird schon jemanden finden, dem sie ihr Herz ausschütten kann. Dann wird es besser werden. Wir dürfen uns nicht von Außenstehenden den Sommer verderben lassen.«

Alabama wanderte müßig von einem Zimmer ins andere. Gewöhnlich wurde diese einsame Stille nur von den Geräuschen des laufenden Haushalts unterbrochen. Aber jetzt gab es plötzlich einen furchtbaren Knall – ein Albtraum. Sie meinte, die Villa würde zusammenbrechen.

Sie rannte auf die Terrasse; Davids Kopf erschien im Fenster.

Das stampfende, rasselnde Pfeifen eines Flugzeugs dröhnte über die Villa hinweg. Das Flugzeug flog so niedrig, dass sie Jacques' goldenes Haar durch das braune Netz auf seinem Kopf erkennen konnte.

Das Flugzeug stieß bösartig wie ein Raubvogel herab und stieg dann in einer steilen Kurve auf, hoch ins Blaue hinein. Dann machte es schnell kehrt und ließ sich mit sonnenglitzernden Flügeln in einer atemberaubenden Spirale fallen – beinahe hätte es das Ziegeldach gestreift. Als sich die Maschine wieder aufrichtete, sahen sie Jacques mit einer Hand winken und ein kleines Päckchen in den Garten werfen.

»Der verdammte Idiot bringt sich noch um! Und ich kriege einen Herzschlag!«, stöhnte David.

»Ist er nicht tapfer?«, sagte Alabama sinnierend.

»Eitel, meinst du wohl«, wurde sie von David zurechtgewiesen.

»Voila! Madame! Voila! Voila! Voila!«

Ein aufgeregtes Dienstmädchen überreichte Alabama ohne zu zögern ein braunes Bündel. Keine Sekunde wäre es der Französin in den Sinn gekommen, dass jemand für den männlichen Teil der Familie so gefährlich tief fliegen und eine Nachricht abwerfen könnte.

Alabama öffnete das Päckchen. Quer über ein Blatt kariertes Notizpapier stand mit Blaustift geschrieben: *Toutes mes amitiés du haut de mon avion. Jacques Chevre-Feuille.*

»Was wird das wohl heißen?«, fragte Alabama.

»Einfach schöne Grüße«, sagte David. »Warum besorgst du dir nicht endlich ein französisches Wörterbuch?«

An diesem Nachmittag ging Alabama auf ihrem Weg zum Strand in einer Buchhandlung vorbei. Aus einer Reihe von Bänden mit gelbem Schutzumschlag suchte sie sich ein Wörterbuch heraus und *Le Bal du Comte d'Orgel*, um sich Französisch beizubringen.

Wie auf Verabredung blies um vier eine Brise eine blaue Bahn durch die meerumschlungenen Gestalten bei Jean.

Eine zur Abwechslung dreiköpfige Jazzband widersetzte sich der aufsteigenden Flut mit melancholischer, amerikanischer Schlagermusik. Eine triumphierende Wiedergabe von »Yes! We Have No Bananas« brachte mehr Paare auf die Beine. Bellandeau tanzte gespielt kokett mit dem düsteren Korsen; Paulette und Madame wirbelten in wild verschlungenen Konfigurationen umher, die sie für amerikanischen Foxtrott hielten.

»Sie machen mit den Füßen die reinste Seiltanzgymnastik«, bemerkte David.

»Scheint Spaß zu machen. Ich muss es lernen.«

»Dann musst du Zigaretten und Kaffee aufgeben.«

»Kann schon sein. Monsieur Jacques, können Sie mir den Tanz da beibringen?«

»Ich bin ein schlechter Tänzer. Ich habe in Marseilles nur mit Männern getanzt. Tanzen ist nichts für richtige Männer.«

Alabama verstand sein Französisch nicht. Aber es machte nichts. Die saugenden Blicke seiner Goldaugen zogen sie selbstvergessen vor und zurück, vor und zurück durch den Bananenmangel der Großen Republik.

»Mögen Sie Frankreich?«

»Ich liebe Frankreich.«

»Sie können Frankreich nicht lieben«, antwortete er anmaßend, »wenn Sie keinen Franzosen lieben.«

Beim Thema Liebe war Jacques' Englisch geradezu passabel im Vergleich zu sonst. Er sprach das Wort »lahve« aus und betonte es so eindringlich, als habe er Angst, es könne ihm entwischen.

»Ich habe ein Wörterbuch gekauft«, sagte er. »Ich will Englisch lernen.«

Alabama lachte.

»Und ich lerne Französisch«, sagte sie, »damit ich Frankreich nicht so sprachlos lieben muss.«

»Sie müssen sich unbedingt Arles ansehen. Meine Mutter stammt aus Arles«, vertraute er ihr an. »Die Frauen von Arles sind sehr schön.«

Sein sentimentales Romantikertum reduzierte die Welt auf die Welt der Gefühle. Es war von unsäglicher Unlogik. Sie betrachteten gemeinsam das Aufwallen des blauen Meeres und blickten über den blauen Horizont hinaus.

»Ganz bestimmt«, murmelte sie. Was, das wusste sie nicht mehr.

»Und Ihre Mutter?«, fragte er.

»Meine Mutter ist schon alt. Sie ist sehr lieb. Sie hat mich verzogen und gab mir immer alles, was ich wollte. Heulend etwas zu verlangen, was ich nicht bekommen konnte, wurde ein charakteristischer Zug von mir.«

»Erzählen Sie mir von sich, als Sie ein kleines Mädchen waren«, bat er zärtlich.

Die Musik brach ab. Er zog ihren Körper an sich, bis sie fühlte, wie sich seine Rippen in die ihren gruben. Er war bronzebraun und roch nach Sonne und Sand; sie spürte seinen nackten Körper unter dem gestärkten Leinen. David hatte sie vergessen. Sie hoffte, er habe nichts gesehen; und wenn schon, es war ihr egal. Ihr war, als müsste sie Jacques Chevre-Feuille ganz oben auf dem Arc de Triomphe küssen. Diesen weißleinenen Fremden zu küssen, war wie die Hingabe an einen vergessenen religiösen Ritus.

Abends nach dem Diner fuhren David und Alabama meistens nach St. Raphaël. Nur die dem Meer zugewandte vordere Seite der Stadt war erleuchtet: wie eine Kulissenwand, die einen Szenenwechsel verbergen soll. Der Mond grub sich zarte Höhlen unter den wuchtigen Platanen an der Uferpromenade. In einem runden Pavillon am Meer spielte die Dorfkapelle Musik aus *Faust* und Karussellwalzer. Ein Jahrmarkt schlug seine Zelte auf, und die jungen Amerikaner und jungen Offiziere schwangen sich auf schaukelnden, hölzernen Karussellpferden in den Himmel.

»Dieser Platz ist eine Brutstätte für Keuchhusten, Madame«, warnte Nanny.

Nanny und Bonnie warteten also im Wagen, um den Bazillen zu entgehen, oder sie spazierten langsam über den säuberlich gekehrten Bahnhofsplatz. Bonnie wurde so unausstehlich und greinte so herzerweichend, sie wolle auch am Nachtleben auf dem Rummelplatz teilnehmen, dass in Zukunft Kindermädchen samt Kind abends zu Hause bleiben mussten.

Jeden Abend trafen sie Jacques und seine Freunde im Café de la Flotte. Die jungen Männer lärmten ungestüm, tranken viel Bier und Portwein und gelegentlich auch Champagner, wenn David ihn bezahlte – für sie eine Gelegenheit, die Kellner lauthals mit »Admiralität« anzureden. René fuhr mit seinem gelben Citroën die Stufen zum Hotel Continental hinauf. Die Flieger waren Royalisten. Einige von ihnen malten und einige versuchten zu schreiben, wenn sie nicht gerade im Flugzeug saßen, und alle liebten das Garnisonsleben. Für Nachtflüge gab es einen Extrasold. Jacques' und Paulettes rote und grüne Lichter fegten oft in wildem, luftigen Tanz über die Küste hinweg. Jacques hasste es, wenn David seine Drinks bezahlte; Paulette konnte es brauchen – er und Madame hatten ihr Kind bei seinen Eltern in Algier in Pflege.

Die Riviera ist ein verführerischer Ort. Grelles Blau und in der Hitze flimmernde weiße Paläste beherrschen die Szenerie. Sie stammen noch aus der Zeit, bevor die hohen Herrschaften vom Train Bleu[23], die Bosse der Biarritzer Nachhut und amtierende Diktatoren bis hin zu Innendekorateuren den blauen Horizont und die weißen Fassaden zum Abschluss ihrer künstlerischen Unternehmungen nutzten. Eine kleine Schar Menschen vertat ihre Zeit mit Glücklichsein und vertat ihr Glück mit In-der-Zeit-Sein – und das alles vor dürren Palmen und spröden Reben, die sich an Lehmbanketten festkrallten.

An den langen Nachmittagen las Alabama Henry James. Während David arbeitete, las sie Robert Hugh Benson und Edith Wharton und Dickens. Die Nachmittage an der Riviera sind lang und still und im Vorgefühl der Nacht, noch ehe der Abend anbricht. Boote voll mit hellen Rücken und das rhythmische Tuckern von Motorbarkassen zogen den Sommer übers Wasser.

Was fange ich nur mit mir an, dachte Alabama ruhelos.

Sie versuchte, sich ein Kleid zu nähen; das war ein Reinfall.

Willkürlich hackte sie auf Nanny herum.

»Ich glaube, Bonnies Essen enthält zu viel Kohlenhydrate«, sagte sie autoritär.

»Das glaube ich nicht«, antwortete Nanny gekränkt.

»Keines meiner Kinder hat in den zwanzig Jahren je zu viel Kohlehydrate bekommen.«

Nanny ging wegen der Sache mit den Kohlehydraten zu David.

»Alabama«, sagte er, »kannst du dich nicht wenigstens da raushalten? Ich brauche im Moment absolute Ruhe und Frieden.«

Als Alabama noch ein Kind war und jeder Tag auf dieselbe gleichgültige, träge Art dahinschlich, konnte sie sich nicht vorstellen, dass es das Leben war, das diesen langsamen, ereignislosen Verlauf bewirkte; sie dachte, der Richter wäre es, der die täglichen Rationen austeilte und sie in den ihr zustehenden Vergnügungen einschränkte. Sie begann, David die Schuld an ihrem eintönigen Leben zu geben.

»Warum gibst du nicht eine Party«, schlug er vor.

»Und wen sollen wir einladen?«

»Weiß ich nicht – vielleicht die Frau vom Häusermakler und die Elsässerin.«

»Die sind entsetzlich …«

»Sind sie nicht, wenn man sie mit den Augen eines Matisse betrachtet.«

Die beiden Frauen waren zu kleinbürgerlich, um der Einladung zu folgen. Die anderen Gäste versammelten sich im Garten der Knights und tranken Cinzano. Madame Paulette entriss dem blechernen Teakholzklavier die Melodie von *Pas sur la bouche.* Die Franzosen erklärten David und Alabama ebenso wortreich wie unverständlich ihre Meinung über die Werke von Fernand Léger und René Crevel. Während sie sprachen, knickten sie den Oberkörper in der Taille nach vorne ab. Sie machten einen gespannten und förmlichen Eindruck, offenbar weil sie ihre Anwesenheit bei den Knights als Kuriosum empfanden – alle außer Jacques. Er machte ein Drama aus seiner unglückseligen Zuneigung zu Davids Frau.

»Haben Sie keine Angst, wenn Sie Ihre Kunststücke in der Luft vorführen?«, fragte Alabama.

»Jedes Mal wenn ich in mein Flugzeug steige, habe ich Angst. Deshalb liebe ich es«, antwortete er trotzig.

Wenn die drei Parzen in der Küche werktags gelegentlich zu wünschen übrig ließen, so glänzten sie doch bei besonderen Anlässen wie ein Julifeuerwerk. Giftigrote Hummer zappelten in Sellerienestern; knackige Salate sprossen wie Osterglückwunschkarten aus Mayonnaisebeeten. Die Tafel war bacchantisch mit Stechpalmen bekränzt; es gab sogar Eis, stellte Alabama fest: Es stand im Keller auf dem Zementboden.

Madame Paulette und Alabama waren die beiden einzigen Damen. Paulette hielt sich etwas abseits und ließ seine Frau nicht aus den Augen. Er schien den Eindruck zu haben, dass ein Diner mit Amerikanern eine ebenso verfängliche Sache sei wie die Teilnahme am Bal des Quat'z'Arts.

»Ah, oui«, lächelte Madame, *»mais oui, certainement oui, et puis oui.«* Es klang wie der Refrain eines Lieds von der Mistinguett.

»Aber in Montenegro – Sie kennen natürlich Montenegro? –, da tragen *alle* Männer Korsetts«, faselte der Korse.

Jemand stieß Bellandeau in die Rippen.

Jacques heftete verzweifelte Blicke auf Alabama.

»In der französischen Marine«, verkündete er, »ist der Kommandant froh, ja stolz darauf, mit seinem Schiff unterzugehen. Ich *bin* Offizier der französischen Marine!«

Das Partygeplauder schwoll an mit französischen Phrasen, die Alabama nicht verstand. Ihre Gedanken schweiften zusammenhanglos ab. »Darf ich Ihnen vom Gewand des Dogen anbieten?«, fragte sie und tunkte den Löffel ins schwarze Johannisbeergelee. »Oder ein Löffelchen Rembrandt?«

Sie saßen in der Abendbrise auf der Terrasse und sprachen über Amerika, Indochina und Frankreich und lauschten dem Klagen und Kreischen der Nachtvögel in der Dunkelheit. Der unfrohe Mond war vom langen Sommer in der salzigen Luft fleckig und trübe geworden, und seine Schatten schwarz und beredt. Eine Katze kletterte auf die Terrasse. Es war sehr heiß.

René und Bobbie gingen Salmiakgeist gegen die Moskitos holen, Bellandeau ging schlafen, und Paulette ging mit seiner Frau nach Hause, sorgsam auf seine französische Etikette bedacht. Das Eis schmolz auf dem Boden der Speisekammer. Sie kochten sich Eier in den schwarzen gusseisernen Töpfen in der Küche. Alabama, David und Jacques fuhren in die kupferne Morgendämmerung nach Agay, dem kühlen goldenen Morgen, den cremefarbenen Sonnenmustern auf den Pinien und den weißen Dünsten sich schließender Nachtblütler entgegen.

»Da sind die Höhlen der Neandertaler«, sagte David und deutete auf die purpurnen Vertiefungen in den Bergen.

»Nein«, antwortete Jacques, »die Funde wurden in Grenoble gemacht.«

Jacques fuhr den Renault. Er fuhr ihn hochtourig wie ein Flugzeug, mit viel Geknirsche und Protestlauten, die in der Morgendämmerung als Echos auseinanderstoben wie Zugvögelschwärme. »Wenn der Wagen mir gehören würde«, sagte Jacques, »führe ich damit ins Meer.« Sie sausten durch die dunstigen Ausläufer der Provence hinab zum Strand, immer entlang der sich sehnsüchtig streckenden Straße, die sich wie verkrumpelte Bettlaken um die Hügel knautschte.

Mindestens fünfhundert Franc würde es ihn kosten, den Wagen wieder in Ordnung bringen zu lassen, dachte David, als er Jacques und Alabama am Pavillon zum Schwimmen absetzte.

David fuhr nach Hause, um zu arbeiten, bis das Licht wechselte. Er beharrte auf seiner Meinung, er könne im Mittagslicht des Midi nur Exterieurs malen. Er ging zu Fuß zum Strand, um vor dem Mittagessen mit Alabama eine kurze Runde zu schwimmen. Als er ankam, saßen Alabama und Jacques im Sand wie ein Paar … nun ja, wie irgendein Paar, dachte er angewidert. Sie waren so nass und glatt wie zwei Katzen, die sich abgeschleckt hatten. David war vom Laufen erhitzt. Die Sonne stach in seinen schwitzenden Nacken wie ein Brennnesselkragen.

»Gehst du noch mal mit mir ins Wasser?« Er fand, er müsse etwas sagen.

»Oh David – das Wasser ist heute Morgen schrecklich kalt. Und es kommt ein Wind auf.« Alabamas Tonfall war unwirsch, als fühle sie sich zur Unzeit von einem Kind gestört.

David schwamm demonstrativ allein und blickte auf die beiden Gestalten, die nebeneinander in der Sonne glitzerten.

Die beiden sind die ungehörigsten Menschen, die ich kenne, dachte er wütend.

Das Wasser war vom Wind bereits abgekühlt. Die schrägen Sonnenstrahlen schnitten das Mittelmeer in viele Silberscheiben und boten sie dem verlassenen Strand dar. Als David sich umziehen ging, sah er, wie sich Jacques vorbeugte und Alabama in den ersten Mistralböen etwas zuflüsterte. Was sie sagten, konnte er nicht verstehen.

»Wirst du kommen?«, flüsterte Jacques.

»Ja … ich weiß nicht … ja, doch«, antwortete sie.

Als David aus der Kabine kam, wehte ihm stechend der Sand in die Augen.

Über Alabamas Gesicht liefen Tränen, sodass ihre tiefbraunen Wangen golden glänzten. Sie sagte, die Tränen kämen vom Wind.

»Du bist krank, Alabama, völlig verrückt. Wenn du diesen Mann noch mal wiedersiehst, lasse ich dich hier und fahre allein nach Amerika zurück.«

»Das kannst du nicht tun!«

»Du wirst schon sehen!«, sagte er drohend.

Sie lag unglücklich im schneidend kalten Wind.

»Ich gehe jetzt … du kannst dich ja von ihm im Flugzeug nach Hause bringen lassen.«

David stapfte davon. Sie hörte, wie der Renault losfuhr. Das Wasser glänzte wie ein blanker Metallspiegel unter den kalten, weißen Wolken.

Jacques kam wieder; er brachte einen Portwein.

»Ich habe dir ein Taxi bestellt«, sagte er. »Ich komme nicht mehr an den Strand, wenn du es wünschst.«

»Wenn ich übermorgen, wenn er nach Nizza fährt, nicht in dein Apartment komme, dann ist es besser, du kommst nicht mehr.«

»Ja.« Er schenkte ihr nochmals ein. »Was wirst du deinem Mann sagen?«

»Ich werde es ihm sagen müssen.«

»Das wäre unklug«, erwiderte Jacques erschrocken. »Man darf seine Vorteile nicht so einfach aufgeben.«

Der Nachmittag war rau und blau. Der Wind fegte kalte Staubwolken ums Haus. Draußen konnte man kaum sein eigenes Wort verstehen.

»Nanny, wir gehen nach dem Mittagessen nicht an den Strand. Es ist zu kalt zum Schwimmen.«

»Aber, Madame, Bonnie wird so unruhig bei diesem Wind. Ich finde, wir sollten doch gehen, wenn Sie nichts dagegen haben. Wir brauchen ja nicht ins Wasser zu gehen … aber es ist eine Abwechslung für das Kind, verstehen Sie? Mr. Knight wollte uns hinfahren.«

Am Strand war keine Menschenseele. Die kristallene Luft trocknete ihre Lippen aus. Alabama wollte sich sonnen, doch der Wind vertrieb die Sonne, bevor sie ihren Körper wärmen konnte. Es war unfreundlich.

René und Bobbie schlenderten aus der Bar.

»Hallo«, sagte David kurz angebunden.

Sie setzten sich dazu, als wüssten sie um ein Geheimnis, das die Familie Knight anging.

»Haben Sie die Fahne bemerkt?«, fragte René.

Alabama wandte sich um und sah in Richtung Flugplatz. Über den kubistischen Metalldächern, die im dünnen Licht glänzten, wehte eine Fahne steif auf halbmast.

»Es ist jemand abgestürzt«, fuhr René fort. »Ein Soldat sagte, es sei Jacques, der bei diesem Mistral aufgestiegen ist.«

Um Alabama herum wurde es plötzlich ganz still, als sei die Welt angehalten worden und als drohe ein furchtbarer Zusammenprall von Astralleibern.

Alabama erhob sich mit ausdruckslosem Gesicht. »Ich muss gehen«, sagte sie ruhig. Ihr war eiskalt und übel. David folgte ihr zum Wagen.

Ärgerlich warf er die Gänge ein. Aber der Renault ging nicht schneller.

»Dürfen wir hinein?«, fragte er den Wachtposten.

»Nein, Monsieur.«

»Es hat einen Unfall gegeben. Könnten Sie mir sagen, wer es ist?«

»Das ist gegen die Vorschriften.«

Hinter dem Mann bog sich im Mistral eine Oleanderallee zum grellen weißen Sandstreifen vor den Mauern nieder.

»Wir möchten gerne wissen, ob es Leutnant Chevre-Feuille ist.«

Der Mann blickte forschend in Alabamas unglückliches Gesicht.

»Da muss ich erst fragen, Monsieur«, sagte er schließlich.

Unendlich lange standen sie in den bösartigen Böen und warteten.

Der Wachtposten kam zurück. Hinter ihm ging ein

kühner und herrischer Jacques schwungvoll auf den Wagen zu. Er war eins mit seinen Elementen: der Sonne, der französischen Luftwaffe und dem blauen und weißen Meeresstrand der Provence mit ihren dunkelhäutigen Menschen, die sich der harten Disziplin der Notwendigkeit unterwarfen – Jacques ging in den Zwängen seines Lebens völlig auf.

»Bonjour«, sagte er und nahm ihre Hand fest in die seine, als ob er eine Wunde verbinde.

Alabama schluchzte in sich hinein.

»Wir mussten es wissen«, sagte David gepresst, als er den Motor anspringen ließ, »... aber die Tränen meiner Frau gelten mir.«

Plötzlich verlor David die Beherrschung.

»Verdammt noch mal!«, schrie er. »Wollen Sie sich mit mir schlagen?«

Alabama ins Gesicht blickend, antwortete Jacques ruhig und freundlich: »Ich kann mich nicht mit ihm schlagen. Ich bin viel stärker als er.«

Seine Hände, die die Tür des Renault umklammerten, waren wie Eisenhandschuhe.

Alabama versuchte, ihn anzusehen: Die Tränen in ihren Augen verwischten sein Bild. Sein goldenes Gesicht zerfloss mit dem weißen Leinen, das ihn umgab, und dem goldenen Glanz, der seinem Körper entströmte, zu einem goldenen Mischmasch.

»Du hättest es gar nicht geschafft«, schrie sie rasend vor Wut. »Du hättest ihn gar nicht schlagen können!«

Weinend warf sie sich an Davids Schulter.

Der Renault sauste in wilder Fahrt durch den Wind. Vor dem Lattenzaun von Jeans Bar brachte David den

Wagen knirschend zum Stehen. Alabama griff nach der Handbremse.

»Blöde Gans!« David stieß sie erregt beiseite. »Finger weg von der Bremse!«

»Mir tut es nur leid, dass er dich nicht zu Brei geschlagen hat«, schrie sie gellend vor Wut.

»Wenn ich gewollt hätte, hätte ich ihn umbringen können«, sagte David verächtlich.

»War etwas Schlimmes, Madame?«

»Ein Mann ist verunglückt, weiter nichts. Ich weiß nicht, wie sie dieses Leben aushalten!«

David ging sofort in das Zimmer, das er sich in Les Rossignols als Studio eingerichtet hatte. Aus einer entfernten Ecke des Gartens drangen die weichen, südländischen Stimmen von zwei Kindern, die dort im Baum Feigen pflückten. Die Stimmen hoben und senkten sich in leisem Singsang, je nachdem, woher der abendliche Wind wehte.

Nach geraumer Zeit hörte Alabama ihn aus dem Fenster brüllen: »Wollt ihr wohl aus dem Baum da rauskommen! Zum Teufel noch mal mit der ganzen Itakerbande!«

Beim Abendessen sprachen sie kaum miteinander.

»Dieser Mistral hat auch sein Gutes«, bemerkte Nanny. »Er bläst die Moskitos weiter ins Land hinein, und die Luft ist viel klarer, wenn er weht, finden Sie nicht, Madame? Aber wenn ich daran denke, wie sehr Mr. Horterer-Collins darunter gelitten hat! Sobald der Mistral anfing, tobte der wie ein wildgewordener Löwe. Sie spüren den Mistral nicht allzu sehr, Madame, oder?«

Fest entschlossen, den Streit auszutragen, bestand David darauf, nach dem Abendessen in die Stadt zu fahren.

René und Bobbie saßen allein im Café und tranken Verveine. Die Stühle waren wegen des Mistral in einer geschützten Ecke auf die Tische gestellt. David bestellte Champagner.

»Bei dem Wind ist Champagner nicht gut«, gab René zu bedenken, trank aber trotzdem mit.

»Haben Sie Chevre-Feuille gesehen?«

»Ja, er hat mir gesagt, er geht nach Indochina.«

An Davids Tonfall merkte Alabama, dass er sich schlagen wollte, sollte er Jacques finden.

»Wann reist er ab?«

»So in zehn Tagen, wenn die Versetzung durch ist.«

Die Uferpromenade mit den üppigen Bäumen, die so reich an Leben und voll des Sommers gewesen war, schien wie leer gefegt. Jacques war wie ein Staubsauger durch ihr Leben gebraust. Hier gab es nichts weiter als ein billiges Café, alte Blätter im Rinnstein, einen streunenden Hund, einen Schwarzen namens »Sans-Bas«, der einen Säbelhieb auf der Backe hatte und ihnen eine Zeitung verkaufen wollte. Das war alles, was ihnen vom Juli und August geblieben war.

David sagte nicht, was er von Jacques wollte.

»Vielleicht ist er drinnen«, mutmaßte René.

David überquerte die Straße.

»Hör zu, René«, sagte Alabama hastig, »du *musst* zu Jacques gehen und ihm sagen, dass ich nicht kommen kann – mehr nicht. Tust du das für mich?«

Mitgefühl erhellte sein träumerisches, leidenschaftliches Gesicht. René ergriff ihre Hand und küsste sie.

»Es tut mir leid für Sie. Jacques ist ein guter Junge.«

»Du bist auch ein guter Junge, René.«

Am nächsten Vormittag war Jacques nicht am Strand.

»Hallo, Madame«, begrüßte sie Monsieur Jean. »Haben Sie einen schönen Sommer verbracht?«

»Ganz reizend«, sagte Nanny, »aber ich glaube, Madame und Monsieur haben bald genug von hier.«

»Ja, ja«, bemerkte Monsieur Jean philosophisch, »die Saison ist bald zu Ende.«

Es gab wieder Tauben zum Mittagessen und den Gummikäse. Das Mädchen flatterte aufgeregt mit dem Haushaltsbuch umher; Nanny redete zu viel.

»Ich muss sagen, ich fand es diesen Sommer sehr nett hier«, bemerkte sie.

»Ich hasse es hier. Wenn Sie unsere Sachen bis morgen packen können, fahren wir nach Paris«, sagte David wild entschlossen.

»Aber in Frankreich ist es gesetzlich vorgeschrieben, dass man dem Personal zehn Tage vorher kündigt, Mr. Knight. Das ist absolut zwingend vorgeschrieben«, rief Nanny entrüstet aus.

»Ich gebe ihnen ihr Geld. Für zwei Franc kann man sich hier den Präsidenten kaufen. Diese verfluchten Beutelschneider!«

Nanny lachte. Sie war von Davids Heftigkeit verwirrt. »Sie sind ziemlich hinter dem Geld her, das stimmt.«

»Ich packe heute Abend und gehe jetzt noch etwas spazieren«, erklärte Alabama.

»Du gehst doch nicht ohne mich in die Stadt, Alabama?«

Ihre Dickköpfe prallten zusammen und verkeilten sich hangend und bangend ineinander, wie zwei Menschen, die sich bei einer schnellen Tanzdrehung gegenseitig festhalten wollen.

»Nein, David, ich gehe mit Nanny spazieren.«

Sie streiften durch die Pinienwälder und bergigen Straßen hinter der Villa. Die anderen Villen waren während des Sommers mit Brettern vernagelt. Platanen hingen mit ihren Blättern über den Einfahrten. Die jadegrünen Porzellangötter vor dem heidnischen Friedhof[24] sahen aus, als ob sie in einen Innenraum gehörten. Auf den Bauxitplatten machten sie einen deplatzierten Eindruck. Dort oben waren die Wege glatt und neu – wahrscheinlich, damit die Engländer im Winter besser spazieren gehen konnten. Sie folgten einem Sandweg durch die Weingärten. Es war bloß ein Feldweg. Die Sonne verblutete mit einem roten und purpurnen Blutsturz: Dunkles Arterienblut färbte die Weinblätter. Die schwarzen Wolken zogen Streifen über dem Horizont und das Land erstreckte sich in biblischer Weite im prophetischen Licht.

»Die Franzosen küssen ihre Frauen nie auf den Mund«, sagte Nanny vertraulich. »Sie haben zu viel Respekt vor ihnen.«

Sie liefen so weit, dass Alabama Bonnie huckepack nehmen musste, damit die kleinen Beine nicht zu müde wurden.

»Pferdchen spielen, Mammie, los! Warum rennst du nicht?«, quengelte das Kind.

»Scht, scht, scht. Ich bin doch ein müder, alter Gaul mit Maul- und Klauenseuche.«

Ein Bauer stand im heißen Feld und machte obszöne Gebärden. Er winkte den Frauen auffordernd zu. Nanny bekam einen Schreck.

»Ist denn das die Möglichkeit, Madame, wo wir ein kleines Kind dabeihaben? Das werde ich Mr. Knight berichten. Seit dem Krieg ist die Welt nicht mehr sicher.«

Bei Sonnenuntergang dröhnten Trommeln im Lager der Senegalesen, die auf einer von Ungeheuern bewachten Begräbnisstätte die Riten für ihre Toten begingen.

Ein einsamer Schafhirte mit braunem, freundlichem Gesicht trieb eine dicht gedrängte Schafherde den stoppeligen Weg hinab, der zur Villa führte. Die Tiere streiften an Alabama, der Nurse und dem Kind vorbei und wirbelten mit ihren trappelnden Hufen Staub auf.

»J'ai peur!«, rief sie dem Mann zu.

»Oui«, antwortete er liebenswürdig, *»vous avez peur! Hü-a!«* Schnalzend trieb er die Schafe weiter die Straße hinunter.

Vor Ende der Woche konnten sie St. Raphaël nicht verlassen. Alabama blieb in der Villa und ging ab und zu mit Bonnie und Nanny spazieren.

Madame Paulette rief an. Ob Alabama sie nachmittags besuchen käme? David sagte, sie könne hingehen, um sich zu verabschieden.

Madame Paulette überreichte ihr ein Bild von Jacques und einen langen Brief.

»Es tut mir sehr leid für Sie«, sagte Madame. »Wir wussten nicht, dass es sich um eine so ernste Sache handelte, wir dachten, es sei nur eine Affäre.«

Alabama konnte den Brief nicht lesen. Er war auf Französisch. Sie zerriss ihn in tausend kleine Fetzen, die sie über das schwarze Wasser im Hafen streute, in dem sich die Mastbäume von Fischerbooten aus Shanghai, Madrid, Columbia und Portugal spiegelten. Obwohl es ihr das Herz brach, zerriss sie auch das Bild. Diese Fotografie war das Kostbarste, was sie je in ihrem Leben besessen hatte. Aber warum sie aufbewahren? Jacques Chevre-Feuille war nach China gegangen. Es hatte keinen Sinn, an diesem Sommer festzuhalten; kein Wort eines Franzosen konnte die schöne, zerbrochene Harmonie wiederherstellen, und es bestand keine Hoffnung auf Rettung durch eine billige, französische Fotografie. Was immer sie von Jacques hatte haben wollen, er nahm es mit sich und beglückte nun die Chinesen damit. Man nahm sich vom Leben, was man wollte, wenn man es bekam, und auf alles andere musste man verzichten.

Durch das Fenster des Zuges, der die Knights aus dem Land der Zitronen und der Sonne entführte, sah der Sandstrand genauso weiß aus wie im Juni und das Mittelmeer so blau wie eh und je. Sie befanden sich auf dem Weg nach Paris. Sie glaubten nicht, dass Reisen oder Szenenwechsel alles Herzeleid kurieren könnten. Sie waren einfach froh, unterwegs zu sein. Und Bonnie war auch froh. Kinder freuen sich über jede Veränderung, weil sie nicht erkennen, dass in allem und jedem alles und jedes enthalten ist, sofern es sich um eine in sich abgeschlossene Sache handelt. Sommer, Liebe und Schönheit sind in Cannes oder Connecticut mehr oder weniger das Gleiche. David war älter als Alabama – seit seinem ersten Erfolg war er nie mehr so richtig froh geworden.

3

Keiner wusste, wessen Party es war. Sie war schon seit Wochen im Gange. Wer meinte, er würde es nicht noch eine Nacht durchstehen, ging nach Hause, schlief, und wenn er zurückkam, waren neue Leute da, die die Party am Leben hielten. Das Ganze musste mit den ersten Schiffsladungen voller Unrast angefangen haben, die sich neunzehnhundertsiebenundzwanzig nach Frankreich hinein ergossen. Alabama und David stießen im Mai dazu, nach einem grässlichen Winter in einer Pariser Wohnung, in der es nach Sakristei roch, weil man sie nicht lüften konnte. Diese Wohnung, in der sie sich gegen den Winterregen verbarrikadiert hatten, war die perfekte Brutstätte für die Keime der Bitternis, die sie von der Riviera mitgebracht hatten. Draußen vor ihrem Fenster schnitten die grauen Dächer in die grauen Dächer dahinter wie leise gegeneinander schürfende Florette. Der graue Himmel senkte sich als ätherische, umgekehrte Gotik zwischen den Kaminen nieder und zerteilte den Horizont in Zinnen und Spitztürme, die wie Röhren eines riesigen Brutapparates über ihrer Unrast hingen. Alles was sie von ihrem rotgoldenen Salon aus sehen konnten, waren die eisernen Balkone der Champs-Élysées und der Regen auf dem Pflaster rund um den Arc de Triomphe. David hatte ein Atelier am linken Ufer hinter dem Pont de l'Alma, in einem Stadtteil, in dem Rokoko-Wohnhäuser und lange Alleen farblose Ausblicke ohne Perspektive boten.

Dort verlor er sich in Reminiszenzen an einen Herbst, der seiner Monate, der Hitze, der Kälte und der Ferientage entkleidet war. Er vollendete sein monotones Resümee, das größere Mengen der Avantgarde in den Salon des Indépendants strömen ließ. Die Bilder waren fertig: Bei dieser Ausstellung zeigte sich ein neuer, persönlicherer David. Man hörte seinen Namen in Bankfoyers und in der Ritz Bar, was ein Beweis dafür war, dass man ihn auch anderswo nannte. Die stählerne Prägnanz seiner Arbeiten machte sich sogar in der Innenarchitektur bemerkbar. Das Musée des Arts Décoratifs zeigte ein Speisezimmer nach einem seiner Interieurs, das er wegen einer grauen Anemone gemalt hatte; die Ballets Russes übernahm ein Dekor – Phantasmagorie des Lichts am Strand von St. Raphaël –, um damit im Ballett *Evolution* den Beginn der Welt zu symbolisieren.

Die Welle der Berühmtheit, die die Knights nach oben trug, ließ Dickie Axton auf den Plan treten und flugs auf die Mauern ihres Erfolgs eine Nachricht aus Babylon kritzeln, die die beiden gar nicht erst lasen, weil sie zu dieser Zeit versunken waren im Duft des dämmrigen Flieders am Boulevard St. Germain und im Schleier der Place de la Concorde in der kostbaren Mystik der Blauen Stunde.

Das Telefon klingelte und klingelte und zerklirrte ihre Träume zu bleichen Walhalls, Ermenonville[25], und Götterdämmerung drang in gepolsterte Hotelsuiten. Während sie lyrisch von einer apokalyptischen Offenbarung des Weltendes träumten, schrillte das Läuten des

Telefons wie entfernter Trommelwirbel in ihr Bewusstsein. David nahm den Hörer ab.

»Hallo? Ja, hier sind die beiden Knights.«

Dickies Stimme glitt die Telefonschnur herab: von anmaßender Dreistigkeit zu leisem Geschmeichel.

»Ich hoffe, Sie kommen beide zu meinem Dinner?« Die Stimme rutschte ihr aus der Kehle wie ein Akrobat aus der Kuppel des Zirkuszelts. Dickies Aktivitäten machten erst halt vor den Grenzen des moralisch Schicklichen, gesellschaftlich noch Vertretbaren oder romantisch Verklärbaren. Man kann sich vorstellen, dass ihr Aktionsradius nicht gering war. Dickie verfügte über eine jederzeit abrufbare Klaviatur der Menschlichkeit: für jedes Gefühl den passenden Ton. Eine Existenz wie die ihre war nichts Erstaunliches in einer Zeit der Mussolinis und der Bergpredigten zweifelhafter Alpinisten. Für dreihundert Dollar kratzte sie jahrhundertealte geschichtliche Ablagerungen unter den Fingernägeln italienischer Adliger hervor, um sie Debütantinnen aus Kansas als Kaviar zu präsentieren; ein paar hundert Dollar mehr, und sie öffnete die Türen zum Parnass- oder Bloomsbury-Kreis, die Tore von Chantilly oder die Seiten des Adelskalenders Debrett. Ihr nicht fassbarer Handel bestand darin, die verrutschten Grenzen Europas in einem Sellerieschüsselchen zu servieren, wobei sich Spanier, Kubaner, Südamerikaner, manchmal sogar ein Schwarzer, wie Trüffelstückchen durch die Mayonnaise der Gesellschaft zogen. Die Knights waren in der Hierarchie der »Berühmtheiten« so hoch aufgestiegen, dass sie für Dickie Material abgaben.

»Du brauchst gar nicht so hochnäsig zu tun«, tadelte Alabama Davids Mangel an Begeisterung. »Alle Gäste sind Weiße – oder zumindest waren sie es mal.«

»Also, wir kommen«, sagte David in die Muschel.

Alabama probierte ein paar neue Verrenkungen. Die edle Spätnachmittagssonne breitete sich zögernd über dem Bett aus, in dem sie und David sich mühsam zusammenrappelten.

»Eingeladen zu werden, ist sehr schmeichelhaft«, sagte Alabama und ging ins Badezimmer, »aber wenn man selbst einlädt, ist es sicher noch ergiebiger.«

David hörte auf das heftige Wasserrauschen und das Zahnputzglasgeklapper.

»Das gibt wieder einen Rausch!«, brüllte er. »Ich komme ganz gut ohne meine Prinzipien aus, aber auf meine Schwächen kann ich nicht verzichten, nicht auf meine unstillbare Sehnsucht nach Räuschen – nein, vielen Dank!«

»Was sagst du da vom Prince of Wales, er ist krank?«, rief Alabama.

»Warum hörst du nicht zu, wenn ich mit dir rede«, antwortete David verdrossen.

»Ich kann Leute nicht leiden, die immer dann zu reden anfangen, wenn ich mir gerade die Zähne putzen will«, schnauzte sie zurück.

»Ich sagte, unter diesen Bettlaken kriege ich noch einen Schweißfuß.«

»Aber es ist kein Kali hier im Schnapsglas«, erwiderte Alabama verwundert. »Du musst eine Neurose haben – hast du ein neues Symptom?«, fragte sie argwöhnisch.

»So lange habe ich nun auch nicht geschlafen, dass ich

Halluzinationen nicht von der Wirklichkeit unterscheiden könnte.«

»Armer David – was machen wir nur?«

»Ich weiß nicht. Wirklich nicht, Alabama.« David zündete sich grüblerisch eine Zigarette an. »Meine Arbeit wird allmählich fad. Ich brauche was Neues, was mich emotional anregt.«

Alabama blickte ihn kühl an.

»Ach so.« Sie erkannte, dass sie ihr Recht, sich verletzt zu fühlen, um eines glorreichen provenzalischen Sommers willen für immer verwirkt hatte. »Du könntest die Fortschritte von Mr. Berry Wall im *Paris Herald* verfolgen«, schlug sie vor.

»Oder mich am Chiaroscuro schwarz- und weißärgern.«

»Sei doch mal ernst, David. Ich dachte immer, zwischen uns beiden wäre abgemacht, dass wir einander nicht in die Quere kommen.«

»Manchmal machst du ein Gesicht wie eine verlorene Seele im schottischen Hochmoornebel«, bemerkte David zusammenhanglos.

»Natürlich haben wir bei unseren Berechnungen die Eifersucht nicht eingeplant«, fuhr sie fort.

»Hör mal, Alabama«, unterbrach David, »ich fühle mich miserabel. Meinst du, wir schaffen unsern Auftritt?«

»Ich will mein neues Kleid vorführen«, sagte sie entschieden.

»Und ich habe noch einen alten Anzug, den ich abtragen muss. Eigentlich sollten wir nicht gehen. Wir sollten an unsere Verpflichtungen gegenüber der Menschheit denken.« Verpflichtungen waren für Alabama eine von der Zivilisation gelegte Falle, um ihr Glück zu verstümmeln und der Zeit Fesseln anzulegen.

»Hältst du Moralvorträge?«

»Nein. Ich will mal sehen, wie ihre Partys sind. Bei der letzten Soirée von Dickie blieb für wohltätige Zwecke kein Pfennig übrig, obwohl sie Hunderte vor den Pforten abweisen musste. Für die Herzogin von Dacne allein musste Dickie, gezielten Indiskretionen zufolge, drei Monate Amerika blechen.«

»Sie sind genauso wie wir. Sie setzen sich einfach hin und warten auf das Unvermeidliche. Und das ist das Einzige, was nie eintreffen wird.«

Die Nachkriegs-Verschwendungssucht, die David und Alabama und weitere sechzigtausend Amerikaner in einer Art Hasenjagd ohne Hunde quer durch Europas Lande hetzte, erreichte ihren Höhepunkt. Das Damoklesschwert, geschmiedet aus den überzogenen Erwartungen, etwas umsonst zu bekommen, und aus der demoralisierenden Ungewissheit, für sein Geld bald nichts mehr zu bekommen, fiel beinahe schon am dritten Mai auf sie herab.

Amerikaner gab es bei Nacht, und Amerikaner gab es bei Tag. Und wir alle hatten Amerikaner in den Banken, die für uns kauften. Die marmornen Bankfoyers waren voll von ihnen.

Lespiaut konnte gar nicht genug Blumen für sein Geschäft fabrizieren. Man machte Kapuzinerkresse aus Leder und Gummi, Gardenien aus Wachs und Kuckucksnelken aus Drähten und Fäden. Man stellte winterfeste

Dauerpflanzen her, die auf den kargen Böden schmaler Achselträger gediehen, und Sträuße mit langen Stielen, die die verschwiegenen Schatten unter dem Gürtel schmücken sollten. Modistinnen setzten Hüte zusammen aus den Segeln der Spielzeugschiffchen von den Bassins der Tuilerien. Wagemutige Damenschneiderinnen verkauften den Sommer en bloc. Die Damen gingen in die Gießereien und ließen sich Haarschmuck formen; von den chromgelben Phantasien einer Helena Rubinstein oder Dorothy Gray ließen sie sich das Gesicht zuspachteln. Sie lasen den Kellnern die preisenden Adjektive auf den Speisekarten vor und fragten einander: »Ach, möchtest du nicht …?« und »Ach, hättest du nicht lieber …?«, bis sie die Männer dazu gebracht hatten, sich in die vergleichsweise stillen Pariser Straßen zu flüchten, in denen es summte, als würde ein unsichtbares Orchester seine Instrumente stimmen. Amerikaner, die schon länger da waren, kauften sich fein herausgeputzte Häuser mit allem Schnickschnack in Neuilly und Passy oder zwängten sich in die Lücken in der Rue du Bac, wie der Holländerjunge, der die Deiche rettete. Unverantwortliche Amerikaner ergaben sich sorglos und unbeschwert, wie dienstfreies Personal auf einem kaputten Riesenrad, ihren kostspieligen Extravaganzen, wobei sie ständig neue Vorkehrungen trafen und ihnen die Zahlungsaufforderungen folgten wie das Klingeln einer messingnen Registrierkasse. Kürschner nur für Eingeweihte beuteten in der Rue des Petits-Champs eine erlesene Klientel aus. Auf der Suche nach Entlegenem gab man ein Vermögen für Taxis aus.

»Es tut mir leid, ich kann nicht bleiben, ich komme

nur auf einen Sprung vorbei, um Guten Tag zu sagen«, riefen sie einander zu und lehnten die *table d'hôte*[26] ab. In Versailles bestellten sie Veroneser Gebäck auf Rasenflächen wie Spitzengardinen und verlangten Huhn und Haselnüsse in Fontainebleau, wo die Wälder gepuderte Perücken trugen. Schirme wie Scheiben spannten sich über Vorstadtterrassen mit der glatten, runden Überschwänglichkeit eines Walzers von Chopin. Sie saßen abseits unter den trübselig tropfenden Ulmen: Ulmen wie Landkarten von Europa, Ulmen, die an den Enden wie hellgrüne Wolle ausfransten, schwere und buschige Ulmen wie saure Trauben. Sie bestellten mit kontinentalem Appetit das Wetter und lauschten dem Zentaur, der sich über die Preise der Hufeisen beschwerte. Es gab bourgeoise Blüten auf der Speisekarte und hohe Blütendolden auf der Rosskastanie, und zum Portwein gab es kandierte Rosenknospen. Die Amerikaner gaben Hinweise auf sich selbst, aber immer nur am Anfang, wie in einer ewigen Exposition – wie bei einem Musikstück, das durch einen Violinschlüssel gekennzeichnet ist und sich doch nur in Bass spielen lässt. Sie dachten, alle französischen Schulknaben wären Waisenkinder, weil sie schwarze Anzüge trugen, und wer das Wort *insensible* nicht kannte, dachte, die Franzosen dächten, sie alle wären verrückt. Alle tranken. Amerikaner mit rotem Bändchen im Knopfloch lasen den *Eclaireur* und tranken auf den Boulevards; Amerikaner mit Renntipps tranken auf den Stufen der Treppen; Amerikaner mit einer Million Dollar und einem Dauerabonnement auf die Hotelmasseuse tranken in den Suiten des Meurice und Crillon. Andere Amerikaner tranken auf dem Montmartre *pour le soif* oder *contre la chaleur*, *pour la digestion* und *pour se guérir.* Sie waren froh, dass die Franzosen sie für verrückt hielten.

Blumen im Wert von mehr als fünfzigtausend Franc waren im Lauf des Jahres auf den Altären von Notre-Dame-des-Victoires erfolgreich dahingewelkt. »Vielleicht passiert etwas«, sagte David.

Alabama wünschte, es würde nie wieder etwas passieren, aber dieses Mal war sie an der Reihe, ihm beizupflichten. Sie waren stillschweigend übereingekommen, die Gefühle des anderen zu bejahen. In der gemeinsamen Annahme, dass das funktionieren würde, tat es das auch – beinahe so mathematisch genau wie die Geheimkombination eines Safes.

»Ich meine«, fuhr er fort, »vielleicht würde es uns guttun, wenn uns jemand daran erinnerte, wie wir bestimmte Dinge in der Zeit empfanden, an die sie uns jetzt erinnern.«

»Ich verstehe, was du meinst: Das Leben scheint inzwischen so verschlungen zu sein wie die sentimentalen Verrenkungen in einem rhythmischen Tanz.«

»Genau. Ich für meinen Teil möchte allerdings protestieren. Ich bin zu beschäftigt, um richtig zu funktionieren.«

Mama sagt Yes und Papa sagt Yes zu den Grammophonbesitzern von Frankreich. *Ariel* gelangte von der Titelseite eines Buches durch drei Drähte die Häuserdächer hinauf. Was war schon dabei? *Ariel* war bereits von einem Gott zum Mythos und zur Shakespearefigur geworden – niemanden schien das zu stören. Der Name kam einem einfach bekannt vor:

Ariel! David und Alabama dürften den Wandel kaum bemerkt haben.

In einem Marne-Taxi[27] suchten sie die schnellsten Wege durch Paris, die so steil waren, dass sie aufpassen mussten. Vor dem Eingang zum Hotel George V ließen sie sich absetzen. Eine Atmosphäre feuchtfröhlicher Bedrohlichkeit hing über der Bar. Deliriöse Picabia-Imitationen[28] – kommerzielle Versuche, mit schwarzen Linien und Klecksen Wahnsinn vorzutäuschen – erdrückten das schiffsähnliche Innere, bis es das Gefühl des Komprimiertseins auf einer kleinen Fläche vermittelte. Der Barkeeper musterte die Party gönnerhaft. Miss Axton war ein häufiger Gast und brachte immer neue Leute mit. Er kannte Miss Dickie Axton: In derselben Nacht, in der sie auf ihren Liebhaber am Gare de l'Est schoss, hatte sie in seiner Bar getrunken. Alabama und David waren die Einzigen, die er noch nie gesehen hatte.

»Und hat sich Mademoiselle Axton von diesem äußerst dummen *contretemps* wieder erholt?«

Miss Axton bejahte mit ihrer faszinierenden, sarkastischen Stimme und verlangte einen Gin mit Eis und Soda, aber verdammt schnell, bitte. Miss Axton wuchsen die Haare auf dem Kopf wie Bleistiftstriche, die jemand beim Telefonieren geistesabwesend hinkritzelt. Ihre langen Beine holten kräftig aus, und man hatte den Eindruck, als steige sie bedacht und achtsam aufs Gaspedal des Universums. Die Leute sagten, Miss Axton habe mit einem Schwarzen geschlafen. Der Barmann glaubte es nicht. Er konnte sich nicht vorstellen, wo sie die Zeit hätte hernehmen sollen, mit all ihren weißen Galanen – mitunter auch Boxern.

Bei Miss Douglas lag die Sache anders. Sie war Engländerin. Man wusste nicht, mit wem sie schlief. Sie schaffte es sogar, dass man sie aus den Gazetten heraushielt. Natürlich war sie vermögend, was den Beischlaf wesentlich diskreter gestaltete.

»Trinken wir das Gleiche wie immer, Mademoiselle?« Der Barkeeper lächelte gewinnend.

Miss Douglas hob ihre durchscheinenden Lider. Sie verströmte so viel schwarze Eleganz, dass sie nur noch aus schwarzem Aroma zu bestehen schien. Bleich und durchsichtig wie sie war, schien sie nur durch ihre traumwandlerische Selbstbeherrschung dazu veranlasst zu sein, sich mit der Erde verbunden zu fühlen.

»Nein, mein Freund, heute trinke ich einen Scotch mit Soda. Für Sherry-Flips wird mein Bauch allmählich zu dick.«

»Dagegen hilft ein Trick«, sagte Miss Axton, »legen Sie sich einfach sechs Bände einer Enzyklopädie auf den Bauch und sagen Sie laut das Einmaleins auf. Nach ein paar Wochen ist Ihr Bauch so flach, dass er am Rücken wieder rauskommt. Dann können Sie wieder mit Ihrem alten Leben anfangen, mit dem Hinterteil vorneweg.«

»Das Sicherste ist natürlich«, trug Miss Douglas zur Unterhaltung bei, während sie sich auf die Stelle klopfte, wo sich über dem Gürtel, wie überquellender Brotteig auf einem Backblech, die Andeutung eines Fleischwulstes bemerkbar machte, »wenn Sie nur noch …« Sie beugte sich vor und prustete etwas in Miss Axtons Ohr. Die beiden Frauen schrien vor Lachen.

»Entschuldigen Sie«, vervollständigte Dickie ausgelassen das Gespräch, »und in England nimmt man es in einem Whisky-Soda.«

»Also ich treibe keine Gymnastik«, verkündete Mr. Hastings mit distanzierter Verlegenheit. »Seitdem ich meine Magengeschwüre habe, esse ich nur noch Spinat. So gelingt es mir, nicht allzu wohl auszusehen.«

»Tristes Sektiereressen«, befand Dickie mit Grabesstimme.

»Oh, ich esse ihn mit Eiern und mit Croutons und manchmal mit ...«

»Also, mein Lieber«, unterbrach ihn Dickie, »du darfst dich nicht aufregen.« Freundlich aber bestimmt erläuterte sie: »Ich muss Mr. Hastings bemuttern. Er kommt gerade aus der Irrenanstalt, und wenn er nervös wird, kann er sich nicht anziehen oder rasieren, ohne sein Grammophon laufen zu lassen. Und immer wenn er das macht, lassen ihn die Nachbarn einsperren; deshalb muss ich aufpassen, dass er ruhig bleibt.«

»Das stelle ich mir sehr unbequem vor«, murmelte David.

»Ja, schrecklich ... immer mit den ganzen Schallplatten in die Schweiz fahren und in siebenunddreißig Sprachen Spinat bestellen!«

»Sicher kann uns Mr. Knight verraten, wie man jung bleibt«, warf Miss Douglas ein. »Er sieht nicht älter aus als fünf.«

»Er ist eine Koryphäe«, erklärte Dickie, »eine absolute Koryphäe.«

»Worin?«, fragte Hastings skeptisch.

»Dieses Jahr beschäftigen sich die Koryphäen mit der Frau!«, sagte Dickie.

»Mögen Sie die Russen, Mr. Knight?«

»Oh, ja. Wir lieben sie«, antwortete Alabama. Sie hatte das Gefühl, seit Stunden nichts gesagt zu haben, und meinte, man erwarte etwas von ihr.

»Aber von Musik«, sagte David, »von Musik verstehen wir gar nichts.«

»Jimmie wäre ein berühmter Komponist geworden«, riss Dickie die Unterhaltung gierig an sich, »aber alle sechzehn Takte Kontrapunkt musste er einen trinken, damit die Inspiration nicht nachlässt, und das hat seine Blase nicht ausgehalten.«

»Ich könnte mich nicht so für den Erfolg aufopfern«, entgegnete Hastings mürrisch und unterstellte, dass David sich irgendwie an irgendwen verkauft hatte.

»Natürlich. Sie kennt sowieso jeder – als den Mann ohne Blase.«

Alabama fühlte sich durch ihren Mangel an gesellschaftlicher Gewandtheit ausgeschlossen. Wenn sie sich mit der eleganten Miss Axton verglich, dann hasste sie ihre schweigsame, erdverbundene Körperlichkeit, die aufs Primitivste beschränkte Ausdruckslosigkeit ihres Körpers … sie brauchte nur an ihre Arme zu denken, die ihr wie Nebengleise der sibirischen Eisenbahn vorkamen. Verglichen mit der kunstvollen Schlichtheit von Miss Douglas fand sie sich in ihrem Patoukleid viel zu aufgebläht um die Nähte herum. In Gegenwart von Miss Douglas hatte sie das Gefühl, als klebe ihr noch ein Klecks Cold Cream am Hals. Sie ließ ihre Finger in die Schale mit den gesalzenen Erdnüssen gleiten und wandte sich griesgrämig an den Barkeeper: »In Ihrem Beruf muss man sich wohl zu Tode trinken?«

»*Non,* Madame. Früher trank ich gern einen Sidecar, aber da war ich noch nicht so bekannt.«

Die Party ergoss sich in die Pariser Nacht wie Würfel, die aus einem Knobelbecher geschüttelt werden. Das rötliche Flackern der Straßenlaternen färbte das gezackte Blättergewölbe der Bäume zu flüssiger Bronze: Diese Laternen sind mit der Grund, warum Amerikanern bei der Erwähnung von Frankreich das Herz sprunghaft höher schlägt – es sind die Zirkuslichter unserer Kindheit.

Das Taxi schleuderte auf zwei Rädern den Boulevard an der Seine entlang. Schlingernd und schaukelnd fuhren sie an der spröden Fassade von Notre-Dame vorbei, an den Brücken, die den Fluss umarmten, dem beißenden Geruch versengter Parks, den normannischen Türmen des Außenministeriums, dem beißenden Geruch versengter Parks, den Brücken, die den Fluss umarmten, der spröden Fassade von Notre-Dame – all das glitt vor ihren Augen vorüber, vor und zurück, wie eine Wochenschau, die vor- und zurückgespult wird.

Die Ile St. Louis ist aufgekästelt in viele modrige Adelshöfe, deren Eingänge mit dem schwarz-weißen Rautenmuster der Finsteren Könige gepflastert und deren Fenster von Gittern zerschnitten sind. Die tiefen, dem Fluss zugewandten Wohnungen wurden von Ostindienfahrern und Georgianern versorgt.

Als sie bei Dickie ankamen, war es schon spät.

»Und weil Ihr Mann Maler ist«, sagte Dickie, als sie die Tür öffnete, »wollte ich, dass er Gabrielle Gibbs kennenlernt. Sie müssen sie kennenlernen, wenn man so berühmt ist wie Sie!«

»Gabrielle Gibbs«, kam es von Alabama als Echo zurück. »Natürlich habe ich von ihr gehört.«

»Gabrielle ist nicht ganz richtig im Kopf«, fuhr Dickie ungerührt fort, »aber sie ist sehr attraktiv, wenn man keine Lust hat zu reden.«

»Sie hat einen herrlichen Körper«, bestätigte Hastings, »wie weißer Marmor.«

Die Wohnung war leer, ein Teller Rührei auf dem mittleren Tisch wurde langsam hart, ein korallrotes Abendcape schmückte einen Stuhl.

»Qu'est-ce que tu fais ici?«, hauchte Miss Gibbs vom Boden des Badezimmers, als Alabama und Dickie in das Heiligtum eindrangen.

»Ich kann kein Französisch«, antwortete Alabama.

Dem Mädchen floss das lange blonde Haar in fein ziselierten Wellen ums Gesicht; eine platinblonde Locke schwebte in die Kloschüssel. Ihr Gesicht war so unschuldig, als sei sie gerade vom Präparator geliefert worden.

»Quel dommage«, antwortete sie lakonisch. Zwanzig Diamantarmreifen klimperten gegen die Klobrille.

»Ach, ja«, sagte Dickie philosophisch. »Wenn Gabrielle beschwipst ist, vergisst sie ihr Englisch. Der Alkohol macht sie eingebildet.«

Alabama begutachtete die junge Frau: Sie schien alles in Sets gekauft zu haben.

»Christ«, murmelte die Betrunkene verdrießlich in sich hinein, *»etait né en quatre cent Anno Domini. C'est vraiment très dommage.«* Sie rappelte sich mit der gleichgültigen Sorgfalt einer Person auf, die häufige Szenenwechsel gewohnt ist, und starrte skeptisch in Alaba-

mas Gesicht – aus Augen, die so undurchdringlich waren wie der Hintergrund eines allegorischen Gemäldes.

»Ich muss wieder nüchtern werden.« Erschreckt belebte sich ihr Gesicht für kurze Zeit.

»Ja, mach mal«, befahl Dickie. »Draußen wartet ein Mann auf dich, wie du ihn noch nie gesehen hast. Wir konnten ihn nur mit der Aussicht, dich kennenzulernen, hierher locken.«

In der Toilette kann man alles besprechen, dachte Alabama. Seit dem Krieg ist die Toilette das weibliche Gegenstück zu den Herrenclubs in der Stadt.

Das würde sie nachher bei Tisch sagen.

»Wenn Sie sich hinausbegäben, könnte ich ein Bad nehmen«, gab Miss Gibbs majestätisch zu verstehen.

Dickie schob Alabama ins Zimmer wie ein Dienstmädchen, das in der guten Stube Staub vom Boden wischt.

»Wir meinen«, sagte Hastings mit endgültig klingendem Tonfall, »dass es keinen Sinn hat, an menschlichen Beziehungen zu arbeiten.« Er wandte sich anklagend an Alabama: »Nur – wer ist dieses hypothetische Wir?«

Alabama hatte keine Erklärung anzubieten. Sie fragte sich, ob jetzt der richtige Augenblick sei, um das Bonmot mit der Toilette anzubringen, als Miss Gibbs in der Tür auftauchte.

»Mein Engel«, rief das Mädchen und blickte suchend in den Raum.

Sie war so rund und zierlich wie eine Porzellanfigur. Sie kniete nieder und machte Männchen, sie spielte »toter Hund«, und bei allem zog sie ihre eigene Darbietung bewusst ins Lächerliche, als sei jede Bewegung eine Figur in einem improvisierten, komischen Tanz, den sie erst später zur Perfektion ausarbeiten wollte. Ganz offensichtlich war sie Tänzerin: Deren Kleider werden nie Bestandteil des geschmeidigen Körpers. Man hätte Miss Gibbs durch einen einzigen Zug an einer Schnur entkleiden können.

»Miss Gibbs!«, sagte David haspelnd. »Erinnern Sie sich an den Mann, der Ihnen 1920 diese irrsinnig verknallten Briefe schrieb?«

Die Augen unter den flatternden Lidern glitten nachdenklich aber verständnislos über die Szene. »Ach Sie sind es, den ich kennenlernen sollte«, sagte sie zu David. »Aber ich habe gehört, Sie lieben Ihre Frau so sehr.«

David lachte. »Das ist Verleumdung. Oder stört es Sie?«

Miss Gibbs zog sich hinter den Duftwolken von Elizabeth Arden und einem genormten Plätschern internationalen Kicherns zurück. »Das kommt einem heutzutage ziemlich kannibalisch vor.« Der Tonfall wechselte zu übertriebenem Ernst. Ihre Person war lebendig wie ein ruheloser Chiffonschal im Windhauch.

»Um elf Uhr tanze ich, und sollten Sie wirklich die Absicht gehabt haben, müssen wir jetzt zum Essen gehen. Ach, Paris!«, seufzte sie … »Seit letzter Woche halb fünf bin ich mit dem Taxi unterwegs.«

Hundert silberne Messer und Gabeln auf dem langen Ausziehtisch kündeten in abgekürzter kubistischer Symbolsprache von der Existenz ebenso vieler Millionen Dollar. Die modisch zerzausten Frisuren der Damen mit ihren scharlachroten Mündern, welche sich öffneten und schlossen und dabei das Kerzenlicht schluckten, als seien sie unechte Bauchrednerinnen, verliehen in ihrer Groteskheit dem Abendessen den Anstrich eines mittelalterlichen Gelages bei einem verrückten König. Amerikanische Stimmen überschlugen sich in wildem Stakkato mit gelegentlichen Querschlägern in einer fremden Sprache.

David neigte sich tief über Gabrielle. »Wissen Sie«, hörte Alabama das Mädchen sagen, »ich finde, die Suppe könnte etwas mehr Eau de Cologne vertragen.«

Während des ganzen Dinners musste Alabama die Sentenzen von Miss Gibbs anhören, was sie beträchtlich daran hinderte, ihre eigenen anzubringen.

»Also«, begann sie tapfer, »die Damentoiletten ...«

»Das ist eine Beleidigung – eine Verschwörung, mit dem Ziel, uns zu betrügen«, hörte sie die Stimme von Miss Gibbs. »Ich wünschte, Sie nähmen mehr Aphrodisiaka.«

»Gabrielle«, gellte Dickie über den Tisch, »du hast keine Ahnung, wie teuer diese Sachen nach dem Krieg geworden sind.«

An der Tafel wurde mittlerweile emsig hin- und hergereicht. Man kam sich vor, als säße man in einem schnell dahinfahrenden Zug und sähe durchs Fenster auf die Außenwelt: Riesige Tabletts mit reich garnierten Speisen flitzten unter ihren skeptischen, verstörten Blicken vorbei.

»Das Essen«, sagte Hastings verdrießlich, »sieht aus, als habe es Dickie bei einer geologischen Ausgrabung gefunden.«

Alabama beschloss, sich darauf zu verlassen, dass Hastings im richtigen Moment ärgerlich würde; er hatte sowieso eine verdrießliche Grundstimmung. Beinahe wäre ihr eine Idee gekommen, was sie zur Unterhaltung beitragen könnte, als Davids Stimme an ihr Ohr getragen wurde wie Treibholz auf einer Flutwelle.

»Mir hat ein Mann erzählt«, sagte er zu Gabrielle, »dass Ihr Körper von den schönsten blauen Adern durchzogen ist, die er je gesehen hat.«

»Mr. Hastings, ich dachte gerade«, fuhr Alabama hartnäckig fort, »dass ich mich gerne in eine Art geistigen Keuschheitsgürtel sperren ließe.«

In England aufgewachsen und erzogen, war Mr. Hastings vornehmlich am Essen interessiert.

»Blaue Eiscreme!«, schnaubte er verächtlich. »Wahrscheinlich gefrorenes Neu-Engländer-Blut, das ihnen mit gesellschaftlichem Druck auf ererbte Vorstellungen und erworbene Traditionen ausgepresst wurde.«

Alabama kehrte zu ihrer ursprünglichen Annahme zurück, dass Hastings hoffnungslos berechnend sei.

»Ich wünschte«, sagte Dickie indigniert, »dass die Leute sich nicht mit dem Essen peinigen, wenn sie bei mir zu Gast sind.«

»Ich habe kein historisches Bewusstsein! Ich bin ein Ungläubiger!«, rief Hastings aus. »Ich weiß nicht, wovon Sie reden!«

»Als Vater in Afrika war«, unterbrach ihn Miss Douglas, »kletterten sie in einen Elefanten hinein und aßen die Eingeweide mit den bloßen Händen – zumindest taten die Pygmäen das, Vater hat es fotografiert.«

»Und«, sagte David immer erregter, »der Mann sagte außerdem, dass Ihr Busen wie eine marmorierte Süßspeise aussähe – eine Art Wackelpeter meinte er wohl.«

»Es wäre mal etwas anderes«, gähnte Miss Axton träge, »die Stimulierung in der Religion und die Askese in der Sexualität zu suchen.«

Gegen Ende des Dinners verlor die Party an Geschlossenheit. Die Menschen liefen im großen Wohnzimmer umher, mit sich selbst beschäftigt und hinter einer Maske verborgen wie diensthabendes Personal in einem Operationssaal. Etwas kreatürlich Weibliches erfüllte die ockerfarben glühende Atmosphäre.

Draußen vor dem Fenster glitzerten nächtliche Lichter winzig und klar wie Sternchen, in eine Saphirkaraffe geritzt. Gedämpfter Straßenlärm übertönte die auf der Party eingetretene Stille. David wanderte von einer Gruppe zur anderen und verwob den Raum zu einem Spitzenmuster, mit dem er Gabrielles Schultern einhüllte. Alabama konnte die Augen nicht von ihnen wenden. Gabrielle schien der Mittelpunkt von irgendetwas zu sein: Um sie herum war jede Orientierung außer Kraft gesetzt, ein Phänomen, das es nur im Zentrum gibt. Miss Gibbs machte einen Augenaufschlag und blinzelte David zu wie eine zufriedene weiße Perserkatze.

»Vermutlich tragen Sie irgendetwas aufregend Knabenhaftes unter Ihrem Kleid«, säuselte David weiter, »BVD-Unterwäsche oder so etwas.«

In Alabama stieg der Groll hoch. Diese Idee hatte er ihr gestohlen! Sie war es, die den ganzen letzten Sommer seidene BVD-Wäsche getragen hatte.

»Für eine Berühmtheit«, sagte Miss Axton, »sieht Ihr Mann zu gut aus. Das ist unlauterer Wettbewerb!«

Alabama war übel im Magen. Noch konnte sie sich

beherrschen, aber sie war zu schwach, um zu antworten – Champagner ist ein fatales Getränk!

David enthüllte und verhüllte seinen Charakter vor Miss Gibbs wie eine fleischfressende Meerespflanze, die ihre Fühler öffnet und wieder schließt. Die gegen den Kaminsims gelehnte Dickie sowie Miss Axton strömten jene unheimlich arktische Einsamkeit von Totempfählen aus. Hastings spielte zu laut auf dem Klavier. Das Geklimper isolierte sie voneinander.

Die Türklingel läutete unaufhörlich.

»Das müssen die Taxis sein, die uns zum Ballett bringen«, seufzte Dickie erleichtert.

»Strawinsky dirigiert«, ergänzte Hastings. »Er ist ein Plagiator«, fügte er düster hinzu.

»Dickie«, sagte Miss Gibbs energisch, »können Sie mir den Hausschlüssel dalassen? Mr. Knight bringt mich dann ins Acacias ... das heißt, wenn es Ihnen nichts ausmacht.« Sie lächelte Alabama strahlend an.

»Ausmachen? Mir? Wieso denn?«, erwiderte Alabama unfreundlich. Es hätte ihr nichts ausgemacht, wenn Gabrielle unattraktiv gewesen wäre.

»Ich weiß nicht. Ich habe mich in Ihren Mann verliebt. Ich dachte, vielleicht könnte ich ihn in mich verliebt machen, wenn es Ihnen nichts ausmacht – ach, probieren würde ich es auf jeden Fall –, er ist so ein Engelsschatz.« Sie kicherte. Es war ein sympathisches Kichern: Dadurch, dass es im Voraus um Verzeihung bat, schloss es jedes unerwartete Scheitern mit ein.

Hastings half Alabama in den Mantel. Alabama war wütend auf Gabrielle – Gabrielle war schuld daran, dass sie sich so unbeholfen vorkam.

Die Laternen entlang der Seine schwankten und schaukelten leise im Wind wie Bänder an einem Maibaum; an den Straßenecken lachte der Frühling leise in sich hinein.

»Was für eine schöhöne Nacht!«, deklamierte Hastings possenhaft.

»Ach, Wetter ist was für Kinder.«

Jemand sprach vom Mond.

»Monde?«, fragte Alabama verächtlich zurück. »Bekommt man in jedem Ramschladen für ein paar Groschen, voll oder zunehmend.«

»Aber dieser Mond ist besonders reizvoll, Madame. Er hat eine besonders moderne Art, die Dinge zu betrachten!«

In ihren unzufriedensten Momenten empfand Alabama zurückblickend diese hektische Zeit als so zerrissen und schrill, als habe sie versucht, eine Melodie aus *La Chatte* zu singen. Das Einzige, was ihr an Gefühlsempfindung aus jener Zeit in Erinnerung blieb, war, dass sie eigentlich allesamt minderwertige Kreaturen seien. Sie erinnerte sich auch an ihre Verärgerung über Davids ständig wiederkehrendes Thema, dass Frauen Blumen seien – Blumen und Desserts, Liebe und Antrieb, Leidenschaft und Ruhm! Seit St. Raphaël hatte Alabama keinen eindeutigen Angelpunkt mehr, um den sie ihre fragwürdige Welt kreisen lassen konnte. Sie veränderte deshalb ihre Gedankenkonstruktionen wie ein Ingenieur, der sich den ständig wechselnden Erfordernissen eines Bauwerks anpasst.

Die Party traf spät im Théâtre du Châtelet ein. Dickie trieb sie energisch die zulaufenden Marmortreppen hinauf, als führe sie eine Prozession dem Moloch entgegen.

Die Ausstattung war überladen mit saturnischen Ringen. Gertenschlanke, makellose Beine und sich abzeichnende Rippen; magere Körper, die im Takt rhythmisch wiederkehrender Stöße aus vibrierendem Schwebezustand jählings herabstürzten; hysterische Violinen, denen quälend sublimierte Sexualität entquoll. Alabamas Erregung wuchs, je mehr Intensität man diesen Körpern abverlangte, denen Unterwerfung unter physisches Wollen zum Evangelium geworden war. Ihre Hände wurden feucht und zitterten im Tremolo. Ihr Herz flatterte wie die Schwingen eines zornigen Vogels.

Das Theater kam in einem langsamen Nokturno der Plüschkultur zur Ruhe. Die letzten Takte des Orchesters trugen sie in tiefer Euphorie von der Erde weg – wie Davids Lachen, wenn er glücklich war.

Als sie die Treppe hinunterschritten, standen viele Mädchen an der Marmorbalustrade und drehten sich nach wichtigen Herren mit silberfuchsgrauem Haar um; einflussreiche Männer blickten von einer Seite zur anderen und klimperten mit Dingen in ihren Taschen – ihrem Privatleben und Schlüsseln.

»Dort ist die Prinzessin«, sagte Dickie. »Sollen wir sie mitnehmen? Sie war einmal sehr berühmt.«

Eine Frau mit kurz geschorenen Haaren und den großen Ohren eines alten Wasserspeiers promenierte mit einem haarlosen mexikanischen Hund durchs Foyer.

»Madame war beim Ballett, bis ihr Mann ihre Knie so überanstrengte, dass sie nicht mehr tanzen konnte«, fuhr Dickie fort, als sie die Dame vorstellte.

»Meine Knie sind schon seit vielen Jahren total verknöchert«, klagte die Dame.

»Wie haben Sie das geschafft?«, fragte Alabama atemlos. »Ich meine, wie sind Sie zum Ballett gekommen? Und wie sind Sie berühmt geworden?«

Die Frau blickte Alabama aus samtigen Schuhputzeraugen an; sie schien die Welt anzuflehen, sie nicht zu vergessen, damit sie selbst Vergessen fände.

»Aber ich bin im Ballett geboren.« Alabama akzeptierte diese Antwort, als sei sie die Erklärung des Lebens schlechthin.

Man war sich uneins, wohin man gehen sollte. Um der Prinzessin eine Ehre zu erweisen, wählte man ein russisches Nachtlokal. Eine gestürzte Aristokratie knüpfte ihre Klagen an die schmeichelnden Klänge von Zigeunergitarren; das leise Klirren von Flaschen gegen Champagnerkübel schrillte als Misston durch diesen Vergnügungskeller wie ein Gespenst, das mit den Ketten rasselt. Wohlkonservierte Hälse und Kehlen wie Natternfänge durchdrangen das künstliche Licht; wirbeliges Haar trieb durch die Seichtheit der Nacht.

»Bitte, Madame«, fuhr Alabama hartnäckig fort, »könnten Sie mir nicht ein Empfehlungsschreiben für einen Ballettlehrer mitgeben? Ich würde alles darum geben, eines Tages so tanzen zu können!«

Der geschorene Kopf musterte Alabama mit rätselhaftem Ausdruck.

»Wozu?«, fragte sie. »Es ist ein hartes Leben. Man leidet. Ihr Mann könnte es doch sicher ermöglichen …«

»Warum muss es gerade *das* sein?«, unterbrach Hastings. »Ich gebe Ihnen die Adresse von einem

Black-Bottom-Tanzlehrer – natürlich schwarz, aber das stört heutzutage niemanden mehr.«

»Mich schon«, sagte Miss Douglas. »Letztes Mal, als ich mit einem ausgegangen bin, musste ich mir das Geld vom Oberkellner leihen, damit ich die Rechnung bezahlen konnte. Seitdem ist für mich bei den Chinesen Schluss.«

»Glauben Sie, dass ich zu alt dafür bin, Madame?« Alabama ließ nicht locker.

»Ja.« antwortete die Prinzessin lakonisch.

»Außerdem sind beim Ballett alle kokainsüchtig«, sagte Miss Douglas.

»Und beten russische Teufel an«, fügte Hastings hinzu.

»Aber einige von ihnen führen ein ganz normales Leben, glaube ich jedenfalls«, sagte Dickie.

»Sex ist so ein armseliger Ersatz«, seufzte Miss Douglas.

»Wofür?«

»Für Sex, Idiot!«

Überraschenderweise sagte Dickie: »Ich glaube, das Ballett wäre für Alabama genau das Richtige. Es heißt doch sowieso schon, dass sie ein bisschen sonderbar ist – ich meine, nicht richtig verrückt – aber, sagen wir mal, schwierig. Wenn sie Künstlerin wäre, würde das vieles erklären. Ich finde wirklich, Sie sollten es probieren«, meinte sie entschieden. »Es wäre fast so exotisch, wie mit einem Maler verheiratet zu sein.«

»Was heißt hier exotisch?«

»Na, immer rumlaufen und sich um alles kümmern müssen – ich kenne Sie natürlich kaum, aber ich glaube, Tanzen könnte Ihnen wirklich etwas geben, wenn Sie sich schon unbedingt beschäftigen müssen. Und wenn eine Party zu langweilig wird, drehen Sie einfach ein paar Pirouetten.« Dickie untermalte ihre Worte, indem sie mit ihrer Gabel ein Loch in die Tischdecke bohrte. »Genau so!«, schloss sie enthusiastisch. »Ich sehe Sie schon deutlich vor mir!«

Alabama stellte sich vor, wie sie virtuos zum Ende eines Violinbogens schwebte und, auf seinem silbernen Wirbel tanzend, die sicheren Enttäuschungen der Vergangenheit für unsichere Zukunftshoffnungen eintauschte. Sie sah sich als gestaltlose Wolke in einem Garderobenspiegel, der von Postkarten, Visitenkarten, Zeitungsausschnitten, Telegrammen und Fotografien eingerahmt war. In Gedanken ging sie durch einen Klinkersteinkorridor mit elektrischen Schaltern und Rauchverbotsschildern, vorbei an einem Trinkwasserkühler, einem Stapel Pappbechern und einem Mann in einem Klappstuhl, bis hin zu einer grauen Tür, auf der ein ausgeschnittener Stern klebte.

Dickie war die geborene Managerin: »Ich bin sicher, Sie können es – Sie haben die Figur dazu!«

Alabama musterte verstohlen ihren Körper. Er war steif wie ein Leuchtturm. »Es könnte gehen«, murmelte sie. Die Worte stiegen durch ihre Begeisterung nach oben wie ein Taucher, der wieder an die Wasseroberfläche kommt.

»Könnte?«, wiederholte Dickie und rief mit voller Überzeugung: »Sie könnten ihn für ein goldenes Maschenhemd an Cartier verkaufen!«

»Wer kann mir ein Empfehlungsschreiben für die entsprechenden Leute geben?«

»Das mache ich, meine Liebe. Ich habe Zugang zu den Kreisen, die man in Paris unbedingt kennen muss. Aber ich mache Sie fairerweise gleich darauf aufmerksam, dass die goldenen Wege zum Himmel hart sind für die Füße. Wenn Sie sich auf den Weg machen, ziehen Sie Schuhe mit Kreppsohlen an.«

»Ja.« Alabama stimmte ohne zu zögern zu. »Und braun müssen sie sein, wegen der Gosse, durch die man muss – auf Weiß sieht man Sternenstaub zu deutlich, habe ich gehört.«

»Das ist eine ganz bescheuerte Abmachung«, sagte Hastings plötzlich.

»Ihr Mann sagt, sie könnte nicht mal Takt halten.«

Irgendetwas musste vorgefallen sein, was den Mann so mürrisch machte – oder nichts war vorgefallen, und deshalb war er so. Alle waren mürrisch, auch Alabama. Sicher waren es die Nerven, weil sie nichts anderes zu tun hatten, als mit Bitten um Geld nach Hause zu schreiben. Noch nicht mal ein anständiges türkisches Bad gab es in Paris.

»Was haben *Sie* die ganze Zeit mit sich angefangen?«

»Meine Tapferkeitsmedaillen aus dem Krieg als Zielscheibe fürs Pistolenschießen aufgebraucht«, antwortete er bitter.

Hastings war so glatt und braun wie ein Karamellbonbon. Eigentlich war er ein recht übler Patron, der anderen Menschen immer den Mut nahm und selbst als moralischer Freibeuter lebte. Viele Generationen schöner Mütter hatten ihn mit einer unerschöpflichen Launenhaftigkeit ausgestattet. Er war nicht halb so angenehm als Gesellschafter wie David.

»Aha«, sagte Alabama. »Die Arena ist heute geschlossen, weil der Matador zu Hause bleiben musste, um seine Memoiren zu schreiben. Die dreitausend Zuschauer dürfen statt dessen ins Kino gehen.«

Hastings war verärgert über ihren sarkastischen Ton. »Ich kann nichts dafür«, sagte er, »wenn Gabrielle sich Ihren David ausleiht.« Als er ihr ernstes Gesicht sah, fuhr er eilfertig fort: »Sie wollen doch sicher nicht, dass ich mit Ihnen schlafe. Oder?«

»Oh nein, lassen Sie nur – ich spiele gern die Märtyrerin.«

Der kleine Raum erstickte im Qualm. Eine mächtige Trommel kämpfte gegen die schläfrige Dämmerung an. Aus anderen Lokalen trudelte das Nachtvolk herein, um die Morgensuppe einzunehmen. Alabama saß da und summte leise: »Pferde, Pferde, Pferde«, mit einer Stimme, die wie das Tuten der Schiffe klang, die im Nebel in See stechen.

»Das ist mein Fest«, beharrte sie, als die Rechnung kam. »Ich gebe es seit Jahren.«

»Und warum haben Sie Ihren Mann nicht dazu eingeladen?«, fragte Hastings boshaft.

»Verdammt noch mal«, sagte Alabama hitzig, »ich habe ihn eingeladen. Das ist nur schon so lange her, dass er vergessen hat zu kommen.«

»Sie brauchen jemanden, der sich um Sie kümmert«, sagte er ernst. »Sie gehören einem Mann und sind dazu da, beaufsichtigt und herumkommandiert zu werden – wirklich!«, bekräftigte er, als Alabama anfing zu lachen.

Hastings, der sich nicht sehr redlich von den Hoffnungen älterer Damen nährte, indem er ihre Märchenträume ausnutzte, war, so schloss Alabama, mitnichten ein Märchenprinz.

»Ich fange gerade an, mich um mich selbst zu kümmern«, kicherte sie. »Ich habe mit der Prinzessin und Dickie eine Verabredung getroffen, um meine Zukunft selbst in die Hand zu nehmen. Ganz schön schwierig, einem Leben eine Richtung geben zu wollen, die es nicht hat.«

»Aber Sie haben doch ein Kind!«, erinnerte er sie vorwurfsvoll.

»Ja«, sagte sie, »wir haben ein Baby … das Leben geht weiter.«

»Diese Party«, sagte Dickie, »ist schon ewig in Gang. Man sammelt bereits die ersten Scheckunterschriften fürs Kriegsmuseum.«

»Wir brauchen neues Blut auf der Party.«

»Was wir brauchen«, sagte Alabama ungeduldig, »ist ein gescheites …«

Die Dämmerung schwebte mit der silbernen Anmut eines Luftschiffes langsam über die Place Vendôme. Alabama und Hastings fielen im Morgenlicht in das graue Apartment der Knights ein, wie Konfettiregen vom Abend zuvor, der aus den Falten eines Mantels geschüttelt wird.

»Ich dachte, David wäre zu Hause«, sagte sie und schaute ins Schlafzimmer.

»Ich nicht«, spöttelte Hastings. »Denn ich, dein Gott, bin ein jüdischer Gott, ein Baptistengott, ein katholischer Gott …«

Plötzlich merkte sie, dass sie schon seit geraumer Zeit weinen wollte. In der abgestandenen, muffigen Luft des

Salons brach sie zusammen. Schluchzend und zitternd hob sie nicht einmal den Kopf, als David schließlich in das trockene, heiße Zimmer stolperte. Sie lag da wie ein feuchtes, ausgewrungenes Handtuch, das man über dem Fensterbrett aufhängen will – wie die durchsichtige, abgestreifte Hülle eines glänzenden Insekts.

»Du hast wahrscheinlich eine schreckliche Wut auf mich«, sagte er.

Alabama sagte nichts.

»Ich bin die ganze Nacht aus gewesen«, erklärte David gut gelaunt. »Auf einer Party.«

Sie wünschte, sie könnte David helfen, glaubwürdiger zu klingen. Sie wünschte, sie könnte irgendwie verhindern, dass alles so unwürdig wurde. Das Leben kam ihr so sinnlos ausschweifend vor.

»Ach, David«, schluchzte sie. »Ich bin viel zu stolz, um mich betroffen zu fühlen – mein Stolz hält mich davon ab, auch nur die Hälfte von dem zu empfinden, was ich sollte.«

»Betroffen? Weswegen? War es nicht lustig bei dir?«, murmelte David besänftigend.

»Vielleicht ist Alabama beleidigt, weil ich ihr keine Plüschaugen gemacht habe«, sagte Hastings, sich eilends aus der Affäre ziehend. »Wenn Sie gestatten, ich wollte sowieso gerade gehen. Es ist bestimmt schon spät.«

Die Morgensonne schien strahlend durch die Fenster herein. Lange Zeit lag Alabama schluchzend da. David zog sie an seine Schulter. Unter seinem Arm roch es warm und sauber wie der Rauch eines friedlich brennenden Feuers in einer Bergbauernhütte.

»Es hat keinen Sinn, es dir zu erklären.«

»Nein, nicht den geringsten.«

Sie versuchte, ihn im frühen Morgenlicht anzusehen.

»Liebling!«, sagte sie. »Ich würde gern in deine Jackentasche kriechen.«

»Liebling!«, antwortete David schläfrig. »Sicher wäre in der Tasche ein Loch, das du vergessen hast zu stopfen. Dann würdest du rausrutschen, und der Dorffriseur müsste dich wieder nach Hause bringen. Jedenfalls sind das meine Erfahrungen mit Mädchen, die ich in meinen Taschen herumtrage.«

Alabama dachte, es sei besser, David ein Kissen unter den Kopf zu schieben, damit er nicht schnarchte. Sie dachte, dass er aussah wie ein kleiner Junge, den das Kindermädchen ein paar Minuten zuvor gebadet und gekämmt hatte. Im Gegensatz zu Frauen, dachte sie, werden Männer nie zu dem, was sie tun – ihre Taten bestehen stets nur aus der eigenen philosophischen Interpretation ihres Tuns.

»Es macht mir nichts aus«, wiederholte sie, um sich selbst zu überzeugen: Es handelte sich um einen so gekonnten Einschnitt in die Substanz ihres Lebens, wie ihn nur der geschickteste Chirurg angesichts eines hochgradig entzündeten Blinddarms auszuführen imstande war. Sie legte ihre Eindrücke in Akten ab wie eine Person, die ihr Testament macht, und ordnete jede an ihr vorüberziehende Empfindung in diese momentane Bestandsaufnahme ein – die Gegenwart, die sich füllt und leert.

Es ist zu spät am Morgen, um für die lässlichen Sünden Abbitte zu leisten. Die Sonne badet sich mit den nächtlichen Kadavern in den typhusträchtigen Gewässern der

Seine; die Marktkarren sind längst nach Fontainebleau und St. Cloud zurückgerumpelt; in den Krankenhäusern sind die Frühoperationen beendet; die Bewohner der Ile de la Cité haben ihren Café au Lait, die Taxifahrer, die nachts unterwegs waren, *un verre* getrunken. Die Köche von Paris haben den Abfall hinuntergebracht und die Kohlen hinauf, und viele Menschen mit Tuberkulose warten in den feuchten Eingeweiden der Erde auf die Metro. Kinder spielen auf den Rasenflecken um den Eiffelturm, und die weißen, wehenden Schleier von englischen Kindermädchen und die blauen Schleier der französischen *nounous* verkünden flatternd die Nachricht, dass entlang den Champs-Élysées alles wohlauf ist. Unter den Bäumen des Pavillon Dauphine, der gerade für knirschende Reitstiefel aus russischem Leder seine Pforten öffnet, sitzen elegante Damen und pudern sich über Portweingläsern die Nase. Die *femme de chambre* der Knights hat Weisung, ihre Herrschaft rechtzeitig für den Lunch im Bois de Boulogne zu wecken.

Als Alabama aufstehen wollte, fühlte sie sich nervös, monströs, verkatert.

»Ich halte das nicht mehr länger aus«, schrie sie den vor sich hin dösenden David an. »Ich will nicht mit den Männern schlafen und wie die anderen Frauen sein. Ich halte das nicht mehr aus!«

»Hör auf, Alabama, ich habe Kopfweh«, versuchte David abzuwehren.

»Ich höre nicht auf! Ich gehe nicht zum Lunch! Ich schlafe, bis es Zeit ist, ins Studio zu gehen.«

Ihre Augen glühten mit dem gefährlichen Leuchten fanatischer Entschlossenheit. Unter ihren Wangenknochen zeichneten sich weiße Dreiecke ab, und sie hatte blaue Rillen um den Hals. Ihre Haut roch nach eingetrocknetem, schmutzigem Puder vom Abend vorher.

»Im Sitzen kannst du nicht schlafen«, bemerkte er.

»Ich kann machen, was mir passt«, schrie sie, »alles! Ich kann auch schlafen und gleichzeitig wach sein, wenn es mir passt!«

Davids Freude an der Einfachheit war etwas sehr Kompliziertes, was ein einfacher Mensch nie verstanden hätte. So bewahrte er sich vor vielen Konflikten.

»Wie du meinst, Schatz, ich helfe dir dabei.«

Die makabren Leute, die den Krieg mitgemacht hatten, erzählten mit Vorliebe eine Anekdote über die Soldaten der Fremdenlegion, die in der Umgebung von Verdun einen Ball veranstalteten, auf dem sie mit Leichen tanzten. Nicht minder makaber war Alabamas ständiges Zusammenbrauen eines Gifttrunks für ihr Unbewusstes und ihr Beharren auf Magie und Glimmer des Lebens, dessen Puls sie nur mehr als Pochen eines amputierten Beines spürte.

Frauen scheinen manchmal von einem unbeirrbaren Verfolgungswahn besessen zu sein, der selbst die Differenziertesten unter ihnen mit der sprachlosen Bitterkeit einer Bauersfrau begabt. Verglichen mit Alabama war Davids substanzielle Weisheit so profund, dass er damit die Irrungen und Wirrungen jener Zeit stark und harmonisch überstrahlte.

»Arme Kleine«, sagte er, »ich verstehe dich. Es muss schrecklich sein, ewig herumzusitzen und zu warten!«

»Halt den Mund!«, schnauzte sie undankbar zurück.

Lange Zeit lag sie schweigend da. Dann sagte sie schneidend: »David!«

»Ja?«

»Ich werde eine so berühmte Tänzerin wie es blaue Adern auf dem weißen Marmorbusen von Miss Gibbs gibt.«

»Ja, Liebling«, stimmte David unverbindlich zu.

Teil III

I

Schumanns hohe Parabeln fielen in den schmalen Backsteinhof und klatschten in schrillem Crescendo gegen die roten Mauern. Alabama überquerte den schmuddeligen Gang hinter der Bühne der Olympia Music Hall. Im grauen Dämmerlicht verblich der Name Raquel Meller auf einer mit einem abblätternden goldenen Stern gekennzeichneten Tür. Die Gerätschaften einer Akrobatentruppe versperrten den Treppenaufgang. Alabama stieg sieben Stockwerke hinauf, auf Stufen, deren weiches Holz von den unsicheren Schritten vieler Generationen von Tänzern und Tänzerinnen splittrig ausgetreten war, und öffnete die Tür zum Studio. Das Hortensienblau der Wände und der gescheuerte Fußboden hingen wie der Korb eines in der Luft schwebenden Fesselballons am Oberlicht. Anstrengung und Ehrgeiz, Spannung und Disziplin und ein überwältigender Ernst durchfluteten den riesigen, scheunenartigen Raum. Ein muskulöses Mädchen stand in der Mitte dieser Atmosphäre und wickelte sich die Enden des Weltalls um die gradlinig ausgestreckten Beine und Oberschenkel. Sie drehte und drehte sich immerfort, ließ die Spannung der atemberaubenden Spirale in dem langsamen, präzisen Rhythmus eines Schlummerliedes ausklingen und machte eine orgiastische Pause. Unsicher ging sie auf Alabama zu.

»Ich habe um drei eine Stunde bei Madame«, sagte Alabama auf Französisch zu dem Mädchen. »Eine Freundin hat die Verabredung für mich getroffen.«

»Sie wird bald kommen«, sagte die Tänzerin leicht spöttisch. »Wollen Sie sich schon fertig machen?«

Alabama konnte sich nicht entscheiden, ob sich das Mädchen über die Welt im Allgemeinen oder über Alabama im Besonderen oder gar über sich selbst lustig machte.

»Tanzen Sie schon lange?«, fragte die Tänzerin.

»Nein. Das ist meine erste Stunde.«

»Na, wir fangen alle mal an«, meinte das Mädchen großzügig.

Sie wirbelte angeberisch drei- oder viermal herum, um das Gespräch zu beenden.

»Hier entlang«, sagte sie und machte keinen Hehl aus ihrem mangelnden Interesse an einer Anfängerin. Sie führte Alabama in den Vorraum.

An den Wänden des Umkleideraums hingen die langen Beine und starren Füße der fleischfarbenen und schwarzen Trikots, die sich schweißgetränkt zur visuellen Darstellung der alles bestimmenden Tempi eines Prokofjew und Sauguet, eines Poulenc und de Falla verformt hatten. Ein knallig pinkfarbener Ballettrock schaute unter dem Rand eines Gesichtshandtuchs hervor. Hinter einem verblichenen, grauen Vorhang in der Ecke lagen die weiße Bluse und der Plisseerock von Madame. In dem Raum roch es unzweideutig nach harter Arbeit.

Ein polnisches Mädchen mit Haaren wie eine kupferne Speiseglocke und einem purpurroten Gnomengesicht beugte sich über eine Korbtruhe, sortierte zerrissene

Notenblätter aus und legte ausrangierte Kittelumhänge zu einem Stapel zusammen. Vereinzelte Ballettschuhe baumelten von der Lampe herunter. Beim Durchblättern eines zerfledderten Beethovenalbums entdeckte die Polin eine verblichene Fotografie.

»Ich glaube, das ist ihre Mutter«, sagte sie zu der Tänzerin.

Die Tänzerin musterte das Bild besitzergreifend – sie war die Ballerina.

»Ich glaube, *ma chère* Stella, das ist Madame, als sie jung war. Ich werde es behalten!« Sie lachte unverschämt – Recht oder Unrecht, im Studio drehte sich alles um sie.

»Nein, Arienne Jeanneret. Ich werde es selbst behalten«, erwiderte Stella.

»Darf ich das Foto sehen?«, fragte Alabama.

»Das ist bestimmt Madame!«

Arienne zuckte gleichgültig mit den Achseln und händigte Alabama das Foto aus. Ariennes Bewegungen hatten keine Kontinuität: Zwischen den angespannten elektrischen Vibrationen, die ihren Körper von einer Position in die andere trieben, war sie völlig steif und bewegungsunfähig.

Die Augen auf dem Foto waren rund und traurig und sehr russisch. Ein träumerisches Bewusstsein der eigenen dramatischen Schönheit verlieh dem Gesicht Kraft und Bedeutung. Man meinte, die Gesichtszüge würden durch einen inneren Willen zusammengehalten. Um die Stirn war wie bei einem römischen Wagenlenker ein breites, metallisches Band gebunden. Die Hände posierten wie versuchsweise auf den Schultern.

»Ist sie nicht wunderschön?«, fragte Stella.

»Sie sieht nicht unamerikanisch aus«, antwortete Alabama.

Das Frauenbildnis erinnerte sie dunkel an Joan: Ihre Schwester hatte die gleiche Durchsichtigkeit, die dieses Gesicht ausstrahlte, ähnlich dem blendenden Glanz eines russischen Winters. Vielleicht war es die gleiche Intensität der Leidenschaft, die auch Joan verzehrte und ihr das dünne äußere Strahlen verlieh.

Das Mädchen drehte sich rasch um und lauschte auf die müden Schritte, die zögernd das Studio durchquerten.

»Wo habt ihr das alte Bild gefunden?« Madames brüchige, sensible Stimme täuschte vor, sie bitte um Entschuldigung. Madame lächelte. Sie war nicht humorlos, ließ aber nicht zu, dass sich in der weißen, selbstbeherrschten Mystik ihres Gesichts eine Gefühlsbewegung abzeichnete.

»Im Beethoven.«

»Früher«, sagte Madame knapp, »habe ich oft die Lichter in meiner Wohnung gelöscht und Beethoven gespielt. Mein Wohnzimmer in Petrograd war gelb und immer voller Blumen. Damals sagte ich mir: Ich bin zu glücklich. Das kann nicht dauern!« Sie hob resignierend die Hände und blickte dann Alabama herausfordernd an.

»Meine Freundin sagt mir, dass Sie tanzen möchten. Warum? Sie haben doch bereits Freunde und Geld.« Die schwarzen Augen betrachteten kindlich offen und ungeniert Alabamas Körper, der locker und eckig war wie Silbertriangel in einem Orchester, glitten über ihre breiten Schultern und die kaum wahrnehmbare Krümmung ihrer langen Beine, alles zusammengeschmiedet und beherrscht von der elastischen Kraft ihres starken Nackens. Alabamas Körper war wie ein Federkiel.

»Ich war im russischen Ballett«, versuchte Alabama ihren Wunsch zu begründen. »Mir kam es so vor, als ob … ach, ich weiß auch nicht! Als ob alles darin enthalten wäre, was ich immer in allem anderen gesucht habe!«

»Was haben Sie gesehen?«

»*La Chatte*[29], Madame, das *muss* ich eines Tages tanzen können!«, antwortete Alabama impulsiv.

Ein schwaches Flackern entfachter Neugier tauchte vorübergehend in den schwarzen Augen auf. Dann schwand alles Persönliche aus dem Gesicht. Wenn man in ihre Augen blickte, war einem, als ginge man durch einen langen Felstunnel, an dessen Ende ein graues Licht schimmert, als tappe man blindlings durch feuchtes, tropfendes Erdreich über einen nassen, gewölbten Boden.

»Dafür sind Sie zu alt. Es ist ein wunderbares Ballett. Warum sind Sie erst jetzt zu mir gekommen?«

»Ich kannte es vorher nicht. Ich war zu sehr mit dem Leben beschäftigt.«

»Und jetzt haben Sie Ihr Leben schon gelebt?«

»Bis zum Überdruss«, lachte Alabama.

Die Frau bewegte sich gemessenen Schritts zwischen den Tanzutensilien. »Wir werden sehen«, sagte sie. »Machen Sie sich fertig.«

Alabama zog sich hastig an. Stella zeigte ihr, wie man die Ballettschuhe hinter dem Knöchel bindet, sodass der Knoten des Bändchens in der Höhlung verschwindet.

»Und wegen *La Chatte*«, begann die Russin.

»Ja?«

»Das werden Sie nie können. Sie dürfen Ihre Erwartungen nicht zu hoch schrauben.«

Über Madames Kopf besagte ein Schild in französischer, englischer, italienischer und russischer Sprache: »Nicht den Spiegel berühren!«

Madame stand mit dem Rücken gegen den riesigen Spiegel und blickte in die hinterste Ecke des Raumes. Zu Anfang spielte keine Musik dazu.

»Die Klavierbegleitung kommt erst, wenn Sie gelernt haben, Ihre Muskeln zu beherrschen«, erklärte sie. »Wenn man so spät anfängt wie Sie, bleibt einem nichts anderes übrig, als ständig an die Stellung der Füße zu denken. Sie müssen die Füße immer *so* stellen!« Madame drehte ihre zerschlissenen Satinschuhe waagrecht zur Seite auseinander. »Und am Abend müssen Sie die Beine fünfzigmal *so* strecken.«

Sie zog und zerrte die langen Beine, bis sie parallel zur Stange waren. Alabamas Gesicht war rot vor Anstrengung. Diese Frau riss ihr buchstäblich die Muskeln von den Oberschenkeln. Sie hätte vor Schmerzen schreien können. Alabama blickte auf Madames rauchige Augen und die rote, klaffende Wunde ihres Mundes und meinte, in ihrem Gesicht Bosheit zu entdecken. Madame, so fand sie, war eine grausame Frau. Madame war grässlich und gemein.

»Sie dürfen zwischendrin nicht absetzen«, sagte Madame. »Machen Sie weiter.«

Alabama riss an ihren schmerzenden Gliedern. Die Russin ließ sie allein mit der teuflischen Übung. Als sie wiederkam, besprühte sie sich vor dem Spiegel unbeteiligt mit einem Zerstäuber.

»*Fatiguée*?«, rief sie ihr lässig über die Schulter zu.

»Ja«, antwortete Alabama.

»Aber Sie dürfen keine Pause machen.«

Nach einer Weile kam die Russin zur Stange. »Damals in Russland, als ich ein kleines Mädchen war, habe ich diese Übung jeden Abend vierhundertmal gemacht«, erklärte sie ungerührt.

In Alabama stieg Wut auf wie das Gurgeln von Benzin in einer durchsichtigen Zapfsäule. Sie hoffte, diese geringschätzige Frau wusste, wie sehr sie sie hasste. »Ich werde sie auch vierhundertmal machen!«

»Wie gut, dass die Amerikaner athletisch gebaut sind. Sie haben mehr Naturtalent als die Russen«, bemerkte Madame. »Aber sie sind vom Müßiggang und vom Geld und von zu vielen Ehemännern verdorben. So, das reicht für heute. Haben Sie Eau de Cologne dabei?«

Alabama rieb sich mit der wolkigen Flüssigkeit aus Madames Flakon ein. Sie kleidete sich vor den verwirrten, aufgeregten Augen und den nackten Körpern einer inzwischen hereingekommenen Klasse um. Die Mädchen unterhielten sich ausgelassen in russischer Sprache. Madame lud Alabama ein, noch dazubleiben und ihnen bei der Arbeit zuzusehen.

Ein Mann saß auf einem zerbrochenen Eisenstuhl und machte Skizzen; zwei Theaterleute mit dicken Bärten deuteten erst auf ein Mädchen, dann auf ein anderes; ein Junge in schwarzem Trikot, mit einem bunten Stirnband und mythischem Piratengesicht pulverisierte die Luft mit *battements*.

Auf geheimnisvolle Weise gruppierte sich das Ballett. Stillschweigend entfaltete es seinen stummen Tumult in der verführerischen Keckheit von *jetés en arrière,* von sorglosen *pas de chats,* in der Ungebundenheit vieler Pirouetten, entfesselte sein Ungestüm im Strecksprung des russischen *stchoj* und klang ab mit einem Schwall wiegender *chassées.* Keiner sprach. In dem Raum war es so still wie im Zentrum eines Zyklons.

»Gefällt es Ihnen?«, fragte Madame unerbittlich.

Alabama fühlte, wie ihr Gesicht vor Verlegenheit puterrot anlief. Sie war von ihrem Unterricht sehr müde. Ihr Körper schmerzte und zitterte. Dieser erste Blick auf den Tanz als Kunstform eröffnete ihr eine neue Welt. *Sacrilege!*, hätte sie am liebsten ausgerufen, als sie daran dachte, mit welch unbekümmerter Dreistigkeit sie damals die Sache angegangen war, und wie schandbar sie vor zehn Jahren das *Ballett der Stunden* getanzt hatte. Sie erinnerte sich unerwartet an das Gefühl der Hochstimmung, das sie als Kind empfand, wenn sie auf dem Bürgersteig entlangtänzelte und ihre Fersen in der Luft zusammenschlug. Sie empfand wieder dieses alte, halb vergessene Gefühl, dass sie es keine Minute länger auf der Erde aushielt.

»Ich liebe es! Was ist es?«

Die Frau wandte sich ab. »Es ist ein Ballett von mir über einen Anfänger, der in einem Zirkus mitmachen will«, sagte sie. Alabama wunderte sich, wie sie hatte glauben können, dass diese verschwommenen, bernsteinfarbenen Augen sanft wären; sie schienen sie teuflisch auszulachen. Madame fuhr fort: »Morgen um drei Uhr arbeiten Sie weiter.«

Abend für Abend rieb Alabama ihre Beine mit Elizabeth-Arden-Muskelöl ein. In ihren Kniekehlen waren blaue Flecken, dort wo ihre Muskeln eingerissen waren. Ihre Kehle war so trocken, dass sie zuerst dachte, sie habe Fieber. Sie maß ihre Temperatur und war enttäuscht, als sie feststellte, dass sie keines hatte. Im Badeanzug versuchte sie, sich an der hohen Rückenlehne eines Louis-Quatorze-Sofas hochzurecken. Immer war sie steif, und schmerzverzerrt klammerte sie sich an die vergoldeten Blumen des Sofas. Nachts steckte sie ihre Füße durch die Gitter ihres Eisenbettes und schlief wochenlang mit nach außen gekehrten und in dieser Position festgeklebten Füßen. Ihre Unterrichtsstunden waren eine einzige Qual.

Nach einem Monat konnte sich Alabama in Ballettposition aufrecht halten: Sie balancierte ihr Gewicht genau über dem Fußballen, hatte die Kurve ihres Rückgrats wie die Zügel eines Reitpferdes straff im Griff, und sie konnte die Schultern herunterdrücken, bis sie das Gefühl hatte, sie klatschten flach gegen ihre Hüften. Die Zeit verging wie eine Schuluhr in sprunghaften Sätzen. David freute sich, dass sie in der Studioarbeit so aufging. Das machte die beiden weniger anfällig dafür, ihre Mußezeit auf Partys zu vertrödeln. Alabamas freie Zeit war ein einziger ächzender Muskelkater, und sie blieb am liebsten zu Hause. Außerdem konnte David ungestörter arbeiten, wenn Alabama beschäftigt war und weniger Ansprüche an seine Zeit stellte.

Abends saß sie am Fenster, zu müde, um sich zu rühren, aber verzehrt von der Sehnsucht nach einer Karriere als Tänzerin. Sie glaubte, wenn sie ihr Ziel erreichte, könnte sie endlich die Teufel jagen, die sie selbst gejagt hatten. Sie wollte sich selbst beweisen, weil sie meinte, sie könne den Frieden erlangen, der in ihren Augen nur in der Sicherheit des Ichs zu finden war. Sie dachte, dass ihr das Tanzen helfen würde, ihre Gefühle zu beherrschen, um jederzeit über Liebe, Mitgefühl oder Glück verfügen zu können, dass sie damit einen Kanal geschaffen hatte, durch den alles fließen konnte. Sie trieb sich gnadenlos an, und der Sommer schleppte sich dahin.

Die Julihitze knallte auf das Oberlicht des Studios, und Madame sprühte Desinfektionsmittel in die Luft. Die Stärke aus den Organdyröcken blieb an Alabamas Fingern kleben, und der Schweiß floss ihr in die Augen, bis sie nichts mehr sehen konnte. Erstickender Staub stieg vom Boden auf, und vom grellen Sonnenlicht wurde ihr schwarz vor Augen. Es war erniedrigend, dass Madame die Knöchel ihrer Schülerinnen berühren musste, wenn sie so verschwitzt waren. Der menschliche Körper ist etwas Hartnäckiges. Alabama hasste ihre Unfähigkeit, ihren Körper völlig in der Gewalt zu haben, aus ganzem Herzen. Und ihr Versuch, es zu lernen, kam einem verzweifelten Spiel gegen sich selbst gleich. Sie sagte sich: »Hier ist mein Körper, und hier bin ich«, und teilte sich selbst Schläge aus: So musste man es machen. Manche Tänzerinnen hatten bei der Arbeit ein Handtuch um den Hals geschlungen. Unter dem glühenden Dach war es so heiß, dass sie etwas brauchten, was den Schweiß aufsog. Manchmal, wenn Alabamas Stunde in die Mittagszeit fiel, wenn die Sonne senkrecht auf dem gläsernen Oberlicht stand, schwamm der Spiegel in roten Hitzewellen. Alabama hatte es allmählich satt, ihre Füße ohne

Musikbegleitung in endlosen *battements* zu bewegen. Sie wusste nicht, warum sie überhaupt noch in den Unterricht ging; David hatte sie gefragt, ob sie nicht nachmittags mit ihm nach Corne Biche zum Schwimmen gehen wollte. Nun war sie heimlich wütend auf Madame, weil sie hier schwitzte, statt mit ihrem Mann ins Kühle gefahren zu sein. Obwohl Alabama nicht glaubte, dass sich die sorglose, fröhliche Zeit der ersten Ehejahre wiederholen ließ – oder dass sie das genießen könnte, selbst wenn bestimmte Erfahrungen daraus getilgt werden könnten –, so bedeutete doch die Erinnerung an jene Zeit das stärkste, wahrste Genussgefühl. Daran dachte sie, wenn sie den Begriff »Glück« meinte.

»Könnten Sie bitte aufpassen?«, sagte Madame. »Das ist für Sie.« Madame ging über den Fußboden und entwarf ein Muster für ein einfaches Adagio.

»Das kann ich nicht«, sagte Alabama und begann zögernd, den Schritten der Russin zu folgen. Plötzlich blieb sie stehen.

»Oh, das ist ja herrlich!«, rief sie hingerissen.

Die Ballettmeisterin wandte sich nicht um. »Der Tanz birgt viele schöne Dinge«, sagte sie lakonisch, »aber die können Sie nicht ausführen … noch nicht.«

Nach der Stunde faltete Alabama ihre nassen Sachen im Koffer zusammen. Arienne konnte Schweißbäche aus ihren Trikots wringen. Alabama hielt die Enden fest, während Arienne drückte und drehte. Tanzen zu lernen, kostet eine Menge Schweiß.

»Ich verreise für einen Monat«, sagte Madame an einem Samstag. »Sie dürfen hier mit Mademoiselle Jeanneret weitermachen. Ich hoffe, wir können Sie mit Musikbegleitung tanzen lassen, wenn ich zurückkomme.«

»Dann fällt meine Stunde am Montag aus?« Sie hatte dem Studio so viel Zeit geopfert, dass ihr ein Leben ohne Studio vorkam, als würde sie ins Leere gestürzt.

»Sie arbeiten mit Mademoiselle Jeanneret.«

Alabama spürte, wie ihr unerklärlicherweise dicke, heiße Tränen übers Gesicht rannen, als sie die müde Gestalt ihrer Lehrerin in der Staubwolke verschwinden sah. Sie sollte sich doch über die Verschnaufpause freuen; sie hatte gedacht, sie würde sich freuen.

»Weine nicht«, sagte Arienne freundlich. »Madame muss wegen ihres Herzens nach Royat.« Sie lächelte Alabama freundlich an. »Wir werden Stella bitten, gleich beim nächsten Mal schon zu spielen«, fügte sie mit Verschwörermiene hinzu.

Die ganze Augusthitze hindurch arbeiteten sie. Die Blätter trockneten und faulten im Bassin von St. Sulpice; die Champs-Élysées siedeten in Benzindünsten. Kein Mensch war in Paris; so hieß es jedenfalls. Die Springbrunnen in den Tuilerien versprühten heiße Nebelwolken; Midinetten gingen ärmellos. Alabama ging zweimal täglich ins Studio. Bonnie war in der Bretagne und besuchte Freunde von Nanny. David ging mit einer Meute von Leuten in die Ritz Bar und feierte mit ihnen die Leere der Stadt.

»Warum gehst du nie mit mir aus?«, fragte er.

»Weil ich dann am nächsten Tag nicht arbeiten kann.«

»Leidest du an der Wahnvorstellung, dass du es beim Ballett je zu etwas bringen wirst?«

»Ich glaube nicht. Aber es gibt nur eine Möglichkeit, das herauszufinden.«

»Wir haben gar kein Familienleben mehr.«

»Du bist doch sowieso nie da – und ich muss doch etwas mit mir anfangen.«

»Die neueste Klage der Frauen – ich muss doch etwas arbeiten!«

»Ich tue alles, was du willst.«

»Kommst du heute Nachmittag mit?«

Sie fuhren nach Le Bourget und mieteten ein Flugzeug. Vor dem Start trank David so viele Cognacs, dass er noch über der Porte St. Denis den Piloten überreden wollte, sie bis nach Marseille zu fliegen. Als sie nach Paris zurückkamen, drängte er Alabama, mit ihm ins Café Lilas zu gehen.

»David, ich kann wirklich nicht. Mir wird so übel, wenn ich etwas trinke. Dann brauche ich wieder Morphium wie letztes Mal.«

»Wohin gehst du?«

»Ich gehe ins Studio.«

»Ach, aber bei mir kannst du nicht bleiben! Wozu hat man eine Frau? Wenn sie nur zum Schlafen da ist, dafür gibt's genügend andere …«

»Wozu braucht man einen Mann oder so etwas ähnliches? Plötzlich merkt man, dass man ihn immer um sich hat, ob man will oder nicht!«

Das Taxi sauste durch die Rue Cambon. Unglücklich stieg sie die Stufen hinauf. Arienne wartete schon.

»Was für ein trauriges Gesicht!«, rief sie.

»Das Leben ist eine traurige Sache, nicht wahr, meine arme Alabama?«, neckte Stella.

Als die Vorübungen an der Stange vorbei waren, gingen Alabama und Arienne zur Mitte des Saales.

»*Bien,* Stella!«

Die traurigen Koketterien einer Mazurka von Chopin klangen matt in der staubtrockenen Luft. Alabama beobachtete, wie Arienne die Denkprozesse von Madame nachzuvollziehen versuchte. Im Vergleich zu Madame war Arienne plump und untersetzt. Sie war die Primaballerina an der Pariser Oper, fast ganz oben. Alabama begann lautlos zu schluchzen.

»Das Leben ist nicht so hart wie ein Beruf«, keuchte sie.

»Los, los«, meckerte Arienne aufgebracht, »wir sind hier nicht im Mädchenpensionat! Denk dir selber Schritte aus, wenn dir meine nicht gefallen!« Sie stand da, die Hände in die Hüften gestemmt, mächtig und unsensibel, als ob sie ausdrücken wollte, dass Alabama die Verpflichtung habe, gerade diesen Schritt zu tanzen, da sie nun einmal von dessen Vorhandensein wusste. Jemand musste die Sache in die Hand nehmen; alles war zum Greifen nah. Arienne hatte die Sache arrangiert, nun sollte Arienne es auch machen.

»Weißt du, wir rackern uns hier nur für dich so ab«, sagte Arienne grob.

»Mein Fuß tut weh«, klagte Alabama. »Der Nagel ist abgegangen.«

»Lass dir einen härteren wachsen. Fängst du bitte an? *Va,* Stella!«

Meile um Meile im *pas de bourrée,* bei dem die Zehen auf den Boden picken wie die Schnäbel von lauter futtersuchenden Hühnern, und nach zehntausend Meilen muss man sich vorwärts bewegen können, ohne mit den Brüsten zu wackeln. Arienne roch nach feuchter Wolle. Alabama versuchte es immer wieder. Ihre Knöchel knickten um; ihre Auffassungsgabe war schneller als ihre Füße, und das brachte sie oft aus dem Gleichgewicht. Sie erfand einen Trick: Man musste sich mit dem Verstand gegen die Vorwärtsbewegungen des Körpers stemmen. Das verlieh einem unbeugsame Würde und scheinbare Mühelosigkeit – bekannt als »Stil«.

»Du *bête,* bist völlig *impossible*!«, kreischte Arienne. »Du willst es verstehen, bevor du es tanzen kannst.«

Schließlich brachte Alabama sich selbst bei, wie man seinen Oberkörper so bewegt, als wäre er eine Büste auf Rädern. Ihr *pas de bourrée* machte Fortschritte wie ein flügge werdender Vogel. Fast vergaß sie zu atmen.

Als David sich nach ihrer Tanzerei erkundigte, tat sie sehr überlegen. Sie meinte, er würde sie doch nicht verstehen, wenn sie ihm den *pas de bourrée* erklären wollte. Einmal versuchte sie es. Ihre Sätze waren gespickt mit »Du-verstehst-was-ich-meine« und »Begreifst-du-nicht«, und David wurde ärgerlich und nannte sie eine versponnene Schwärmerin. »Es gibt nichts, was man nicht ausdrücken kann«, sagte er verärgert.

»Ach, du bist einfach verbohrt. Mir ist alles ganz klar.«

David fragte sich, ob Alabama jemals seine Bilder verstanden habe. War nicht jede Kunst der Versuch, etwas Unausdrückbares auszudrücken? Und ist dieses Unausdrückbare nicht immer das Gleiche, wenn auch in abgewandelter Form – wie die Variable x in der Mathematik, die alles Mögliche bedeuten kann, aber gleichzeitig immer noch x ist?

Madame kehrte in der trockenen Zeit des Septembers zurück.

»Sie haben große Fortschritte gemacht«, sagte sie zu Alabama. »Aber Sie müssen das amerikanisch Vulgäre ablegen. Sicher schlafen Sie zu viel. Vier Stunden sind genug.«

»Fühlen Sie sich besser nach Ihrer Kur?«

»Man hat mich in ein Schwitzkabinett gesteckt«, lachte sie. »Ich konnte es nur aushalten, wenn jemand meine Hand hielt. Ruhe ist nicht gerade *commode* für erschöpfte Menschen. Für Künstler ist das nichts.«

»Wir hatten hier auch ein Schwitzkabinett diesen Sommer«, sagte Alabama grimmig.

»Und Sie wollen immer noch *La Chatte* tanzen, Sie Ärmste?«

Alabama lachte. »Sagen Sie mir, wenn ich gut genug bin, damit ich mir ein Tutu kaufen kann?«

Madame zuckte die Achseln: »Warum nicht gleich?«

»Zuerst möchte ich eine gute Tänzerin sein.«

»Sie müssen noch an sich arbeiten.«

»Ich arbeite vier Stunden am Tag.«

»Das ist zu viel.«

»Wie kann ich dann Tänzerin werden?«

»Ich weiß nicht, wie irgendwer irgendwas werden kann«, sagte die Russin.

»Ich werde ein paar Kerzen für den Heiligen Joseph anzünden.«

»Das hilft vielleicht, aber ein russischer Heiliger wäre besser.«

Während der letzten heißen Tage zogen David und Alabama ans linke Ufer. Von ihrer Wohnung aus, die mit brüchiger gelber Brokatseide tapeziert war, konnten sie auf die Kuppel von St. Sulpice sehen. Alte Frauen kauerten in den schattigen Winkeln der Kathedrale. Unaufhörlich läuteten die Glocken zu Beerdigungen. Die Tauben, die auf dem Platz gefüttert wurden, plusterten sich auf ihrem Fenstersims auf. Alabama saß im Abendwind, hob ihr Gesicht in den frischen Nachthimmel und grübelte. Vor Erschöpfung ging ihr Puls so langsam wie in ihrer Kindheit. Sie dachte an die Zeit, als sie klein war und in der Nähe ihres Vaters – durch seine Distanziertheit hatte er sich selbst als unfehlbare Quelle der Weisheit und Grundlage der Sicherheit dargestellt. Ihrem Vater konnte sie vertrauen. Sie hasste Davids Unrast und hasste an sich selbst, was sie in ihm wiederfand. Die gemeinsamen Erfahrungen hatten sie zu einem gemeinsamen, unglücklichen Kompromiss zusammengeschmiedet. Das war das Problem: Sie hatten nicht gedacht, dass sie sich anpassen müssten, je mehr das Verstehen ihren Horizont erweiterte. Deshalb zwangen sie sich nur zum Allernötigsten, und das war eher ein Kompromiss als eine Veränderung. Sie hatten gedacht, sie seien vollkommen, und hatten ihre Herzen für die Verschwendung geöffnet, nicht für die Veränderung.

Die Luft wurde feucht vom Herbstnebel. Sie speisten hier und speisten dort im Kreise juwelenbehängter Frauen, die wie Glitzerfische im Aquarium glänzten. Sie gingen spazieren und machten Ausflüge mit dem Taxi. In Alabama verstärkte sich ein wachsendes Gefühl der Besorgnis um ihre Beziehung, und das bestärkte sie in ihrem Entschluss, mit ihrer Arbeit weiterzumachen. Sie spannte das Skelett ihres Selbst über den Webstuhl von

Attitude und Arabeske und versuchte, aus der Kraft ihres Vaters und der zarten Schönheit ihrer ersten Liebe zu David, aus der glücklichen Selbstvergessenheit ihrer Jugendjahre und der warmen, behüteten Kindheit einen großen Zaubermantel zu weben. Sie war viel allein.

David war ein geselliger Mensch: Er ging oft und gerne aus. Beider Leben lief einfach immer weiter in einem zwanghaften Rhythmus, und nichts konnte sie erschüttern, ausgenommen ein Mord vielleicht. Sie glaubte nicht, dass sie jemanden umbringen würden – das gäbe nur Ärger mit den Behörden; und der Rest war dummes Geschwätz, wie die Sache mit Jacques und Gabrielle. Es war ihr egal – sie machte sich wirklich nichts aus dem Alleinsein. Jahre später wunderte sie sich, wie ein Mensch nur so müde sein konnte wie sie damals.

Bonnie hatte eine französische Erzieherin, die ihnen die Mahlzeiten mit ihrem *»N'est-ce pas, Monsieur?«* und *»Du moins, j'aurais pensée«* vergällte. Sie kaute mit offenem Mund, und vom Anblick der Sardinenreste zwischen den Goldfüllungen wurde Alabama übel. Beim Essen starrte sie auf den kahlen, herbstlichen Hof. Alabama hätte sich um eine andere Erzieherin bemühen können, aber in einer so gespannten Lage passierte bestimmt etwas, und sie wollte lieber abwarten.

Bonnie wuchs schnell und steckte voller Anekdoten über Josette und Claudine und die anderen Mädchen an der Schule. Sie hatte eine französische Kinderzeitung abonniert, entwuchs dem Kasperl-Alter und vergaß allmählich ihr Englisch. Im Umgang mit den Eltern entwickelte sie eine gewisse Zurückhaltung. Mit ihrer alten, Englisch sprechenden Nanny, die mit ihr ausging, wenn für Mademoiselle der Tag des *sortie* war, tat sie sehr souverän. Trotzdem waren es aufregende Tage, wenn das Apartment nach L'Origan de Coty roch und Bonnie Pusteln im Gesicht hatte von den Süßigkeiten bei Rumpelmayers. Alabama konnte Nanny nie dazu bringen zuzugeben, dass Bonnie Süßigkeiten gegessen hatte. Nanny blieb dabei, dass die Pusteln aus dem Blut kämen und dass es besser sei, sie kämen heraus, wobei ihr wohl eine Art Exorzismus ererbter böser Geister vorschwebte.

David kaufte Alabama einen Hund. Sie nannten ihn »Adage«. Die *femme de chambre* redete ihn mit »Monsieur« an und weinte, wenn er eins drüber kriegte, sodass man das Tier nie stubenrein bekam. Sie sperrten ihn ins Gästezimmer ein, in dem die fotografischen Konterfeis der engeren Familie des Wohnungseigentümers auf den Hund hinabblickten – durch die Dünste seiner *saleté.*

Alabama hatte großes Mitleid mit David. Sie fand, sie seien beide wie Menschen in einem Elendswinter, in dem sie sich unter ihren alten Kleidungsstücken aus besseren Zeiten die brauchbarsten heraussuchten. Sie wiederholten sich voreinander. Während sie alte Ausdrücke auskramte, von denen sie wusste, dass er sie nicht mehr hören konnte, ertrug er ihre kleine Schau mit offenkundig mechanischer Zustimmung. Alabama hatte auch großes Mitleid mit sich selbst. Dabei war sie immer so stolz gewesen, ein guter Bühneninspizient zu sein.

Der November filterte das Morgenlicht zu Goldpuder, der über Paris hing und die Zeit zum Stillstand brachte, sodass es den ganzen Tag über Morgen blieb. Alabama arbeitete im grauen Dämmerlicht des Studios und kam sich in dem ungeheizten, unbequemen Raum sehr professionell vor. Die Mädchen zogen sich neben einem Ölofen an, den Alabama für Madame gekauft hatte; der Umkleideraum roch nach Leim von den Ballettschuhen, die zum Wärmen über der schwachen Flamme hingen; es roch nach abgestandenem Eau de Cologne, und es roch nach Armut. Wenn Madame später kam, wärmten sich die Tänzerinnen auf, indem sie hundert *relevés* zu gesungenen Versen von Verlaine machten. Wegen der Russinnen durften die Fenster nie geöffnet werden. Nancy und May, die mit der Pawlowa gearbeitet hatten, sagten, von dem Geruch würde ihnen übel. May wohnte im Heim der YWCA und lud Alabama zu sich zum Tee ein. Eines Tages, als sie zusammen die Treppe hinunter gingen, sagte sie zu Alabama, dass sie nicht mehr zum Tanzen käme, weil sie krank sei.

»Weißt du, Madames Ohren sind so dreckig«, flunkerte sie. »Das macht mich ganz krank.«

Madame hatte angeordnet, dass May am Ende der Reihe tanzen sollte. Alabama lachte über die Unaufrichtigkeit des Mädchens.

Außerdem gab es noch Marguerite, die immer in Weiß kam, Fania mit ihrer schmutzigen Elastikunterwäsche und Anise und Anna, die mit Millionären lebten und Samttuniken trugen, Céza in Grau und Scharlachrot – es hieß, sie sei Jüdin – und noch jemand in blauem Organdy; dünne Mädchen in aprikosenfarbenen Umhängen, die wie faltige Haut schlabberten, und drei Tanyas, die aussahen wie alle anderen Tanyas; Mädchen in reinem Weiß, die Knaben im Schwimmanzug glichen, und Mädchen in Schwarz, die wie alte Frauen aussahen; ein abergläubisches Mädchen in Mauve und eine, die von ihrer Mutter in Kirschrot gesteckt worden war, damit sie alle anderen in diesem hektischen Karussell überstrahlte, und die magere, klägliche Weiblichkeit von Marthe, die an der Opéra Comique tanzte und nach dem Unterricht streitlustig mit ihrem Mann abzog.

Arienne Jeanneret beherrschte die Garderobe. Sie zog sich mit dem Gesicht zur Wand um und besaß viele Mixturen, um sich damit einzureiben; sie kaufte auch fünfzig Paar Ballettschuhe auf einmal, die sie Stella gab, nachdem sie sie eine Woche getragen hatte. Sie sorgte dafür, dass die Mädchen ruhig waren, wenn Madame Unterricht gab. Die ordinären Hüften stießen Alabama ab, aber sie waren gute Freundinnen. Mit Arienne saß sie nach den Ballettstunden im Café unter dem Olympia und trank den täglichen *cap corse* mit Selterswasser. Arienne nahm sie mit hinter die Bühne der Oper, wo sie eine angesehene Tänzerin war, und Arienne ging mit zum Essen zu Alabama. David hasste ihr freches Mundwerk, weil sie versuchte, ihm Moralvorträge wegen seiner Ansichten und seiner Trinkerei zu halten. Aber sie war nicht kleinbürgerlich: Sie war eine *gamine,* voll beißender Witze über Feuerwehrmänner und Soldaten und voller Montmartre-Lieder über Pfaffen und Bauern und betrogene Ehemänner. Fast wäre sie eine Elfe gewesen, aber immer warfen ihre Strümpfe Falten, und wenn sie sprach, predigte sie.

Sie nahm Alabama mit zur letzten Vorstellung der Pawlowa. Danach wollten zwei Männer wie Beerbohm-Karikaturen die beiden nach Hause bringen. Arienne lehnte ab.

»Wer war das?«, fragte Alabama.

»Ich weiß nicht – Opernabonnenten.«

»Warum sprichst du mit ihnen, wenn sie dir nicht vorgestellt worden sind?«

»Die Gönner in den ersten drei Reihen der National Opéra werden einem nicht vorgestellt – diese Plätze sind nur für Herren reserviert«, sagte Arienne. Sie selbst wohnte mit ihrem Bruder nahe dem Bois. Manchmal saß sie im Umkleideraum und weinte.

»Die Zambelli tanzt immer noch die *Coppélia*«, stöhnte sie. »Du weißt nicht, wie schwierig das Leben ist, Alabama, du mit deinem Mann und deinem Kind.« Wenn sie weinte, ging das Schwarze von ihren Wimpern ab und trocknete wie nasse Wasserfarbe in Klümpchen. Zwischen ihren grauen Augen war ein spiritueller Raum, der so rein war wie ein Margeritenfeld.

»Oh, *Arienne*!«, rief Madame begeistert. »Das ist eine Tänzerin! Wenn sie weint, dann nicht wegen einer Lappalie.« Alabamas Gesicht wurde fahl vor Müdigkeit, und ihre Augen sanken tief in die Höhlen.

Arienne half ihr, die *entrechats* zu meistern.

»Du darfst keine Pause machen, wenn du nach einem Sprung wieder aufsetzt«, sagte sie. »Du musst gleich weitertanzen, damit der Schwung vom ersten Sprung dich wie einen Springball durch die anderen Sprünge trägt.«

»Da«, sagte Madame, *»da! Da!* Aber das genügt nicht!« Es genügte nie, um Madame zufriedenzustellen.

Sonntags schliefen David und Alabama lange aus und gingen dann bei Foyot oder irgendwo anders in der Nähe ihrer Wohnung zum Essen.

»Wir haben deiner Mutter versprochen, Weihnachten nach Hause zu kommen«, sagte er oft, wenn sie bei Tisch saßen.

»Ja, aber ich weiß nicht, wie wir das schaffen sollen. Es ist so teuer, und du hast deine Pariser Bilder noch nicht fertig.«

»Ich bin froh, dass du nicht enttäuscht bist, weil ich nämlich beschlossen habe, bis zum Frühjahr zu warten.«

»Es ist auch besser wegen Bonnies Schule. Es wäre ein Jammer, wenn sie jetzt die Schule wechseln müsste.«

»Dann fahren wir Ostern.«

»Ja.«

Alabama wollte Paris nicht verlassen, wo sie so unglücklich waren. Ihre Familie trat zusehends in den Hintergrund, während ihre Seele im *stchoj* und in Pirouetten aufblühte.

Zu Weihnachten brachte Stella einen Kuchen ins Studio und für Madame zwei Hühnchen, die sie von ihrem Onkel aus der Normandie erhalten hatte. Der Onkel schrieb, dass er ihr kein Geld mehr schicken könne: Der Franc sei auf vierzig gefallen. Stella brachte sich mit Notenabschreiben durch: Es ruinierte ihre Augen, und sie verhungerte dabei. Sie wohnte in einer Dachstube und hatte Stirnhöhlenentzündung von der Zugluft, aber sie hörte nicht auf, ihre Zeit im Studio zu verplempern.

»Was kann man schon als Polin in Paris anfangen?«, fragte sie Alabama. Was kann man überhaupt in Paris anfangen? Wenn es um die Existenz geht, spielt die Nationalität auch keine Rolle mehr.

Madame besorgte Stella einen Job: Sie sollte Musikern während des Konzerts die Seiten umblättern. Alabama zahlte ihr zehn Franc für jedes Paar Ballettschuhe, das sie ihr an den Spitzen ausbesserte.

An Weihnachten küsste Madame alle Schülerinnen auf beide Wangen. Dann aßen sie Stellas Kuchen. Es war mindestens eine so schöne Weihnachtsfeier wie zu Hause in ihrer Wohnung, dachte Alabama ohne Sentimentalität – weil sie sich um Weihnachten zu Hause nie besonders gekümmert hatte.

Arienne schenkte Bonnie ein teures Küchenutensil. Alabama war gerührt, weil sie daran dachte, dass ihre Freundin das Geld wahrscheinlich selbst dringend brauchte. Niemand hatte Geld.

»Ich werde meine Stunden bei Madame aufgeben müssen«, sagte Arienne. »Die Schweine an der Oper zahlen uns nur tausend Franc im Monat. Davon kann ich nicht leben.«

Alabama lud Madame zum Abendessen und ins Ballett ein. In ihrem schilfgrünen Abendkleid sah Madame ganz blass und zerbrechlich aus. Ihr Blick war fest auf die Bühne gerichtet. Eine ihrer Schülerinnen tanzte *Le Lac de Cygnes*[30]. Alabama fragte sich, was hinter jenen gelben, konfuzianischen Augen vorging, während sie den weißen, wehenden Wirbelstrom des Balletts beobachteten.

»Heute ist alles viel zu klein angelegt«, sagte Madame. »Als ich noch tanzte, war alles in einem anderen Maßstab.«

Alabama blickte ungläubig. »Sie hat vierundzwanzig *fouettés* gemacht«, sagte sie. »Kann man zu mehr imstande sein?« Es hatte ihr physisches Unbehagen bereitet, mit anzusehen, wie der schlanke, stählerne Körper der Tänzerin durch die irrsinnigen Drehungen und Schwünge hetzte und peitschte.

»Ich weiß nicht, zu was Sie imstande sind. Ich weiß nur, zu was ich imstande war«, sagte die Künstlerin, »und das war mehr.« Sie ging nach der Vorstellung nicht hinter die Bühne, um dem Mädchen zu gratulieren. Sie ging mit Alabama und David in ein russisches Kabarett. An ihrem Nebentisch saß Hernandara und versuchte, eine Pyramide aus Champagnergläsern zu füllen, indem er nur ins oberste Glas einschenkte. David setzte sich dazu: Die beiden Männer sangen und veranstalteten Schattenboxen auf der Tanzfläche. Alabama genierte sich und hatte Angst, Madame könnte sich verletzt fühlen.

Aber Madame war eine russische Prinzessin und kannte ihre Russen.

»Sie spielen wie junge Hunde«, sagte sie. »Lassen Sie nur. Es ist schön.«

»Das einzig Schöne ist die Arbeit«, sagte Alabama, »... ich jedenfalls habe alles andere vergessen.«

»Es ist gut, sich zu amüsieren, solange man es sich leisten kann«, meinte Madame sich erinnernd. »In Spanien habe ich nach dem Ballett Rotwein getrunken. In Russland war es immer Champagner.«

In den blauen Lichtern des Lokals und den roten Lämpchen hinter den Eisengittern glühte die weiße Haut von Madame wie die arktische Sonne in einem Eispalast. Sie trank nicht viel, aber sie bestellte Kaviar und rauchte viele Zigaretten. Ihr Kleid war billig. Das machte Alabama traurig: Madame war eine so große Künstlerin gewesen in ihrer Zeit! Nach dem Krieg wollte Madame aufhören, aber sie hatte kein Geld und ließ ihren Sohn an der Sorbonne studieren. Ihr Mann nährte sich von Träumen vom *Corps des Pages* und löschte seinen Durst mit Erinnerungen, bis nichts von ihm übrig blieb als ein verbittertes, aristokratisches Phantom. Diese Russen! Gesäugt mit galanter Großzügigkeit und entwöhnt mit dem Brot der Revolution, so suchten sie Paris heim! Alles sucht Paris heim. Paris ist heimgesucht!

Nanny kam mit zu Bonnies Weihnachtsbaum, und noch ein paar andere Freunde von David. Alabama dachte ohne Sentimentalität an Weihnachten in Amerika. Dort in Alabama hing man keine kleinen verschneiten Häuschen an den Weihnachtsbaum. In Paris waren die Blumengeschäfte voll mit weihnachtlichem Flieder, und es regnete. Alabama brachte Blumen ins Studio.

Madame war hingerissen.

»Als junges Mädchen war ich so gierig nach Blumen«, sagte sie. »Ich liebte die Feldblumen und band sie zu Sträußen und Ansteckbouquets für die Gäste in meinem Elternhaus.« Diese kleinen Details aus der Vergangenheit einer so großen Tänzerin kamen Alabama phantastisch und aufregend vor.

Im Frühling war sie glücklich, triumphierend und stolz auf die Kraft ihrer negroiden Hüften, die sich wölbten wie Bootsflanken auf einer Holzschnitzerei. Die vollständige Beherrschung über ihren Körper befreite sie von jeglichem üblen Grübeln über ihren Körper.

Die Mädchen brachten ihre schmutzigen Sachen in die Wäsche. Wieder brütete die Hitze in der Rue des Capucines, und im Olympia trat wieder eine Akrobatentruppe auf. Der dünne Sonnenschein bildete bleiche Gedenktafeln auf dem Boden des Studios, und Alabama wurde zu Beethoven befördert. Arienne und Alabama alberten die windigen Straßen entlang und tollten durchs Studio, und Alabama betäubte sich mit Arbeit. Ihr Leben außerhalb des Studios kam ihr vor, als versuche sie sich morgens an einen nächtlichen Traum zu erinnern.

2

Einundfünfzig, zweiundfünfzig, dreiundfünfzig – aber ich sage Ihnen, Monsieur, Sie können mir die Nachricht hinterlassen. Ich bin die engste Vertraute von Madame – vierundfünfzig, fünfundfünfzig …«

Hastings blickte kühl und geringschätzig auf den keuchenden Körper. Stella ging zu einer technisch verführerischen Haltung über. Sie hatte oft gesehen, dass Madame sich so benahm. Sie starrte ihm ins Gesicht, als sei sie im Besitz eines lebenswichtigen Geheimnisses und warte nur darauf, dass er sie darum bitte, in die Mysterien eingeweiht zu werden. Ihre *petits battements* waren nicht schlecht gewesen. Dafür, dass es noch so früh am Nachmittag war, war sie ziemlich echauffiert.

»Ich wollte eigentlich Mrs. David Knight sprechen«, sagte Hastings.

»Unsere Alabama! Sie kommt sicher bald. Sie ist so lieb, die Alabama«, gurrte Stella.

»In der Wohnung war sie nicht, und man hat mir gesagt, ich solle es hier versuchen.« Hastings Blick schweifte fassungslos durch das Studio, als ob es sich um einen Irrtum handeln müsse.

»Oh, die!«, rief Stella. »Die ist immer hier. Sie brauchen nur zu warten. Wenn Monsieur mich jetzt entschuldigen wollen …«

Siebenundfünfzig, achtundfünfzig, neunundfünfzig.

Bei dreihundertachtzig erhob sich Hastings, um zu gehen. Stella schwitzte und schnaubte wie ein Walross und tat so, als hasse sie die Schwierigkeiten der selbstauferlegten Arbeit an der Stange. Sie tat so, als sei sie eine wunderschöne Galeerensklavin, die Hastings vielleicht zu kaufen gedachte.

»Können Sie ihr bitte ausrichten, dass ich da war?«, sagte Hastings.

»Natürlich sage ich es ihr, und dass Sie wieder gegangen sind. Es tut mir leid, dass ich Monsieur nichts Aufregenderes bieten kann. Um fünf Uhr kommt eine Klasse, wenn Monsieur wünschen …«

»Ja, sagen Sie ihr, dass ich gegangen bin.« Er starrte angewidert umher. »Ich glaube sowieso nicht, dass sie Zeit gehabt hätte, auf eine Party zu gehen.«

Stella war schon so lange im Studio, dass sie, wie alle Schülerinnen von Madame, absolutes Zutrauen in ihre Leistung hatte. Sollten irgendwelche Zuschauer nicht hingerissen sein, musste es an ihrem mangelnden Sinn für Ästhetik liegen.

Madame erlaubte Stella zu arbeiten, ohne zu bezahlen. Viele Tänzer und Tänzerinnen ohne Geld machten es so. Wenn sie dann Geld hatten, zahlten sie – das war das russische System.

Das Krachen eines Koffers, der gegen die Treppenstufen polterte, kündigte das Kommen einer Schülerin an.

»Ein Freund wollte dich sprechen«, sagte Stella wichtigtuerisch. Es war unvorstellbar für die einsame, isolierte Stella, dass ein Besuch nebensächlich sein könnte. Auch Alabama vergaß den alten, mehr beiläufigen Lebensstil zusehends. Gegen die heftigen Verrenkungen und das Aufstampfen beim *tour jeté* kam nur das krasseste, misstönendste Ereignis an.

»Was wollte er?«

»Woher soll ich das wissen?«

Eine unbestimmte, irrationale Furcht überfiel Alabama – sie musste das Studio aus ihrem anderen Leben fernhalten –, sonst würde bald das eine so unbefriedigend werden wie das andere und in einer richtungslosen, undurchsichtigen Strömung untergehen.

»Stella«, sagte sie, »wenn er noch mal vorbeikommt – überhaupt, wenn irgendjemand nach mir fragt, dann sagst du am besten, dass du mich nicht kennst, dass es mich hier nicht gibt.«

»Aber warum? Man tanzt doch für die Anerkennung seiner Freunde!«

»Aber nein!«, protestierte Alabama. »Ich kann nicht zwei Sachen gleichzeitig machen. Ich kann nicht die Avenue de l'Opéra hinuntergehen und im *pas de chat* den Verkehrspolizisten umrennen, und ich möchte nicht, dass meine Freunde in der Ecke über ihr Bridge palavern, während ich tanze.«

Stella war froh, an einer Gefühlsregung im Leben des anderen teilzunehmen, da diese Seite ihrer Existenz völlig unausgefüllt war: eingeschränkt durch Dachstuben und keifende Wirtinnen.

»Genau! Was geht uns Künstler das Leben an!«, stimmte sie großspurig zu.

»Letztes Mal, als mein Mann hier war, hat er eine Zigarette geraucht«, versuchte Alabama ihren heimlichen Widerstand zu begründen.

»Oh!« Stella war entsetzt. »Ich verstehe. Wenn ich da

gewesen wäre, hätte ich ihm gesagt, wie furchtbar diese Gerüche beim Arbeiten stören.«

Stella trug die abgelegten Ballettröcke der anderen Tänzerinnen und rose Krepphemden aus der Galerie Lafayette. Sie steckte das Hemd immer mit großen Sicherheitsnadeln über dem Rockbund zusammen, sodass es ein Schößchen bildete. Tagsüber lebte sie im Studio, schnitt die Stängel der Blumen, die Madame von den Schülerinnen bekam, damit sie sich länger hielten, putzte den großen Spiegel blank, besserte die Notenhefte mit Klebestreifen aus und begleitete auf dem Klavier, wenn die Pianistin nicht kam. Sie hielt sich für Madames Ratgeberin. Madame hielt sie für ein lästiges Ding.

Stella war sehr gewissenhaft mit ihren Gegenleistungen für den Unterricht. Wenn jemand versuchte, auch nur das Geringste für Madame zu tun, pflegte das eine Heul- und Schmollszene auszulösen. Vor lauter Hunger und Intensität waren ihre verträumten polnischen Augen so blass geworden wie der gelblichgrüne Schaum auf einem stehenden Wassertümpel. Die Mädchen kauften ihr mittags Croissants und Café au Lait und nannten sie *ma chère.* Alabama und Arienne gaben ihr unter diesem oder jenem Vorwand Geld. Madame gab ihr alte Kleider und Kuchen. Zum Dank dafür erzählte sie jeder einzelnen von ihnen, dass Madame gesagt hätte, sie mache größere Fortschritte als alle anderen. Stella schwindelte auch mit den Arbeitsstunden in Madames kleinem Buch, sodass ihr Achtstundentag manchmal neun oder zehn Stunden lang war. Stella lebte in einer Atmosphäre allgemeiner Intrige.

Madame verfuhr streng mit dem Mädchen: »Du weißt,

dass du nie richtig tanzen lernen wirst, warum suchst du dir keine Arbeit?«, schimpfte sie. »Du wirst alt, ich werde alt – und was wird dann aus dir?«

»Nächste Woche habe ich ein Konzert. Ich bekomme zwanzig Franc fürs Umblättern. Oh, Madame, bitte lassen Sie mich bleiben!«

Kaum war Stella im Besitz der zwanzig Franc, kam sie zu Alabama. »Wenn du mir den Rest geben würdest«, bat sie eindringlich, »könnten wir ein Arzneischränkchen für das Studio kaufen. Erst letzte Woche hat sich jemand den Knöchel verstaucht, und wir sollten etwas haben, womit man offene Blasen desinfizieren kann.« Stella hörte nicht auf, von dem Schränkchen zu reden, bis Alabama eines Morgens mit ihr ging, um es zu besorgen. Sie warteten im goldenen Sonnenlicht, das sich in der vergoldeten Fassade des Au Printemps spiegelte, bis das Kaufhaus öffnete. Das Ding kostete hundert Franc und sollte eine Überraschung für Madame sein.

»Du kannst es ihr überreichen«, sagte Alabama. »Aber ich werde es bezahlen. Du kannst dir solche Extravaganzen nicht leisten.«

»Nein«, seufzte Stella. »Ich habe keinen Mann, der für mich zahlt! *Hélas!*«

»Dafür verzichte ich auf andere Dinge«, antwortete Alabama gereizt. Aber sie konnte der ungestalten, melancholischen Polin nicht böse sein.

Madame war ungnädig.

»Das ist lächerlich«, sagte sie. »Im Umkleideraum ist für so ein sperriges Ding kein Platz.« Als sie Stellas wilde, vor Enttäuschung schwimmende Augen sah, fügte sie hinzu: »Aber es ist sicher praktisch. Lass es da. Aber du darfst dein Geld nicht für mich ausgeben.«

Sie übertrug Alabama die Aufgabe, darauf zu achten, dass Stella ihr keine Geschenke mehr kaufte.

Madame schimpfte auch wegen der Rosinen und Lakritzstangen, die Stella mitbrachte und auf Madames Tisch legte, und wegen des russischen Brotes, das sie in kleinen Packungen anbrachte: Brot mit Schmelzkäse dazwischen, Brot mit Zuckerkügelchen, Kümmelbrot und klebriges, theatralisches Schwarzbrot, ofenwarmes Brot, das nach Unschuld roch, und epikuräisches Kastenbrot aus jiddischen Bäckereien. Wenn Stella auch nur einen Pfennig übrig hatte, kaufte sie etwas für Madame.

Anstatt Stella zum Maßhalten zu bewegen, machte Alabama die planlosen Geldausgaben des Mädchens nach. Neue Schuhe konnte sie nicht kaufen, weil ihre Füße zu wund waren. Und es kam ihr wie ein Verbrechen vor, neue Kleider zu kaufen, sie mit Eau de Cologne einzuparfümieren, nur um sie den ganzen Tag an der Studiowand hängen zu lassen. Sie glaubte, sie könne besser arbeiten, wenn sie sich arm fühlte. Sie hatte sich schon so viele Gelegenheiten entgehen lassen, sich persönliche Wünsche zu erfüllen, dass sie nun die Hundertfrancscheine in ihrer Geldbörse für Blumen ausgab, statt sich damit, wie sie es vielleicht früher oder unter anderen Umständen getan hätte, die aufreizende Spannung eines neuen Hutes oder die Selbstsicherheit eines neuen Kleides zu erkaufen.

Von ihrem Geld kaufte sie gelbe Rosen, die wie Atlasbrokat leuchteten, weißen Flieder und rosa Tulpen wie Zuckerglasurgebilde, dunkelrote Rosen wie ein Gedicht von Villon, schwarz und samtig wie Schmetterlingsflügel, kalte, blaue Hortensien, so sauber wie eine frisch gekalkte Wand, porzellantropfenförmige Maiglöckchen, eine Schale mit Kapuzinerkresse wie gehämmertes Messing, Anemonen, die aus Waschstoff ausgeschnitten schienen, und bösartige Papageientulpen, die mit ihren zerfransten Kelchblättern die Luft durchkämmten, und wollüstig zuckende Parmaveilchen. Sie kaufte zitronengelbe Nelken, die nach Bonbons rochen, und Gartenrosen, rot wie Himbeerpudding, und alle Sorten weißer Blumen, die der Blumenhändler nur auftreiben konnte. Sie schenkte Madame Gardenien wie weiße Glacéhandschuhe, Vergissmeinnicht von den Blumenständen des Boulevard de la Madeleine, bedrohliche Gladiolenruten und das weiche, gleichmäßige Schnurren schwarzer Tulpen. Sie kaufte Blumen wie Salat und Blumen wie Obst, Jonquillen und Narzissen, Mohn und Kuckucksnelken, und Blumen mit der brillierenden, ans Mark gehenden Ausstrahlung eines Bildes von Van Gogh. Sie wählte aus den Blumenfenstern, die mit Metallkugeln dekoriert waren, aus den Kakteengärten der Blumenhandlungen an der Rue de la Paix, bei den Floristen im Wohnviertel, die hauptsächlich Grünpflanzen und blauviolette Schwertlilien verkauften, und bei Floristen am linken Ufer, deren Schaufenster vollgestopft waren mit Drahtgestellen, und sie wählte auf Blumenmärkten, wo die Bauern ihre Rosen hell aprikosenfarbig getönt hatten und durch die Köpfe der ebenfalls getönten Pfingstrosen Drähte steckten.

Geldausgeben hatte in Alabamas Leben stets eine große Rolle gespielt, bevor sie aufgrund ihrer Arbeit das Bedürfnis nach materiellen Besitztümern verloren hatte.

Niemand im Studio war reich, bis auf Nordika. Sie kam im Rolls-Royce zum Unterricht und teilte sich die Stunden mit Alacia, die eine ähnliche Ausstrahlung hatte wie eine Absolventin des Bryn Mawr College – sie hatte so etwas Praktisches an sich. Alacia hatte Nordika Seine Hoheit abspenstig gemacht, aber da Nordika sich nicht vom Geld trennen konnte, arrangierten sie sich irgendwie. Nordika war die Schöne – wie ein blondes Ejakulat, und Alacia war diejenige, die Mylords Mitleid geweckt hatte. Nordika vibrierte immer in gläserner Erregung, die sie zu unterdrücken versuchte. Im Ballett sagten sie, dass Nordikas Nervosität all ihre Kostüme ruiniere. Man konnte Nordika nicht so in der Leere umherzittern lassen, deshalb versuchte ihre Freundin, sie mit den Füßen so weit auf den Boden der Realität zu stellen, dass sie das Auto behalten konnten. Beide drohten, Madames Studio zu verlassen, weil Stella eine angebrochene Dose Shrimps hinter dem Spiegel verborgen hielt, wo sie allmählich vergammelten. Stella sagte den Mädchen, der Gestank käme von ihren schmutzigen Klamotten. Als sie rausfanden, woher er wirklich kam, fielen sie erbarmungslos über die arme Stella her. Und dabei hatte Stella die schicke Nordika und ihre Freundin so gern in ihrer Klasse, weil die beiden fast so gut waren wie Zuschauer!

»Polissonne!«, sagten sie zu Stella. »Iss deine Shrimps zu Hause, das ist schon schlimm genug. Du brauchst sie nicht noch als Stinkbombe mit ins Studio zu bringen!«

Stella hatte in ihrer Dachstube so wenig Platz, dass sie ihren Schrankkoffer aus dem Mansardenfenster halb ins Freie schieben musste. Mit der Dose Shrimps in dem kleinen Raum wäre sie bestimmt erstickt.

»Mach dir nichts draus«, sagte Alabama. »Ich nehme dich mal mit zu Prunier zum Shrimpsessen.«

Madame sagte, es sei unklug von Alabama, Stella zu Prunier einzuladen. Madame erinnerte sich noch an die Zeit, als sie in den Schlachterdünsten der Rue Duphot zusammen mit ihrem Mann Kaviar gegessen hatte. Für Madame war mit dem heraufbeschworenen Bild der Austernbar stets eine Vorahnung von Unheil verbunden: Auf Ausflüge zu Prunier folgten unweigerlich Revolution, Armut oder schlechte Zeiten. Madame war abergläubisch: Sie lieh sich nie Nadeln aus, hatte nie in Lila getanzt, und sie verband mit dem Gedanken an Kaviar, den sie so gern gegessen hatte, als sie ihn sich noch leisten konnte, stets ein unangenehmes Gefühl. Madame hatte große Angst vor jeglicher Art von Luxus.

Der Safran in der Bouillabaisse trieb Alabama das Wasser in die Augen und nahm dem Barsac den Geschmack. Während des Essens fummelte Stella ständig auf dem Tisch herum und wickelte etwas in ihre Serviette. Stella war von Prunier nicht so beeindruckt, wie Alabama es gewünscht hätte.

»Der Barsac ist ein Mönchswein«, bemerkte Alabama geistesabwesend.

Verstohlen fischte Stella aus dem tiefsten Suppengrunde, was immer es da herauszufischen gab. Sie war zu beschäftigt, um zu antworten. Sie war so vertieft wie jemand, der nach einer Leiche sucht.

»Was machst du da, um Himmels willen, *ma chère*?« Es ärgerte Alabama, dass Stella so wenig Begeisterung zeigte. Sie beschloss, nie mehr einen armen Menschen in ein teures Lokal einzuladen. Das war hinausgeworfenes Geld!

»Pst! Pst! *Ma chère* Alabama, ich habe Perlen gefunden – ganz große, drei Stück! Wenn die Ober es merken, sagen sie bestimmt, die Perlen gehören dem Restaurant, deshalb habe ich sie in meiner Serviette versteckt!«

»Wirklich?«, fragte Alabama. »Lass sehen!«

»Wenn wir draußen auf der Straße sind. Glaub mir nur. Wir werden reich sein, und du kriegst ein eigenes Ballett, und ich werde darin als Tänzerin auftreten.«

Die Mädchen beendeten atemlos ihr Mittagessen. Stella war zu aufgeregt, um beim Bezahlen der Rechnung ihren üblichen sinnlosen Protest zu erheben. Im bleichen, gefilterten Licht der Straße öffneten sie vorsichtig die Serviette.

»Endlich können wir ein Geschenk für Madame kaufen!«, krähte Stella.

Alabama inspizierte die kugelförmigen gelben Auswüchse.

»Das sind bloß Hummeraugen«, erklärte sie definitiv.

»Woher soll ich das wissen? Ich habe noch nie Hummer gegessen«, sagte Stella phlegmatisch.

Man stelle sich ein Leben vor, dessen einzige Hoffnung darin besteht, Perlen, Reichtümer oder sonstige Überraschungen zu finden, zusammengekocht am Grunde einer Bouillabaisse! Es war, als sei man noch ein Kind und halte seine Augen dauernd auf den Boden gerichtet, um einen verlorenen Pfennig wiederzufinden – nur dass Kinder mit den auf der Straße gefundenen Pfennigen kein Brot, keine Rosinen und keine Arzneischränkchen kaufen müssen!

Der Tag im Studio begann mit Alabamas Stunden.

In dem kalten Schuppen scheuerte eine Putzfrau den Boden und hustete. Die Frau stieß mit tauben Fingern durch die Flamme des Ölofens und knipste den Docht kürzer.

»Die arme Frau!«, sagte Stella. »Ihr Mann schlägt sie jeden Abend, sie hat mir die Stellen gezeigt. Weißt du, ihr Mann hat seit dem Krieg keinen Unterkiefer mehr. Ob wir ihr vielleicht etwas schenken sollen?«

»Ich will es nicht hören, Stella! Wir können nicht mit aller Welt Mitleid haben!«

Zu spät. Alabama hatte bereits das geronnene schwarze Blut unter den Nägeln der Frau bemerkt, die vom harten Schrubber im Eimer mit eiskaltem Eau de Javelle aufgerissen waren. Alabama gab der Frau zehn Franc und hasste sie dafür, weil sie ihr Mitleid geweckt hatte. Die Studioarbeit in der kalten, asthmatischen Staubluft war schlimm genug, auch ohne dass man von der Existenz dieser Frau wusste. Stella entfernte Dornen von Rosenstielen und sammelte auf dem Boden verstreute Blütenblätter ein. Sie und Alabama zitterten vor Kälte und machten sich schnell an die Arbeit, um warm zu werden.

»Zeig mir noch mal, was Madame dir in deinen Privatstunden gezeigt hat«, drängte Stella.

Alabama machte ihr immer wieder das atemraubende Anspannen und Lockern der Muskeln vor, das man brauchte, um den Schwebezustand der *elevation* zu erreichen. Da musste man nun unentwegt üben und üben, und nach drei Jahren konnte man sich vielleicht zwei Zentimeter höher heben – und das war nicht gewiss!

»Und wenn du deinen Körper hochgeschnellt hast, musst du ihn auf halber Höhe fallen lassen – so.« Sie wuchtete ihre Figur mit beachtlichem Schwung in die Luft und sank schlapp wie ein Ballon, dem die Luft ausgeht, wieder auf den Boden zurück.

»Oh, du wirst eine tolle Tänzerin!«, seufzte das Mädchen dankbar. »Aber ich weiß wirklich nicht, *warum* du das willst, du hast doch schon einen Mann.«

»Verstehst du denn nicht, dass ich nicht versuche, irgendwas für mich zu bekommen – jedenfalls nicht bewusst –, sondern um etwas von mir loszuwerden?«

»Aber warum?«

»Um hier zu sitzen, auf meine Stunde zu warten und das Gefühl zu haben, dass diese meine Unterrichtsstunde herrenlos gewesen wäre und nur auf mich gewartet hätte, wenn ich nicht gekommen wäre.«

»Ist dein Mann nicht böse, wenn du immer so lange weg bist?«

»Doch. Er ist so böse darüber, dass ich jedes Mal noch länger wegbleiben muss, damit wir keinen Streit bekommen.«

»Mag er das Ballett nicht?«

»Kein Mensch mag es, außer Tänzern und Tänzerinnen und Sadisten.«

»Du bist unverbesserlich! Zeig mir noch mal den *jeté.*«

»Den kannst du nicht – du bist zu dick.«

»Mach ihn mir noch mal vor, dann kann ich dich auf dem Klavier begleiten.«

Wenn irgendetwas mit dem Adagio nicht klappte, gab Alabama in stillem, verhaltenem Zorn dem Mädchen die Schuld.

»Es ist, als ob du etwas aus weiter Ferne hörst«, kam Madame zu Hilfe.

Alabama brachte es nicht fertig, Hören in Körperbewegungen umzusetzen. Sie fühlte sich gedemütigt, mit den Hüften hören zu sollen.

»Ich höre nur Stellas Dissonanzen«, flüsterte sie zornig. »Sie hält keinen Takt.«

Wenn sich die Schülerinnen untereinander zankten, zog sich Madame zurück.

»Die Tänzerin führt die Musik an«, sagte sie knapp. »Das Ballett ist nicht die Melodie.« Eines Nachmittags kam David mit ein paar alten Freunden vorbei. Als Alabama sie sah, wurde sie wütend auf Stella.

»Meine Stunden sind keine Zirkusveranstaltung. Warum hast du sie reingelassen?«

»Er ist dein *Mann*! Ich kann doch nicht wie ein Drachen vor der Tür stehen und aufpassen!«

»Failli, cabriole, cabriole, failli, soubresaut, failli, coupé ballonné, ballonné, ballonné, pas de basque, deux tours.«

»Sind das nicht die *Geschichten aus dem Wienerwald*?«, fragte die große, schicke Dickie und strich sich übers Kleid.

»Ich weiß nicht, warum Alabama nicht bei Ned Weyburn ist«, sagte die elegante Miss Douglas mit Haaren wie eine rote Pyramide aus Porphyr.

Die gelbe Nachmittagssonne goss warme Vanillesoße durchs Fenster. *»Failli, cabriole.«* Alabama hatte sich in die Zunge gebissen. Sie rannte zum Fenster, um das hervorsickernde Blut auszuspucken. Sie war sich der Frau neben ihr in gesteigertem Maße bewusst. Das Blut tröpfelte ihr übers Kinn.

»Was ist los, *chérie*?«

»Nichts.«

Miss Douglas entrüstete sich: »Ich finde es lächerlich, so zu schuften. Es kann ihr doch keinen Spaß machen, wenn ihr dabei der Schaum vor dem Mund steht!«

Dickie sagte: »Es ist abscheulich! Das wird sie nie in einem Salon vorführen können! Wozu soll das gut sein?«

Alabama hatte sich ihrem Ziel nie so nahe gefühlt wie gerade jetzt. *»Cabriole, failli«* … Die Russin verstand das »Warum«, und sie selbst fühlte sich nahe daran, es zu verstehen. Sie fühlte, dass sie es genau wissen würde, wenn sie erst mit den Armen hören und den Füßen sehen konnte. Es schien ihr unverständlich, dass ihre Freunde einzig und allein mit den Ohren hören wollten. Das war das »Warum«! Tiefempfundene Loyalität gegenüber ihrer Arbeit bemächtigte sich ihrer. Warum musste sie das erklären?

Wir treffen dich im Bistro an der Ecke, schrieb David ihr auf einen Zettel.

»Wollen Sie sich Ihren Freunden anschließen?«, fragte Madame beiläufig, als Alabama die Nachricht las.

»Nein«, antwortete Alabama schroff.

Die Russin seufzte: »Warum nicht?«

»Das Leben ist zu traurig, und nach dem Unterricht bin ich zu verschwitzt.«

»Was werden Sie allein zu Hause machen?«

»Sechzig *fouettés.*«

»Vergessen Sie nicht den *pas de bourrée*!«

»Warum darf ich nicht die gleichen Schritte tanzen wie Arienne?«, bestürmte Alabama Madame. »Oder wenigstens die gleichen wie Nordika? Ich tanze fast so gut wie sie, hat Stella gesagt!«

Also führte Madame Alabama durch die Schwierigkeiten des Walzers aus *Le Pavillon d'Armide;* Alabama wusste, dass sie wie ein Kind beim Seilspringen hüpfte.

»Sehen Sie«, sagte Madame, »es ist noch zu früh! Es ist schwierig, für Diaghilew zu tanzen.«

Diaghilew setzte seine Proben morgens um acht Uhr an. Seine Tänzer und Tänzerinnen verließen das Theater gegen ein Uhr nachts. Von der vorgeschriebenen Arbeit mit dem Ballettmeister gingen sie direkt ins Studio. Diaghilew bestand darauf, dass sie in einem ständigen nervösen Spannungszustand lebten, damit ihnen Ruhelosigkeit – was für sie nur Tanz bedeuten konnte – zur Notwendigkeit wurde wie eine Droge. Sie arbeiteten ohne Unterlass.

Eines Tages war Hochzeit in seiner Truppe. Alabama war überrascht, die Mädchen in Straßenkleidung, Pelzen und Schattenspitze zu sehen, als sie sich im Studio versammelten. Sie wirkten plötzlich älter. Etwas Vornehmes ging von ihnen aus, das kam daher, dass man trotz der billigen Kleider um ihre schönen Körper wusste. Wenn die Tänzerinnen mehr als fünfzig Kilo wogen, protestierte Diaghilew mit seiner hohen Piepsstimme: »Ihr müsst dünner werden. Ich kann meine Tänzerinnen nicht so lange in die Turnhalle schicken, bis sie für ein Adagio taugen.« Er betrachtete die Frauen nie als Tänzerinnen, bis auf die Stars. Alle waren beherrscht von einer starken, geradezu kultischen Verehrung für sein Genie. Er forderte von ihnen die völlige Auflösung ihrer Identität im Sinne seiner ganzheitlichen Ballettkonzeption.

Das war es, was sie von allen anderen Ensembles unterschied. In Diaghilews Produktionen gab es keine *petite marmite,* auch nicht im »Volk«, das er aus zerlumpten russischen Emigrantenkindern zusammenstellte. Alle lebten für den Tanz und ihren Meister.

So konnte auch Madame mit ätzender Kritik in der Stimme fragen: »Was machen Sie mit Ihrem Gesicht? Wir drehen hier keinen Film. Halten Sie also bitte Ihr Gesicht so ausdruckslos wie möglich!«

»Raż, dwa, tri, raż, dwa, tri …«

»Zeig es mir bitte, Alabama«, rief Stella verzweifelt.

»Wie soll ich es dir zeigen, ich kann es doch selber nicht«, antwortete Alabama gereizt. Sie ärgerte sich, wenn Stella sich mit ihr auf die gleiche Stufe stellte. Sie nahm sich vor, Stella nie wieder Geld zu geben, um ihr beizubringen, wohin sie gehörte. Aber dann kam das Mädchen wieder mit Tränen in den Augen an, nach ranziger Butter und anderen profanen Dingen des Lebens riechend, und bot ihr einen extra für sie gekauften Apfel oder ein Tütchen Pfefferminzbonbons an, und Alabama gab ihr wieder zehn Franc, um für den Apfel oder was auch immer zu bezahlen.

»Wenn du nicht da wärst«, sagte Stella, »wüsste ich nicht, wovon ich leben sollte! Mein Onkel kann mir kein Geld mehr schicken …«

»Und wovon lebst du, wenn ich wieder in Amerika bin?«

»Dann kommen andere Leute … vielleicht aus Amerika.« Stella lachte unbekümmert. Obwohl sie sehr viel von Zukunftsproblemen sprach, konnte sie nicht weiter als einen Tag im Voraus denken.

Eines Tages kam Maleena und gab Stella Geld. Sie wollte ein eigenes Studio eröffnen und bot Stella einen Job als Pianistin an, vorausgesetzt, sie könne genügend Schülerinnen aus Madames Klassen weglotsen. Dieses schäbige Unterfangen wollte Maleenas Mutter in die Hand nehmen – sie war früher selbst Tänzerin gewesen, aber keine besonders gute.

Die Mutter war so aufgeblasen wie die Feinkostwürste, von denen sie sich ernährte, und von den Wechselfällen des Lebens war sie halb erblindet. In ihren schwammigen, fettigen Händen hielt sie ein Lorgnon, mit dem sie die Tochter beäugte. »Wissen Sie«, sagte sie zu Stella, »die Pawlowa kann die *sauts sur les points* nicht halb so gut wie meine Tochter! Keine kann so gut tanzen wie meine Maleena! Werden Sie Ihren Bekannten sagen, dass sie in unser Ballettstudio kommen?«

Maleena hatte eine Hühnerbrust. Sie tanzte wie jemand, der Peitschenhiebe austeilt.

»Maleena ist wie eine Blume«, sagte die alte Dame. Wenn Maleena schwitzte, stank sie nach Zwiebeln. Maleena gab vor, Madame zu lieben. Sie war eine langjährige Schülerin von ihr. Die Mutter meinte, Madame hätte Maleena eine Rolle beim russischen Ballett besorgen müssen.

Als Stella vor dem Unterricht den Boden besprenkeln wollte, glitt ihr die Wasserkanne aus den Händen und überschwemmte das Parkett bis dorthin, wo Maleena in der Reihe stand. Maleena wagte nicht, sich zu beschweren, weil sie Angst hatte, Madame würde sie für streitsüchtig halten.

»Failli, cabriole, cabriole, failli …«

Maleena rutschte in der Pfütze aus und riss sich die Kniescheibe auf.

»Wusste ich es doch, dass unser Kästchen noch mal nützlich sein wird«, sagte Stella. »Alabama, hilf mir bitte mal mit dem Verband.«

»*… raż, dwa, tri*!«

»Die Rosen sind hinüber«, wurde Alabama von Stella vorwurfsvoll erinnert. Stella bat um alte Organdyröcke, die hinten nicht richtig zugingen und so weit auseinanderklafften, dass ihr schmuddeliges Trikot geradezu unanständig darunter hervorschaute. Alabama hatte sich die Röcke mit vier Volants auf einem breiten, die Hüften umspannenden Bund nähen lassen. Es kostete sie jedes Mal fünf Franc, sie in der französischen Wäscherei bügeln zu lassen. Alabama hatte einen rot-weiß karierten Rock für Wetter wie in der Normandie, einen hellgrünen für dekadente Tage, einen in Rosa für ihre Stunden über Mittag und einen in Himmelblau für den späten Nachmittag. Morgens trug sie am liebsten weiße Röcke, die zum diffusen Licht passten, das durchs Oberlicht reflektiert wurde.

Als Oberteil kaufte sie sich baumwollene Radfahrerhemdchen und ließ sie in der Sonne zu Pastelltönen ausbleichen: dunkelorange zum rosa Rock und flaschengrün zum blass hellgrünen Rock. Alabama machte sich ein Vergnügen daraus, neue Farbkombinationen auszuprobieren. Ihre schon immer ausgeprägte Vorliebe für lebhafte Farben konnte sich im freizügigen Theatermilieu besonders gut entfalten. Für jede Stimmung wählte sie eine andere Farbe.

David beklagte sich, dass ihr Zimmer nach Eau de

Cologne stänke. Immer lag in einer Ecke ein Haufen dreckiger Sachen aus dem Studio. Die voluminösen, steifen Röcke wollten in keinen Kleiderschrank und keine Schublade passen. Alabama rieb sich in ihrer Arbeit völlig auf, die Unordnung in ihrem Zimmer nahm sie überhaupt nicht wahr.

Bonnie kam eines Tages herein, um Guten Morgen zu sagen. Alabama war spät dran, es war schon halb acht. In der feuchten Nachtluft war ihr gestärkter Rock schlapp geworden. Schlecht gelaunt wandte sie sich an Bonnie. »Du hast heute Morgen deine Zähne nicht geputzt«, sagte sie gereizt.

»Doch, habe ich wohl«, antwortete das kleine Mädchen trotzig und war wütend, weil die Mutter sie verdächtigte. »Du hast mir doch gesagt, dass ich das jeden Morgen als Erstes tun soll.«

»Das habe ich gesagt, und du hast dir einfach gedacht, heute lass ich es mal. Ich kann die Briochekrümel noch vorne auf deinen Zähnen sehen«, fuhr Alabama unerbittlich fort.

»Ich habe sie aber geputzt!«

»Lüg mich nicht an, Bonnie!«, rief die Mutter aufgebracht.

»Du lügst selber!«, schrie das Kind frech zurück.

»Sag das nicht noch mal zu mir!« Alabama packte die kleinen Arme und gab dem Kind einen gehörigen Klaps auf den Po.

Der scharfe klatschende Knall sagte ihr, dass sie heftiger zugeschlagen hatte, als beabsichtigt. Sie starrten sich gegenseitig ins rote vorwurfsvolle Gesicht.

»Es tut mir leid«, sagte Alabama überströmend, »ich wollte dir nicht wehtun.«

»Warum hast du mich dann geschlagen?«, fragte das Kind beleidigt.

»Ich wollte nur ein bisschen zuschlagen, damit du merkst, dass man für seine Missetaten bestraft werden muss.« Alabama glaubte selbst nicht, was sie da sagte, aber irgendeine Erklärung musste sie abgeben.

Alabama verließ eilends die Wohnung. Als sie an Bonnies Tür am Ende des Flurs vorbeikam, hielt sie kurz an.

»Mademoiselle?«

»*Oui*, Madame?«

»Hat Bonnie sich heute Morgen die Zähne geputzt?«

»Natürlich! Madame haben doch gesagt, dass das als Erstes nach dem Aufstehen gemacht werden muss, obwohl ich persönlich finde, dass es dem Zahnschmelz schadet …«

Verdammt, dachte Alabama ingrimmig, aber da waren doch Krümel. Was kann ich nur zu Bonnie sagen, damit sie sich nicht ungerecht behandelt fühlt?

Als Mademoiselle Ausgang hatte, kam Bonnie eines Nachmittags mit Nanny ins Studio. Die Tänzerinnen verwöhnten sie maßlos. Stella gab ihr Bonbons und Süßigkeiten. Mit der aufgeweichten Schokolade, die ihr am Mund klebte, verschmierte sich Bonnie das Gesicht. Sie schluckte und würgte. Alabama hatte dem Kind so streng eingeschärft, es dürfe keinen Mucks von sich geben, dass es nicht einmal zu husten wagte. Stella führte das kleine, keuchende Mädchen mit dem roten Gesicht in die Garderobe und klopfte ihr auf den Rücken.

»Willst du auch tanzen, wenn du mal größer bist?«, fragte Stella.

»Nein«, sagte Bonnie heftig. »So wie Mami sich benimmt, ist es mir zu *sérieuse.* Vorher war sie netter.«

»Madame«, sagte Nanny, »ich war wirklich überrascht, wie gut Sie sind, wirklich. Sie können es fast so gut wie die anderen. Ich weiß nicht, ob ich es fertigbrächte – Ihnen muss es sehr guttun.«

»Herrgott!«, sagte Alabama erbost.

»Wir alle müssen etwas zu tun haben, und Madame spielt ja nie Bridge«, fuhr Nanny unbeirrt fort. »Wir alle müssen etwas zu tun haben, und sobald wir's haben, hat es uns.«

Alabama hätte ihr am liebsten den Mund verboten.

»So ist es doch, oder?«

Als David sie wieder einmal im Studio besuchen wollte, protestierte sie.

»Warum denn nicht?«, fragte er. »Warum hast du es nicht gern, wenn ich dir beim Üben zusehe?«

»Das verstehst du nicht«, antwortete sie. »Du würdest nur feststellen, dass ich immer Sachen machen muss, die ich nicht kann, und du würdest mich entmutigen.«

Die Tänzerinnen arbeiteten stets bis zur völligen Erschöpfung.

»Warum *deboulé*?«, fragte Madame streng. »Das können Sie doch schon halbwegs passabel.«

»Du bist so dünn geworden«, sagte David onkelhaft. »Es hat doch keinen Sinn, wenn du dich deswegen umbringst. Du weißt doch hoffentlich, dass es in der Kunst einen himmelweiten Unterschied gibt zwischen einem Dilettanten und einem Profi?«

»Du meinst dich und mich …«, sagte sie nachdenklich.

Er führte sie seinen Freunden vor, als sei sie ein Bild von ihm.

»Fühl mal ihre Muskeln«, sagte er. Ihr Körper war fast der einzige Kontakt, den sie miteinander hatten.

Die hervorstehenden Knochen ihrer mageren Gestalt glühten mit der zunehmend verzweifelten Müdigkeit, die sie von innen her ausstrahlte.

David stand sein Erfolg zu – er hatte sich das Recht, Kritik zu üben, erworben. Alabama hatte das Gefühl, dass sie der Welt nichts zu geben habe und dass sie mit dem, was sie sich nahm, nichts anzufangen wusste.

Die Hoffnung, in Diaghilews Ballett eintreten zu können, türmte sich vor ihr auf wie eine schützende Kathedrale.

»Du bist nicht die Erste, die Tänzerin werden will«, sagte David. »Deswegen brauchst du dich nicht so zu haben!«

Alabama war deprimiert. Sie nährte ihre Eitelkeit von der fragwürdigen Kost Stellas großzügiger Schmeicheleien.

Stella war der Sündenbock des Studios. Die überspannten und stets aufeinander eifersüchtigen Mädchen ließen Zorn und schlechte Laune gern an der unbeholfenen, dicken Polin aus. Sie gab sich solche Mühe, allen zu Gefallen zu sein, dass sie allen auf die Nerven ging – und sie schmeichelte allen.

»Ich kann mein neues Tanztrikot nicht finden – es hat vierhundert Franc gekostet«, schimpfte Arienne. »Glaubt ihr vielleicht, ich kann vierhundert Franc zum Fenster rausschmeißen! Diebe hat es im Studio noch nie gegeben!« Sie starrte die Tänzerinnen durchdringend an, und ihr Blick blieb an Stella hängen.

Man holte Madame, damit sie den aufkommenden Streit schlichte. Stella hatte das Trikot in Nordikas Truhe gesteckt. Nordika sagte ärgerlich, nun müsse sie ihre Tuniken reinigen lassen. Das hätte sie nicht zu sagen brauchen – Arienne war von makelloser Sauberkeit.

Stella hatte es auch fertiggebracht, Kira hinter Arienne zu platzieren, damit sie deren ausgezeichnete Technik lernen konnte. Kira war ein hübsches Mädchen mit langen, braunen Haaren und prallen Rundungen. Sie wurde protegiert – niemand wusste, von wem –, aber sie war unfähig, sich ohne Anleitung beim Tanzen zu bewegen.

»Die Kira«, ereiferte sich Arienne, »verdirbt mir mein Konzept. Sie schläft an der Stange und schläft auf dem Parkett. Als ob sie zu einer Schlafkur hier wäre!«

Kira war gebrochen. »Arienne«, bettelte sie, »kannst du mir nicht mit dem Beinanschlag helfen?«

»Du hast keinen Beinanschlag«, wetterte Arienne, »höchstens einen Schlag. Und du kannst Stella sagen, dass ich mir meine *protegées* selbst aussuchen kann!«

Als Stella Kira sagen musste, sie solle weiter unten an die Stange gehen, lief Kira heulend zu Madame.

»Was geht es Stella an, wo ich stehe?«

»Nichts«, antwortete Madame. »Aber sie ist nun mal hier. Tu einfach so, als wäre sie Luft.«

Madame sprach nie viel. Dass die Mädchen sich untereinander stritten, schien sie zu erwarten. Manchmal erklärte sie ihnen ihre Auffassung von Gelb, Kirschrot oder Mendelssohn. Unweigerlich entging Alabama der Sinn ihrer Worte. Er versank im dunklen Rauschen des auf und ab wogenden Marmarameers – in der russischen Sprache.

Gelegentlich glänzten Madames braune Augen wie ein rotgoldener Pfad in einem herbstlichen, nebelverhangenen Buchenwald, auf dem sich mit jedem Fußabdruck kleine, klare Seen bilden. Im Rhythmus von Madames Armen schwangen sich die Klassen hin und her wie eine Boje in den Wellen der Flut. Madame sprach fast nie in jener unheimlich klingenden östlichen Sprache, aber die Mädchen waren alle musikalisch; sie verstanden, dass Madame vom Geltungsbedürfnis so vieler Schülerinnen erschöpft war, sobald die Pianistin mit der getragenen Melodie aus dem Zwischenakt der *Cléopâtre* begann, und dass die Stunde interessant und anstrengend werden würde, wenn die Musik von Brahms war. Madame schien außerhalb ihrer Arbeit kein Leben zu haben. Sie lebte nur, wenn sie choreographierte.

»Stella, wo wohnt Madame eigentlich?«, fragte Alabama neugierig.

»Aber, *ma chère.* Das Studio ist ihr Zuhause«, antwortete Stella, »wie für uns.«

Eines Tages wurde Alabamas Stunde von Männern mit Messlatten unterbrochen. Sie schritten den Fußboden ab und stellten umständlich Schätzungen und Berechnungen an. Am Ende der Woche wollten sie noch mal kommen.

»Was soll das?«, fragten die Mädchen.

»Wir müssen umziehen, meine Lieben«, antwortete Madame betrübt. »Aus meinem Studio wird jetzt ein Kino gemacht.«

Nach ihrer letzten Stunde suchte Alabama hinter den

abmontierten Spiegeln nach all den verflossenen Pirouetten und nach Anfang und Ende von tausend Arabesken.

Aber da lag nur dicker Staub, und an der Wand, an der der riesige Spiegel hing, waren die Spuren rostiger Haarnadeln zu sehen.

»Ich dachte, ich finde vielleicht etwas«, erklärte sie schüchtern, als sie merkte, dass Madame sie befremdet ansah.

»Und siehe da, nichts dahinter!«, sagte die Russin und drehte die Handflächen nach oben. »Wenn wir im neuen Studio sind, dürfen Sie ein Tutu tragen«, fügte sie hinzu. »Sie haben mich gebeten, es Ihnen zu sagen, wenn es so weit ist. Vielleicht finden Sie etwas in seinen Falten versteckt?«

Die großartige Frau war traurig, den altersgrauen Raum verlassen zu müssen, der so von ihrer Arbeit durchtränkt war. Auch Alabama hatte den abgenutzten Boden weichgeschwitzt, hatte mit Fieber und Bronchitis hier gearbeitet und dem zugigen Winter getrotzt, und in St. Sulpice brannten ihre Kerzen. Auch sie war sehr traurig, dass sie gehen mussten.

Alabama, Stella und Arienne halfen Madame beim Umzug: Sie ordneten die Stapel alter, beiseitegelegter Röcke, die zerschlissenen Ballettschuhe und abgelegten Leibchen. Während sie die Sachen sortierten und ausrangierten, die sie so sehr an ihre Anstrengung erinnerten, formvollendete Schönheit zu erlangen, beobachtete Alabama die Russin.

»Nun?«, sagte Madame. Dann sagte sie mit unbewegtem Gesicht: »Ja, es ist sehr traurig.«

3

Die hohen, eckigen Wände des neuen Studios im russischen Ballettkonservatorium brachen das Licht in Diamantfacetten.

Alabama stand verloren im unpersönlichen Raum, ganz allein mit sich und ihrem Körper und den sich aufdrängenden Gedanken –, wie eine Witwe, die von vielen Gegenständen der Vergangenheit umgeben ist. Ihre langen Beine staksten aus dem weißen Tutu – eine Statuette, die auf der Mondkugel steht.

»Khorosho«, sagte die Ballettmeisterin. Das gutturale Wort klang nach Donner und Hagelschlag über der Steppe. Das Gesicht der Russin war ein weißes Prisma, wie verhangenes Sonnenlicht auf einem Kristallblock. Auf ihrer Stirn zeichneten sich blaue Adern wie bei einer Herzkranken ab. Sie war aber nicht krank, allenfalls litt sie Entbehrung. Sie führte ein hartes Leben. Ihr Mittagessen nahm sie in einem Köfferchen mit ins Studio: Käse und einen Apfel und eine Thermosflasche mit kaltem Tee. Sie saß auf den Stufen zum Podium und starrte durch die düsteren Rhythmen des Adagio ins Leere.

Alabama näherte sich von hinten der geisterhaften Gestalt, die ihren Körper wie eine Lanze mit den Händen umklammert hielt. Ein schmerzliches Lächeln flog über die Züge der Ballettmeisterin: Die Lust am Tanzen ist hart erworben. Hals und Brust schwitzten und waren rot angelaufen. Die Schulterblätter waren stark und kräftig und lagen wie ein schweres Joch über den dünnen Armen. Alabama blickte der weißen Dame freundlich ins Gesicht.

»Was sehen Sie da in der Luft?«

Die Russin strahlte eine ungeheure Zärtlichkeit und Selbstverleugnung aus.

»Formen, mein Kind, Umrisse von Dingen.«

»Schöne?«

»Ja.«

»Die möchte ich tanzen.«

»Dann gib acht auf die Muster. Die Schritte machst du gut, aber du folgst nie der Figur. Ohne sie kannst du nichts ausdrücken.«

»Ich werde mir Mühe geben.«

»Also los, *chérie,* es war meine erste Rolle.«

Alabama überließ sich der langsamen Würde dieses unpersönlichen Rituals und der gierigen Geißelung russischer Elevinnen. Langsam bewegte sie sich zu den feierlichen Klängen des Adagio aus *Le Lac de Cygnes.*

»Warte einen Moment.«

Sie erblickte das weiße, durchsichtige Gesicht im Spiegel. Ein Lächeln kreuzte das andere und zersplitterte.

»Ich will das tanzen, und wenn ich mir das Bein dabei breche«, sagte sie und begann von Neuem.

Die Russin zog sich den Schal um die Schultern. Aus einem tiefen Mystizismus heraus sagte sie zögernd und ohne Überzeugung: »Das lohnt sich nicht, dann kannst du nicht mehr tanzen.«

»Nein«, sagte Alabama, »es lohnt sich nicht.«

»Ach, Kleine«, seufzte die alternde Ballerina, »du wirst es schon richtig machen.«

Das neue Studio war anders. Madame hatte weniger Platz, und sie gab weniger Stunden umsonst. Die Garderobe war zu klein, um *changements du pieds* zu üben. Die Tuniken waren sauberer, seit man sie nicht mehr zum Trocknen aufhängen konnte. Es gab viele Engländerinnen in den Klassen, die immer noch daran glaubten, dass man gleichzeitig leben und tanzen könne. Sie füllten die Vorzimmer mit Geschwätz von Bootsfahrten auf der Seine und Gesellschaften auf dem Montparnasse. In den Nachmittagsklassen war es schrecklich: Immer hing der schwarze Dunst vom Bahnhof über dem Oberlicht, und es waren zu viele Männer dabei. Ein schwarzer, klassischer Tänzer aus den Folies Bergères erschien an der Stange. Er hatte einen phantastischen Körper, aber die Mädchen lachten über ihn. Sie lachten auch über Alexandre mit der Brille und dem Intellektuellengesicht – er hatte in Moskau, als er noch beim Militär war, eine eigene Ballettloge besessen. Sie lachten über Boris, der jedes Mal vor der Stunde im Café nebenan zehn Tropfen Baldrian einnahm. Sie lachten über Schiller, weil er alt war und sein Gesicht vom vielen Make-up im Lauf der Jahre aufgedunsen wie bei einem Barkeeper oder einem Clown. Sie lachten über Danton, weil er den Spitzentanz beherrschte, auch wenn er zu verbergen suchte, wie großartig er anzuschauen war. Sie lachten über jeden, nur nicht über Lorenz – niemand hätte über Lorenz lachen können. Er hatte das Gesicht eines Fauns aus dem 18. Jahrhundert, und seine Muskeln wölbten sich in stolzer Perfektion. Wenn man seinem braunen

Körper zusah, wie er die Rhythmen einer Mazurka von Chopin abzirkelte, kam das einer Offenbarung gleich. Er war schüchtern und liebenswürdig, obwohl er der hinreißendste Tänzer der Welt war. Manchmal saß er nach dem Unterricht mit den Mädchen zusammen, trank Kaffee aus einem Glas und kaute weiche, russische Mohnbrötchen. Er verstand die elegante geistige Unabhängigkeit eines Mozart, er kannte den Wahnsinn, gegen den das überlieferte Bewusstsein schon früh jeden impft, der sich einmal mit der Realität auseinandersetzen soll. Die *voluptés* eines Beethoven waren leicht für Lorenz, und bei den wirbelnden Umdrehungen eines modernen Musikers musste er nicht mitzählen. Er sagte, auf Schumann könne er nicht tanzen, und er konnte es wirklich nicht. Entweder war er zu schnell oder zu langsam im Takt, und er sprengte die romantischen Kadenzen bis zur Unkenntlichkeit. Für Alabama war er der Größte.

Arienne erkaufte sich das Nichtausgelachtwerden mit koboldartiger Bosheit und untadeliger Technik.

Wenn jemand sagte »Ist das ein Wind heute!«, dann bekam er zur Antwort: »Arienne dreht Pirouetten.« Ihr Lieblingsmusiker war Liszt. Sie spielte ihren Körper aus, als sei er ein Xylophon. Bei Madame hatte sie sich unentbehrlich gemacht. Wenn Madame eine Schrittfolge von zehn oder mehr Schritten verlangte, war Arienne die Einzige, die das schaffte. Ihr ausgestreckter Spann und die Spitzen ihrer Schuhe durchschnitten die Luft wie ein Bildhauermeißel. Nur ihre Arme waren zu stämmig und konnten das Unendliche nicht fassen; sie waren zusammengepresst vom Gewicht zu großer Stärke und zu vielen Muskeln. Sie erzählte gern, wie einmal bei einer Operation alle Ärzte zusammengeströmt seien, um die Anatomie ihrer Muskeln zu bestaunen.

Alabama wurde von den Mädchen aus der Klasse umringt. Sie sagten: »Du hast ja riesige Fortschritte gemacht.«

»Ihr werdet Alabama den gebührenden Platz einräumen müssen«, beschied ihnen Madame.

Alabama machte jeden Abend vierhundert *battements.*

Arienne und Alabama teilten sich jeden Tag die Taxikosten bis zur Place de la Concorde. Arienne bestand darauf, dass Alabama zu ihr zum Mittagessen kam. »Ich bin so oft bei dir«, sagte sie, »ich möchte nicht in deiner Schuld stehen.«

Ihre gegenseitige Anziehungskraft beruhte auf dem Wunsch herauszufinden, worauf sie beim anderen eifersüchtig waren. Beide hatten insgeheim keinen Respekt vor Disziplin; das verband sie miteinander in einer Art Jungmädchenfreundschaft.

»Du musst dir meine Hunde ansehen«, sagte Arienne. »Einer ist ein Dichter, und der andere ist ganz brav erzogen.«

Auf kleinen Tischen standen Farnkräuter, die in der Sonne silbern schimmerten, und viele Fotos mit Autogrammen.

»Ich habe keine Fotografie von Madame.«

»Vielleicht gibt sie uns eine.«

»Wir könnten uns eine von dem Fotografen kaufen, der bei ihrer letzten Ballettvorstellung Aufnahmen gemacht hat«, schlug Arienne verschmitzt vor.

Madame war einerseits geschmeichelt, andererseits

ärgerlich, als die beiden mit den Fotografien ins Studio kamen.

»Ich gebe euch bessere«, sagte sie.

Sie gab Alabama ein Foto von sich aus *Carnaval.* Darauf trug sie ein weites gepunktetes Kleid, von ihren Händen wie Schmetterlingsflügel ausgebreitet. Madames Hände erstaunten Alabama immer wieder: Sie waren nicht lang und schmal, sondern stummelig. Arienne bekam ihr Foto nie, und sie neidete Alabama das ihre und wurde eifersüchtiger denn je.

Madame gab ein Einweihungsfest im Studio. Sie tranken viele Flaschen süßen Champagner, den die Russen mitbrachten, und dazu aßen sie klebrigen russischen Kuchen. Alabama steuerte zwei Magnumflaschen Pol Roger Brut bei, aber der Fürst, Madames Ehemann, war in Paris erzogen und nahm die Flaschen mit nach Hause, um sie selbst zu trinken.

Alabama war übel von dem Gummigebäck – der Fürst wurde abkommandiert, sie im Taxi nach Hause zu bringen.

»Ich rieche überall Maiglöckchen«, sagte sie. Ihr Kopf schwamm von der Hitze und vom Wein. Sie hielt sich an den Halteschlaufen im Auto fest und versuchte, sich nicht zu übergeben.

»Sie arbeiten zu viel«, sagte der Fürst.

Im flackernden Schein der Straßenlaternen sah ihr Gesicht hager aus. Es hieß, der Fürst unterhalte mit dem Geld von Madame eine Geliebte. Und die Pianistin unterhielt ihren Mann – er war krank. Fast jeder unterhielt irgendwen. Alabama konnte sich nicht erinnern, dass sie das je gestört hätte – das waren eben die Anforderungen des Lebens.

David sagte, er würde ihr gern helfen, eine erstklassige Tänzerin zu werden, aber er glaube nicht, dass sie es je würde. Er hatte in Paris viele Freundschaften geschlossen. Wenn er aus seinem Atelier nach Hause kam, brachte er fast immer jemanden mit. Dann gingen sie zusammen zum Essen, saßen unter Radierungen von Montagné, inmitten von Leder und buntem Glas und zwischen Plüsch und Blumenbuketts in den Restaurants rund um die Place de l'Opéra. Wenn sie versuchte, David dazu zu bewegen, früher heimzugehen, wurde er böse.

»Worüber beklagst du dich? Du hast dir doch all deine Freundschaften mit deinem verdammten Ballett vergrault!«

Mit seinen Freunden tranken sie Chartreuse auf den Boulevards und unter Rosenquarzlampen und Bäumen, die von der Nacht über die Straße gebreitet wurden wie Federfächer fügsamer Kurtisanen.

Alabamas Arbeit wurde immer schwieriger. In den Irrgärten tyrannischer *fouettés* empfand sie ihre Beine als baumelnde Schinken. Im schnellen Schwung der *entrechats cinq* dachte sie, ihre Brüste hingen wie leere Euter herab. Im Spiegel konnte sie es nicht sehen. Sie bestand nur noch aus Sehnen. Der Wahn, Erfolg haben zu müssen, verfolgte sie. Sie arbeitete, bis sie sich wie ein von Hörnern durchbohrtes Pferd in der Stierkampfarena vorkam, das seine Eingeweide hinter sich herschleppt.

Ohne die leitende Hand, die alle Elemente miteinander

in harmonische Verbindung bringt, zerfiel der Haushalt in lauter unzufriedene Bestandteile. Bevor Alabama morgens die Wohnung verließ, machte sie einen Speiseplan für die Köchin, um den sie sich aber nicht scherte. Die Köchin stellte die Butter in den Kohleneimer, kochte jeden Tag Kaninchen für den Hund Adage, und die Familie musste essen, was sie vorgesetzt bekam. Eine neue Köchin zu finden, war aussichtslos, und die Wohnung war auch nicht das Wahre. Das Familienleben war nichts anderes als ein Nebeneinanderherleben von Individuen. Eine Basis gemeinsamer Interessen fehlte.

Bonnie kamen ihre Eltern ähnlich wie Sankt Nikolaus vor: angenehm aber unberechenbar. Für Bonnies Leben außerhalb des Bannkreises von Mademoiselle waren sie ohne Bedeutung.

Mademoiselle ging mit Bonnie im Jardin du Luxembourg spazieren; die Kleine sah in ihren kurzen weißen Handschuhen sehr französisch aus, wenn sie ihren Reifen zwischen den Beeten der metallisch glänzenden Zinnien und Geranien vor sich hertrieb. Sie wuchs schnell. Alabama wollte, dass sie Ballettunterricht nähme. Madame hatte versprochen, sie in die Anfänge einzuweihen, sobald sie Zeit hätte. Bonnie sagte, sie habe keine Lust zu tanzen – eine Abneigung, die Alabama nicht verstand. Bonnie berichtete, dass Mademoiselle mit einem Chauffeur in den Tuilerien spazieren ging. Mademoiselle sagte, es sei unter ihrer Würde, auf so eine Unterstellung zu antworten. Die Köchin sagte, die Haare in der Suppe kämen von dem schwarzen Schnurrbart des Dienstmädchens Marguerite. Adage bekam sein Futter auf einem seidenen Sofa serviert. David sagte, die Wohnung sei eine Pesthöhle. Die Leute über ihnen spielten morgens um neun auf dem Plattenspieler *Pulcinella* und raubten ihm den Schlaf. Alabama verbrachte immer mehr Zeit im Studio.

Endlich nahm Madame die kleine Bonnie als Schülerin auf. Für ihre Mutter war es ein aufregendes Gefühl, mit anzusehen, wie die kleinen Arme und Beine ernst und aufmerksam den schwungvollen Bewegungen der Tänzerin folgten. Die neue Mademoiselle, die bei einem englischen Herzog in Stellung war, bemängelte, dass die Studioatmosphäre für das Kind nicht geeignet sei. Das kam daher, weil sie kein Russisch verstand. Sie hielt die Tänzerinnen für infernalische Teufel, die in einer Kakophonie fremder Laute schnatterten und vor dem Spiegel in ungehörigen Stellungen posierten. Die neue Mademoiselle war offenbar eine Dame mit schwachen Nerven. Madame meinte, Bonnie habe kein Talent, aber es sei noch zu früh, um Endgültiges zu sagen.

Eines Morgens ging Alabama sehr früh ins Studio. Vor neun Uhr ist Paris eine Tuschzeichnung. Um dem dichten Verkehr auf dem Boulevard des Batignolles zu entgehen, versuchte Alabama es mit der Métro. Dort roch es nach Bratkartoffeln, und auf den feuchten Treppen rutschte sie auf Spucke aus. Sie hatte Angst, dass ihr die Menschenmenge die Füße zertrampelte. Eine weinende Stella erwartete sie im Vorzimmer.

»Du musst mich vertreten«, sagte sie. »Mich nutzt Arienne nur aus. Ich bessere ihre Schuhe aus, klebe ihr die Notenblätter wieder zusammen, und Madame hat gesagt, ich könne mir Geld verdienen, wenn ich zu Ariennes Stunden spiele, und jetzt will Arienne nicht.«

Arienne beugte sich in einer dunklen Ecke über ihre Korbtruhe. Sie packte.

»Ich tanze nicht mehr«, sagte sie. »Madame hat Zeit für Kinder, Zeit für Amateure, Zeit für alle Welt, aber Arienne Jeanneret muss üben, wenn sie keine anständige Pianistin als Begleitung kriegen kann.«

»Ich tue mein Bestes. Du brauchst mir nur zu sagen wie«, schluchzte Stella.

»Ich sage es dir doch: Du bist ein nettes Mädchen, aber Klavier spielst du saumäßig!«

»Wenn du mir nur erklären würdest, wie du es willst«, flehte Stella sie an. Es war schrecklich, das rote, vor Angst und Tränen aufgequollene Zwergengesicht ansehen zu müssen.

»Ich kann es dir auf der Stelle erklären: Ich bin eine Künstlerin, keine Klavierlehrerin. Arienne geht, damit Madame mit ihrem Kindergarten weitermachen kann.« Jetzt weinte auch sie vor Wut und Enttäuschung.

»Wenn irgendjemand geht, Arienne«, sagte Alabama, »dann bin ich es. Dann kannst du deine Stunde wiederhaben.«

Arienne drehte sich weinend zu ihr um.

»Ich habe Madame erklärt, dass ich abends nach der Opernprobe nicht mehr üben kann. Meine Stunden kosten Geld. Ich kann mir nicht leisten, hier Stunden zu nehmen, wenn ich dabei keine Fortschritte mache. Ich zahle genauso viel wie du!«

Arienne wandte sich trotzig an Alabama. »*Ich* muss von meiner Arbeit leben«, fügte sie verächtlich hinzu.

»Kinder müssen auch mal anfangen«, sagte Alabama. »Du hast selber gesagt, man muss früh anfangen. Beim ersten Mal, als wir uns gesehen haben, hast du das gesagt.«

»Natürlich. Aber sie sollen unten anfangen und nicht da, wo die Großen sind!«

»Dann teile ich meine Stunden mit Bonnie«, sagte Alabama schließlich. »Du musst bleiben.«

»Du bist so lieb.« Arienne lachte plötzlich wieder. »Madame ist zu weich, ständig will sie etwas anderes«, sagte sie. »Also fürs Erste bleibe ich.«

Sie küsste Alabama spontan auf die Nase.

Bonnie wehrte sich gegen ihren Unterricht – drei Wochenstunden bei Madame. Madame war von dem Kind fasziniert. Die persönlichen Gefühle dieser Frau mussten irgendwo in den kleinen Zwischenräumen ihrer nicht enden wollenden Arbeitszeit untergebracht werden. Sie schenkte Bonnie Obst und Katzenzungen und gab sich große Mühe, ihr die richtige Fußstellung beizubringen. Bei Bonnie traten Madames Gefühle zutage; trotzdem behielt sie zum Tanz eine engere emotionale Beziehung als zu Menschen mit ihren sentimentalen Gefühlen. Das kleine Mädchen sprang zu Hause nur noch im *pas de bourrée* umher.

»Mein Gott«, sagte David, »eine in der Familie ist genug. Ich halte das nicht mehr aus.«

David und Alabama gingen im muffigen Flur hastig aneinander vorbei. Beim Essen saßen sie weit auseinander und blickten sich an wie Gegner, die nur auf eine feindselige Geste warten.

»Wenn du nicht mit dem Summen aufhörst, Alabama, werde ich verrückt«, stöhnte er.

Es musste einfach stören, dass ihr die Ballettmusik

ständig durch den Kopf ging. Für etwas anderes war kein Platz mehr. Trotzdem behauptete Madame, Alabama sei nicht musikalisch. Alabama stellte sich Musik ganz bildhaft und plastisch vor: Manchmal fühlte sie sich in einen Faun verwandelt in zwielichtigen Gefilden, die von keiner Menschenseele durchdrungen waren außer ihr selbst, manchmal in eine einsame Statue längst vergessener Götter, die an einem leeren Strand von Wellen umspült wird – eine Prometheusstatue.

Im Studio machte sich allmählich der Geruch aufsteigender Karrieren breit: Arienne bestand die Abschlussprüfung an der Oper als Erste aus ihrer Gruppe. Ihr Erfolg erfüllte den ganzen Raum. Sie brachte ein paar Französinnen mit in die Klasse, die in ihren langen Ballettröcken und rückenfreien Oberteilen sehr kokett und nach Degas aussahen. Sie waren von oben bis unten einparfümiert und meinten, der Geruch der Russinnen mache sie krank. Die Russinnen beschwerten sich bei Madame, sie bekämen beim Gestank des französischen Moschusöls keine Luft mehr. Madame besprenkelte den Boden mit Wasser und Zitronenöl, um sie alle zu beruhigen.

»Ich soll vor dem französischen Staatspräsidenten tanzen!«, rief Arienne eines Tages jubelnd aus. »Ach, Alabama, endlich fangen sie an, La Jeanneret zu würdigen!«

Alabama konnte eine Welle des Neides nicht unterdrücken. Sie freute sich für Arienne, gewiss. Arienne arbeitete hart und hatte nichts im Leben außer ihrem Tanz. Trotzdem wünschte sie, sie stünde an ihrer Stelle.

»Jetzt muss ich meine kleinen Kuchen und den *cap corse* aufgeben und drei Wochen lang wie eine Heilige leben. Aber bevor ich damit anfange, möchte ich eine Party geben. Madame wird natürlich nicht kommen. Sie geht lieber mit dir zum Essen – mit Arienne geht sie nicht aus. Wenn ich sie frage, warum nicht, antwortet sie: ›weil du kein Geld hast, das ist etwas ganz anderes‹. Eines Tages werde ich Geld haben.«

Sie schaute Alabama an, als erwarte sie Widerspruch. Alabama hatte aber zu diesem Thema keine Meinung.

Eine Woche vor Ariennes Auftritt setzte die Oper eine Probe an, die auf die Stunde bei Madame fiel. »Dann kann ich ja in Alabamas Stunde arbeiten«, schlug sie vor.

»Wenn Alabama mit dir eine Woche lang tauschen will«, sagte Madame.

Aber Alabama konnte nachmittags um sechs nicht arbeiten. Das hätte bedeutet, dass David allein zu Abend essen müsste, und vor acht würde sie auf keinen Fall nach Hause kommen. Sie war sowieso schon den ganzen Tag im Studio.

»Dann geht es nicht«, sagte Madame.

Arienne wurde fuchsteufelswild. Dass sie ihre Kräfte zwischen Oper und Studio aufteilen musste, machte sie schrecklich nervös und reizbar. »Jetzt gehe ich aber wirklich! Ich finde schon jemanden, der aus mir eine große Tänzerin macht«, drohte sie.

Madame lächelte nur.

Alabama konnte und wollte Arienne den Gefallen nicht tun. So arbeiteten die beiden Mädchen im Zustand ständiger Hassliebe miteinander.

Berufliche Freundschaften halten näherer Betrachtung selten stand. Am besten blieb jeder für sich und interpretierte die Dinge entsprechend den persönlichen Bedürfnissen – der Meinung war zumindest Alabama.

Mit Arienne war sehr schwierig auszukommen. Sie weigerte sich, bei der gemeinsamen Klassenarbeit mitzumachen, wenn es nicht in ihr Fach fiel. Dann saß sie mit tränenüberströmtem Gesicht auf den Stufen des Podiums und starrte in den Spiegel. Tänzerinnen sind sensibel, fast primitive Menschen – Arienne gelang es jedenfalls, das ganze Studio zu demoralisieren.

Die Klassen füllten sich mit Tänzerinnen, die anders waren, als Madames übliche Schülerinnen. Das Ballett von Ida Rubinstein hielt Proben ab, und die Tänzerinnen verdienten genügend Geld, um sich wieder Stunden bei Madame leisten zu können. Mädchen aus der aufgelösten Pawlowa-Truppe, die in Südamerika gewesen waren, trudelten wieder in Paris ein. Arienne gefiel deren Stil nicht; sie fand, dass Kraft und Technik allein nicht ausreichten, um gutes Ballett zu machen. Am meisten hasste Arienne, wenn die Choreographie den Körper einengte und sie ihn stückweise der fordernden Wesensart von Schumann oder Glinka ausliefern musste. Sie verlor sich am liebsten im mühsamen Gepolter eines Liszt und im Melodram eines Leoncavallo.

»Ich gehe hier weg«, sagte sie zu Alabama. »Gleich nächste Woche.« Ariennes Lippen waren fest zusammengepresst. »Madame ist verrückt. Sie opfert meine Karriere – für nichts und wieder nichts. Aber es gibt noch andere!«

»Arienne, auf diese Weise wirst du nie eine große Tänzerin«, sagte Madame. »Du brauchst Erholung.«

»Hier habe ich nichts mehr zu suchen. Es ist besser, wenn ich gehe«, antwortete Arienne.

Vor dem ersten Morgenunterricht aßen die Mädchen nichts weiter als Brezeln. Das Studio war sehr weit von ihren Wohnungen entfernt, und so früh bekamen sie kein Frühstück. Sie waren ständig gereizt. Die Wintersonne drang in gelblichen Vierecken durch den Nebel, und die grauen Gebäude um die Place de la République nahmen das Aussehen alter Kasernen an.

Madame forderte Alabama auf, mit Arienne vor allen anderen eine ganz schwierige Schrittfolge auszuführen. Arienne war eine fertige Ballerina. Alabama war sich darüber im Klaren, wie sehr sie abfallen musste neben der feinen Maßarbeit, die die Französin lieferte. Jedes Mal, wenn sie zusammen tanzten, entsprach die Schrittfolge eher Ariennes als Alabamas Stil, der die lyrischen Sachen besser lagen. Trotzdem beschwerte sich Arienne immer bei Madame, die Schritte seien für sie nicht geeignet; bei den anderen beklagte sie sich, Alabama sei ein Eindringling.

Alabama kaufte Madame Blumen, die in der dampfigen, überhitzten Luft des neuen Studios rasch welkten und schrumpelten. Da das neue Studio bequemer war, kamen mehr Zuschauer. Vom Kaiserlichen Ballett kam ein Kritiker, um sich Alabama beim Unterricht anzusehen. Am Ende der Stunde verabschiedete er sich höchst eindrucksvoll unter einer Flut antiquierter russischer Höflichkeitsbezeugungen.

»Was hat er gesagt?«, fragte Alabama, als sie allein waren. »Ich war ganz schlecht – er wird denken, dass Sie eine schlechte Lehrerin sind!« Ihr war ganz miserabel zumute wegen Madames Mangel an Begeisterung: Der Mann war der wichtigste Kritiker in Europa.

Madame blickte sie verträumt an. »Monsieur weiß, was für eine Lehrerin ich bin«, sagte sie bloß.

Nach ein paar Tagen kam ein Brief:

Auf Empfehlung von Monsieur … biete ich Ihnen ein Solodebüt in der Oper Faust am Teatro San Carlo in Neapel an. Es ist eine kleine Rolle, aber vielleicht können weitere folgen. In Neapel gibt es Pensionen, in denen man für dreißig Lire in der Woche bequem leben kann.

Alabama wusste, dass David und Bonnie und Mademoiselle niemals in einer Pension leben könnten, die nur dreißig Lire die Woche kostete. David konnte überhaupt nicht in Neapel leben – er nannte Neapel eine Postkartenstadt. Und für Bonnie würde es in Neapel keine französische Schule geben. Außer Korallenketten, Fieber, dreckigen Zimmern und dem Ballett wäre nichts geboten.

»Ich darf mich nicht aufregen«, sagte sie sich. »Ich muss arbeiten.«

»Gehen Sie?«, fragte Madame erwartungsvoll.

»Nein, ich bleibe, und Sie helfen mir, *La Chatte* zu tanzen.«

Madames Gesicht verriet nichts. Als Alabama in ihren unergründlichen Augen nach einer Reaktion forschte, war ihr, als ginge sie an einem baumlosen, schattenlosen Augusttag über sengend heiße Kieselsteine.

»Es ist schwierig, ein Debüt zu bekommen«, sagte Madame knapp. »Man sollte es nicht ablehnen.«

David hielt den Brief für eine nebensächliche Angelegenheit.

»Das kannst du nicht machen«, sagte er. »Wir müssen im Frühjahr nach Hause. Unsere Eltern sind alt, und wir haben es ihnen schon letztes Jahr versprochen.«

»Ich bin auch alt.«

»Wir haben gewisse Verpflichtungen«, meinte er hartnäckig.

Alabama war das gleichgültig geworden. David verstand es im Grunde seines Herzens besser als sie, andere Menschen nicht zu verletzen, dachte sie.

»Ich möchte nicht mehr nach Amerika«, sagte sie.

Arienne und Alabama neckten sich erbarmungslos. Sie arbeiteten härter und ausdauernder als die anderen. Wenn sie zu müde waren, um sich nach dem Unterricht umzuziehen, saßen sie im Vorzimmer auf dem Boden, lachten hysterisch und klatschten sich gegenseitig mit den in Eau de Cologne oder Madames Zitronenwasser getränkten Handtüchern über den Körper.

»Und ich denke …«, fing Alabama an.

»Tiens!«, quäkte Arienne. »*Mon enfant* fängt an zu denken! *Oh, ma fille,* das ist ein Fehler, so viel zu denken. Warum gehst du nicht heim und stopfst deinem Mann die Socken?«

»Méchante«, antwortete Alabama, »ich werde dir beibringen, dich über Erwachsene lustig zu machen!« Das nasse Handtuch patschte über Ariennes festen Hintern.

»Platz da! Neben so einer *polisonne* kann ich mich nicht umziehen«, gab Arienne zurück. Dann wurde sie plötzlich ernst und wandte sich nachdenklich an Alabama: »Genauso ist es. Seitdem du die Garderobe mit deinen Luxus-Tutus vollgestopft hast, habe ich keinen Platz mehr für meine armseligen Wolltrikots.«

»Hier hast du ein neues Tutu! Ich schenke es dir!«

»Grün trag ich nicht. Das bringt Unglück in Frankreich!« Arienne war beleidigt. »Wenn ich einen Mann hätte, der mir alles zahlt, könnte ich mir selbst eins kaufen.«

»Was geht dich das an, wer zahlt. Oder ist das alles, worüber deine Gönner aus den ersten drei Reihen mit dir reden können?«

Arienne schubste Alabama in eine Gruppe nackter Mädchen. Alabama flog zurück und gegen Ariennes Körper. Eau de Cologne spritzte über den Boden und verursachte Brechreiz. Ein umherschlagendes Handtuchende landete in Alabamas Augen. Sie tastete sich vorwärts und stieß mit Ariennes heißem, glitschigem Körper zusammen.

»Schau her, was du angerichtet hast!«, schrie Alabama in den höchsten Tönen. »Ich gehe gleich zur Polizei und zeig dich an!« Sie weinte und brüllte aus vollem Hals Schimpfwörter in Argot. »Du hast mir ganz gemein gegen die Brust geschlagen! Mit Absicht! Davon kriegt man Krebs! Heute sieht man's noch nicht, aber morgen habe ich's vielleicht schon. Ich zeig dich an! Wenn ich Krebs bekomme, musst du mir das teuer bezahlen! Und wenn ich dich am Ende der Welt suchen muss, das musst du mir bezahlen!« Das ganze Studio hörte zu. Die Stunde, die Madame nebenan gab, musste unterbrochen werden, so laut war es. Die Russinnen schlugen sich entweder auf die Seite der Französinnen oder der Amerikanerinnen. Alles schrie wahllos durcheinander.

»*Sale race!*«

»Auf die Amerikaner ist kein Verlass!«

»Den Franzosen kann man nicht trauen!«

Sie lächelten ihr breites, überlegenes russisches Lächeln, als hätten sie längst vergessen, warum sie eigentlich lächelten, als sei ihr Lächeln das Merkmal der Überlegenheit. Der Lärm war ohrenbetäubend, aber irgendwie aufgesetzt. Madame gebot Einhalt – sie war ärgerlich auf die beiden Mädchen.

Alabama zog sich so schnell wie möglich an. Als sie draußen in der frischen Luft auf ein Taxi wartete, zitterten ihr die Knie. Sie hatte Angst, sich mit ihrem triefend nassen Haar unter dem Hut zu erkälten.

Ihre Oberlippe war kalt und salzig vom getrockneten Schweiß. Sie hatte einen Strumpf angezogen, der nicht ihr gehörte. Was soll das alles, fragte sie sich – da keifen wir wie zwei Küchenmädchen bis zur totalen Erschöpfung, und bringen tut es nichts!

Mein Gott, dachte sie, ist das widerlich! Absolut widerlich!

Sie wünschte, sie wäre an einem kühlen, romantischen Ort und könnte sich auf kühlen Farnblättern zur Ruhe betten.

In die Nachmittagsstunde ging sie nicht. Die Wohnung war leer. Sie hörte, wie Adage an seiner Tür kratzte, weil er heraus wollte. Die Leere summte in ihren Ohren. In Bonnies Zimmer fiel ihr Blick auf eine rote Nelke, wie man sie in Restaurants geschenkt bekommt: Sie welkte in einem Marmeladenglas.

Warum kaufe ich *ihr* eigentlich keine Blumen?, fragte sie sich.

Eine stümperhaft zusammengeflickte Puppe lag auf dem Bett des Kindes. Die Schuhe neben der Tür waren an den Kappen abgewetzt. Alabama nahm ein offen daliegendes Zeichenheft vom Tisch. Bonnie hatte darin eine schwerfällige Walküre mit einem Wuschel gelber Haare gezeichnet. Darunter stand: *Meine Mutter ist die schönste Frau der Welt.* Auf der gegenüberliegenden Seite hielten sich zwei Personen bei der Hand, und hinter ihnen trottelte Bonnies Vorstellung von einem Hund. *Meine Mutter und mein Vater gehen spazieren*, hieß die Unterschrift. *»C'est très chic, mes parents ensembles!«*

Oh Gott, dachte Alabama.

Sie hatte beinah vergessen, dass Bonnies Verstand ebenfalls zunahm und wuchs. Bonnie war genauso stolz auf ihre Eltern wie Alabama früher auf ihre Eltern stolz gewesen war und ihnen all die Vorzüge zugeschrieben hatte, die sie sich wünschte. Bonnie musste großen Hunger nach Schönheit und Stil in ihrem Leben haben, nach irgendeinem Lebensplan, in den sie sich einordnen konnte. Andere Eltern boten ihren Kindern mehr als nur diesen distanzierten »Chic«, warf sich Alabama bitter vor.

Sie verschlief den ganzen Nachmittag. Im Unterbewusstsein fühlte sie sich wie ein geprügeltes Kind: Ihre Knochen schmerzten im Schlaf, und ihre Kehle war ausgedörrt. Beim Aufwachen war ihr, als habe sie seit Stunden geweint.

Die Sterne blinkten vertraulich in ihr Schlafzimmer.

Sie hätte ewig im Bett liegen und den Geräuschen von der Straße lauschen können.

Alabama ging nur noch in ihre Privatstunden, um Arienne nicht zu begegnen. Während der Arbeit konnte sie aus dem Vorzimmer Ariennes gackerndes Gelächter hören, das sich der Gefolgschaft der eintreffenden Schülerinnen versicherte. Die Mädchen sahen Alabama neugierig an. Madame sagte, sie solle sich nicht um Arienne kümmern.

Alabama kleidete sich hastig an und spähte durch die staubigen Vorhänge auf die Tänzerinnen. Stella mit ihren Fehlern und Arienne mit ihren Finten, das Buhlen um Gunst, das Gezänk um die vorderste Reihe, all das erschien ihr im trüben, durch das Glasdach fallenden Sonnenlicht wie das Kriechen und Drängeln wimmelnder Insekten, die man durch eine Glasglocke betrachtet.

»*Larvae!*«, sagte die unglückliche Alabama verächtlich.

Sie wünschte, sie wäre auch im Ballett geboren oder brächte es fertig, damit aufzuhören.

Wann immer sie erwog, ihre Arbeit aufzugeben, fühlte sie sich alt und krank. Irgendwohin mussten die endlosen Meilen im *pas de bourrée* doch geführt haben!

Dann starb Diaghilew. Das Epoche machende Material des *Ballets Russes* verkam in einem französischen Gerichtshof: Diaghilew war es nie gelungen, finanziellen Erfolg zu haben.

Einige seiner Tänzerinnen gaben im Sommer Vorstellungen am Swimmingpool des Lido, um betrunkene Amerikaner zu amüsieren. Einige arbeiteten an Musical-Theatern, und die Engländerinnen gingen zurück nach England. Die durchsichtigen Zelluloiddekorationen von *La Chatte*, die das Publikum unter den Silberschwertern der Scheinwerfer von Paris, Monte Carlo, London und Berlin geblendet hatten, lagen mit dem Vermerk *Rauchen verboten!* in einem feuchten, rattenverseuchten Lagerhaus an der Seine, verschlossen in einem Steintunnel, in dem ein grauer Widerschein vom Fluss auf die dunkle, nasse Erde und den feuchten, gewölbten Boden fiel.

»Was hat es noch für einen Zweck?«, fragte Alabama.

»Die Zeit und die Arbeit und das Geld, das du hineingesteckt hast, dürfen nicht umsonst gewesen sein«, sagte David. »Wir versuchen, in Amerika was für dich zu bekommen.«

Das war nett von David. Aber sie wusste, dass sie in Amerika nie tanzen würde.

Die gelegentlichen Sonnenstrahlen, die während ihrer letzten Stunde über das Glasdach gehuscht waren, verschwanden.

»Vergessen Sie auch nicht Ihr Adagio?«, fragte Madame. »Und Sie schicken mir Schülerinnen, wenn Sie wieder in Amerika sind?«

»Madame«, sagte Alabama plötzlich, »glauben Sie, ich könnte jetzt noch nach Neapel? Könnten Sie bitte zu dem Herrn gehen und ihm sagen, dass ich gleich abfahren kann?«

Madames Augenausdruck war so, als blicke man auf jene schwarz-weißen Pyramidenblöcke, die manchmal sechs und manchmal sieben Quader haben. In ihre Augen zu blicken, kam einer optischen Täuschung gleich.

»Oh!«, sagte sie. »Die Rolle ist sicher noch nicht besetzt. Können Sie morgen abreisen? Es ist keine Zeit zu verlieren.«

»Ja«, sagte Alabama, »ich fahre morgen ab.«

Teil IV

I

In den grünen Blechbüchsen am Bahnhofsblumenstand steckten Dahlien wie Papierwedel, die man manchmal zusammen mit Popcornschachteln bekommt. Orangen waren wie Minié-Patronenkugeln am Zeitungsstand aufgebaut. Das Fenster am Bahnhofsbuffet protzte mit drei amerikanischen Grapefruits, die wie Bälle in einem gastronomischen Pfandhaus aussahen. Die rußgeschwängerte Luft hing wie eine schwere Decke zwischen dem Abteilfenster und Paris.

David und Alabama füllten das Schlafwagenabteil der zweiten Klasse mit rücksichtslosem Zigarettenrauch. David läutete und verlangte noch ein Kissen.

»Wenn du irgendetwas brauchst, bin ich immer da«, sagte er.

Alabama weinte und nahm einen Löffel mit gelbem Beruhigungsmittel ein. »Du wirst es bald leid sein, den Leuten zu erzählen, wie es mir geht …«

»Sobald wir die Wohnung aufgeben können, fahre ich in die Schweiz, und Bonnie schicke ich zu dir, wenn du darauf eingerichtet bist.«

Eine Flasche Demi-Perrier zischte am Abteilfenster hoch. David hustete in dem feuchten Sprühregen.

»Es ist kindisch, zweiter Klasse zu fahren. Soll ich deine Fahrkarte nicht doch in erste Klasse umtauschen?«, fragte er.

»Nein. Ich möchte von Anfang an das Gefühl haben, dass ich es mir auch leisten kann.«

Ihre individuellen Empfindungen trennten sie voneinander wie ein Sperrfeuer. Unbewusste Erleichterung beim Abschied ließ sie in trauriger Verlegenheit verkrampfen – unzählige unwillkürliche Assoziationen drängten sich ihnen auf und erstickten ihre Abschiedsworte in platonischer Verzweiflung.

»Ich schicke dir Geld! Jetzt steige ich lieber aus.«

»Auf Wiedersehen … ach, David!«, rief sie, als der Zug langsam davonrollte. »Gib acht, dass Mademoiselle Bonnies Unterwäsche im Old England besorgt …«

»Ich sag's ihr. Wiedersehen, Liebling!«

Alabama steckte ihren Kopf ins Schlafwagenabteil, das wie bei einer spiritistischen Sitzung nur von einer trüben Funzel erhellt wurde. Ihr Gesicht wurde im Spiegel zu einer flachen Steinskulptur. Ihr Kostüm – eine Kreation von Yvonne Davidson in Anlehnung an eine Waffenstillstandsparade – war unpassend für die zweite Klasse. Der horizontblaue Helm und das schwingende Cape waren zu großzügig geschnitten für die qualvolle Enge der mit kratzigem Plüsch bezogenen Liegebänke. Alabama richtete ihre Gedanken zuversichtlich auf ihre Zukunftspläne, wie eine Mutter, die ihr trauriges Kind aufmuntern will. Die Ballettmeisterin konnte sie erst einen Tag nach ihrer Ankunft sprechen. Es war sehr nett von Mademoiselle gewesen, ihr einen Strauß Maiglöckchen zu überreichen; zu schade, dass sie ihn zu Hause auf dem Kaminsims liegen gelassen hatte. In der Wäscherei war noch schmutzige Wäsche – die konnte Mademoiselle mit zur Bettwäsche packen, wenn sie umzogen. Wahrscheinlich würde David die Wäsche beim American Express aufgeben. Das Packen war keine große Affäre, sie hatten nicht viel Krempel: ein halb zerbrochenes Teegeschirr, Überbleibsel einer Pilgerreise nach Valence von St. Raphaël aus, ein paar Fotos – es tat ihr leid, dass sie nicht das Foto von David mitgenommen hatte, wo er auf der Veranda in Connecticut saß – und ein paar Bücher und Davids Bilderkiste.

In der Ferne glühte die Lichtreklame über Paris wie der Widerschein eines Töpfereiofens.

Sie bekam schwitzige Hände unter der groben roten Wolldecke. Im Abteil roch es wie in der Hosentasche eines kleinen Buben. Hartnäckig gingen ihr ungereimte französische Brocken durch den Kopf, die sie zum Rattern der Räder zu einem Gedicht zusammensetzte:

La belle main gauche l'éther compact,
S'étendre dans l'air quit fait le beau
Trouve la haut le rhythm intact
Battre des ailes d'un triste oiseau.

Alabama stand auf und suchte nach einem Stift. *Le bruit constant de mille moineaux,* fügte sie hinzu. Sie fragte sich, ob sie den Brief noch hatte. Ja, hier war er, in ihrem Cutex-Köfferchen.

Sie musste eingeschlafen sein – im Zug weiß man das nie so genau –, denn sie wachte von trampelnden Schritten im Gang auf. Das musste die Grenze sein. Sie läutete. Ewig lang kam niemand. Schließlich erschien ein Mann in der grünen Uniform eines Zirkusdompteurs.

»Wasser?«, fragte Alabama liebenswürdig.

Der Mann starrte verständnislos ins Abteil. Keine Reaktion auf dem glatten, zu einem rätselhaften Fragezeichen gespannten Gesicht.

»*Aqua, de l'eau,* Wass-aire«, wiederholte Alabama.

»Fräulein klingeln«, erklärte der Mann.

»Passen Sie auf«, sagte Alabama. Sie schaufelte im australischen Kraulstil mit den Armen und ging schließlich in einen Kompromiss zwischen übertriebenem Schlucken und Gurgeln über. Erwartungsvoll blickte sie den Schaffner an.

»Nein, nein, nein!«, schrie er entsetzt und verschwand aus dem Abteil.

Alabama holte ihr italienisches Wörterbuch heraus und läutete noch einmal.

»Do'-veh pos'-so com-prar'-eh ben-zee'-no«, stand in dem Buch.

Der Mann fing lauthals zu lachen an. Sie musste in die falsche Zeile gekommen sein.

»Ach nichts«, endete Alabama widerstrebend ihren Versuch und ging wieder an ihr Gedicht. Aber der Mann hatte sie aus dem Rhythmus gebracht. Inzwischen war sie sicher in der Schweiz. Sie konnte sich nicht mehr genau erinnern, ob es Byron war, der die Alpen mit zugezogenem Wagenfenster durchquerte? Sie versuchte, aus dem Fenster zu sehen. Ein paar Milchkannen blinkten in der Dunkelheit auf. Sie hätte Bonnies Unterwäsche bei einer Schneiderin anfertigen lassen sollen, schoss es ihr durch den Kopf. Darum sollte sich Mademoiselle kümmern. Sie stand auf und streckte sich, die Hände an der Schiebetür.

Der Schaffner belehrte sie unliebenswürdig, dass sie in

der zweiten Klasse die Tür nicht öffnen dürfe und dass sie im Liegewagen kein Frühstück serviert bekäme.

Als sie am nächsten Morgen durchs Speisewagenfenster blickte, war das Land flach wie eine Küste bei Ebbe, und vereinzelt kitzelten staubwedelartige Bäume den strahlenden Himmel. Durch die Stille schäumten kleine Wolken, als seien sie von einem Bierkrug weggepustet. An runden Bergkuppen klebten Burgzinnen wie schief aufgesetzte Kronen. Niemand sang »O sole mio«.

Zum Frühstück gab es Honig, und Brot, so hart wie Stein. Sie hatte Angst, in Rom allein, ohne David, umzusteigen. Der Bahnhof in Rom war voller Palmen. Gegenüber vom Bahnhof tauchten Springbrunnen die Caracalla-Thermen in sprühendes Regenbogenlicht. In der warmen Herzlichkeit der italienischen Luft hob sich ihre Stimmung.

Ballonné, deux tours, sagte sie sich. Der neue Zug war schmutzig. Auf dem Boden lag kein Teppich, und es roch nach Faschisten, nach Gewehren. Die Schilder klangen wie eine Litanei: Asti Spumante, Lacrimae Christi, Spumoni, Tortoni. Irgendetwas hatte sie verloren, sie wusste nur nicht was. Doch, der Brief war noch im Cutex-Köfferchen. Alabama riss sich zusammen, wie ein kleiner Junge, der durch den Garten läuft und die Faust um einen Leuchtkäfer ballt.

»Cinque minuti mangiare«, sagte der Schaffner.

»Vielen Dank«, sagte sie und zählte an den Fingern ab, *»uno, due, tre …* vielen Dank«, versicherte sie noch einmal.

Der Zug schaukelte hin und her, als wolle er das Chaos von Neapel umgehen: Einige Kutscher hatten vergessen, ihre Droschken von den Trambahnschienen zu fahren, schläfrige Männer vergaßen mitten auf der Straße, wohin sie eigentlich gehen wollten, Kinder sperrten ihren Mund und die sanft bekümmerten Augen auf und vergaßen das tröstliche Gefühl von Tränen. Weißer Staub wehte durch die Stadt. Delikatessengeschäfte verkauften scharfe Gerüche, Würfel und Dreiecke und stinkende runde Korbgebilde. Im Laternenlicht seiner öffentlichen Plätze schrumpfte Neapel zusammen: bedrückt von der großspurig vorgetäuschten Ordnung, bezwungen von geschwärzten Steinfassaden.

»*Venti Lire!*«, rief der Kutscher drohend.

»In dem Brief hier heißt es, dass man in Neapel von dreißig Lire in der Woche *leben* kann«, erwiderte Alabama herrisch.

»*Venti, venti, venti*«, tirilierte der Kutscher, ohne sich umzudrehen.

Es wird Schwierigkeiten geben, wenn ich mich nicht verständigen kann, dachte Alabama.

Sie gab dem Mann die Adresse, die sie von der Ballettmeisterin erhalten hatte. Mit der Peitsche knallend, trieb der Kutscher die Pferde im Trab durch die Nacht. Als sie dem Kutscher das Geld in die Hand drückte, riss er die Augen auf wie Untertassen, die man an einen Baum stellt, um kostbaren Saft aufzufangen. Sie dachte, er würde mit dem Glotzen nicht mehr aufhören.

»Neapel wird der Signorina gefallen«, sagte er überraschenderweise. »Die Sprache dieser Stadt ist leise wie die Einsamkeit.«

Die Droschke rumpelte schwerfällig davon in die roten und grünen Lichter, die in der Krümmung der Bucht wie Edelsteine im Filigranwerk eines Renaissance-Giftbechers funkelten. Die pappigen Ausdünstungen des fliegenverdreckten Südens mischten sich in die Brise, die gefühlsauslöschend durch die tief aquamarinblaue Durchsichtigkeit wehte.

Das Licht über dem Eingang der Pension spiegelte sich in runden Tropfen auf Alabamas Fingernägeln. Als sie über die Schwelle trat, verursachten ihre Bewegungen unzusammenhängende Luftstrudel, und hinter sich in der Stille hinterließ sie keine Spuren.

»Hier muss ich wohl leben«, sagte Alabama. »So ist das eben.«

Die Pensionswirtin sagte, das Zimmer habe einen Balkon – hatte es auch, aber der Boden fehlte; das eiserne Geländer stieß an die abblätternde rosa Farbe der Außenwände. Es gab jedoch ein Waschbecken mit riesigen Wasserhähnen, die über das Becken hinausragten und das Wachstuchquadrat auf dem Boden vollspritzten. Vor ihrem Fenster hielt die Hafenmole die Kugel der blauen Nacht umarmt. Vom Hafen stieg Teergeruch auf.

Dreißig Lire verschafften Alabama eine weiße, eiserne Bettstelle, die offensichtlich früher grün gewesen war, einen Ahornschrank mit schräg abgekanteten Spiegeln, in denen sich die italienische Sonne schillernd brach, und einen Schaukelstuhl, der mit einem Stück Brüsseler Teppich bezogen war. Dreimal am Tag gab es Cavolo, dazu ein Glas Amalfiwein und sonntags Gnocchi. Der »Donna«-Chorgesang der Nichtstuer unter dem Balkon war im Preis inbegriffen. Ihr Zimmer war ein großer, unübersichtlicher Raum, der aus lauter Nischen und Ecken bestand, sodass sie das Gefühl hatte, eine ganze Zimmerflucht zu bewohnen. In Neapel liegt über allem ein Hauch von Gold, und obwohl Alabama in ihrem Zimmer nichts davon entdecken konnte, hatte sie irgendwie das Gefühl, als ob die Decke mit Blattgold belegt sei. Von der Straße klangen Schritte herauf wie kostbare, warme Erinnerungen. Klassische Nächte brachen herein; Menschen glitten schemenhaft ins Blickfeld; phantastische Auswüchse glücklicher Existenz. Kakteen bohrten sich speergleich in den Sommer, Fischrücken glitzerten in den offenen Kuttern wie Glimmerstein.

Madame Sirgewa hielt ihren Unterricht auf der Bühne des Opernhauses ab. Sie klagte ständig über die hohen Beleuchtungskosten. Der Klang des Pianos verlor sich wirkungslos in den viktorianischen Schluchten. Die Dunkelheit, die aus den Seitenkulissen fiel, und das trübe Licht zwischen den drei Kugellampen, die Madame Sirgewa an der Decke brennen ließ, teilten die Bühne in kleine intime Bereiche auf. Madames Geist spukte durch den wogenden Tüll, durch das Knirschen der Ballettschuhe und das verhaltene Keuchen der Mädchen.

»Bitte, keine Geräusche, weniger Geräusche«, wiederholte sie. Armut hatte sie so bleich, verfärbt, verschrumpelt und verzerrt werden lassen wie Haut, die man in einer Säure eingeweicht hat. Im schwarz gefärbten Haar, das grob war wie Matratzenfüllung, schien der Scheitel gelb durch. Sie unterrichtete die Mädchen in Puffärmelbluse und Faltenrock, den sie später auf der Straße unter ihrem Mantel anbehielt.

Wie bei einer kalligraphischen Übung wirbelte Alabama ringsherum und fädelte die Reihe hinter sich wie einen Faden durch die Lichtkegel.

»Aber Sie sind ja wie Madame«, rief Madame Sirgewa aus. »In Russland waren wir zusammen auf der kaiserlichen Ballettschule. Ich habe ihr die *entrechats* beigebracht, aber sie hat sie nie ganz richtig gemacht. *Mes enfants!* Ein *quatre-temps* sind vier Takte, bitte, b-i-t-t-e!«

Alabama ließ sich geräuschvoll nach und nach ins Ballett fallen, wie Münzen, die man ins mechanische Klavier fallen lässt.

Die Mädchen waren anders als die Russinnen. Sie hatten dreckige Hälse, und ins Theater kamen sie mit Papiertüten voller fetter belegter Brote. Sie aßen Knoblauch, waren dicker als die Russinnen und hatten kürzere Beine. Sie tanzten mit gebogenen Knien, und ihre Trikots aus italienischer Seide warfen über dem Po Falten.

»Teufel noch eins!«, kreischte die Sirgewa. »Die Moira hält nie Takt, und in drei Wochen ist Premiere!«

»Oh, Maestra!«, begehrte Moira auf. »*Molto bella!*«

»Oh, mein Gott«, stöhnte Madame und wandte sich Alabama zu. »Sehen Sie es jetzt? Ich gebe ihnen Schuhe mit Stahleinlagen, damit sie ihre faulen Füße oben halten, und sobald ich den Rücken drehe, tanzen sie wieder plattfüßig – und für all das kriege ich nur sechzehnhundert Lire! Gott sei Dank habe ich wenigstens *eine* aus der russischen Schule!« Madame rotierte weiter wie eine Kolbenstange. In dem feuchten, stickigen Opernhaus trug sie ein Sealcape um die Schultern, verblichen und verfärbt wie ihre Haare, und hustete in ein Taschentuch.

»Mutter Maria!«, seufzten die Mädchen. »Geheiligte Maria Gottes!« Im Halbdunkel drängten sie sich in verschüchterten Grüppchen zusammen. Alabama begegneten sie ihrer Kleider wegen mit Misstrauen. Alabama hatte ihre Sachen über die Rückenlehne der Segeltuchklappstühle in der schmuddeligen Garderobe geworfen: ein schwarzes Tüllgedicht »Adieu Sagesse« für zweihundert Dollar; Moosrosen, die durch ein Nebelmeer schwammen wie Kerne im Erdbeereis – ein teures Nebelmeer für hundert oder zweihundert Dollar; ein lustiger gelber Fransenschal; ein hellgrüner Kapuzenmantel, weiße Schuhe, blaue Schuhe, Schnallen für Bobby Shafto, silberne Schnallen, Stahlschnallen, Hüte und rote Sandalen, Schuhe mit den Tierkreiszeichen, ein Samtcape, weich wie das Gebälk eines alten Schlosses, ein Hütchen aus Fasanenfedern – in Paris hatte sie gar nicht bemerkt, dass sie so viele Sachen besaß. Sie würde sie auftragen müssen, jetzt, da sie von sechshundert Lire im Monat leben wollte. Sie war froh über all die Kleider, die David ihr gekauft hatte. Nach dem Unterricht kleidete sie sich inmitten ihrer schönen Sachen mit der zielbewussten Miene eines Vaters an, der Kinderspielzeug begutachtet.

»Heilige Mutter Maria!«, flüsterten die Mädchen scheu und ließen ihre Finger durch Alabamas Unterwäsche gleiten. Alabama konnte es nicht ausstehen, wenn sie das taten. Sie hatte es nicht gern, wenn man ihre Chiffonschlüpfer mit Wurst beschmierte.

Zweimal in der Woche schrieb sie an David – ihre Wohnung in Paris kam ihr sehr weit weg und uninteressant vor. Die Proben sollten beginnen, und verglichen damit, erschien ihr alles andere öde. Bonnie antwortete auf kleinen Briefbögen, auf denen oben französische Kinderreime aufgedruckt waren.

Liebste Mami,
ich habe Gastgeberin gespielt für eine Dame und einen Herrn, weil Daddy sich noch die Manschettenknöpfe anstecken musste. Mein Leben ist nicht schlecht. Mademoiselle und das Zimmermädchen haben gesagt, sie hätten noch nie einen so schönen Malkasten gesehen wie den, den Du mit geschickt hast. Ich bin mit dem Malkasten vor Freude in die Luft gesprungen. Und ich habe ein paar Bilder gemalt: des gens à la mer, nous qui jouons au croquet, et une vase avec des fleurs dedans d'après la nature. *Wenn wir sonntags in Paris sind, gehe ich in den Katechismusunterricht, um von den schrecklichen Leiden unseres Jesus Christus zu erfahren.*
Deine Dich liebende Tochter
Bonnie Knight

Abends nahm Alabama den gelben Beruhigungssaft ein, um Bonnies Briefe zu vergessen. Sie freundete sich mit einer dunkelhaarigen Russin an, die wie ein Schirokko durchs Ballett fegte. Sie gingen zusammen in die Galleria. In den von weißen Steinmauern eingefassten Arkaden, wo die Schritte der Vorübergehenden wie Dauerregen niederprasselten, saßen sie bei ihrem Bier. Das Mädchen wollte nicht glauben, dass Alabama verheiratet war. Sie hoffte ständig, diesen Mann kennenzulernen, der ihre Freundin mit so viel Geld ausstattete; sie wollte ihn ihr wegnehmen. Scharen untergehakter Männer gingen an ihnen vorbei und warfen ihnen abschätzige und verächtliche Blicke zu: Sie wollten keine Frau haben, die abends allein in die Galleria ging, schienen die Blicke zu sagen. Alabama zeigte der Freundin ein Foto von Bonnie.

»Du bist glücklich«, sagte das Mädchen. »Man ist glücklicher, wenn man nicht heiratet.« Sie hatte tiefbraune Augen, die von etwas Alkohol rot und glänzend wurden wie Geigenharz. Zu besonderen Anlässen trug sie schwarze Netzstrümpfe mit lavendelfarbenen Strumpfbändern, die sie noch vor Diaghilews Tod, als sie im Chor des Ballets Russes tanzte, gekauft hatte.

Im großen leeren Theater probte das Ensemble unablässig das Ballett *Faust.* Der Orchesterdirigent dirigierte Alabamas Drei-Minuten-Solo im Blitztempo. Madame Sirgewa wagte nicht, mit dem Maestro zu sprechen. Schließlich unterbrach sie die Probe mit Tränen in den Augen.

»Sie bringen meine Mädchen um«, weinte sie. »Das ist unmenschlich!«

Der Maestro warf den Taktstock auf den Flügel. Das Haar stand ihm zu Berge wie Gras, das auf einem Lehmbuckel sprießt.

»*Sapristi!*«, fluchte er. »Die Musik ist so geschrieben!«

Er stürzte erregt aus dem Opernhaus, und sie mussten die Probe ohne Musik beenden. Am folgenden Nachmittag war der Maestro entschlossener denn je, und die Musik schneller als zuvor. Er hatte in einer Originalabschrift der Noten nachgesehen, und natürlich hatte er sich nicht geirrt! Vor der Bühne fuchtelten die Arme der Violinspieler schwarz und gekrümmt wie Heuschreckenbeine. Der Maestro schnellte seine Wirbelsäule wie eine Steinschleuder umher und warf die schnellen Akkorde mit unmöglicher Geschwindigkeit über die Rampenlichter.

Alabama war mit der schrägen Bühne nicht vertraut. Um sich daran zu gewöhnen, arbeitete sie auch in der Mittagspause und übte Drehungen und noch mal Drehungen. Die abschüssige Bühne brachte sie aus dem Gleichgewicht. Sie arbeitete so hart, dass sie sich hinterher, wenn sie auf dem Boden saß und sich ankleidete, wie eine alte Frau vorkam, die in einem fernen nordischen Land neben einer Feuerstelle hockt. Das intensive Ferienblau und das noch strahlendere Blau der Bucht von Neapel blendeten sie so, dass sie auf dem Heimweg nur noch stolperte. Wenn sie ins Bett fiel, bluteten ihre Füße.

Als die Premiere schließlich vorbei war, saß sie draußen vor der gepolsterten Tür des Künstlerzimmers auf dem Sockel einer Statue der Venus von Milo. Ihr gegenüber in der modrigen Halle stand Pallas Athene und starrte sie an. In ihren Augen hämmerte der Pulsschlag, das Haar klebte ihr wie Plastilin um den Kopf. Die *bravos* und *benissimos* beim Applaus klingelten ihr noch in den Ohren wie hartnäckig sirrende Moskitos.

»Ich hab's geschafft!«, dachte sie.

Sie wagte nicht, die Mädchen in der Garderobe genauer anzuschauen: Sie wollte sich den Zauber noch etwas länger erhalten. Denn alles, was ihre Augen sehen würden, wären herabhängende Brüste wie vertrocknete Kürbisse im August; und der Anblick der aufgeblasenen Hinterbacken, die an verwaschene Früchte auf Bildern von Georgia O'Keeffe[31] erinnerten, würde ihr wehtun.

David hatte einen Korb mit Callalilien schicken lassen. »Von Deinen beiden Schätzen« sollte die Karte dazu lauten, aber das neapolitanische Blumengeschäft hatte »Schwitzern« daraus gemacht. Sie konnte nicht darüber lachen. Seit drei Wochen hatte sie David nicht mehr geschrieben. Sie schmierte sich Cold Cream ins Gesicht und lutschte an der halben Zitrone, die sie sich im Koffer mitgebracht hatte. Die russische Freundin umarmte sie. Die Ballettmädchen schienen darauf zu warten, dass noch etwas passierte; aber kein Mann erwartete sie im Halbdunkel der Opernausgänge. Die meisten Mädchen waren hässlich, und einige waren richtig alt. Ihre Gesichter waren leer und hingen vor Müdigkeit so schlaff herab, dass sie auseinandergefallen wären, hätten nicht die seilartigen Muskeln sie zusammengehalten, die sich in den langen Jahren schweren Atmens gebildet hatten. Wenn die Mädchen dünn waren, war ihr Hals hager und verdreht wie schmutziges, verknotetes Stopfgarn, und wenn sie dick waren, quoll ihnen das Fleisch über die Knochen wie aufgegangener Hefeteig über den Rand von Pappkartons. Ihre Haare waren eintönig schwarz, ohne jegliche Schattierung, die müde Sinne munter gemacht hätte.

»Jesus!«, riefen sie bewundernd aus. »Diese Lilien! Wie viel die wohl gekostet haben? Sie könnten in einer Kathedrale stehen!«

Madame Sirgewa küsste Alabama dankbar auf die Stirn. »Das haben Sie gut gemacht. Wenn wir unsere nächsten Ballettwochen haben, bekommen sie die Star-Rolle – die Mädchen hier sind zu hässlich. Ich kann mit ihnen nichts anfangen. Früher hat man sich hier nicht fürs Ballett interessiert, aber jetzt wollen wir mal sehen! Machen Sie sich keine Sorgen, ich schreibe an Madame! *Piccola ballerina,* Ihre Blumen sind wunderschön«, schloss sie sanft.

Alabama saß am Fenster und hörte dem abendlichen »Donna«-Chor zu.

»Ach, ja«, seufzte sie gequält, »so einen Erfolg sollte man feiern.«

Sie brachte ihre Sachen in Ordnung und dachte an ihre Freunde in Paris. Feiertagsfreunde mit ihren in Seide gehüllten Gattinnen, die sich in der Sonne ausländischer Strände makellos bräunen ließen. Chaotische Freunde, die ihren Chopin in modernem Jazz und Jahrgangsweinen ertränkten. Kultivierte Freunde, die David umhegten wie Verwandte das Erstgeborene. Ihre Freunde hätten sie jetzt irgendwohin ausgeführt. Und in Paris hätte man Callalilien nicht mit einer weißen Tüllschleife zusammengebunden.

Sie schickte David die Zeitungsausschnitte mit den Kritiken. Darin hieß es übereinstimmend, das Ballett sei ein Erfolg gewesen und Madame Sirgewas neue Errungenschaft eine talentierte Tänzerin. Sie sei vielversprechend und solle eine größere Rolle erhalten: Italiener mögen Blondinen. Sie sagten, Alabama sei so ätherisch wie ein Engel von Fra Angelico, wahrscheinlich, weil sie schlanker war als die anderen!

Madame war stolz auf die Zeitungsberichte. Für Alabama war es wichtiger, dass sie eine neue Ballettschuhmarke aus Mailand entdeckte. Die Schuhe waren butterweich. Alabama bestellte hundert Paar, und David schickte ihr das Geld. Er lebte jetzt mit Bonnie in der

Schweiz. Sie hoffte, er habe Bonnie Wollunterhosen gekauft, denn bis zum Alter von zehn Jahren müssen Mädchen ihren Bauch warm halten. Weihnachten schrieb er, er habe Bonnie einen blauen Skianzug geschenkt. Er schickte ihr Kodak-Schnappschüsse, wie sie beide im Schnee den Berg hinunterpurzelten.

Asthmatische Weihnachtsglocken läuteten über Neapel: flache, metallische Geräusche wie von Wellblechdächern. Die Treppen der öffentlichen Plätze waren überfüllt mit Narzissen und orange getönten Rosen, von denen rotes Wasser tropfte. Nach dem Segensspruch sah sich Alabama die Wachsfigurenkrippe an. Überall standen Callalilien und dünne Wachskerzen, und ausgemergelte, leere Gesichter lächelten krampfhaft wegen der Feiertage. Das sich im Gold widerspiegelnde Kerzengeflacker, die Gesänge, die anschwollen und abflauten wie das Rauschen der Gezeiten an unberührten Gestaden, die schurrenden Schritte der mit Spitzenschleiern verhüllten Frauen lösten in Alabama ein Gefühl freudiger Erregung aus, als marschiere sie zu den ehrwürdigen Klängen einer Sekte. Die Chorhemden der Priester von Neapel waren aus weißem Atlas, üppig geschmückt mit Passionsblumen und Granatäpfeln. Während des Gottesdienstes dachte Alabama an Bourbonenprinzen und Bluterkrankheit, an Papstkronen und Maraschino-Kirschen. Der Glanz des goldenen Damasts auf dem Altar war genauso warm und reichlich wie das, was er repräsentierte. Alabamas Gedanken wanderten bei der Introspektion rastlos auf und ab wie Leoparden im Zoo. Ihr Körper war von der ständigen Peitsche der Arbeit so aufgeladen, dass sie keine eindeutige Kommunikation mehr mit ihm herstellen konnte. Sie sagte sich, der Mensch habe kein Recht zu versagen. Sie wusste nicht, was das ist: versagen. Sie dachte an Bonnies Weihnachtsbaum. Mademoiselle würde ihn mindestens so schön hinkriegen wie sie.

Unerwartet musste sie lachen. Sie prüfte vorsichtig ihre Laune, wie ein Klavier, das man stimmt.

»Die Religion kann einem schon was geben«, sagte sie zu ihrer russischen Freundin, »aber man misst ihr zu viel Bedeutung bei.«

Die Russin erzählte Alabama von einem Priester, den sie gekannt hatte. Die Geschichten, die er im Beichtstuhl zu hören bekam, erregten ihn so, dass er sich mit dem Abendmahlwein betrank. Er trank während der Woche so viel, dass er sonntags für die reuigen Sünder nichts mehr im Messkelch hatte. Da diese jedoch ihrerseits unter der Woche viel tranken, hätten sie eine kleine Stärkung vertragen können. Die Kirche kam als Sündenpfuhl in Verruf, weil sie das Blut Christi von der Synagoge leihen musste. Sie verlor viele Gläubige, auch sie selbst habe sie verloren, erzählte das Mädchen.

»Früher war ich sehr religiös«, plapperte das Mädchen weiter. »In Russland bin ich einmal aus einem Wagen gestiegen, weil ich merkte, dass ein Schimmel vorgespannt war. Ich bin drei Meilen zu Fuß durch den Schnee zum Theater gelaufen und habe dann eine Lungenentzündung bekommen. Seitdem interessiert mich Gott nicht mehr so sehr – nach der Sache mit dem Priester und dem Schimmel!«

In diesem Winter gab man an der Oper dreimal den

Faust, und Alabamas teerosenfarbener Tüllrock, der zuerst abstand wie gefrorenes Springbrunnenwasser, wurde knittrig und unansehnlich. Sie liebte die Unterrichtsstunde am Morgen nach einer Vorstellung – die ernüchternde und blumenhafte Ruhe wie die Stille in einem blühenden Obstgarten. Ihr Gesicht war dann bleich, und aus den Augenwinkeln wusch der Schweiß die letzten Spuren des Make-up.

»Oh, Golgatha, Golgatha«, stöhnten die Mädchen, »meine Füße tun so weh, und ich bin so müde! Gestern Abend hat mich meine Mutter geschlagen, weil ich zu spät nach Hause gekommen bin. Mein Vater gibt mir keinen Bel Paese, aber nur von Ziegenkäse kann ich mich nicht ernähren!«

»Oh«, entfuhr es den fetten Mammas, »meine Tochter ist *bellissima.* Sie sollte hier die Ballerina sein, aber die Amerikaner grapschen sich alles. Aber Mussolini wird es ihnen schon zeigen. Beim heiligen Sakrament!«

Auf Wunsch der Operndirektion sollte nach Beendigung der Fastenzeit ein ganzes Ballettprogramm gezeigt werden: Endlich durfte Alabama die Ballerina im Lac de Cygnes sein.

Gerade als die Proben begannen, fragte David in einem Brief, ob Bonnie für zwei Wochen kommen könnte. Alabama bekam die Erlaubnis, den Vormittagsunterricht ausfallen zu lassen, um ihr Kind vom Bahnhof abzuholen. Ein geschniegelter Offizier half Bonnie und Mademoiselle aus dem Zug und hinein in das neapolitanische Kauderwelsch von Tönen und Farben.

»Mami!«, schrie das Kind aufgeregt. »Mami!« Bewundernd klammerte sie sich an Alabamas Knie. Ein weicher Windstoß wehte ihr die Ponyfransen in kleinen Büscheln aus der Stirn. Ihr rundes Gesicht war so rosig und durchsichtig wie am Tag ihrer Geburt. Doch ihr Nasenrücken hatte sich kräftig herausgebildet und ebenso die Hände. Sie würde einmal, wie David, die breiten Finger der spanischen Primitiven haben. Sie war ihrem Vater sehr ähnlich.

»Sie hat sich auf der Reise geradezu mustergültig benommen«, sagte Mademoiselle und strich Bonnie das Haar glatt.

Bonnie sträubte sich energisch gegen Mademoiselles Bevormundung und klammerte sich fest an ihre Mutter. Sie war jetzt sieben Jahre alt, hatte gerade angefangen, ihre soziale Stellung in der Welt zu begreifen, und war gegenüber ihrer Umwelt voll kritischer, kindlicher Vorbehalte, die die Bildung des ersten Urteils gewöhnlich begleiten.

»Steht dein Auto draußen?«, sprudelte sie hervor.

»Ich habe kein Auto, Liebling. Uns bringt eine verflohte Pferdedroschke in die Pension, das ist doch viel aufregender.«

Bonnie war offensichtlich entschlossen, sich ihre Enttäuschung nicht anmerken zu lassen.

»Daddy hat ein Auto«, äußerte sie mit kritischer Überlegenheit.

»Tja, und hier kutschiert man im Einspänner.« Alabama setzte sie mit einem Plumps auf die zerknautschte Leinendecke im Wagen.

»Du und Daddy, ihr seid so ›chic‹«, theoretisierte Bonnie weiter, »da müsstest du doch ein Auto haben …«

»Mademoiselle, haben Sie ihr das eingeredet?«

»Gewiss, Madame, ich wäre mit Vergnügen an Mademoiselle Bonnies Stelle«, sagte Mademoiselle nachdrücklich.

»Ich bin bestimmt mal sehr reich«, meinte Bonnie.

»Um Gottes Willen, nein! Schlag dir das aus dem Kopf! Du musst dafür arbeiten, wenn du etwas haben willst. Deshalb wollte ich, dass du tanzen lernst. Ich bin sehr traurig, dass du aufgehört hast.«

»Ich hatte einfach keine Lust, aber die Geschenke haben mir gefallen. Madame hat mir zum Abschied eine kleine silberne Abendtasche geschenkt. Innen drin war ein kleiner Spiegel und ein Kamm und richtiger Puder. Das hat mir gefallen! Möchtest du sie sehen?«

Aus einem kleinen Koffer zog sie ein unvollständiges Kartenspiel, ein paar ausgefranste Papierpuppen, eine leere Streichholzschachtel, eine kleine Flasche, zwei Souvenirfächer und ein Notizbuch.

»Bei mir musstest du deine Sachen besser in Ordnung halten«, bemerkte Alabama, als sie sich das Durcheinander besah.

Bonnie lachte. »Jetzt mach ich nur noch, was mir Spaß macht«, sagte sie. »Hier ist das Täschchen.«

Als Alabama die kleine silberne Tasche in die Hand nahm, stieg ihr unversehens ein Klumpen in der Kehle hoch. Der schwache Duft von Eau de Cologne erinnerte sie an das Glitzern von Madames Glasperlenkette, an die Klimpermusik, die den Nachmittag zu einem Silberteller hämmerte, an David und Bonnie, die mit dem Abendessen auf sie warteten. All das schwirrte ihr durch den Kopf wie aufwirbelnde Schneeflocken in einem gläsernen Briefbeschwerer.

»Sie ist sehr hübsch«, sagte sie.

»Warum weinst du denn? Ich kann sie dir doch manchmal leihen.«

»Mir tränen die Augen von dem Geruch. Was riecht denn da so stark in deinem Koffer?«

»Aber Madame!«, rief Mademoiselle pikiert. »Das ist die gleiche Mischung wie für den Prince of Wales. Man nimmt einen Teil Zitrone, einen Teil Eau de Cologne, einen Teil Jasminöl von Coty, und ...«

Alabama lachte. »... und dann kräftig schütteln und über zwei Teile Äther und 'ne halbe tote Katze gießen!«

Bonnie blickte sie von oben herab an.

»Man benutzt es auf Bahnreisen, wenn man schmutzige Hände hat«, erklärte sie, »oder wenn man seinen *vertige* bekommt.«

»Genau, oder wenn das Motoröl alle ist. Hier steigen wir aus.«

»Haben Madame sich nicht geirrt?«, wandte Mademoiselle zweifelnd ein.

»Nein«, antwortete Alabama freundlich. »Sie und Bonnie haben ein eigenes Zimmer. Lieben Sie Neapel denn gar nicht?«

»Ich hasse Italien«, tat Bonnie ihre Meinung kund. »In Frankreich gefällt es mir besser.«

»Woher willst du das wissen? Du bist doch gerade erst angekommen!«

»Die Italiener sind sehr schmutzig, nicht wahr?« Mademoiselle gab nur zögernd ihren schwer zu definierenden Gesichtsausdruck auf.

»Jesus Maria! Was für ein hübsches Kind!«, rief die

Pensionswirtin und erstickte Bonnie beinahe mit ihrer allumfassenden Umarmung. Ihre Brüste hingen wie Sandsäcke über dem verdutzten Kind.

»*Mon Dieu!*«, seufzte Mademoiselle. »Diese Italiener sind ein gottesfürchtiges Volk!«

Die Ostertafel war mit Leidenskreuzen aus getrockneten Palmblättern geschmückt. Zum Mittagessen gab es Gnocchi und Capriwein, und eine scharlachrote Karte mit Amoretten klebte in einem güldenen Strahlenkranz und erinnerte an einen Verdienstorden. Nachmittags spazierten sie staubige weiße Landstraßen entlang oder stiegen steile Gassen hinauf, wo in der grellen Sonne bunte Fetzen zum Trocknen aushingen. Bonnie saß in der Garderobe auf einem Schaukelstuhl, während sich ihre Mutter auf die Probe vorbereitete. Das Kind vergnügte sich damit, Skizzen zu zeichnen.

»Ich bringe nie eine Ähnlichkeit zustande«, verkündete sie. »Deshalb habe ich mich auf Karikaturen verlegt. Das hier soll Daddy sein, als er noch jung war.«

»Dein Vater ist doch erst zweiunddreißig«, sagte Alabama.

»Das ist schon ziemlich alt, findest du nicht?«

»Nicht so alt wie sieben, mein Schatz.«

»Ach, na ja, wenn du rückwärts zählst«, räumte Bonnie ein.

»Und wenn du in der Mitte anfängst, sind wir alle zusammen eine recht junge Familie.«

»Ich möchte bei zwanzig anfangen und gleich sechs Kinder haben.«

»Und wie viele Ehemänner?«

»Ach, keine Ehemänner. Die sind vielleicht gerade

verreist«, meinte Bonnie unbestimmt. »So wie ich's im Film gesehen habe.«

»Was war das für ein toller Film?«

»Er hatte mit der Tanzerei zu tun, und deshalb hat mich Daddy mitgenommen. Eine Dame aus dem russischen Ballett hat mitgespielt. Sie hatte keine Kinder, aber einen Mann, und sie haben beide schrecklich geweint.«

»Muss interessant gewesen sein.«

»Ja. Die Dame war Gabrielle Gibbs. Magst du sie, Mami?«

»Das kann ich dir nicht sagen, weil ich sie nur in Wirklichkeit kenne. Wie sie im Film ist, weiß ich nicht.«

»Sie ist meine Lieblingsschauspielerin. Eine sehr schöne Dame.«

»Ich werde mir den Film ansehen!«

»Wenn wir in Paris wären, könnten wir jetzt reingehen. Dann könnte ich meinen silbernen *sac de soirée* mitnehmen.«

Bonnie saß jeden Tag während der Proben mit Mademoiselle ganz verloren im kalten Theater unter den düsteren Dekorationen, die wie rotgoldene Zigarrenbanderolen aussahen, eingeschüchtert von dem Ernst und der Leere und Madame Sirgewa. Alabama übte immer wieder das Adagio.

»Zum Teufel!«, keuchte die Ballettmeisterin. »Das hat noch niemand mit zwei Drehungen geschafft! *Ma chère* Alabama, wenn das Orchester spielt, wirst du merken, dass es nicht geht!«

Auf dem Heimweg kam sie an einem Mann vorbei, der unter großem Tamtam Frösche schluckte. Er hatte die Schenkel der Frösche mit einem Bindfaden zusammengebunden und zog sie immer wieder aus seinem Magen heraus. Manchmal vier auf einmal! Bonnie weidete sich, angeekelt und abgestoßen zugleich, an diesem Anblick.

Von den Nudelgerichten in der Pension bekam Bonnie einen Ausschlag.

»Das ist eine Pilzflechte von dem Schmutz hier«, sagte Mademoiselle. »Wenn wir noch länger bleiben, kann eine Wundrose daraus werden«, prophezeite sie. »Außerdem ist unser Bad dreckig, Madame!«

»Das Badewasser sieht aus wie Suppenbrühe, ja, wie Hammelbrühe, nur ohne die Erbsen!«, bestätigte Bonnie angewidert.

»Ich hatte die Absicht, für Bonnie eine Party zu geben«, sagte Alabama.

»Hätte Madame einen Vorschlag, wo ich ein Thermometer bekommen könnte?«, warf Mademoiselle hastig ein.

Nadja, die Russin, trieb einen kleinen Jungen für Bonnies Party auf. Madame Sirgewa hatte überraschenderweise einen Neffen parat. Obwohl es in Neapel an jeder Straßenecke kübelweise Anemonen, nachtduftende Levkojen, blasse Veilchen wie auf Emaillebroschen, Strohblumen und Kornblumen und den hingebungsvollen Blütenflor der Azaleen gab, bestand die Pensionswirtin darauf, den Kindertisch mit giftig rosagelben Papierblumen zu schmücken. Sie bereicherte die Party um zwei weitere Kinder: eins mit einer entzündeten Triefnase und ein anderes, das sich kürzlich den Kopf hatte kahl scheren lassen. Die beiden erschienen in Cordhosen, deren Gesäß so abgescheuert war wie

Sträflingsschädel. Der Tisch war überladen mit steinhartem Kuchen, Honig und lauwarmer roter Limonade.

Der kleine Russe hatte ein Äffchen mitgebracht, das auf dem Tisch herumhopste, von jeder Marmelade probierte und sorglos mit Löffeln um sich warf. Alabama beobachtete die Party von ihrem niedrigen Fensterbrett unter den zerrupften Palmen. Die französische Gouvernante lief aufgelöst durch die Gegend und versuchte vergeblich zu vermitteln.

»*Tiens, Bonnie! Et toi, ah, mon pauvre chou-chou!*«, rief sie pausenlos.

Es war wie eine Hexenbeschwörung. Welche Zaubertränklein braute diese Frau da zusammen und wer sollte davon trinken? Alabama verlor sich in Tagträumen.

Ein durchdringender Schrei von Bonnie brachte sie zurück in die Wirklichkeit.

»*Oh, quelle sale bête!*«

»Komm her, Liebling, wir tun Jod drauf«, rief Alabama vom Fenster her.

»Serge hat den Affen genommen«, stammelte Bonnie, »und direkt auf mich draufgeschmissen! Er ist so grässlich, und die Kinder von Neapel kann ich nicht leiden!«

Alabama nahm ihr Kind auf den Schoß. Der kleine zarte Körper erschien der Mutter sehr hilflos.

»Affen müssen doch auch was zu essen haben«, neckte Alabama.

»Sei froh, dass er dich nicht in die Nase gebissen hat«, mischte sich Serge unaufgefordert ein. Die beiden italienischen Kinder sorgten sich nur um den Affen, streichelten ihn liebevoll und beruhigten ihn mit einlullenden italienischen Bittgebeten, die wie ein Liebeslied klangen.

»Tsi-tsi-tsi«, zwitscherte der Wellensittich.

»Komm«, sagte Alabama, »ich erzähl euch eine Geschichte.«

Die Kinderaugen hingen an ihren Lippen wie Regentropfen unter einer Geländerstange; die kleinen Gesichtchen folgten dem ihren wie Schäfchenwolken dem Mond.

»Wenn ich gewusst hätte, dass es hier keinen Chianti gibt, wäre ich nicht gekommen«, begehrte Serge plötzlich auf.

»*Mamma mia,* ich auch nicht!«, schallte es von den Italienern.

»Wollt ihr nichts mehr über die griechischen Tempel hören, die alle so schön rot und blau waren?«, beharrte Alabama.

»Si, Signora.«

»Also, inzwischen sind sie weiß geworden, weil sich im Lauf der Jahrhunderte ihre ursprüngliche, strahlende …«

»Mami, darf ich das Kompott haben?«

»Wollt ihr, dass ich von den Tempeln erzähle oder nicht?«, fragte Alabama verdrießlich. Am Tisch wurde es mucksmäuschenstill.

»Jetzt weiß ich auch nicht mehr weiter«, schloss sie ermattet.

»Kann ich dann bitte jetzt das Kompott haben?« Bonnie kleckerte sich die rote Soße über die Plisseefalten ihres besten Kleides.

»Finden Sie nicht, Madame, dass es genug ist für heute?«, fragte Mademoiselle verzweifelt.

»Mir ist ein bisschen schlecht«, gestand Bonnie. Sie war käsebleich.

Der Arzt sagte, wahrscheinlich käme es vom Klima. Alabama vergaß, das von ihm verschriebene Brechmittel aus der Apotheke zu holen, und Bonnie lag eine Woche im Bett und lebte nur von Zitronenwasser und Hammelbrühe, während ihre Mutter Walzer übte. Alabama war verzweifelt. Madame Sirgewa hatte recht behalten: Mit der Orchesterbegleitung schaffte sie keine zwei Drehungen, es sei denn, sie hätten langsamer gespielt. Aber der Maestro war unerbittlich.

»Mutter Gottes«, tuschelten die Mädchen in den dunklen Ecken, »sie wird sich noch das Kreuz brechen!«

Alabama gelang es irgendwie, Bonnie so weit herzustellen, dass sie mit dem Zug fahren konnte. Sie kaufte einen Spirituskocher für die Reise.

»Was sollen wir damit, Madame?«, fragte Mademoiselle misstrauisch.

»Die Engländer haben immer einen Spirituskocher bei sich«, erklärte Alabama, »und wenn ihr Baby Diphtherie bekommt, können sie es gleich pflegen. Wir haben nie so etwas dabei, deshalb lernen wir so oft Krankenhäuser von innen kennen. Anfangs werden die Babys alle gleich behandelt, erst später im Leben haben die einen lieber einen Spirituskocher dabei, und die anderen gehen lieber ins Krankenhaus.«

»Bonnie hat keine Diphtherie, Madame«, bemerkte Mademoiselle gereizt. »Bonnies Krankheit ist ausschließlich das Resultat ihres Besuchs in Neapel.« Mademoiselle wünschte, der Zug würde endlich abfahren und sie und Bonnie dem neapolitanischen Durcheinander enthoben gewesen. Auch Alabama wäre gern allem enthoben gewesen.

»Wir hätten den *train-de-luxe* nehmen sollen«, sagte Bonnie. »Ich möchte so schnell wie möglich wieder nach Paris.«[32]

»Das ist der *train-de-luxe,* du Snob!«

Bonnie blickte ihre Mutter kühl und skeptisch an.

»Es gibt vieles auf der Welt, was du nicht weißt, Mami.«

»Das ist schier unmöglich.«

»Oh!«, rief Mademoiselle erleichtert aus. »*Au revoir, Madame, au revoir!* Und viel Glück!«

»Wiedersehen, Mami! Tanz nicht so viel!«, rief Bonnie salopp, als sich der Zug in Bewegung setzte.

Die Pappeln vor dem Bahnhof klingelten in den Kronen, als hätten sie die Taschen voll Silbergeld; der Zug pfiff klagend, als er um die Kurve bog.

»Sie müssen mich für fünf Lire zum Opernhaus fahren«, sagte Alabama zum schlitzohrigen Droschkenkutscher.

An diesem Abend saß sie allein und ohne Bonnie da. Ihr war gar nicht bewusst gewesen, wie viel reicher ihr Leben durch Bonnies Gegenwart war. Nachträglich tat es ihr leid, dass sie sich nicht öfter ans Bett ihres kranken Kindes gesetzt hatte. Vielleicht hätte sie ein paar Proben ausfallen lassen können. Sie hatte sich so gewünscht, dass Bonnie sie bei der Ballettpremiere sähe. Noch eine Woche mit Proben, und sie hatte ihr Debüt als Ballerina!

Alabama warf den zerbrochenen Fächer und das Päckchen Ansichtskarten, das Bonnie liegen gelassen hatte, in den Papierkorb. Es lohnte sich nicht, ihr das nach Paris nachzuschicken. Sie machte sich daran, ihr

Trikot aus Mailand abzuändern. Die italienischen Ballettschuhe waren gut, aber die italienischen Trikots waren zu schwer: Bei der *arabesque croisé* schnitten sie in die Oberschenkel.

2

»War's schön?«

David holte Bonnie in Vevey ab, unter den rosa ausschlagenden Apfelbäumen am Genfer See, der wie ein Netz unter der wogenden Akrobatik der Berge ausgebreitet lag. Gegenüber dem Bahnhof hielt eine wie mit Bleistiftstrichen gezeichnete Brücke den Fluss freundschaftlich im Griff; die Berge über dem Wasser reckten sich auf Stielen von Dorothy-Perkins-Rosen und auf Ranken von lila Klematis. Die Natur hatte jede Spalte und jede Ritze mit Blumenpolstern gefüllt. Narzissenbänder wanden sich wie die Milchstraße durch die Berge; die Häuser pflockten sich selbst an der Erde fest, eingerahmt von weidenden Kühen und Geranientöpfen. In Spitze gekleidete Damen mit Sonnenschirmen, Damen in Leinen mit weißen Schuhen, Damen mit mandarinrotem Lächeln waren das beherrschende Element auf dem Bahnhofsplatz. Der Genfer See, der so viele Sommer lang den erbarmungslosen grellen Strahlen ausgesetzt war, ballte drohend die Fäuste gegen den hohen Himmel und verfluchte Gott aus der Sicherheit der Schweizer Eidgenossenschaft heraus.

»Ja, schön«, antwortete Bonnie knapp.

»Wie geht's Mami?«, forschte David weiter.

David schien einem Modejournal für den Sommer entstiegen zu sein. Selbst Bonnie bemerkte, dass seine Kleidung etwas ausgefallen war; sie ließ auf eine sorgfältige Wahl des Schneiders schließen. Er war ganz in Perlgrau und machte den Eindruck, als sei er mit solcher Akkuratesse in seinen Angorapullover und seine Flanellhosen geschlüpft, dass deren losgelöste dekorative Zwecke dadurch nicht in Unordnung gerieten. Hätte er nicht so gut ausgesehen, wäre ihm eine so kalkuliert negligeante Wirkung nicht gelungen.

Bonnie war stolz auf ihren Vater.

»Mami hat getanzt«, sagte Bonnie.

Tiefe Schatten lümmelten sich in den Gassen von Vevey wie faule sommerselige Trunkenbolde; feuchtigkeitsschwere Wolken schwammen wie Seerosenblätter im lichtdurchfluteten Himmelsteich.

Sie stiegen in den Hotelbus.

»Die Zimmer kosten wegen der Festwochen acht Dollar am Tag, *prince*«, sagte ein tief betrübter, zuvorkommender Empfangschef.

Der Hoteldiener trug das Gepäck in eine in Weiß und Gold gehaltene Suite.

»Oh, was für ein schöner Salon!«, stieß Bonnie begeistert aus. »Sogar mit Telefon. So eine *élégance*!«

Sie wirbelte herum und knipste die gedämpft roten Stehlampen an.

»Und ich habe ein Zimmer für mich allein und ein Bad für mich allein«, jubelte sie. »Es war nett von dir, Daddy, Mademoiselle in *vacances* zu schicken.«

»Wie wünscht der erlauchte Gast sein Bad?«, fragte David.

»Auf jeden Fall bitte sauberer als in Neapel.«

»War dein Bad in Neapel dreckig?«

»Mami hat gesagt, Nein, aber Mademoiselle hat gesagt, Ja«, meinte Bonnie zögernd. »Die Leute widersprechen sich dauernd, wenn sie einem einen Rat geben«, vertraute Bonnie David an.

»Alabama hätte sich um dein Badewasser kümmern sollen«, sagte David.

Er hörte das feine klare Stimmchen in der Badewanne singen: »*Savez vous planter les choux* …« Planschgeräusche waren nicht zu vernehmen.

»Wäschst du auch deine Knie?«

»Da bin ich noch nicht … *à la manière de chez-nous, à la manière de chez-nous* …«

»Bonnie, du musst dich *beeilen.*«

»Darf ich heute Abend bis um zehn Uhr aufbleiben? … *on les plante avec le nez* …«

Bonnie lief aufgeregt kichernd durch die Zimmerfluchten. Die Sonne blinzelte auf die Goldborten, die Vorhänge wehten sanft im Geisterwind, und die Lampen glühten im Tageslicht unter ihren rosaroten Schirmen wie verlassene Lagerfeuer. Die Blumen im Salon waren hübsch. Irgendwo musste eine Uhr sein. Die Gedanken des Kindes jagten sich zufrieden im Kreis. Die Baumwipfel draußen glänzten bläulich.

»Hat Mami irgendetwas gesagt?«, fragte David.

»Oh, ja«, sagte Bonnie, »sie hat eine Party für mich gegeben.«

»Wie nett! Erzähl mal!«

»Ach«, sagte Bonnie, »ein Affe war da, und mir war schlecht, und Mademoiselle hat geschimpft, weil ich mir das Eingemachte übers Kleid gekleckert habe.«

»Verstehe, und was hat Mami gesagt?«

»Mami hat gesagt, wenn das Orchester nicht wäre, könnte sie zwei Drehungen schaffen.«

»Es muss sehr interessant gewesen sein«, sagte David.

»Na, ja«, machte Bonnie ein Zugeständnis, »es war ganz interessant. Daddy? ...«

»Ja, Liebling?«

»Ich liebe dich, Daddy.«

David lachte in schrillen kleinen Stößen, wie jemand, der Frivolitätenspitze knüpft.

»Das will ich meinen!«

»Ich auch. Darf ich heute Abend in deinem Bett schlafen?«

»Natürlich nicht!«

»Das wäre so bequem!«

»Dein Bett ist genauso gut!«

Das Kind ging plötzlich in einen praktischen Tonfall über: »Bei dir ist es sicherer. Ich weiß schon, warum Mami immer so gern in deinem Bett geschlafen hat!«

»Papperlapapp!«

»Wenn ich mal verheiratet bin, soll die ganze Familie in einem großen Bett schlafen. Dann brauche ich mir keine Sorgen um sie zu machen, und sie brauchen keine Angst vorm Dunkelwerden zu haben«, fuhr das Kind fort. »Du wolltest doch sicher auch ganz nah bei deinen Eltern sein, bis du Mami hattest. Oder nicht?«

»Erst hatten wir unsere Eltern, und dann hatten wir dich. Die mittlere Generation ist immer die, die nicht den Trost genießt, sich an die andere anlehnen zu können.«

»Warum nicht?«

»Weil der Trost, liebe Bonnie, stets eine Frage der

rückwärts gewandten Erinnerung und der vorwärts gewandten Hoffnung ist. Und wenn du dich nicht beeilst, sind unsere Freunde da, bevor du fertig angezogen bist.«

»Kommen auch Kinder?«

»Ja, du sollst die Familie von einem Freund von mir kennenlernen. Wir fahren zusammen nach Montreux und sehen uns dort ein Ballett an. Aber es bewölkt sich«, sagte David, »und es sieht nach Regen aus.«

»Hoffentlich nicht, Daddy!«

»Ich hoffe es auch nicht. Irgendwas muss einem immer das Fest verderben, entweder sind es die Affen oder der Regen. Da kommen unsere Freunde.«

Drei blonde Kinder überquerten hinter einer Gouvernante das Hotelrondell, auf dem eine spärliche Sonne die Tannenstämme rötlich anhauchte.

»Bonjour«, sagte Bonnie, und streckte lässig die Hand aus – in jugendlicher Imitation einer *grande dame.* Dann fiel ihr etwas anderes ein, und sie stürzte mit einem wilden Satz auf das Mädchen zu. »Du bist ja angezogen wie Alice im Wunderland!«, schrie sie.

Das Kind war ein paar Jahre älter als Bonnie.

»Grüß Gott«, antwortete es nüchtern, »dein Kleid ist auch hübsch.«

»Et bonjour, Mademoiselle!« Die beiden Knaben waren jünger. Sie stelzten mit der steifen, militärischen Förmlichkeit von Schweizer Schuljungen auf Bonnie zu.

Die Kinder nahmen sich in der Allee mit den gestutzten Platanen sehr dekorativ aus. Die grünen Hügel schienen sich wie Gemälde von Seelandschaften bis hin zu fernen legendären Welten zu erstrecken. Die freundlich ausufernde Bergvegetation schaukelte in blauen und violetten Büscheln von der Hotelfassade herab. Durch die klare Bergluft drangen die Stimmen der Kinder, die sich in der alpinen Abgeschiedenheit vertraulich unterhielten.

»Was bedeutet dieses ›es‹, das immer in der Zeitung steht?«, fragte die Achtjährige.

»Sei nicht so blöd, es bedeutet Sexappeal!«, antwortete die Zehnjährige.

»Das haben nur schöne Frauen im Film«, sagte Bonnie.

»Können es nicht manchmal auch Männer haben?«, fragte der kleine Junge enttäuscht.

»Vater sagt, jeder hat es«, erklärte das älteste Mädchen.

»Mutter hat aber gesagt, nur wenige haben es. Was sagen deine Eltern, Bonnie?«

»Sie sagen gar nichts, weil ich es nicht in der Zeitung gelesen habe.«

»Wenn du älter bist«, sagte Genevra, »liest du es bestimmt, wenn es noch da ist.«

»Ich habe meinen Vater unter der Dusche gesehen«, warf der kleine Junge erwartungsvoll in die Runde.

»Das ist doch gar nichts«, sagte Bonnie naserümpfend.

»Warum ist das nichts?«, fragte der Kleine hartnäckig weiter.

»Warum sollte es was sein?«, antwortete Bonnie.

»Ich war mit ihm nackt zum Schwimmen!«

»Kinder! Kinder!«, meinte David tadelnd.

Schwarze Schatten fielen aufs Wasser, Echos aus dem Nichts flossen die Hügel herab und verdampften über dem See. Es begann zu regnen, ein Schweizer Platzregen durchweichte die Erde. Die flach gepressten Knollenranken über den Hotelfenstern gossen Sturzbäche über die Fensterbänke. Die Köpfe der Dahlien bogen sich im Sturm.

»Wie wollen sie bei dem Regen ihre Festaufführung machen?«, fragten die Kinder ängstlich besorgt.

»Vielleicht tragen die Balletteusen einen Regenmantel, so wie wir?«, sagte Bonnie.

»Ich würde sowieso lieber dressierte Seehunde sehen«, sagte der kleine Junge hoffnungsfroh.

Der Regen verwandelte sich in ein langsames, glitzriges Getröpfel aus einer tränenden Sonne. Die Holztribünen auf der Estrade waren nass und voll aufgeweichter Terpentinfarbe und klebrigem Konfetti. Die rot und orange aufleuchtenden Regenschirmpilze glühten im frischen, feuchten Licht wie das Schaufenster eines Lampengeschäfts. Ein erlesenes Publikum glänzte in bunten Regenhäuten.

»Was ist, wenn es in die Trompeten regnet?«, fragte Bonnie, als das Orchester vor den vom Regen im Chinchillamuster ausgewaschenen Bergen Platz nahm.

»Das wär lustig«, rief der Junge aus. »Manchmal, wenn ich in der Badewanne untertauche und blase, klingt das unheimlich gut.«

»Mein Bruder bläst hinreißend«, verkündete Genevra.

Die feuchte Luft saugte die Musik wie ein Schwamm auf und ließ sie flach klingen. Die Mädchen klopften sich den Regen vom Hut, und die zurückgerollte geteerte Zeltplane enthüllte einen gefährlich glitschigen Bretterboden.

»Sie geben *Prometheus*«, sagte David, der im Programm las. »Ich erzähl euch die Geschichte nachher.«

Im Gewirr von Drehungen und Sprüngen entfaltete

Lorenz seine braune Pracht: Er reckte die Fäuste in die Luft und streckte sein Kinn in den geheimnisvollen Berghimmel. Sein regenglänzender, unverhüllter Körper zwang sich zu verschlungenen Posen, streckte sich und landete wie ein Blatt Papier, das zu Boden schwebt, wieder auf der Bühne.

»Schau mal, Bonnie, da ist eine alte Freundin von dir.«

Arienne stellte einen rosa Amor dar und musste ein technisches Labyrinth kecker Drehungen und hochfahrender Spiralen meistern. An den übermenschlichen Anforderungen ihrer Rolle hielt sie zäh fest, auch wenn sie wegen der Nässe nicht zu überzeugen vermochte. Obwohl technisch routiniert, blieb das Künstlerische bei dieser schwierigen Interpretation auf der Strecke.

Ganz unerwartet überkam David tiefes Mitleid für dieses Mädchen, das sich so abmühte, während die Zuschauer nur daran dachten, wie nass sie wurden und wie unbehaglich ihnen war. Auch die Tänzerinnen dachten an den Regen und zitterten ein bisschen im anschwellenden Finale.

»Mir haben am besten die in Schwarz gefallen, die sich untereinander bekämpft haben«, sagte Bonnie.

»Ja«, sagte der Junge, »wenn sie sich angerempelt haben, das war das Beste!«

»Wir bleiben zum Abendessen lieber in Montreux«, schlug David vor. »Zum Zurückfahren ist es noch zu nass.«

In der Hotelhalle saßen viele Gruppen, die aussahen, als würden sie von Berufs wegen warten. Ein Duft von Kaffee und französischem Gebäck durchzog das Dämmerlicht. Im Vestibül tropfte es von den Regenmänteln.

»Bonjour«, plärrte Bonnie plötzlich durch den Raum, »Sie haben toll getanzt, noch besser als in Paris!«

Arienne kam schlank und gut gekleidet quer durch die Halle. Sie machte eine halbe Drehung wie ein Mannequin und stellte sich in Pose. Eine leichte Verlegenheit überzog die ehrliche graue Fläche zwischen ihren Augen.

»Tut mir leid«, sagte sie affektiert und schüttelte ihren Mantel aus, »dass ich in dem Fetzen von Patou so *dégoutante* angezogen bin … Bist du aber groß geworden!«, sagte sie zu Bonnie und nahm sie herzlich in die Arme. »Und wie geht es deiner Mutter?«

»Sie tanzt auch«, antwortete Bonnie.

»Ich weiß.«

Arienne zog sich so bald wie möglich wieder von ihnen zurück. Sie hatte ihre Erfolgsnummer gespielt: Patou war *der* Couturier der Ballettstars. Er verarbeitete nur die allerfeinsten Stoffe. Arienne hatte den Namen Patou fallen lassen: »Patou« hatte sie laut und deutlich gesagt!

»Ich muss in mein Zimmer, unser Star wartet dort auf mich. *Au 'voir, cher David! Au 'voir, ma petite Bonnie!*«

Die Kinder saßen sehr manierlich bei Tisch und wirkten kein bisschen deplatziert in dem Abendlokal, in dem vor dem Krieg sogar eine Kapelle gespielt hatte. Der Wein verbarrikadierte die Tafel mit zylindrischem Topas, das Bier protestierte gegen den kalten Zwang der Silberbecher, die Kinder kicherten quirlig unter den mahnenden Blicken der Eltern, wie kochendes Wasser, das unter einem Topfdeckel sprudelt.

»Ich möchte das Horsd'œuvre«, sagte Bonnie.

»Aber warum denn, das ist doch viel zu schwer am Abend, Kind.«

»Aber ich will es auch!«, jammerte der Junge.

»Die Großen bestellen für die Kleinen«, entschied David, »und ich erzähle euch was von Prometheus, dann merkt ihr gar nicht, dass ihr nicht bekommt, was ihr wollt. Also, Prometheus war an einen riesigen Fels geschmiedet und …«

»Darf ich das Aprikosenkompott haben?«, unterbrach Genevra.

»Soll ich euch von Prometheus erzählen oder nicht?«, fragte Bonnies Vater ungeduldig.

»Ja, Sir. Natürlich, Sir.«

»Dort«, fuhr David fort, »krümmte er sich Jahr für Jahr in …«

»Das steht in meinen Göttersagen«, sagte Bonnie stolz.

»Und dann?«, fragte der kleine Junge. »Nachdem er sich gekrümmt hatte?«

»Was dann? Ach, so …« David sonnte sich in dem erhebenden Gefühl, attraktiv zu sein. Er ließ vor den Kindern alle Facetten seiner Persönlichkeit spielen, als packe er ganze Stapel teurer Hemden vor bewundernden Kammerdienern aus.

»Weißt du, wie es weitergeht?«, wandte er sich an Bonnie.

»Nein. Habe ich alles längst vergessen!«

»Wenn das alles ist, darf ich dann bitte das Kompott haben?«, bohrte Genevra höflich aber hartnäckig weiter.

Als sie durch die flackernde Nacht nach Hause fuhren, flog die Landschaft in Visionen vorbeihuschender Dörfer und Vorgärten an ihnen vorbei und hohe Sonnenblumen wollten ihnen den Weg versperren. Geborgen in der glänzenden Rüstung von Davids Wagen, schlummerten die Kinder in den Velourspolstern. Sicher sausten sie im schimmernden Auto dahin – allzeit bereites Auto, Geheimauto, Maharadscha-Auto, Todesauto, Siegesauto – und verpufften die Macht des Geldes in der Sommerluft, wie ein Grandseigneur, der Größe verbreitet. Wo der See den Nachthimmel widerspiegelte, blubberten sie wie eine aufsteigende Luftblase durch die Schale der flüchtig zusammengeschweißten Weltkugel. Sie fuhren durch schwarze, undurchdringliche Schatten, die schwadengleich wie Dämpfe aus der Alchemistenküche über der Straße lagen, und jagten über strahlende Alpenpässe.

»Ich möchte kein Künstler sein«, sagte der kleine Junge schläfrig. »Höchstens wenn ich als dressierter Seehund auftreten darf.«

»Ich schon«, sagte Bonnie. »Wenn wir schlafen, dürfen sie zum Abendessen ausgehen.«

»Aber wir haben doch gerade zu Abend gegessen«, wandte die vernünftige Genevra ein.

»Ja, schon«, gab Bonnie zu, »aber es ist so ein schönes Gefühl, zum Abendessen zu gehen.«

»Nicht, wenn man satt ist«, sagte Genevra.

»Ach, wenn du satt bist, ist es doch auch egal, ob es schön ist oder nicht«, sagte Bonnie.

»Warum du immer so streiten musst!« Genevra zog sich abweisend in ihrem Fenstersitz zurück.

»Weil du mich unterbrochen hast, als ich darüber nachgedacht habe, was schön ist.«

»Wir fahren direkt zu eurem Hotel«, schlug David vor. »Ihr Kinder scheint müde zu sein.«

»Vater sagt, Konflikte stärken den Charakter«, sagte der älteste Junge.

»Ich finde, sie verderben uns den Abend«, sagte David.

»Mutter sagt, sie verderben das Wesen«, behielt Genevra das letzte Wort.

Als Bonnie mit ihrem Vater allein im Hotelzimmer war, wandte sie sich ihm zu.

»Ich hätte netter sein sollen, nicht wahr?«

»Ja. Irgendwann wirst auch du begreifen, dass Menschen wichtiger sind als alles andere, sogar wichtiger als die Verdauung!«

»Warum waren sie dann nicht netter zu *mir*? Sie waren doch für mich eingeladen.«

»Kinder sind immer eingeladen«, sagte David. »Menschen sind wie ein Almanach, Bonnie, wenn man etwas Bestimmtes darin sucht, findet man es nicht, aber es lohnt sich, gelegentlich drin zu blättern.«

»Die Zimmer hier sind sehr hübsch«, sinnierte Bonnie. »Was ist das für ein Ding im Badezimmer, wo das Wasser aus einer Düse raussprudelt?«

»Ich habe dir schon hundertmal gesagt, dass du diese Sachen nicht anfassen sollst! Es ist eine Art Feuerlöscher.«

»Meinen die, im Bad bricht ein Feuer aus?«

»Wohl kaum.«

»Das wäre natürlich schlimm für die Leute«, sagte Bonnie, »aber die Aufregung würde ich mir gern ansehen.«

»Bist du bettfertig? Ich möchte, dass du noch deiner Mutter schreibst.«

»Ja, Daddy.«

Bonnie saß im stillen Salon mit den tiefen Fenstern, die auf den Hof gerichtet waren, und dichtete:

Liebste Mami,
wie du siehst, sind wir wieder in der Schweiz …

Der Salon war sehr groß und still.

… *Es ist sehr interessant, den Schweizern zuzusehen. Der Mann vom Hotel hat Daddy »Prinz« genannt!*

Die Vorhänge wehten sanft im Wind, dann hingen sie wieder unbewegt herab.

… Figurez-vous, Maman, *dann wäre ich eine Prinzessin. Stell dir vor, so was Ulkiges …*

Es waren genug Lampen an, selbst für ein Zimmer, das so groß und *chic* war wie dieses.

… *Mademoiselle Arienne hatte ein Kleid von Patou an. Sie hat sich über deinen Erfolg gefreut …*

Sie hatten sogar Blumen ins Zimmer gestellt, damit ihr Vater es netter hatte.

… *Wenn ich eine Prinzessin wäre, würde ich nur tun, was mir gefällt. Ich würde dich in die Schweiz holen …*

Die Kissen waren hart aber hübsch mit den Goldtroddeln, die an den Stuhlbeinen herabhingen.

… Ich wäre froh, wenn du bei uns wärst …

Die Schatten schienen sich zu bewegen. Aber nur Babys hatten Angst vor Schatten oder Dingen, die sich im Dunkeln bewegten.

… viele Begebenheiten habe ich nicht zu berichten. Ich lass mich nach Strich und Faden verwöhnen …

Verbarg sich da etwas in den Schatten? Ach, es sah nur so aus, als bewegte sich etwas. Öffnete sich da die Tür?

»Oh-oh-oh«, schrie Bonnie angsterfüllt.

»Scht-scht-scht!«, beruhigte David seine Tochter und nahm sie in seine tröstlich warmen Arme. »Habe ich dich erschreckt?«

»Nein … nur die Schatten da. Wenn ich allein bin, bin ich manchmal ganz unvernünftig.«

»Das verstehe ich«, besänftigte er sie. »Erwachsene sind auch oft so.«

Das erleuchtete Hotel warf feierliche Lichter auf den gegenüberliegenden Park. Über den Straßen hing erwartungsvolle Stille wie eine Fahne, die bei Flaute schlaff am Mast hängt.

»Daddy, ich möcht das Licht an lassen beim Einschlafen.«

»Aber warum denn! Du brauchst doch keine Angst zu haben – du hast mich, und du hast Mami.«

»Mami ist in Neapel«, sagte Bonnie, »und wenn ich eingeschlafen bin, gehst du bestimmt aus!«

»Also, meinetwegen, aber es ist absurd!«

Ein paar Stunden später, als David auf Zehenspitzen

in Bonnies Zimmer kam, war es dunkel. Als Kompromiss hatte sie die Tür zum Salon einen Spalt offen gelassen. Sie hatte die Augen viel zu fest zugekniffen, um wirklich zu schlafen.

»Warum bist du noch wach?«, fragte er.

»Ich muss nachdenken«, murmelte Bonnie. »Hier ist es besser als mit Mamis Erfolg in Italien.«

»Ich habe doch auch Erfolg«, sagte David. »Ich hatte ihn nur schon, bevor du auf die Welt kamst, deshalb kommt dir das ganz normal vor!«

In den Bäumen neben dem stillen Zimmer raschelten Insekten.

»War es so furchtbar in Neapel?«, hakte er nach.

»Na, ja«, antwortete Bonnie zögernd, »ich weiß nicht, wie Mami es findet, aber natürlich …«

»Hat sie etwas über mich gesagt?«

»Sie hat gesagt – Augenblick mal – ich weiß nicht, was Mami gesagt hat, Daddy, nur eins hat sie gesagt, nämlich *den* Rat könnte sie mir geben, ich solle im Leben nie Mitläufer sein.«

»Hast du das verstanden?«

»Oh, nein«, seufzte Bonnie dankbar und erleichtert.

Der Sommer trällerte am Ufer von Lausanne nach Genf hinunter und schmückte den See wie einen Porzellanteller mit zarter Blütenbordüre. Die Felder wurden in der Hitze gelb, und die Berge vor den Fenstern ließen selbst bei strahlendstem Wetter keine Einzelheiten erkennen.

Bonnie war sibyllinisch in ihr Spiel vertieft. Sie beobachtete, wie der Jura seine tintigen Schatten in das Schilf am Rande des Ufers keilte. Der umgekehrte Zirkumflex weiß dahinsegelnder Vögel setzte den Akzent auf diese verwaschene Andeutung einer begrenzten Unendlichkeit.

»Hat die Kleine gut geschlafen?«, fragten Leute, die sich von langer Krankheit erholten und im Garten Ansichten malten.

»Ja«, antwortete Bonnie höflich, »aber Sie dürfen mich nicht stören. Ich bin der Wächter, der melden muss, wenn der Feind naht.«

»Kann ich dann der Schlossherr sein?«, rief David vom Fenster aus. »Und dir den Kopf abhauen lassen, wenn du einen Fehler machst?«

»Du«, sagte Bonnie, »du bist ein Gefangener, und ich habe dir die Zunge rausreißen lassen, damit du dich nicht beschweren kannst. Aber ich bin ja lieb zu dir«, erbarmte sie sich. »Du brauchst also gar nicht unglücklich zu sein, Daddy, höchstens wenn du gerne möchtest! Obwohl – es wäre vielleicht besser, wirklich unglücklich zu sein!«

»Gut«, sagte David, »ich bin der unglücklichste Mensch auf der Welt! Die Wäscherei hat mein rotes Hemd verfärbt, und ich bin gerade zu einer Hochzeit eingeladen worden.«

»Ich verbiete dir, aus dem Haus zu gehen und Leute zu besuchen«, sagte Bonnie streng.

»Na, schön, dann bin ich auch nur noch halb so unglücklich.«

»Wenn du dich derartig aufführst, darfst du nicht mehr mitspielen. Du musst traurig sein und Sehnsucht nach deiner Frau haben.«

»Schau her, ich zerfließe in Tränen!« David verrenkte marionettenartig seine Glieder auf den nassen Badeanzügen, die zum Trocknen auf dem Fensterbrett lagen.

Der Hotelpage, der das Telegramm überbrachte, war ziemlich verdutzt, *Monsieur le Prince Américain* in einer so ungewöhnlichen Haltung vorzufinden.

David las:

Vater schwer erkrankt. Wenig Hoffnung auf Genesung. Sofort kommen. Bitte Alabama vor Schock bewahren. In Liebe. Millie Beggs.

David starrte wie in Trance auf weiße Schmetterlinge, die unter einem Baum umherflatterten, dessen krumme Äste ungeduldig in die Erde stocherten. Er bemerkte, wie seine Gefühle an der Gegenwart vorbeiglitten, wie ein Brief, den man einen Glasschacht hinabrutschen lässt. Das Telegramm bedeutete einen so wichtigen Einschnitt in ihr gemeinsames Leben wie die herabsausende Klinge einer Guillotine. David nahm einen Bleistift, setzte ein Telegramm auf, beschloss, lieber zu telefonieren, und erinnerte sich dann, dass die Oper nachmittags geschlossen war. Er schickte das Telegramm an die Pension.

»Was ist los, Daddy, spielst du nicht mehr mit?«

»Nein, Liebling, es ist besser, du kommst jetzt rein. Ich habe schlechte Nachrichten.«

»Was ist passiert?«

»Dein Großvater liegt im Sterben, und wir müssen nach Amerika zurück. Ich lasse Mademoiselle kommen, damit sie bei dir bleibt. Mami fährt wahrscheinlich nach

Paris und trifft sich dort mit mir – wenn ich nicht von Italien aus abfahre.«

»Würde ich nicht«, riet Bonnie. »Ich würde von Frankreich aus fahren.«

Sie warteten ungeduldig auf eine Nachricht aus Neapel. Als sie endlich eintraf, schlug sie ein wie ein Meteor, wie ein kalter Bleiklotz, der vom Himmel fällt. Aus dem umschweifigen, hysterischen Italienisch entzifferte David schließlich die Hiobsbotschaft:

Madame liegt seit zwei Tagen im Krankenhaus. Sie müssen kommen, um sie zu retten. Es ist niemand da, der sich um sie kümmert. Sie hat sich geweigert, uns Ihre Adresse zu geben, weil sie hoffte, von allein gesund zu werden. Es ist ernst. Wir können nur noch auf Sie und Jesus vertrauen.

»Bonnie«, stöhnte David, »wo zum Teufel habe ich Mademoiselles Adresse hingesteckt?«

»Weiß nicht, Daddy.«

»Du musst deine Sachen selbst einpacken. Beeil dich.«

»Oh, Daddy«, weinte Bonnie, »ich bin gerade von Neapel gekommen, ich will nicht schon wieder hin!«

»Deine Mutter braucht uns«, war alles, was David dazu sagte.

Sie erreichten den Nachtexpress.

In dem italienischen Krankenhaus ging es so ähnlich zu wie bei einer Inquisition. Mit der Pensionswirtin und Madame Sirgewa mussten sie draußen warten, bis sich um zwei Uhr die Pforten öffneten.

»Ach, so vielversprechend«, schluchzte Madame, »mit der Zeit hätte sie vielleicht eine große Tänzerin werden können …«

»Und so jung, heilige Engel!«, murmelte die Italienerin.

»Aber natürlich war keine Zeit«, fügte die Sirgewa betrübt hinzu. »Sie war zu alt.«

»Und immer allein, Signore, so wahr mir Gott helfe«, seufzte die Italienerin ehrfürchtig.

Die Straßen schlangen sich als geometrische Figuren um die kleinen Grasflecken – wie halb verwischte Diagramme eines gelehrten Doktors auf einer Schiefertafel. Eine Putzfrau öffnete die Tore.

Der Äthergeruch störte David nicht. Zwei Ärzte unterhielten sich im Korridor über ihre Punkte beim Golf. Es waren die Uniformen, die alles zur Inquisition machten, und der Geruch der grünen Seife.

David empfand Mitleid mit Bonnie.

Auch bezweifelte er, dass der englische Assistenzarzt den Golfball mit einem Schlag ins Loch getroffen hatte.

Die Ärzte erklärten ihm, wie die Infektion zustande gekommen war: Der Klebstoff der steifen Ballettschuhkappe war in eine offene Blase am Fuß geraten.

Sie erwähnten immer wieder das Wort »Inzisur«, so als ob sie das Ave Maria herunterbeteten.

»Alles eine Frage der Zeit«, wiederholte einer nach dem anderen.

»Wenn sie sie nur desinfiziert hätte!«, sagte die Sirgewa. »Ich bleibe hier bei Bonnie, solange Sie drin sind.«

In der verzweifelten Enge des Krankenzimmers hob David den Blick zur Decke.

»Mit meinem Fuß ist überhaupt nichts!«, klagte Alabama. »Es ist der Magen. Das bringt mich noch um!«

Warum war der Arzt nicht von ihrer Welt? Warum verstand er nicht, was sie sagte, und warum redete er nur von Eisbeuteln?

»Wir werden sehen«, sagte der Arzt und blickte unbeteiligt aus dem Fenster.

»Ich muss Wasser haben! *Bitte,* geben Sie mir etwas Wasser!«

Die Krankenschwester strich methodisch das Verbandszeug auf dem Rolltischchen glatt.

»Non c'è acqua«, flüsterte sie.

Sie hätte gar nicht so geheimnisvoll zu tun brauchen.

Die Wände des Krankenzimmers taten sich auf und schlossen sich wieder. Alabamas Zimmer stank wie die Pest. Ihr Fuß ragte aus dem Bett und lag in einer gelben Flüssigkeit, die sich nach und nach weiß färbte. Sie hatte schreckliche Rückenschmerzen. Es war, als hätte ihr jemand mit einem schweren Balken ins Kreuz geschlagen.

»Ich will Orangensaft haben«, glaubte sie gesagt zu haben. Aber nein, es war Bonnie gewesen. David bringt mir Schokoladeneis, und ich muss mich nachher übergeben; es riecht nach Erfrischungshalle, nach Erbrochenem, dachte sie. In ihrem Knöchel staken Glasröhrchen wie Stäbchen im Kopfputz der Kaiserin von China. Sie machen meinem Fuß eine Dauerwelle, dachte sie.

Die Wände des Zimmers glitten lautlos auseinander und fielen übereinander, eine auf die andere, wie Seiten eines sehr dicken Albums. Sie waren in allen Schattierungen: von grau zu rosa bis lila. Sie fielen lautlos.

Zwei Ärzte kamen und sprachen miteinander. Was hatte Saloniki mit ihrem Rücken zu tun?

»Ich brauche ein Kissen«, sagte sie matt. »Irgendwas hat mir das Genick gebrochen!«

Die Ärzte standen unpersönlich am Fußende des Bettes. Die Fenster öffneten sich wie blendend weiße Höhlen, als seien sie die Eingänge zu den weißen Trichtern, die zeltartig über ihrem Bett hingen. Das Atmen in dem strahlenden Zelt ging zu einfach – sie fühlte ihren Körper nicht mehr, so leicht war die Luft.

»Heute Nachmittag also, um drei«, sagte einer der Männer und verließ das Zimmer. Der andere führte Selbstgespräche.

»Ich kann nicht operieren«, glaubte sie zu hören, »weil ich hier stehen und die weißen Schmetterlinge zählen muss.«

»Und so wurde das Mädchen mit der Callalilie vergewaltigt«, sagte er, »oder nein, ich glaube, es war mit dem Wasserstrahl der Dusche«, sagte er triumphierend.

Er lachte teuflisch. Wie konnte er nur so über *Pulcinella* lachen! Wo er selbst so dünn war wie ein Streichholz und groß wie der Eiffelturm! Die Krankenschwester lachte mit einer anderen Krankenschwester.

»Es ist nicht *Pulcinella*«, glaubte Alabama der Krankenschwester gesagt zu haben. »Es ist *Apollon Musagète*.«

»Ihr wisst das nicht. Wie konnte ich je annehmen, dass ihr das versteht?«, schrie sie verächtlich.

Die Krankenschwestern lachten bedeutungsvoll und verließen das Zimmer. Wieder fingen die Wände an, sich zu verschieben. Sie beschloss, dazuliegen und die Wände zu enttäuschen; die meinten wohl, sie könnten sie einfach wie die Rosenknospe eines Hochzeitsstraußes zwischen den Seiten platt drücken! Wochenlang lag Alabama so da. Das Zeug in der Schüssel, das sie einatmen musste, hatte ihr den Rachen verätzt, und sie spuckte roten Schleim.

In jenen Wochen, als Alabama mit dem Tode rang, weinte David. Er weinte, wenn er die Straße entlangging, und er weinte nachts; das Leben schien sinnlos und vorbei. Dann packte ihn Verzweiflung; Mordgefühle und Zerstörungswut zernagten seine Seele, bis er ganz erschöpft war.

Zweimal täglich ging er ins Krankenhaus und hörte sich an, was Ärzte über Blutvergiftung zu sagen hatten.

Schließlich ließen sie ihn zu ihr. Er vergrub seinen Kopf in der Bettdecke und fuhr mit den Armen unter ihren gemarterten Körper; er weinte wie ein Kind. Ihre Beine waren auf Gleitblöcken hochgelagert – man dachte an einen Zahnarztstuhl. Die Gewichte schmerzten und rissen an ihrem Nacken und Rücken wie eine mittelalterliche Streckfolter.

David schluchzte unaufhörlich und hielt sie fest in den Armen. Er kam ihr vor wie von einem anderen Stern; sein Tempo war so anders als der sterile, gedämpfte Rhythmus des Krankenhauses. David fühlte sich zu lebensstrotzend, irgendwie schwielig und verschwitzt – wie ein Arbeiter. Alabama hatte das Gefühl, ihn kaum zu kennen.

Er hielt seine Augen fest auf ihr Gesicht gerichtet. Zum Fußende des Bettes wagte er nicht zu blicken.

»Es ist nicht schlimm«, sagte er mit gespielter Heiterkeit. »In Nullkommanichts bist du wieder gesund.« Irgendwie war sie nicht überzeugt. David schien ihr etwas zu verbergen. Die Briefe ihrer Mutter erwähnten ihren Fuß mit keinem Wort, und Bonnie durfte nicht ins Krankenhaus.

»Ich bin bestimmt sehr dünn geworden«, dachte sie. Die Bettpfanne schnitt ihr in die Knochen, und ihre Hände sahen aus wie Vogelklauen. Sie fassten in die Luft, als wollten sie sich an einer Stange festkrallen und im Firmament einhaken: Auch sie beanspruchten ihr Recht auf ein Ruheplätzchen. Die Hände waren dünn und zerbrechlich geworden und über den Knöcheln bläulich angelaufen, wie ein Vogel ohne Federn.

Manchmal tat ihr der Fuß so schrecklich weh, dass sie die Augen schloss und ganze Nachmittage von einer Welle des Schmerzes davongetragen wurde. Unweigerlich geriet sie immer zum gleichen Ort des Deliriums: einen See, der so klar war, dass man die Oberfläche nicht vom Grund unterscheiden konnte; eine spitze Inselzunge lag schwer auf dem Wasser wie ein vergessener Blitzstrahl. Phallische Pappeln und rote Geranieneruptionen und ein Wald weißstämmiger Bäume, deren Blattwerk aus dem Himmel zu fließen schien, bedeckten die Landzunge. Verschwommene Wasserpflanzen schaukelten in der Strömung hin und her: lila Stiele mit fetten, animalischen Blättern, lange blattlose Fühlerstiele, plätschernde Jodbällchen und die seltsamen, chemischen Gewächse stagnierender Gewässer. Krähen krächzten einander aus tiefen Nebeln zu. Das Wort »krank« verlor in der giftigen Luft an Gestalt, zappelte hinkend zwischen den Inselzungen umher und hielt auf der weißen Landstraße an, die mittendurch führte. »Krank« drehte und wendete sich um das schmale Band der Straße wie ein Spanferkel am Spieß und weckte Alabama mit den Zinken seiner Buchstaben, die ihr in die Augen stachen.

Manchmal, wenn sie die Augen schloss, brachte ihr ihre Mutter eine kühle Limonade. Aber das kam nur vor, wenn sie ohne Schmerzen war.

David kam immer, wenn sich etwas Neues tat, wie Eltern, die ihrem Kind beistehen, wenn es laufen lernt.

»Ja, also – irgendwann musst du es doch erfahren, Alabama«, sagte er schließlich. Ihr sackte der Boden aus dem Magen. Sie fühlte richtig, wie alles durchfiel.

»Ich weiß es schon seit Langem«, sagte sie in stiller Verzweiflung.

»Armer Liebling, den Fuß wirst du behalten. *Das* ist es nicht«, sagte er mitleidig. »Aber du wirst nie wieder tanzen können. Macht dir das sehr viel aus?«

»Muss ich an Krücken gehen?«, fragte sie.

»Nein, das nicht. Die Sehne ist durchtrennt worden, und sie mussten eine Arterie ausschaben; von einem leichten Hinken abgesehen, wirst du aber laufen können. Versuch, nicht allzu traurig zu sein.«

»Mein armer Körper!«, sagte sie. »Und die ganze Arbeit umsonst!«

»Mein armer Liebling – aber es hat uns wieder zusammengebracht. Wir haben doch uns beide, Liebling.«

»Ja, was von uns noch übrig geblieben ist«, schluchzte sie.

Sie lag da und überlegte, dass sie sich immer alles genommen hatte, was sie vom Leben wollte. Das hier hatte sie nicht gewollt. Das war ein Brocken, den man ihr nicht so schnell schmackhaft machen konnte.

Ihre Mutter hatte wahrscheinlich auch nicht gewollt, dass ihr kleiner Junge starb, und es muss Zeiten gegeben haben, in denen ihr Vater auch nicht wollte, dass ihm die Kinder in die Quere kamen und ihm die Seele abzapften wie Lagerbier.

Ihr Vater! Hoffentlich war er noch am Leben, bis sie nach Hause kamen. Ohne ihren Vater wäre die Welt ohne jede Zuflucht. »Aber«, fiel ihr plötzlich schrecklich ernüchtert ein, »wenn mein Vater tot ist, bin ich selbst meine letzte Zuflucht.«

3

Familie David Knight trat aus dem alten Backsteinbahnhof. Die Südstaatenstadt schlief still auf der breiten Palette der Baumwollfelder. Alabamas Gehörsinn war von der tiefen Stille so betäubt, dass es ihr vorkam, als betrete sie ein Vakuum. Träge, teilnahmslose Schwarze hatten sich auf den Stufen des Bahnhofs hindrapiert wie Abbilder eines müden Schöpfergottes. Der große Bahnhofsplatz, verhüllt von samtigen, in der Stille des Südens ertränkten Schatten, breitete sich unter den Menschen und ihrem Erbe aus wie weiches Löschpapier.

»Suchen wir uns jetzt ein schönes Haus, in dem wir wohnen können?«, fragte Bonnie.

»*Que c'est drôle!*«, stieß Mademoiselle aus. »So viele! Gibt es hier auch Missionare, um sie zu lehren?«

»Was lehren?«, fragte Alabama.

»Die Religion natürlich!«

»Ihre Religion ist recht befriedigend. Sie singen viel.«

»Wie schön. Ich finde sie sehr sympathisch.«

»Tun die mir was?«, fragte Bonnie.

»Natürlich nicht. Hier bist du sicherer als je zuvor in deinem Leben. Hier ist deine Mutter aufgewachsen«, sagte David.

»Ich bin mal am vierten Juli morgens um fünf zu einer Taufe gegangen, die in diesem Fluss stattfand. Sie hatten alle weiße Gewänder an, und die rote Sonne warf ihre schrägen Strahlen über den schlammigen Uferrand. Ich war so unheimlich beeindruckt, dass ich ihrer Kirche beitreten wollte.«

»So etwas möchte ich auch sehen.«

»Vielleicht.«

Joan saß wartend in dem kleinen braunen Ford.

Alabama kam sich wie ein junges Mädchen vor, als sie ihre Schwester nach so langer Zeit wiedersah. Die alte Stadt, in der sich ihr Vater so viele Jahre seines Lebens abgeplagt hatte, breitete sich schützend vor ihr aus. Solange man sich aggressiv und unternehmungslustig fühlt, ist es gut, fremd in einem Land zu sein, aber wenn man anfängt, seinen Horizont zu einem Schutz zu verweben, ist es gut zu wissen, dass geliebte Hände an dem Faden mitgesponnen haben. Das gibt einem das Gefühl, dass das Netz besser hält.

»Ich freue mich, dass ihr gekommen seid«, sagte Joan mit traurigem Gesicht.

»Ist Großpapa sehr krank?«, fragte Bonnie.

»Ja, Liebling. Ich dachte immer schon, dass Bonnie ein süßes Kind ist.«

»Wie geht es deinen Kindern, Joan?« Joan war nicht sehr verändert. Sie war konventionell und eher wie ihre Mutter.

»Ganz gut. Ich wollte sie nicht mitbringen. Für Kinder ist das alles so deprimierend.«

»Ja. Es ist auch besser, Bonnie bleibt im Hotel. Sie kann morgen früh mitkommen.«

»Lass sie nur kurz Guten Tag sagen. Mutter ist so vernarrt in sie.« Sie wandte sich an David: »Mutter hat Alabama immer allen anderen vorgezogen.«

»Unsinn! Nur weil ich die Jüngste war!«

Das Auto jagte die bekannten Straßen entlang. Die weiche, liebliche Nacht, der Geruch der linden Ausdünstungen des Landes, das Zirpen der Grillen im Gras, die mächtigen Bäume, die sich über dem heißen Pflaster verschwörerisch einander zuneigten, besänftigten die blanke Angst in Alabamas Herzen, bis nur noch das Gefühl ihrer Hilflosigkeit übrig blieb.

»Können wir *gar nichts* tun?«, fragte sie.

»Wir haben alles getan. Gegen das Alter gibt es keine Medizin!«

»Wie geht es Mama?«

»Tapfer wie immer – aber ich bin froh, dass ihr kommen konntet.«

Das Auto hielt vor dem stillen Haus. Wie oft hatte Alabama nachts nach dem Tanzen das Auto so im Leerlauf bis an den Eingang rollen lassen, um ihren Vater nicht durch quietschende Bremsen zu wecken! Der süße Duft schlafender Gärten lag in der Luft. Eine Brise vom Golf bog die Hickorybäume wie eine Totenglocke hin und her. Nichts hatte sich verändert. Die freundlichen Fenster glänzten, gesegnet vom gerechten Geist ihres Vaters, und das Tor öffnete sich dem gerechten Maß seines Wünschens und Wollens. Dreißig Jahre hatte er in diesem Haus gelebt, hatte beobachtet, wie die Narzissen blühten, hatte gesehen, wie sich die Trichterwinden in der Morgensonne einrollten, hatte seine Rosen mit der Blumenschere vom Meltau befreit und Miss Millies Kräuter bewundert.

»Sind sie nicht hübsch?«, pflegte er zu sagen. Seine pointierte, ausgeglichene Sprechweise, die durch das

Fehlen jeglichen Akzents gekennzeichnet war, ordnete sich seinem aristokratischen Geist unter.

Einmal hatte er einen purpurnen Nachtfalter in den Mondreben gefangen und ihn über dem Kamin an einem Kalender festgesteckt. »Das ist ein sehr schöner Platz für ihn«, hatte er gesagt und die zarten Flügel über einer Eisenbahnkarte der Südstaaten ausgebreitet. Der Richter hatte Sinn für Humor.

Er, der Unfehlbare! Wie hatten sich seine Kinder immer ins Fäustchen gelacht, wenn ihm etwas misslang. Etwa die erfolglose Operation eines Hühnerkropfes mit dem Taschenmesser und einer Nähnadel aus Millies Nähkörbchen, oder ein umgeworfenes Glas Eistee am sonntäglichen Abendbrottisch, ein Soßenfleck vom Truthahnbraten auf der sauberen Erntedankfest-Tischdecke – solche Dinge hatten den Zerebralmechanismus dieses aufrechten Mannes etwas menschlicher erscheinen lassen.

Jähe, undefinierbare Angst überfiel Alabama: ein überwältigendes Gefühl des Verlustes. Sie ging mit David die Treppe zur Veranda hinauf. Wie hoch ihr diese Zementblöcke, mit den Küchenkräutern darauf, damals als Kind vorgekommen waren, als sie von einer Stufe zur anderen hüpfte. Und dort drüben hatte sie gesessen, als ihr jemand die Geschichte von Sankt Nikolaus erzählte. Wie sie diesen Wichtigtuer und auch ihre Eltern dafür gehasst hatte, dass diese Legende existierte, obwohl sie nicht stimmte. »Ich will es aber glauben!«, hatte sie geschrien.

Und dort zwischen den heißen Backsteinen hatte das trockene Bermudagras ihre bloßen Schenkel gekitzelt, und dort drüben war der Ast, auf dem ihr der Vater verboten hatte zu schaukeln. Es war ihr unvorstellbar, dass der dünne Ast je die Last ihres Körpers getragen haben sollte.

»Man darf die Dinge nicht schlecht behandeln«, hatte ihr Vater damals gemahnt.

»Das tut doch dem Baum nicht weh!«

»Meiner Ansicht nach schon. Wenn man Dinge besitzen will, muss man sie auch pflegen.«

Das musste gerade er sagen, wo er so wenig Besitztümer hatte: einen Stahlstich von seinem Vater, eine Miniatur von Millie, drei Kastanien von einem Urlaub in Tennessee, ein Paar goldene Manschettenknöpfe, eine Versicherungspolice und ein paar Sommersocken. Das war alles, was sich nach Alabamas Erinnerung in der obersten Kommodenschublade befand.

»Ach Liebling.« Ihre Mutter küsste sie zitternd. »Und du, mein Kleines! Lass dich umarmen!« Bonnie klammerte sich an ihre Großmutter.

»Dürfen wir Großpapa sehen, Großmama?«

»Das macht dich nur traurig, Liebes.«

Das Gesicht der alten Dame war blass und verschlossen. Sie wiegte sich in der alten Schaukelbank sachte hin und her, als wiege sie die inneren Verluste von ihnen allen in sanftem Mitgefühl.

»Oh, Millie«, rief die schwache Stimme des Richters.

Ein müder Arzt trat auf die Veranda.

»Cousine Millie, wenn die Kinder ihren Vater sehen wollen, er ist jetzt bei Bewusstsein.« Er wandte sich freundlich an Alabama: »Ich bin froh, dass ihr gekommen seid«, sagte er.

Zitternd folgte sie dem mageren, beschützenden Rücken ins Zimmer. Ihr Vater! Ihr Vater! Wie schwach und bleich er war. Sie hätte laut herausweinen können, weil sie diesen sinnlosen, unvermeidlichen Verfall nicht aufhalten konnte.

Sie setzte sich still auf die Bettkante. Ihr schöner Vater!

»Hallo, Kind.« Sein Blick wanderte über ihr Gesicht. »Bleibst du etwas da?«

»Ja, es ist so schön hier.«

»Das habe ich immer schon gefunden.«

Die müden Augen wanderten zur Tür. Bonnie wartete ängstlich in der Halle.

»Ich möchte die Kleine sehen.« Ein liebes, duldsames Lächeln erhellte das Gesicht des Richters. Bonnie näherte sich schüchtern dem Bett.

»Hallo, Baby. Du bist ja ein kleines Vögelchen«, lächelte er, »und hübsch für zwei kleine Vögelchen.«

»Wann bist du wieder gesund, Großpapa?«

»Schon bald. Ich bin sehr müde. Morgen sehen wir uns wieder.« Er winkte ihr zum Abschied zu.

Als Alabama mit ihrem Vater allein war, sank ihr der Mut. Jetzt, wo er krank war, sah er so klein und schmächtig aus, dass man kaum glauben konnte, was er im Leben alles durchgemacht hatte. Es war sehr anstrengend gewesen, für sie alle zu sorgen. Die edle Vollkommenheit dieses Lebens, das da vor ihren Augen dahinsiechte, bewog sie dazu, viele gute Vorsätze zu fassen.

»Oh, Vater, ich möchte dich so vieles fragen.«

»Kind!« Der alte Mann streichelte ihr die Hand. Seine Handgelenke waren so dünn wie bei einem Vogel. Wie hatte er sie nur alle ernähren können?

»Ich habe früher nie geglaubt, dass du es wüsstest.«

Sie strich das graue Haar glatt – das gleichmäßige Grau der Konföderierten.

»Ich muss schlafen, Kind.«

»Schlaf nur«, sagte sie, »schlaf.«

Lange Zeit saß sie so da. Sie fand es grauenvoll, wie sich die Krankenschwester im Zimmer zu schaffen machte, als sei ihr Vater ein Kind. Ihr Vater wusste alles. Das Herz ging ihr über, und sie konnte nur noch weinen.

Der alte Mann öffnete stolz seine Augen, wie es seine Art war.

»Hast du gesagt, du wolltest mich etwas fragen?«

»Ich dachte, du könntest mir sagen, ob uns der Körper als Mittel gegen die Seele gegeben ist. Ich dachte, du wüsstest, warum unser Körper zusammenbricht und versagt, wenn er uns vom gequälten Geist Erholung bringen soll, und warum uns die Seele keine Zuflucht bietet, wenn wir vom Körper gepeinigt werden.«

Der alte Mann lag schweigend da.

»Warum bringen wir Jahre damit zu, unseren Körper zu überfordern, nur damit er unserem Geist Erfahrungen zuführen kann, um dann zu merken, dass es unser Geist ist, der bei unserem erschöpften Körper Trost sucht? Warum ist das so, Daddy?«

»Frag mich etwas Leichteres«, antwortete der alte Mann sehr schwach und wie aus weiter Ferne.

»Der Richter muss schlafen«, sagte die Krankenschwester.

»Ich gehe schon.«

Alabama stand in der Halle. Dort war das Licht, das ihr Vater immer ausgeschaltet hatte, bevor er nach oben ins Bett ging; dort war der Haken, an dem immer sein Hut hing.

Wenn der Mensch nicht mehr der Hüter seines Stolzes und seiner Überzeugungen ist, dachte sie, bleibt nichts mehr von ihm übrig. Nichts! Was da auf dem Bett liegt, ist nichts, und doch ist es mein Vater, und ich habe ihn geliebt. Ohne sein Begehren hätte ich nie gelebt, dachte sie. Vielleicht sind wir alle nur Agenzien in einem sehr experimentellen Stadium des organischen freien Willens. Es darf nicht sein, dass ich der Lebenszweck meines Vaters bin – aber es kann sein, dass das, was ich von seiner edlen Gesinnung zu würdigen weiß, mein eigentlicher Lebenszweck ist.

Sie ging zu ihrer Mutter.

»Der Richter sagte gestern«, sprach Millie in die Schatten hinein, »dass er gern in dem kleinen Wagen spazieren fahren und die Leute auf ihren Veranden sitzen sehen möchte. Den ganzen Sommer hat er versucht, fahren zu lernen, aber er war zu alt. ›Millie‹, sagte er, ›sag dem silbergrauen Engel, er soll mich anziehen. Ich möchte ausgehen.‹« Er nannte die Krankenschwester seinen silbergrauen Engel. Er hatte immer einen trockenen Humor gehabt. Er liebte sein kleines Auto.

Sie war eine gute Mutter, und so redete sie immer weiter und weiter, als ob sie Austin lehren könnte, noch einmal zu leben, indem sie all jene Dinge wiederholte. Sie sprach über Alabamas Vater, den kranken Richter Beggs, wie eine Mutter, die von ihrem kleinen Kind spricht.

»Er hat gesagt, er möchte sich in Philadelphia ein paar neue Hemden bestellen. Er sagte, er hätte gern Speck zum Frühstück.«

»Er hat Mama einen Scheck über tausend Dollar für den Leichenbestatter gegeben«, setzte Joan hinzu.

»Ja, und dann sagte er: ›Aber wenn ich nicht sterbe, will ich ihn wiederhaben.‹« Miss Millie lachte, wie über einen launigen Kinderstreich.

»Ach, meine arme Mutter«, dachte Alabama, »und die ganze Zeit liegt er im Sterben. Mutter weiß es, aber sie will es nicht wahrhaben. Und ich will es auch nicht.«

Ob krank oder gesund, Millie hatte ihn immer gepflegt: als er ein junger Mann im Rechtsanwaltsbüro war und die anderen, gleichaltrigen Angestellten ihn bereits mit Mr. Beggs anredeten, in mittleren Jahren, als Geldnöte und Fürsorge für die Seinen an ihm zehrten, und im Alter, als er mehr Zeit hatte, freundlich zu ihr zu sein.

»Meine arme Mutter«, sagte Alabama. »Du hast meinem Vater dein ganzes Leben geopfert.«

»Mein Vater erlaubte uns zu heiraten«, antwortete ihre Mutter, »nachdem er erfahren hatte, dass der Onkel deines Vaters zweiunddreißig Jahre lang dem Senat der Vereinigten Staaten angehörte und dass dessen Bruder General bei den Konföderierten gewesen war[33]. Austin kam in die Anwaltspraxis meines Vaters und hielt um meine Hand an. *Mein* Vater war achtzehn Jahre im Senat und im Kongress der Konföderierten gewesen.«

Alabama betrachtete ihre Mutter als das, was sie war: als Teil einer männlichen Tradition. Millie schien zu ignorieren, dass vom eigenen Leben nichts übrig blieb, wenn der Mann starb. Er war der Vater ihrer Kinder, drei Mädchen, die sie für die Familien anderer Männer verlassen hatten.

»Mein Vater war ein stolzer Mann«, sagte Millie stolz. »Als kleines Mädchen habe ich ihn sehr geliebt. Wir waren zwanzig Kinder, und nur zwei davon waren Mädchen.«

»Wo sind all deine Brüder?«, fragte David neugierig.

»Alle schon lange tot.«

»Die meisten waren Halbbrüder«, sagte Joan.

»Mein richtiger Bruder hat mich einmal im Frühling besucht. Als er abreiste, sagte er, er würde schreiben, aber er hat es nie getan.«

»Mamas Bruder war ganz reizend«, sagte Joan. »Ihm gehörte ein Drugstore in Chicago.«

»Dein Vater war sehr nett zu ihm und fuhr mit ihm im Wagen spazieren.«

»Warum hast du ihm denn nicht geschrieben, Mama?«

»Ich hatte nicht daran gedacht, mir seine Adresse geben zu lassen. Als ich in die Familie deines Vaters kam, hatte ich so viel zu tun, dass ich meine eigene Familie ganz aus den Augen verlor.«

Bonnie war auf der harten Verandabank eingeschlafen. Wenn Alabama früher als kleines Kind so eingeschlummert war, hatte ihr Vater sie in seinen Armen nach oben ins Bett getragen. David hob das schlafende Kind hoch.

»Wir müssen gehen«, sagte er.

»Daddy«, flüstere Bonnie und kuschelte sich an seine Rockaufschläge, »mein Daddy.«

»Kommt ihr morgen wieder?«

»Ja, ganz früh am Morgen«, antwortete Alabama. Das weiße Haar ihrer Mutter war zu einer Krone um den Kopf gelegt, sodass sie wie eine florentinische Heilige aussah. Sie umarmte ihre Mutter. Oh, was war es doch für ein Gefühl, nah bei ihrer Mutter zu sein!

Jeden Tag ging Alabama in das alte Haus, das innen immer so sauber und hell war. Sie brachte ihrem Vater ausgesuchte Kleinigkeiten zu essen und Blumen. Er liebte gelbe Blumen.

»Als wir jung waren, haben wir im Wald immer nach gelben Veilchen gesucht«, sagte ihre Mutter.

Die Ärzte kamen und schüttelten den Kopf, und es kamen so viele Freunde und brachten Kuchen und Blumen, wie man es gar nicht für möglich gehalten hätte. Alte Dienstboten kamen, um sich nach dem Zustand des Richters zu erkundigen, der Milchmann ließ zum Zeichen seiner Anteilnahme eine zusätzliche Milchflasche da, die er aus eigener Tasche zahlte, und die Kollegen des Richters kamen mit traurigen und edlen Gesichtern, die den Köpfen auf Briefmarken oder Kameen glichen. Der Richter lag im Bett und quälte sich mit Geldsorgen.

»Wir können uns diese Krankheit nicht leisten«, sagte er immer wieder. »Ich muss aufstehen. Es kostet uns zu viel Geld!«

Seine Kinder besprachen die Sache. Sie würden sich die Kosten teilen. Der Richter hätte ihnen nicht erlaubt, sein Gehalt vom Staat in Empfang zu nehmen, wenn er gewusst hätte, dass er nicht wieder gesund würde. Sie alle konnten helfen.

Alabama und David mieteten ein Haus, um in der Nähe ihrer Eltern zu sein. Das Haus war größer als das ihrer Eltern. Es hatte einen Garten mit einer Ligusterhecke und Rosen und Schwertlilien, die den Frühling verschlingen sollten, und unterhalb der Fenster waren viele Büsche und Sträucher.

Alabama versuchte, ihre Mutter zu einer Spazierfahrt zu überreden. Seit Monaten hatte sie das Haus nicht mehr verlassen.

»Ich kann nicht weg«, sagte Millie. »Dein Vater könnte nach mir rufen, wenn ich fort bin.« Sie wartete ständig auf ein paar letzte erklärende Worte vom Richter, da sie das Gefühl hatte, er müsse ihr etwas sagen, bevor er sie endgültig allein ließ.

»Na, gut, für eine halbe Stunde«, willigte sie schließlich ein.

Alabama fuhr ihre Mutter am Capitol vorbei, wo ihr Vater so viele Jahre seines Lebens verbracht hatte. Die Angestellten schickten ihm Rosen von den Beeten unter seinem Bürofenster. Alabama fragte sich, ob auf seinen Büchern wohl schon Staub lag. Vielleicht hatte er eine letzte Nachricht vorbereitet, die dort in einer Schublade lag?

»Wie kam es, dass du Daddy geheiratet hast?«

»Er wollte unbedingt. Ich hatte viele Verehrer.«

Die alte Dame blickte ihre Tochter an, als erwarte sie Widerspruch. Sie war schöner als ihre Kinder: Es lag so viel Reinheit in ihren Zügen. Sie hatte sicher viele Verehrer gehabt.

»Einer wollte mir einen Affen schenken. Er erzählte meiner Mutter, alle Affen hätten Tuberkulose. Meine Großmutter sah ihn an und sagte: ›Ich finde aber, dass Sie recht gesund aussehen!‹ Sie war Französin und eine wunderschöne Frau. Ein anderer junger Mann schickte mir ein kleines Schweinchen von seiner Farm und noch ein anderer einen Kojoten aus New Mexico, und einer war Trinker und einer heiratete Cousine Lil.«

»Wo sind sie alle geblieben?«

»Alle schon seit Jahren tot. Ich würde sie gar nicht mehr erkennen, wenn ich sie heute träfe. Sind die Bäume nicht wunderhübsch?«

Sie kamen an dem Haus vorbei, in dem sich Miss Millie und Mr. Beggs kennengelernt hatten – es war auf einem Silvesterball, erzählte ihre Mutter. »Er war der bestaussehendste Mann dort, und ich war bei Cousine Mary zu Besuch.«

Alabama hatte sich ihren Vater nie beim Tanz vorgestellt. Als sie ihn schließlich im Sarg liegen sah, war sein Gesicht so jung und glatt und humorvoll, dass Alabama unwillkürlich an diesen Silvesterball vor vielen Jahren denken musste.

»Die wahre Schönheit liegt im Tod«, sagte sie sich. Sie hatte Angst gehabt hinzuschauen, Angst vor dem, was sie in dem leblosen, verbrauchten Gesicht entdecken würde. Aber es lag nichts darin, wovor sie sich zu ängstigen brauchte – nur unbewegte maskenhafte Schönheit.

Unter den Papieren in seiner kahlen Amtsstube war nichts zu finden, auch nicht in der Kassette mit seinen Versicherungspolicen, bis auf eine winzige, angeschimmelte Geldbörse mit drei Fünfcentstücken, die in ein uraltes Stück Zeitung gewickelt waren.

»Das muss sein erstes selbst verdientes Geld gewesen sein.«

»Er bekam es von seiner Mutter dafür, dass er ihr den Vorgarten anlegte«, sagten sie.

Es fand sich auch nichts bei seiner Kleidung oder hinter seinen Büchern. »Er muss vergessen haben, uns eine Mitteilung zu hinterlassen«, sagte Alabama.

Zum Begräbnis schickten der Staat und das Gericht einen Kranz. Alabama war sehr stolz auf ihren Vater. Arme Miss Millie! Sie hatte sich einen Trauerschleier über den schwarzen Strohhut vom vergangenen Jahr gesteckt. Den Hut hatte sie gekauft, weil sie mit dem Richter in die Berge fahren wollte.

Joan weinte wegen der schwarzen Trauerkleidung. »Ich kann es mir nicht leisten«, sagte sie. Deshalb gingen sie alle nicht in Schwarz.

Sie hatten keine Begräbnismusik. Der Richter hatte Lieder nie gemocht, bis auf das unmelodische »Old Grimes«, das er seinen Kindern vorsang. Am Grab lasen sie: »Lead Kindly Light«.

Der Richter ruhte nun am Berghang unter den Hickorynussbäumen und der Eiche. Von seinem Grab aus gesehen, verdeckte die Kuppel des Capitols die untergehende Sonne. Die Blumen welkten, und die Kinder pflanzten Jasminsträuche und Hyazinthen. Es war still und friedlich auf dem alten Friedhof. Wilde Blumen wuchsen dort und Rosenbüsche, die so alt waren, dass die Blüten im Lauf der Jahre ihre Farbe verloren hatten. Indischer Flieder und Libanonzedern warfen ihre Nadeln über den Steinplatten ab, rostige Konföderiertenkreuze versanken in Klematisranken und verbranntem Gras. Ein Gewirr von Narzissen und weißen Blumen überwucherte die ausgewaschenen Böschungen, und Efeu rankte sich über die zerbröckelnden Mauern.

Die Inschrift auf der Grabtafel des Richters lautete:

AUSTIN BEGGS
April 1857
November 1931

Aber was hatte ihr Vater gesagt? Alabama stand allein auf dem Friedhof, und während sie ihren Blick auf den fernen Horizont richtete, bemühte sie sich, jene verhaltene, maßvolle Stimme wieder zu vernehmen. Sie konnte sich an keines seiner Worte erinnern. Aber doch, als Letztes sagte er:

»Die Sache kostet Geld«, und als seine Gedanken abschweiften: »Na, mein Sohn, ich habe es auch nie geschafft, zu Geld zu kommen.« Und er hatte gesagt, dass Bonnie so hübsch sei wie zwei kleine Vögelchen. Aber was hatte er zu ihr gesagt, als sie ein kleines Mädchen war? Sie konnte sich nicht mehr erinnern. Der Schäfchenwolkenhimmel zeigte kalten Frühlingsregen an, sonst nichts.

Einmal hatte er gesagt: »Wenn du die Wahl haben willst, musst du eine Göttin sein.« Das war damals, als sie immer ihren Kopf durchsetzen wollte. Es war nicht einfach, fern vom Olymp eine Göttin zu sein.

Alabama flüchtete vor den ersten Tropfen des bitterkalten Nieselregens.

Ganz bestimmt sind wir verantwortlich zu machen, sagte sie sich, für die Dinge, die bei anderen offen zutage treten, aber von denen wir wissen, dass sie insgeheim auch bei uns vorhanden sind. Mir hat mein Vater seine Zweifel vermacht.

Heftig atmend legte sie den Gang ein, und das Auto glitt die bereits glitschig gewordene Lehmstraße hinab. Am Abend hatte sie Sehnsucht nach ihrem Vater.

»Jeder Mensch glaubt an irgendetwas, wenn man ihn fragt«, sagte sie zu David, »und nur so wenige Menschen können einem mehr Glauben vermitteln, als man selbst schon hat. Sie wollen einen nur nicht im Stich lassen, das ist alles. Es ist so schwer, einen Menschen zu finden, der mehr Verantwortung übernimmt, als man von ihm verlangt.«

»Es ist sehr einfach, sich lieben zu lassen, und sehr schwer, selbst zu lieben«, antwortete David.

Nach einem Monat kam Dixie.

»Jetzt habe ich genug Platz, für den Fall, dass jemand bei mir bleiben will«, sagte Millie traurig.

Die Mädchen waren viel mit ihrer Mutter zusammen und versuchten, sie abzulenken.

»Alabama, bitte nimm die Geranie mit«, sagte ihre Mutter. »Ich habe keine Verwendung mehr dafür.«

Joan nahm den alten Schreibtisch, ließ ihn in eine Bretterkiste packen und verschicken.

»Aber du musst aufpassen, dass niemand die Ecke repariert, wo die Yankee-Granate durch das Dach hindurch einschlug. Das würde alles verderben.«

Dixie bat um die silberne Punschbowle und schickte sie per Express an ihre New Yorker Adresse.

»Gib acht, dass sie keine Delle bekommt«, sagte Millie. »Sie ist handgearbeitet, aus den Silberdollar, die die Sklaven deinem Großvater geschenkt haben, nachdem sie befreit waren. Ihr Kinder könnt euch aussuchen, was ihr wollt!«

Alabama wünschte sich die Porträts, Dixie nahm das alte Bett, in dem ihre Mutter, sie selbst und dann ihr Sohn geboren worden waren.

Miss Millie suchte Trost in der Vergangenheit.

»Das Haus meines Vaters war quadratisch, und die Dielen überkreuzten sich«, erzählte sie. »Vor den Doppelfenstern des Wohnzimmers wuchs der Flieder, und weiter drunten am Fluss war ein Obstgarten mit Apfelbäumen. Als mein Vater starb, trug ich euch Kinder in den Obstgarten, um euch die Traurigkeit zu ersparen. Meine Mutter war immer sehr freundlich, aber nach Vaters Tod war sie nie mehr wie früher.«

»Ich möchte gern die alte Daguerreotypie haben, Mama«, sagte Alabama. »Wer ist das?«

»Meine Mutter und meine kleine Schwester. Sie starb in einem Nordstaatengefängnis. Mein Vater galt als Verräter. Kentucky blieb beim Norden, und sie wollten meinen Vater hängen, weil er nicht die Seite der Union vertrat.«

Millie willigte schließlich ein, in ein kleineres Haus zu ziehen. Austin hätte dem Umzug in ein kleines Haus nie zugestimmt. Die Mädchen mussten Millie überreden. Sie reihten ihre Erinnerungen wie Nippes auf dem alten Kaminsims auf, und mit den Fensterläden schlossen sie das Licht in Austins Haus ein mit allem, was noch an Erinnerungen von ihm geblieben war. Für Millie war es besser so: Erinnerungen sollen lebendig bleiben, wenn man nichts anderes hat, wofür man lebt.

Jedes der Kinder bewohnte ein größeres Haus als Austins und ein viel größeres als Millies jetziges Haus. Trotzdem kamen sie alle zu Millie und nährten sich von ihren Erinnerungen an ihre Zeit mit dem Richter, wie Konvertiten, die einen neuen Kult einsaugen.

Der Richter hatte gesagt: »Wenn ihr alt und krank seid, werdet ihr wünschen, ihr hättet euer Geld gespart.«

Irgendwann müssten sie die Einengung ihrer Welt akzeptieren, irgendwo damit beginnen, ihren Horizont einzuschränken.

In der Nacht lag Alabama wach und grübelte: Das Unvermeidliche brach über die Menschen herein, und sie waren darauf vorbereitet. Das Kind vergibt seinen Eltern, wenn es die Zufälligkeit des Geborenwerdens erkennt.

»Wir müssen wieder von vorne anfangen«, sagte sie zu David. »Mit einer neuen Assoziationskette, mit neuen Erwartungen, die aus der Summe unserer Erfahrungen zu bezahlen sind, wie Kupons, die man von einer Schuldverschreibung abtrennt.«

»Das sind Moralpredigten von Leuten mittleren Alters.«

»Ja. Aber wir *sind* mittleren Alters, oder nicht?«

»Mein Gott, das hatte ich ganz vergessen! Glaubst du, meine Bilder sind es auch?«

»Sie werden davon nicht berührt.«

»Ich muss mich wieder an die Arbeit machen, Alabama. Warum haben wir eigentlich die besten Jahre unseres Lebens vergeudet?«

»Damit wir am Ende unseres Lebens keine Zeit mehr übrig haben!«

»Du bist eine unverbesserliche Sophistin.«

»Das sind wir alle – nur, manche sind es im Privatleben, und manche betreiben es als Philosophie.«

»Ja, und?«

»Tja, Zweck des Spielchens ist es, alles schön zusammenzufügen, damit Bonnie, wenn sie einmal so alt ist wie wir und anfängt, unser Leben zu rekonstruieren, ein wundervoll harmonisches Mosaik von zwei Göttern des heimischen Herdes vorfindet. Wenn sie auf diese Vision blickt, wird sie sich weniger betrogen fühlen, dass sie in einer bestimmten Zeit ihres Lebens gezwungen war, ihre Freude am Plunder zu opfern, um das zu bewahren, was sie für den von uns überlieferten Schatz hält. Es wird sie glauben machen, dass ihre Rastlosigkeit vorbeigeht.«

Bonnies Stimme drang an diesem biblischen Nachmittag von der Einfahrt zu ihnen hinauf.

»Also, auf Wiedersehen, Mrs. Johnson. Meine Mutter und mein Vater werden überaus erfreut sein, dass Sie die ganze Zeit so reizend und liebenswürdig zu mir waren. Es war wirklich ganz reizend.«

Zufrieden stieg sie die Treppe hoch. Alabama hörte sie auf der Diele selbstgefällig vor sich hinmurmeln.

»Es muss dir ja riesig gefallen haben ...«

»Ich fand es schrecklich auf dieser blöden Party.«

»Warum dann diese überschwängliche Lobeshymne?«

»Letztes Mal, als ich die eine Dame nicht leiden konnte, hast du gesagt, ich wäre nicht höflich gewesen. Hoffentlich bist du diesmal mit mir zufrieden«, sagte Bonnie und blickte ihre Mutter verächtlich an.

»Oh, natürlich.«

Die Menschen lernen einfach nichts dazu in ihren Beziehungen! Sobald sie sie verstehen, ist es aus damit. »Unser Bewusstsein«, seufzte Alabama, »ist wahrscheinlich der größte Betrug.« Sie hatte Bonnie lediglich gebeten, die Gefühle der Dame nicht zu verletzen.

Das Kind spielte oft im Haus der Großmutter. Sie spielten Haushalt führen. Bonnie war der Familienvorstand, und ihre Großmutter sollte das liebe nette Kind sein.

»Als meine Kinder klein waren, wurden sie nicht so streng erzogen«, sagte Millie. Ihr tat es leid, dass Bonnie so viel vom Leben lernen musste, bevor es richtig angefangen hatte. Aber Alabama und David bestanden darauf.

»Als deine Mutter klein war, hat sie im Laden an der Ecke so unmäßig viele Bonbons verlangt, dass ich schreckliche Mühe hatte, es dem Vater zu verheimlichen.«

»Ich will so sein wie Mami«, sagte Bonnie.

»Da musst du sehen, wie weit du damit kommst«, lachte die Großmutter in sich hinein. »Die Zeiten ändern sich. Als ich klein war, haben das Dienstmädchen und der Kutscher darüber entschieden, ob ich sonntags die große Korbflasche mit in die Kirche nehmen durfte oder nicht. Disziplin war Formsache und keine Frage der persönlichen Verantwortung.«

Bonnie blickte ihre Großmutter unverwandt an.

»Großmutter, erzähl mir noch mehr von früher, wie du klein warst.«

»Oh, ich war sehr glücklich in Kentucky.«

»Und weiter?«

»Ich kann mich nicht mehr genau erinnern. Ich glaube, ich war so ähnlich wie du.«

»Ich werde aber anders werden. Mami hat gesagt, wenn ich will, darf ich Schauspielerin werden und in Europa in die Schule gehen.«

»Ich bin in Philadelphia in die Schule gegangen. Das war für damals recht weit von zu Hause weg.«

»Und ich werde eine große Dame sein und teure Kleider tragen.«

»Die Seidenkleider meiner Mutter wurden aus New Orleans importiert.«

»An was erinnerst du dich sonst noch?«

»Ich erinnere mich an meinen Vater. Er brachte mir Spielzeug aus Louisville mit und glaubte, dass Mädchen jung heiraten sollten.«

»Ja, Großmutter.«

»Ich hatte aber gar keine Lust. Dazu ging es mir viel zu gut.«

»Ging es dir denn nicht gut, als du verheiratet warst?«

»Oh, doch, aber anders.«

»Wahrscheinlich kann nicht immer alles bleiben, wie es ist.«

»Nein.«

Die alte Dame lachte. Sie war sehr stolz auf ihre Enkelkinder: Alle waren aufgeweckte, gute Kinder. Millie mit Bonnie zu beobachten, war sehr lustig: Beide gaben vor, die Weisheit aller Dinge zu besitzen, und beide spielten sich ständig auf.

»Wir müssen bald weg«, seufzte das kleine Mädchen.

»Ja«, seufzte die Großmutter.

»Übermorgen müssen wir fahren«, sagte David.

Vor den Esszimmerfenstern der Knights schlugen die Bäume aus wie Hühnchen, die neue Federn bekommen. Der strahlende, wohlwollende Himmel zog an den Fensterscheiben vorbei und blähte die Vorhänge zu prallen Segeln auf.

»Ihr Künstler bleibt nie lange an einem Fleck«, sagte

das Mädchen mit den strubbeligen Haaren, »aber ich nehme es euch nicht übel.«

»Früher glaubten wir mal«, sagte Alabama, »dass es an bestimmten Orten Dinge gäbe, die es woanders nicht gibt.«

»Meine Schwester war letzten Sommer in Paris. Sie hat erzählt, überall an den Straßen gäbe es, ja also, da gäbe es Toiletten. Das würde ich mir gern anschauen!«

Bei Tisch entlud sich eine lautstarke Kakophonie, die sich wie ein Scherzo von Prokofjew wieder auflöste. Alabama presste das gebrochene Stakkato in die einzig ihr geläufige Form: *schstoj, schstoj, brisé, schstoj.* Diese Worte tanzten durch die Windungen ihres Hirns. Sie könnte den Rest ihres Lebens so verbringen: eins zum anderen fügen und alles den Regeln unterwerfen.

»Woran denkst du, Alabama?«

»An Formen, Umrisse von Dingen«, antwortete sie.

Die Satzfetzen prasselten in ihr Bewusstsein wie das Getrappel von Pferdehufen auf dem Pflaster.

»... Es heißt, er hat sie vor die Brust geschlagen.«

»Die Nachbarn mussten die Türen schließen, damit sie keine Kugel abbekamen.«

»Und zu viert im gleichen Bett! Stellt euch das mal vor!«

»Und Jay sprang immer durch die Fenster, sodass sie zum Schluss das Haus nicht mehr mieten durften.«

»Aber seiner Frau gebe ich keine Schuld, auch wenn er versprochen hatte, auf dem Balkon zu schlafen.«

»Sie hat gesagt, am besten kann man in Birmingham abtreiben lassen, aber dann sind sie doch nach New York gefahren.«

»Als es passierte, war Mrs. James in Texas, und irgendwie konnte James es aus den Akten löschen lassen.«

»Und der Polizeichef hat sie im Streifenwagen abgeholt.«

»Sie haben sich am Grab ihres Mannes kennengelernt. Es geht das Gerücht, dass er seine Frau absichtlich daneben begraben ließ, und so nahm alles seinen Lauf.«

»Wie griechisch!«

»Na, es gibt wohl Grenzen für menschliches Verhalten!«

»Nicht für menschliche Triebe!«

»Oh, Pompeji!«

»Und niemand möchte meinen selbst gegorenen Wein probieren? Ich habe ihn durch ein paar alte Unterhosen geseiht, aber anscheinend hat er immer noch etwas Bodensatz.« In St. Raphaël, dachte Alabama, war der Wein süß und warm gewesen. Er klebte an meinem Gaumen wie Sirup, und klebrig vereinte er die Welt gegen die drückende Hitze und das zersetzende Meer.

»Wie läuft Ihre Ausstellung?«, fragten sie. »Wir haben die Reproduktionen gesehen.«

»Die letzten Bilder haben uns großartig gefallen«, sagten sie. »Niemand hat so vitale Ballettszenen gemalt, seit …«

»Ich ging davon aus, dass Rhythmus nichts anderes als physisches Training der Augäpfel ist; indem mein Walzerbild das Auge bildchoreographisch führt, vermittelt es dieselbe Erregung, die man verspürt, wenn man mit den Füßen dem Takt folgt.«

»Oh, Mr. Knight«, sagte die Frau, »was für ein herrlicher Einfall!«

Die Männer benutzten seit der Depression Ausdrücke wie *Attaboy* oder *Twenty-three skiddoo,* wenn sie ihrer Bewunderung Ausdruck verleihen wollten.

Wenn man ihre Gesichter anschaute, dann schwamm das Licht in ihren Augen wie die Segel von Spielzeugbooten, die sich in einem Teich widerspiegeln. Wo Kieselsteinchen vom Weg in den Teich geworfen wurden, dehnten sich die Ringe aus und verschwanden, bis die Augen ganz still und ruhig waren.

»Oh«, jammerten die Gäste, »die Welt ist schrecklich und tragisch, und wir können ihr nicht entrinnen.«

»Wir auch nicht, aber wir haben beschlossen, die Herausforderung dieses Globus anzunehmen.«

»Und worin besteht die?«

»Oh, in den geheimsten Wünschen von Mann und Frau: Man träumt davon, wie viel besser man wäre, wenn man jemand anders wäre – oder auch man selbst, aber unter anderen Bedingungen, und man hat das Gefühl, dass man sein geistiges Potenzial keineswegs ausgeschöpft hat. Ich jedenfalls habe den Punkt erreicht, wo ich nur noch dem Unaussprechbaren Sprache verleihen kann, nur noch schmecken kann, was ohne Geschmack ist, den Gerüchen der Vergangenheit nachspüre, Bevölkerungsstatistiken lese und unbequem schlafe.«

»Wenn ich mich wieder der allegorischen Schule zuwendete«, fuhr David fort, »würde mein Christus nur höhnisch über die Menschen lächeln, die sich keinen Pfifferling um seine üble Situation scheren; seinem Gesicht sähe man an, dass er gern in ein belegtes Brötchen bisse, wenn nur jemand seine Nägel einen Moment lang lockerte ...«

»Wir kommen dann alle nach New York und sehen es uns an!«, sagten sie.

»Und die römischen Kriegsknechte im Vordergrund würden auch gern in ein belegtes Brötchen beißen, aber sie sind so überzogen von der Würde ihres Amtes, dass sie nicht darum bitten mögen.«

»Wann wird es ausgestellt?«

»Oh, das dauert noch Jahre – erst wenn ich alles andere auf der Welt gemalt habe.«

Auf dem Cocktailtablett lagen Berge leckerer Sachen, die alle etwas darstellten: Es gab Canapés in Goldfischform, Kaviar in Kugelgestalt, die Butter hatte ein Gesicht, und die geeisten Gläser schwitzten unter der Last, so viele Dinge widerspiegeln zu müssen, um den Appetit vor dem Essen bis zum Überdruss anzuregen.

»Ihr seid beide Glückskinder«, sagten sie.

»Sie meinen, dass wir uns leichter als andere Menschen von Segmenten unseres Selbst gelöst haben – vorausgesetzt wir waren jemals ein Ganzes?«, fragte Alabama zurück.

»Ihr beide habt es leicht«, sagten sie.

»Wir haben uns dazu erzogen, aus unseren Erfahrungen logische Schlüsse zu ziehen«, sagte Alabama. »Bis man das Alter erreicht, das erforderlich ist, um seinem Leben eine Richtung geben zu können, sind die Würfel schon gefallen, und der Augenblick, in dem sich die Zukunft entschieden hat, ist längst vorbei. Wir sind aufgewachsen im festen Vertrauen auf die unbegrenzten Möglichkeiten der amerikanischen Werbung. Darauf gründeten wir unsere Träume. Ich glaube *heute* noch, dass man Klavierspielen per Post lernen kann und dass man von Schlammpackungen einen makellosen Teint bekommt.«

»Verglichen mit den anderen, sind Sie sehr glücklich.«

»Ich sitze still da, beobachte die Welt und sage mir: Glücklich diejenigen, die noch das Wort *umwerfend* benutzen können!«

»Wir können nicht tagein, tagaus überwältigt sein«, ergänzte David.

»Ausgewogenheit«, sagten sie, »was wir brauchen, ist Ausgewogenheit. Sind Sie in Europa viel Ausgewogenheit begegnet?«

»Warum trinken Sie nicht noch ein Gläschen, deswegen sind Sie doch gekommen, stimmt's?«

Mrs. Ginty hatte kurzes, weißes Haar und ein Satyrgesicht. Jane hatte Haare wie ein Gebirgsbachstrudel. Fannys Haare sahen aus wie eine dicke Staubschicht auf Mahagonimöbeln. Veronikas Haare waren gefärbt, ihr Scheitel ein dunkler Mittelstreifen, Marys Haar war bäuerlich, ebenso wie Mauds, und Mildreds Haar glich dem Gewand der schwebenden Siegesgöttin Nike.

»Und es hieß, er hätte einen Platinmagen, meine Liebe, sodass sein Essen bei jeder Mahlzeit einfach in einen kleinen Sack plumpste. Und so hat er viele Jahre gelebt!«

»Das Loch im Kopf hat er, weil ihm mal jemand das Lebenslicht ausblasen wollte, aber er behauptet, es sei vom Krieg.«

»Beim ersten Maler ließ sie sich die Haare kurz schneiden, beim zweiten noch kürzer, und als sie schließlich bei den Kubisten angelangt war, musste sie ihren kahlen Kopf verbergen.«

»Und ich habe Mary gesagt, das Haschisch würde

ihr nicht guttun, aber sie meinte, irgendeinen Nutzen müsste sie aus ihrer mühsam erworbenen Enttäuschung ziehen, und jetzt ist sie dauernd im Tran.«

»Aber wenn ich Ihnen doch sage, dass es kein Radscha war! Es war die Frau vom Besitzer der Galeries Lafayette«, erklärte Alabama dem jungen Mädchen, das sich über das Leben im Ausland unterhalten wollte.

Alle erhoben sich, um diesen angenehmen Ort zu verlassen.

»Wir haben Sie richtig totgequatscht.«

»Sie müssen vom Packen ganz tot sein.«

»Für eine Party ist es tödlich, wenn man bleibt, bis die Verdauung einsetzt.«

»Ich bin tot, meine Liebe! Es war wundervoll!«

»Also, auf Wiedersehen, und besucht uns doch, wenn euch eure Wege wieder in diese Gegend führen.«

»Wir werden immer wieder herkommen, um unsere Verwandten zu besuchen.«

Wir werden immer eine Perspektive für das eigene Ich suchen müssen, dachte Alabama, ein Verbindungsglied zwischen uns und all den Werten, die dauerhafter sind als wir, und die uns bewusst werden, wenn wir uns in die Welt unserer Väter begeben.

»Wir kommen wieder!«

Die Wagen fuhren aus der zementierten Einfahrt.

»Auf Wiedersehen!«

»Auf Wiedersehen!«

»Ich werde das Zimmer etwas lüften«, sagte Alabama. »Wenn doch die Leute ihre feuchten Gläser nicht immer auf den gemieteten Möbeln abstellen würden.«

»Alabama«, sagte David, »wenn du dir abgewöhnen

könntest, die Aschenbecher auszuleeren, bevor die Gäste ganz aus dem Haus sind, wären wir beide glücklicher!«

»Das ist ein Ausdruck meiner Persönlichkeit! Ich werfe einfach alles auf einen großen Haufen, den ich ›die Vergangenheit‹ nenne, und indem ich das tiefe Reservoir ausleere, das einst mein Ich war, bin ich bereit, weiterzumachen.«

Sie saßen im angenehmen Dämmerlicht des späten Nachmittags, und ihr Blick traf sich über den Überresten der Feier: silberne Gläser, silbernes Tablett, Spuren der Parfüms. Sie saßen beieinander und sahen dem Zwielicht zu, das durch den stillen Raum flutete, den sie nun verlassen würden wie die klare, kalte Strömung eines Forellenbachs.

Anmerkungen

1 Den engl. Titel *Save Me the Waltz* entnahm Zelda Fitzgerald einem Schallplattenkatalog der Victor Records (s. Nancy Milford, *Zelda*, New York 1970, dt. 1975).

2 Übers. von Anita Eichholz nach: Gilbert Murray, *Oedipus, King of Thebes,* by Sophocles, Oxford University Press, New York 1911, V. 690–696: We saw of old blue skies and summer seas, / When Thebes in the storm and rain / Reeled, like to die. / O, if thou can'st again, / Blue sky – blue sky! /

3 Der Code Napoléon galt auch in den von Franzosen eroberten Gebieten in Übersee. In den USA ist er in abgewandelter Form noch heute im Staat Louisiana in Kraft.

4 André Le Nôtre (1613–1700) schuf den geometrischen französischen Gartenbaustil. Besonders bekannt wurde er durch die Anlage des Schlossparks von Versailles.

5 Engl. *The Dark Flower* von John Galsworthy; *The House of the Pomegrenades* von Oscar Wilde; *The Light that Failed* von Rudyard Kipling; *Cyrano de Bergerac* von Edmond de Rostand.

6 Das Gibson Girl ist der Typ des amerikanischen Mädchens um 1890, wie es vom Zeichner Charles Dana Gibson in *Harper's* und *Life* porträtiert wurde. Stil und Kleidung des ›Gibson Girls‹ beeinflussten die Mode bis hinein in die dreißiger Jahre.

7 Meist straußenfederngeschmückter Damenhut mit breiter, aufgebogener Krempe, wie auf Bildern von Gainsborough (1727–88), besonders seinem Porträt der Herzogin von Devonshire. Der Gainsborough-Hut wurde oft kopiert.

8 »Der Frühling« von Botticelli.

9 Deutsche U-Boote versenkten 1915 den englischen Passagierdampfer Lusitania. Dabei kamen auch über hundert amerikanische Passagiere ums Leben. Die Weigerung Deutschlands, den

U-Boot-Krieg gegen neutrale Schiffe einzustellen, war der Anlass für den Kriegseintritt der Vereinigten Staaten in den Ersten Weltkrieg.

10 Der »Stein von Blarney« befindet sich im Blarney Castle. Er verleiht angeblich jedem, der ihn küsst, Beredsamkeit.

11 Ein *hitchy-koo* ist ein nervöser Baseballspieler.

12 Nach René Lalique (1860–1945), frz. Juwelier und Glashersteller. Lalique-Gläser haben charakteristischerweise eine »vereiste« Oberfläche, kunstvolle Reliefmuster und Farbapplikationen. In den zwanziger Jahren waren solche Gläser im *Art-Noveau*-Stil große Mode.

13 Vincent Youmans (1898–1946), Komponist; sein erster Erfolg war *Two Little Girls in Blue* (1921), das auch auf der Bühne aufgeführt wurde. Es folgten u. a. *Tea for Two* (1924), *I Want to Be Happy* (1924). Am bekanntesten wurde sein Broadway-Musical *No, No Nanette* (1925).

14 Der aus Virginia stammende Schriftsteller James Branch Cabell (1879–1958) schrieb phantastisch-abenteuerliche Romane und zahlreiche Gedichte, oft in Form von Kryptogrammen oder Anagrammen. Sein 1919 erschienener Roman *Jurgen* sollte wegen Obszönität verboten werden. Das misslang, und Cabell erlangte in den zwanziger Jahren seine größte Berühmtheit, besonders unter amerikanischen Collegestudenten.

15 Marylin Miller tanzte sich 1920 mit dem Musical *Sally* in den Erfolg. Zuvor war sie mit Lillian Lorraine im Musical *Ziegfeld Follies of 1918* aufgetreten.

16 Paul Whiteman (1890–1967), Bandleader, kam 1920 mit eigenem Jazzorchester nach New York.

17 *The Star-Spangled Banner* ist die amerikanische Nationalhymne.

18 Carmagnole: populäres Lied und Tanz aus der Zeit der Französischen Revolution von 1789. Jede Strophe endete mit dem Refrain: »Dansons la Camagnole – vive le son, vive le son, / Dansons la Carmagnole – vive le son du canon!«

19 Der Architekt Joseph Urban war Miterbauer des 1927 eröffneten Ziegfeld-Theaters in New York. Die lustige Innenausstattung des Theaters war auf Musikshows abgestimmt.

20 O. Henry, Pseudonym für William Sidney Porter (1862–1910),

Autor vieler Kurzgeschichten über den »einfachen Mann von der Straße«.

21 »Typhoid Mary« war der Spitzname für die Familienköchin Mary Mallon. 1904 entdeckten Ärzte, dass sie immun war gegen Typhus. Insgesamt soll sie mindestens 51 Typhusfälle verursacht haben. Die New Yorker Gesundheitsbehörde machte ihr zur Auflage, nicht mehr für andere zu kochen. Daran hielt sie sich aber nicht, woraufhin weitere Typhusfälle folgten: Man entdeckte »Typhoid Mary« als Köchin in einer Sanatoriumsküche. Von 1907 bis zu ihrem Tod mit 68 Jahren im Jahr 1938 wurde sie daher von der New Yorker Gesundheitsbehörde auf der Insel North Brother Island isoliert gehalten.

22 Marie Laurencin (1885–1956): von Matisse und vom Kubismus beeinflusste französische Malerin. In den zwanziger Jahren wurde sie bekannt durch ihre Frauenporträts sowie ihre Bühnenbilder und Kostümentwürfe fürs Ballett.

23 Le Train Bleu: Luxuszug mit Schlafwagen und Speisewagen aus blau gestrichenem Stahl, der erstmals 1922 als zusammenhängender Nachtzug die Strecke Calais–Nizza–San Remo befuhr. Er brachte vornehmlich reiche Leute aus London und Paris zur Erholung an die Riviera. Ähnlich wie um den Orient-Express ranken sich um den Train Bleu viele Geschichten. Eine Ballettoperette gleichen Namens wurde 1924 in Paris uraufgeführt. An der künstlerischen Gestaltung dieses aus Strand- und Sportszenen zusammengesetzten Balletts wirkten Picasso (Bühne), Cocteau (Text) und Coco Chanel (Kostüme) mit.

24 In der Nähe von Fréjus in Südfrankreich befindet sich eine buddhistische Pagode, im Innenraum reich verziert, die während des Krieges 1914–1918 von Indochinesen neben einem Friedhof erbaut wurde, auf dem 5000 Annamiten begraben sind.

25 In Ermenonville, einem geschichtsträchtigen Ort südlich von Paris, starb 1778 der Philosoph Jean Jacques Rousseau im Schloss des Marquis de Girardin. Zu »Waffengeklirr« kam es in Ermenonville im Deutsch-Französischen Krieg von 1870/1871 sowie im Ersten Weltkrieg.

26 *table d'hôte*: gemeinsame Speisetafel im Hotel.

27 Taxis, die als Kraftfahrzeug im Ersten Weltkrieg für die Schlacht an der Marne eingezogen waren.

28 Francis Picabia (1879–1953), französischer Maler, der nach impressionistischen Anfängen kubistisch malte. Ab 1919 radikaler Vertreter des Dadaismus. Er entwarf auch Bühnenbilder, z. B. für die *Ballets Suedois*.

29 *La Chatte*: Ballett nach der Musik von Henri Sauguet. Uraufführung 1927 in Monte Carlo durch Diaghilews *Ballets Russes*. Dem für Z. F. offenbar bedeutungsvollen Ballett liegt die Aesop-Fabel zugrunde, in der ein junger Mann Aphrodite bittet, die Katze, in die er sich verliebt hat, in ein junges Mädchen zu verwandeln – ein Wunsch, der erfüllt wird. Doch als das junge Mädchen Jagd auf eine Maus macht, wird es in eine Katze zurückverwandelt, woraufhin der junge Mann stirbt.

30 dt. »Schwanensee«.

31 Georgia O'Keeffe, amerikanische Malerin (* 1887). Ihr bevorzugtes Sujet in den zwanziger Jahren waren Blumen, insbesondere Callalilien. Sie malte sie, ähnlich der Nahaufnahme in der Fotografie, stark vergrößert und die ganze Leinwand füllend. (*Flower Abstraction*, 1924; *Two Calla-Lilies on Pink*, 1928; *Single Lily with Red*, 1928). Auch Zelda Fitzgerald war von Blumen fasziniert und sah sich gern O'Keeffes Ausstellungen an. (Vgl. N. Milford, *Zelda*.) Die »fahlen Früchte« dieses Romans könnten sich auf O'Keeffes Serie mit Avocados beziehen. Das von O'Keeffe selbst als gelungenstes Avocado-Bild bezeichnete Pastell *Single Alligator Pear* wurde 1923 von der Zeitschrift *The Dial* abgedruckt.

32 d. h. in die Schweiz zurück.

33 Zelda Fitzgeralds Großmutter väterlicherseits, Musidora, war eine Schwester von John Tyler Morgan (1824–1907), Senator von Alabama. Über diese Großmutter war sie auch mit dem Brigadegeneral »Raider« John Hunt Morgan (1824–1864) verwandt, der im amerikanischen Bürgerkrieg fiel. Zeldas Vorfahren gehörten mütterlicherseits wie väterlicherseits zum Südstaaten-Establishment. (Vgl. Biographie von N. Milford, *Zelda*, New York 1970.)

Die Bedingungen, unter denen Zelda Fitzgerald schrieb

Nachwort von Anita Eichholz

Schenk mir den Walzer (*Save Me the Waltz*) von Zelda Fitzgerald ist stark autobiographisch geprägt. Er berührt besonders die Leser und Leserinnen, die Zeldas Leben kennen – etwa aus Nancy Milfords detaillierter Biographie *Zelda*[*].

Wer die Biographie der Autorin Zelda Fitzgerald kennt, wird die Romanheldin Alabama Beggs besser verstehen. Das Gleiche gilt für Zeldas Mann F. Scott Fitzgerald und die Geschichte ihrer Ehe. Die beiden waren das glamouröse Paar, das in den zwanziger Jahren Furore machte. *Schenk mir den Walzer* ist also auch die Geschichte dieser Ehe – aber aus Zeldas Sicht! Es ist die Antwort auf die viel gelesenen Bücher ihres berühmten Mannes. Eine Antwort, die ziemlich spät und unter schwierigsten Bedingungen zustande kam, nämlich in einer Nervenklinik.

Schon unter den Zeitgenossen des Traumpaars war viel die Rede von Zeldas »Verrücktheit«. Allen voran Ernest Hemingway, der meinte, Zelda sei nicht ganz zurechnungsfähig. Zelda wiederum nannte Heming-

* Nancy Milford, *Zelda. A Biography*. New York 1970, dt. in gekürzter Ausgabe beim Kindler Verlag, München 1978.

way einen Angeber und machte sich über sein betont männliches Gebaren lustig. In die Geschichte eingegangen ist natürlich Hemingways Version über Zelda und die Fitzgerald'sche Ehe. Das hat sich beim Publikum eingeprägt: Ein zu Großem fähiger Schriftsteller wird von verrückter Frau zum Alkoholismus gebracht und in den Ruin getrieben. Erst Nancy Milfords einfühlsame Biographie und einige feministische Aufsätze* haben diese Version ernstlich infrage gestellt. Schließlich trank Scott Fitzgerald bereits, bevor er Zelda Sayre kennenlernte. Und mit gleicher Berechtigung kann man diese Ehegeschichte auch anders herum betrachten: Wie eine begabte, unternehmungslustige junge Frau von einem Alkoholiker wahnsinnig gemacht wird.

Ich finde es lohnend, Zeldas »Schizophrenie«, die zuerst von ihrem Schweizer Arzt Dr. Oscar Forel diagnostiziert wurde, unter neueren wissenschaftlichen und medizinischen Aspekten zu betrachten:

1. unter dem Gesichtspunkt der von Bateson in die Schizophrenieforschung eingeführten und von Watzlawick weiterentwickelten *double-bind*-Theorie**;

2. unter Berücksichtigung von Zeldas Trinkgewohnheiten in der Zeit der amerikanischen Prohibition.

* Jacqueline Tavernier-Courbin, *Art as Woman's Response and Search. Zelda Fitzgerald's Save Me the Waltz*, in: Southern Literary Journal, Spring 1979, 11: 22–42 und M. Heath, *Marriages. Zelda & Scott, Eleanor & Franklin.* Massachussetts Review, Winter/Spring 1972, 13: 281–288.

** P. Watzlawick, J.H. Beavin, J.H. Jackson u.a: *Menschliche Kommunikation – Formen, Störungen, Paradoxien*, Bern/Stuttgart/Wien 1969.

Zuerst sei der Versuch einer Interpretation auf kommunikationstheoretischem Ansatz gewagt. In Nancy Milfords Biographie *Zelda* finden sich zahlreiche Hinweise, dass bei Zelda Fitzgerald alle Bedingungen für die *double-bind*-Situation im Sinne von Watzlawick gegeben waren. Der Begriff *double bind,* übersetzt als »Doppelbindung«, »Zwickmühle« oder »Beziehungsfalle« kennzeichnet eine ganz bestimmte Art von Kommunikationsabläufen, die sich bei schizophrenen Patienten im Lauf der Zeit in der Familie der Eltern oder in der Partnerbeziehung herausgebildet haben. Das heißt nicht, dass jedes *double bind* zur Schizophrenie führt. Aber es wurde festgestellt, dass bei Schizophrenen bestimmte Kommunikationsmuster vorherrschen. Gelingt es dem Therapeuten, bei diesen eingefahrenen Kommunikationsstrukturen anzusetzen, sind Änderungs- und damit Heilungschancen gegeben.

Die *double-bind*-Theorie, angewandt auf Zelda, führt zu interessanten Ergebnissen. Laut Watzlawick sind die Bedingungen für eine *double-bind*-Situation gegeben, wenn zwei oder mehrere Personen über einen längeren Zeitraum hinweg in enger Beziehung zueinander stehen, wobei die Beziehung für einen oder beide eine physische und psychische Lebenswichtigkeit hat.

Man denkt sofort an Zeldas extreme emotionale und materielle Abhängigkeit von Scott. Vieles spricht dafür, dass bereits Zeldas Beziehung zu ihrem Vater eine ähnliche Struktur hatte. Auch ihr Vater versuchte, ihre künstlerischen Ambitionen zu unterdrücken, die sie von der Mutter geerbt hatte. Während die Mutter stolz darauf ist, dass Zelda viele Verehrer hat, verbietet ihr der

Vater »zu oft« abends auszugehen. Auch der Vater verbietet ihr das Tanzen, genau wie später ihr Mann Scott Fitzgerald. Das Machtgefälle in der Beziehung zwischen Scott und Zelda dürfte der gewohnten häuslichen Situation ähnlich gewesen sein. Das Verhältnis zum Vater war ähnlich autoritär geprägt.

Der nächste Schritt ist laut Watzlawick, wenn in diesem Kontext eine Mitteilung gegeben wird, die so ausgedrückt ist, dass sich verbale und nicht verbale Aussagen widersprechen oder sogar unvereinbar miteinander sind.

Typisch hierfür ist Scotts ständige Aufforderung an Zelda, sie solle sich beschäftigen oder etwas leisten. Tut sie das aber, etwa indem sie schreibt, versucht er das mit der Begründung zu verhindern, das Schreiben schade ihrer Gesundheit. Ihm selbst ist sein widersprüchliches Verhalten nicht klar.

Laut Watzlawick kann der Empfänger der Mitteilung, sagen wir ruhig »Opfer« dazu, dieser Beziehungsstruktur nicht entgehen, etwa indem er den Beziehungsaspekt kommentiert oder sich aus der Beziehung zurückzieht. Das »Opfer« ist abhängig und kann sich keine Metakommunikation über den Beziehungsaspekt, genauer gesagt, die Machtverhältnisse in der Beziehung, erlauben. Der »Täter« kann es auch nicht, oder will es nicht, weil er sonst fürchten muss, die Beziehung in eben dieser für ihn ebenfalls lebensnotwendigen Form nicht aufrechterhalten zu können. Der Beziehungsaspekt ist es aber, der die Kommunikation auf allen anderen Inhaltsebenen bedingt und festlegt. Die Folge: Probleme der Beziehungsstruktur werden auf der alltäglichen Inhaltsebene abgehandelt. Der eigentliche Konflikt bleibt zugedeckt.

Auf das Traumpaar der zwanziger Jahre angewandt heißt das: Zelda und Scott standen in einem familiären Zwangszusammenhang, in dem Zelda in jeder Weise die Abhängige war. Für sie gab es kein Entrinnen. Sie musste akzeptieren, was Scott für richtig hielt. Ihr Wunsch nach Selbstständigkeit wird von ihm zur Krankheit umgedeutet. Das Gleiche geschieht, wenn sie Gefühle ausdrückt, die er missbilligt. Als Zelda sich in einen französischen Offizier verliebt, nennt er sie »verrückt«. Niemals jedoch wollte Scott einer offiziellen Trennung zustimmen. Man kann auch sagen, er wollte sie nicht aus seiner Macht entlassen. Auch er ist abhängig von ihr, aber auf andere Weise. Stets kehrt er den Überlegenen hervor, während sie sich in der Abhängigkeit zunehmend unglücklicher fühlt.

Eine wichtige Technik, einen Abhängigen in die schizophrenogene *double-bind*-Situation zu bringen, besteht darin, die Kommunikation des Partners zu negieren und zu entwerten. Genau das tat Scott Fitzgerald mit Zelda. Während er sie zum »Flapper« mystifizierte, zum Luxusgeschöpf, das nicht erwachsen werden will und jede Verantwortung scheut, während die beiden als »perfektes« Paar in der Öffentlichkeit auftraten, begann er systematisch mit der Zerstörung ihrer Identität. Und das ist die Vorstufe zur Schizophrenie. Sicherlich hat Zelda selbst diesen Vorgang anfangs gefördert. Es schmeichelte ihr, seine »Muse« zu sein, die Heldin seiner Romane, seine Beraterin und Komplizin. Aber die Grenze war erreicht, als er seine Exklusivrechte auf sie so ausdehnte, dass er ihr verbot zu malen und zu tanzen, und ihr Schreiben kontrollierte. Seine Herabsetzung ihrer schriftstellerischen Begabung war ein wirksames Mittel der Machtausübung. Mehr als Stichwortgeberin durfte sie nicht sein. Scott Fitzgerald verbot seiner Frau, über all jene Dinge zu schreiben, die er als sein Terrain betrachtete. Und das war fast alles, außer ihrer Jugend in den Südstaaten. Dafür durfte er, der professionelle Romancier, ungehindert ihre Gedanken benutzen. Bereits in seinem ersten erfolgreichen Roman, *This Side of Paradise* (1920), sind seitenweise Zitate aus Zeldas Briefen an ihn enthalten. Als der mit dem Ehepaar befreundete George Jean Nathan, Mitherausgeber der Zeitschrift *The Smart Set*, Zeldas Tagebücher veröffentlichen wollte, in die er angelegentlich während eines Besuches Einblick gewonnen hatte, lehnte Scott ab. Selbstherrlich verfügte er über die ihm seit fünf Monaten Angetraute. Er könne das nicht erlauben, meinte er zu Nathan, weil er den Tagebüchern viele Anregungen verdanke und er sie teilweise in seinen Romanen und Kurzgeschichten verwenden wolle. Die zwanzigjährige frischgebackene Mrs. Scott Fitzgerald protestierte nicht, und so blieben die Tagebücher sein literarisches Eigentum. Fatalerweise akzeptierte Zelda zuerst Scotts literarische wie intellektuelle »Überlegenheit«. Sie wollte die »Blume in seinem Knopfloch« sein. Zu spät erkannte sie, dass Scott nicht das starke Bollwerk war, für das sie ihn hielt, und dass ihre symbiotische Abhängigkeit voneinander beide belastete.

Scott plagiierte nicht nur Zeldas Tagebuchaufzeichnungen. Auch von ihr verfasste Kurzgeschichten erschienen unter seinem Namen. (Scott argumentierte, wenn die Kurzgeschichten unter seinem Namen veröffentlicht würden, wären die Honorare höher.) 1920 erhielt eine von Zelda verfasste, aber unter Scotts Namen veröffentlichte Kurzgeschichte eine Auszeichnung. Was das für einen Menschen bedeutet, der so um Anerkennung ringt wie Zelda, lässt sich unschwer vorstellen. Sie findet ihren Namen und damit die ureigenste Identität zugeschüttet. Doch damit nicht genug. Als Zelda einmal im Freundeskreis, also halbwegs in der Öffentlichkeit, von ihrer eigenen schriftstellerischen Begabung spricht, ist Scott so verärgert, dass er sie einfach nach Hause schickt. Sein Groll gegen sie wird heftiger, wenn er mit seinen eigenen Romanen nicht mehr weiterkommt und wenn die Schaffenspausen immer länger werden. Besonders ärgerlich wurde er, wenn Zelda auf einen Stoff zurückgriff, den er als seinen betrachtete: auf das gemeinsame Leben in Amerika und Europa während der berühmten zwanziger Jahre. Er wollte nicht wahrhaben, dass auch sie ein Recht auf diesen »Stoff« habe. Er ging sogar so weit, Manuskriptseiten des Romans zu verbrennen, an dem Zelda gerade schrieb.

Entlarvend ist seine Reaktion auf Zeldas erstes größeres Werk: den vorliegenden Roman *Schenk mir den Walzer* (*Save Me the Waltz*). Dieser Roman entstand weitgehend während Zeldas Aufenthalt in der psychiatrischen Nervenklinik von Baltimore, in die sie 1931 nach einem Nervenzusammenbruch gebracht wurde. Der Roman ist Dr. Mildred Squires gewidmet, einer jungen Ärztin, zu der Zelda Vertrauen gefasst hatte. Die Ärztin hielt Schreiben für eine gute Therapie für Zelda und bestärkte sie in ihrem Vorhaben, einen autobiographischen Lebensbericht zu schreiben. Das umso mehr, als die behandelnden Ärzte die Erfahrung gemacht hatten, dass man bei Zelda mit den Mitteln der Psychoanalyse nicht recht weiterkam. Zelda schien dafür unzugänglich zu sein. Die Ärzte hatten manchmal den Eindruck, Zelda mache sich über sie lustig und führe sie absichtlich in die Irre.

In *Schenk mir den Walzer* beginnt die von Scott mystifizierte Romanfigur plötzlich selbst zu sprechen – ohne seine Billigung abzuwarten. Zelda schickte ihr Manuskript direkt an den Verlag Scribner's, ohne es Scott vorher zu lesen zu geben. Das machte ihn furchtbar wütend. Er überhäufte die Ärzte mit Vorwürfen, weil sie Zeldas eigenmächtiges Vorgehen zugelassen hätten. Als er dann das Manuskript zu lesen bekam, bestand er auf Änderungen. Er wollte alles gestrichen haben, was »seinem« Thema für seinen nächsten Roman *Tender Is the Night* (*Zärtlich ist die Nacht*) ähneln könnte. Textstellen, von denen er meinte, da sei er schlecht weggekommen, monierte er. Zelda sah sich gezwungen, eine ganze Reihe von Korrekturen vorzunehmen. Danach beruhigte er sich wieder. Er gab in einem Zeitungsinterview zu verstehen, dass es seine Idee gewesen sei, dass Zelda etwas Autobiographisches veröffentliche. Das war ein harter Brocken für Zelda; aber sie schwieg dazu. Die Krankenhausärzte waren jedenfalls über Scotts ausfallende Reaktion entsetzt. Er hatte ihnen zudem den Rat gegeben, Zelda nichts zu sagen, falls *Save Me the Waltz* ein Erfolg sein sollte. Denn dies könne sie zu sehr »aufregen«. Auch solle man Hemingway nichts von Zeldas Buch sagen, damit die alte Feindschaft zwischen den beiden nicht wieder aufflamme.

Scott Fitzgerald, der nichts dabei fand, Zeldas Gedanken und Ideen auszubeuten und ihre eheliche Beziehung als Material für seine Werke herzunehmen, der sich ihre ersten gemurmelten Worte notierte, kaum war sie aus der Narkose nach der Geburt ihrer Tochter erwacht, um sie Daisy im *Great Gatsby* in den Mund zu legen; Scott, der noch die Briefe seiner schwerkranken Frau aus dem Sanatorium fast wörtlich in *Tender Is the Night* wiedergab, dieser Scott Fitzgerald nahm seiner Zelda den Roman *Save Me the Waltz* übel. Der Plagiator fühlte sich plagiiert. Das Buch löste ein starkes Ressentiment gegen Zelda aus: »Ich habe ihr den Roman nie vergessen«, meinte er einmal.

Als Zelda nach der Veröffentlichung von *Save Me the Waltz* an einem neuen Roman arbeitet – er soll im Milieu einer psychiatrischen Anstalt spielen –, ist Scott vollends entsetzt. Er befürchtet, dass sie schon wieder in sein »Terrain« eindringt, das er sich für *Tender Is the Night* zurechtgelegt hat. Er findet, dass nur er der Professionelle von beiden ist und dass nur er das Recht darauf hat, über ihre Krankheit zu schreiben. Offensichtlich war ihm nicht klar, dass Zelda einen ganz anderen Stil hatte als er. Was er für ihr Manko hielt, war eigentlich ihre Stärke. Er meinte, sie könne keinen »plot« von Anfang bis Ende durchhalten, und kam nicht auf die Idee, dass ein plot-loser, deskriptiver Schreibstil nach der Art des »stream of consciousness« ein Wert für sich sein könnte. Jedenfalls drohte er ihr, er werde ihr Manuskript vernichten. Um vor diesem Übergriff sicher zu sein, ließ Zelda, die inzwischen wieder mit Scott unter einem Dach wohnte, ein Doppelschloss an ihrer

Zimmertür anbringen. Wenn sie sich zum Korrekturlesen einsperrte, versuchte er immer, sie mit guten Worten und unter der Tür hindurchgeschobenen Briefen dazu zu bewegen herauszukommen. Sie sollte seinen alkoholisierten, nächtlichen Monologen zuhören, seine Manuskriptentwürfe lesen, Titelvorschläge machen. Es kam so weit, dass Zelda sagte, sie gehe lieber ins Sanatorium, als dieses Leben mit ihm noch länger auszuhalten.

Zelda Fitzgerald gehört zweifellos in die Reihe der Autorinnen, die dringend den von Virginia Woolf ersehnten »room of one's own« gebraucht hätten. Sich diesen eigenen Raum, den Freiraum zu schaffen, daran wurde Zelda entschieden gehindert. Anders als Virginia Woolf, Simone de Beauvoir oder auch Lillian Hellman, die alle einen schreibenden Lebensgefährten hatten, gelang es Zelda nicht, die nötige Eigenständigkeit, innerlich wie äußerlich, zu erreichen. Es gelang ihr nicht, weil sie vorher darüber zerbrochen ist. (Interessant ist übrigens auch, dass Zelda sich, ähnlich wie Virginia Woolf, erst nach dem Tod ihres Vaters frei genug fühlte, um ernsthaft zu schreiben.) Und Scott besaß nicht die Qualitäten eines Leonard Woolf, Jean Paul Sartre oder Dashiell Hammett, um seiner Frau so zu helfen, wie sie es gebraucht hätte, geschweige denn, neidlos ihre Karriere zu fördern.

Das hoffnungslose Unterfangen, sich neben Scotts Alkoholismus und Intellektualismus behaupten zu wollen, hätte schon weniger brüchige Identitäten zum Zersplittern bringen können. Doch bei Zelda kam noch etwas hinzu: In den ersten Jahren ihrer Ehe hatte sie mit Scott und seinen Freunden mitgetrunken. Besonders dem Gin wurde in jenen Tagen zugesprochen, denn das galt als schick. Das in den zwanziger Jahren in Amerika gesetzlich erzwungene Alkoholverbot ließ viele illegale Schnapsbrennereien sowie die bekannten »Flüsterkneipen« florieren. Herstellung und Vertrieb von alkoholischen Getränken geriet in die Hände von kriminellen Gangsterbanden. Nur allzu oft waren Gin und Whisky mit Industriealkohol versetzt. So wurde z.B. in dieser Zeit auch der »Cocktail« erfunden, um den schlechten Geschmack des Alkohols zu verbergen. Vergiftungen mit schlechtem Alkohol führten in den zwanziger Jahren bei der amerikanischen Bevölkerung in vielen Fällen zu Blindheit und sogar zum Tod. Als Zelda 1931 in die Nervenklinik in Baltimore gebracht wurde, sagte sie den Ärzten, sie sei auf dem rechten Auge »praktisch blind«.

Sie bat die Krankenschwestern, auf ihrer linken Seite zu gehen, da sie sonst nichts sähe. Die Prohibition in Amerika wurde erst 1933 aufgehoben. Da war Zelda bereits schwer krank. Mindestens zweimal hatte sie nach einer Trinkerei zur »Beruhigung« eine Morphiumspritze verpasst bekommen.

Dr. Oscar Forel, der Leiter des Schweizer Sanatoriums Prangins, wo Zelda zeitweilig war, bestritt anfangs einen Zusammenhang zwischen Zeldas »Schizophrenie« und dem Alkohol. Später wollte er nicht ausschließen, dass ihre Krankheit durch einen »organischen Hirnschaden« (wie er z.B. nach Alkoholvergiftung entstehen kann) bedingt sei. Jedenfalls war striktes Alkoholverbot Bestandteil seiner Therapie für Zelda. Zu ihren Krankheitssymptomen gehörten unter anderem schmerzhafte Hautausschläge und Ekzeme im Gesicht und am Körper.

Auffallend war, dass sich ihre Hautausschläge besserten, sobald Scott nicht da war.

Nach heutigen Erkenntnissen über krankmachende Bedingungen darf wohl spekuliert werden, dass verunreinigter Alkohol an Zeldas Ausfallerscheinungen zumindest beteiligt war.

Was nun Zelda das Leben mehr zur Qual gemacht hat, Scotts Verhalten, bestimmte schizophrene Kommunikationsformen oder der Alkohol, sei dahingestellt. Eine gründliche Rehabilitierung der »verrückten« Zelda ist jedenfalls überfällig.

Weitere Kampa Bücher stellen wir Ihnen auf den folgenden Seiten vor. Das Gesamtprogramm finden Sie auf:
www.kampaverlag.ch

Wenn Sie zweimal jährlich über unsere Neuerscheinungen informiert werden möchten, schreiben Sie uns bitte an:
newsletter@kampaverlag.ch oder Kampa Verlag,
Hegibachstrasse 2, 8032 Zürich, Schweiz

KAMPA POCKET

Lieblingsbücher für immer und ewig:
prominent eingeführt und
zum Verlieben schön.

Virginia Woolf
Wie sollte man ein Buch lesen?
Mit einem Vor- und einem Nachwort von Sheila Heti

Virginia Woolf
Orlando
Mit einem Vorwort von Tilda Swinton

Annemarie Schwarzenbach
Das glückliche Tal

Emily Brontë
Sturmhöhe
Mit einem Vorwort von Patti Smith

Jean Rhys
Guten Morgen, Mitternacht
Mit einem Vorwort von Leslie Jamison

Zora Neale Hurston
Vor ihren Augen sahen sie Gott
Mit einem Vorwort von Zadie Smith

Zelda Fitzgerald
Schenk mir den Walzer
Mit einem Vorwort von Sheila Heti

Wenn Ihnen dieses KAMPA POCKET gefallen hat, gefällt Ihnen vielleicht auch der Lesetipp auf der gegenüberliegenden Seite.

Schicken Sie uns bitte Ihren LIEBLINGSSATZ aus einem Kampa Pocket, bei einer Veröffentlichung auf unseren Social-Media-Kanälen bedanken wir uns mit einem Buchgeschenk:
lieblingssatz@kampaverlag.ch